KB147945

아리랑

조정래 대하소설

아리랑

5

제2부 민족혼

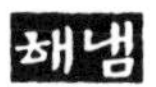

차례

아리랑 제2부 민족혼

5권

11

어둠 저편의 새벽

"어이, 필녀 있능가, 필녀!"

천수동의 아내 솜리댁이 다급하게 필녀를 찾으며 사립을 들어서고 있었다. 그러나 목소리에 비해 뒤뚱거리는 거북한 걸음걸이는 빠르지를 못했다. 솜리댁은 만삭이 된 배를 안고 있었다.

"아따, 이 대낮에 백두산 호랭이가 좇으요, 왜놈덜이 총얼 들이대요? 뱃속에 애기 놀래 경기 들겄소."

쪽마루에 걸터앉아 아이에게 젖을 빨리고 있는 필녀는 느긋하기만 했다.

"음마, 누가 애기헌티 젖 뺄리는 엄씨 아니라고 헐성불러 그리 태평시런 소리만 허고 앉었구만 이. 근디 호랭이보담 더 무선 사람덜이 찾아왔단 말시."

솜리댁의 말은 더 숨가빠지고 있었다.

"호랭이보담도 더 무선 사람? 그 화상덜이 누군디 그려?"

"아이고, 안 있능가. 그 독립운동헌다는……."

그때 두 남자가 사립 안으로 들어서고 있었다. 그 사람들을 보자 솜리댁은 말꼬리를 흐리고 말았다. 그들은 상투 튼 머리에 수건을 두르고 있었다. 필녀는 그 사람들이 왜 찾아왔는지를 금방 알아차렸다.

"독립운동허신다는 양반덜이 동포덜헌티 호랭이보담 더 무섭게 뵈서야 쓰겄소?"

필녀가 대뜸 두 남자에게 던진 말이었다. 그런데 필녀의 얼굴은 웃고 있었다. 그리고 목소리도 말 내용과는 다르게 나긋한 느낌을 주고 있었다.

"아이고, 그리 말허면 어쩔라고……."

솜리댁이 당황하며 빠르게 수군거렸다.

"아니, 우리가 호랑이보다 무섭다니요?"

수염이 더부룩한 남자가 언짢은 듯 어색한 듯한 얼굴로 말을 받았다.

"군자금을 안 낼려고 하니까 우리가 무서워지는 거 아니오."

얼굴이 좁장한 남자가 여러 말 말라는 듯 역정 묻어나는 소리로 말했다.

"에이, 말씸얼 그리 막 허시먼 쓰간디라. 우리도 명색이 조선사람인디 낼 돈언 다 내고 사느만요."

필녀는 아까보다 더 진하게 샐샐 웃고 있었다. 목소리도 묘하게 꼬여 돌아가고 있었다.

"낼 돈을 다 냈다니, 어디다 냈다는 거요?"

수염 난 남자가 내질렀다.

"음마, 여그 첨 걸음허시능게라? 글먼 잘 모르시겄응게 갤쳐디려야겄네 이. 여그넌 부민단 구역이라 우리넌 부민단에 돈얼 바침서 독립운동 잘허고 우리덜 잘 지켜도라고 허능구만이라."

"뭐라고? 누가 여길 부민단 구역이라고 정했단 말이오? 부민단에서 그럽디까?"

얼굴 좁은 남자가 눈을 치떴다.

"누가 아요? 여그 오고 첨보톰 부민단 믿고 돈 냈응게라."

필녀는 아이의 입에서 젖꼭지를 빼며 여전히 웃는 얼굴이었다.

"그게 다 잘못된 것이오. 어디고 구역이 정해진 데가 없으니까 독립군한테는 다 군자금을 내야 하는 거요."

좁은 얼굴의 완강한 말이었다.

"하이고, 누구넌 안 그러고 잡겄소. 열 손꾸락 깨밀어 안 아픈 손꾸락 없는디, 사흘거리 찾어오는 독립군덜헌티 다 골고로 주고 잡제라. 근디 우리가 원체로 배터지게 묵고 사는 부자라 논게 고것이 그리 안 되느만이라. 지주헌티 띧기제, 관리헌티 띧기제, 마적헌티 띧기제, 마름헌티 띧기제, 소작살이 신세 배터져 죽는 것 아시겄제라 잉."

필녀는 여전히 샐샐 웃고 있었다.

"여러 말 할 것 없소. 그런 사정 다 보다가는 독립군들을 지탱할 수가 없소. 우리 독립군들이 없으면 당신네들이 당장 어찌 되는지 알고 있지요?"

수염 난 남자의 말투는 다른 독립군 단체의 사람들이 하는 말과 너무나 흡사했다.

"하면이라, 독립군덜이 없어지면 우리 신세야 쥔 없어진 수박밭이고 임자 없는 강아지덜 아니겄능감요."

"그러니까 어서 군자금을 내놓으란 말이오."

얼굴 좁은 남자가 답쳤다.

"돈얼 내자도 우리 여자덜이 멀 알간디라. 남정네덜이 있어야제."

"아, 꼭 돈만 내라는 게 아니오. 곡식도 좋고 포목도 좋소."

"아이고메, 누구 죽는 꼴 볼라고 그러시요?"

필녀는 겁먹은 얼굴을 하며 고개를 내둘렀다.

"남자들은 다 어디 갔소?"

"대낮에 어디 갔겄소. 묵고살아 보겄다고 논바닥 씨름이제."

"이거 참 속상해서."

수염 난 남자가 침을 내뱉었다.

"정 헐 말이 있으면 이따가 남정네덜 들올 적에 새로 와보시게라."

필녀는 한 고비를 넘겼다는 것을 느끼며 고개를 돌려버렸다.

"다른 동네 돌아 이따가 또 오겠소."

"하 이거 참, 못해먹겠군."

두 남자가 사립을 나갔다.

"아이고, 자네 참말로 용허시. 어찌 그리 능청시럽게 웃어감서 그리도 사리살짝 잘도 넘어간당가."

말 한마디 못하고 있던 솜리댁이 그때서야 탄복하며 필녀를 때리는 시늉을 했다.

"요것이 어디 한두 번 당허는 일이간디라."

필녀는 시큰둥해했다.

"아니여, 자네 성질허고넌 영판 달릉게 허는 소리여."

"체, 선상님이 그리 좋게 대해서 보내라는디 어찌겄소. 나가 그리 허니라고 속이서 천불이 일어나요. 나 성질대로 허자먼 소리소리 질러댐서 와득와득 쥐어뜯어 놓고 잡소."

"그래서야 쓰간디. 미우나 고우나 다 독립군덜인디. 그나저나 우리야 남정네덜찌리 만내먼 이얘기가 쉴케 풀리기나 헝게 살아지는디, 글안허고 그냥 농새만 지묵는 사람덜언 그리 이중 삼중으로 볶게고 시달림서 어찌 살아가는고."

"긍게로 사방서 못살겄다는 원성이 나날이 커지고, 독립군이 아니라 거 머시냐, 아이고 그 말 안 있소, 세금 이중 삼중으로 뜯는 못된 관리놈덜 말이오, 그런 놈덜이나 달를 것이 없다는 말이 생기제라. 아이고, 이 무식헌 년이 그 에로운 문자를 알어야제."

필녀는 끝내 '탐관오리'라는 말을 생각해 내지 못하고 제 머리를 쥐어질렀다.

"근디 참 요상시런 일이여. 어찌서 딱 채럴 잡덜 못허고 나나 나나 독립군이라고 나댐서 그리 원성얼 사는지 몰르겄당게."

"이, 선상님 말씸이 그런 방책얼 세우고 있다고 그러시드만이라.

첨에넌 다 그런 것잉게 쬐깨 참고 젼디면 그런 일이 안 생기게 맨든당마요."

필녀는 자신 있게 말했다. 그것이 송수익의 말이기 때문만은 아니었다. 필녀는 자신 있게 말하면서 자기가 송수익 선생님과 가깝다는 것을 은근히 드러내고 있었던 것이다.

"하먼, 그리돼야제. 이리 시달려서야 영 못살 일이제."

솜리댁은 팽팽하게 부른 배를 쓸며 고개를 끄덕거렸다.

"애기가 노요?"

필녀가 솜리댁의 배를 쳐다보며 물었다.

"이, 인자 배가 뜨끔허니 발질얼 허고 그런당게."

솜리댁은 기미 낀 얼굴에 사르르 웃음을 피워냈다.

"그리 씨게 노는 것이 아덜인갑소."

"누가 알간디. 그리 나대다가 불거지는 지집애덜도 많은게."

"아니구만이라. 입덧 별로 안 헌 것도 그렇고, 배가 많이 불른 것도 그렇고, 아덜이 영락없구만이라."

"글씨, 요리 험헌 시상얼 삼스로 아덜이라고 머시가 좋 것이 있겄능가."

"음마, 아덜이 있다고 그런 배불른 소리 허덜 마씨요. 나가 요놈에 가시네럴 낳고 시상 살 재미럴 잊어부렀소. 시상이 요리 험헐수록 아덜얼 낳아야 허는디, 요놈에 가시네럴 아까운 젖 믹여 키워서 어디다 써묵겄소."

필녀가 업은 아이를 내둘렀다.

"아이고, 그런 말 마소. 다 알아듣네."

"젖도 안 떨어진 것이 알아듣기넌 머럴 알아들어라. 지 애비 탁해 둔허고 미런허기도 헐 것인디."

"아서, 아서, 뱃속에서도 다 알아듣는다는 말 못 들었능가."

"그나저나 나넌 첨보톰 조갑진지 알아부렀구만이라."

"먼 소리여? 삼신할매 현몽이라도 혔든 것이여?"

"아 딱 보먼 몰르요? 씨가 그 꼬라진디 딸 아니고 머시겄소."

"아이고, 큰일날 소리 말어. 만희 아부지가 들으먼 난리 날라고."

"헤, 당자 앞이서 골백번도 더 혔소."

"근디도 암시랑 안혀?"

솜리댁의 눈이 휘둥그레졌다.

"어쩔 것이오. 지 씨가 부실헌디."

필녀는 발끈 화를 냈다.

"아이고메 시상에나! 좌우간 필녀넌 시집 한분 잘 간지 알어. 딸만 대여섯썩 줄줄이 낳게 헌 남정네덜도 씨 타박했다 허먼 난리판굿이 나덜 안혀. 첫딸이야 살림밑천잉게 씨 타박해 쌓지 말고 담에넌 아덜 날 생각이나 많이 허소."

필녀는 말이 길어지는 것이 싫어서 더 대꾸하지 않았다. 남편 배두성이와 연관된 이야기는 언제나 짜증만 나는 것이었다.

필녀는 딸보다는 딸의 이름을 더 예뻐하고 아꼈다. 만희, 만주에서 낳은 계집아이. 송수익 선생이 지어준 이름이었다.

"어이, 자네 저그 핵교 있는 동네에 마적때 들었단 소문 들었능가?"

솜리댁이 말머리를 돌리며 목소리를 낮추었다.

"야아, 그 동네야 마적떼 들게 안 생겼소. 돈 있다는 냄새가 나는디."

필녀는 잠든 아이를 내려눕혔다.

"그놈덜언 어찌 그리 냄새도 잘 맡능고? 숭헌 것덜."

"그놈덜이야 관리 할애비란 말 못 들었소?"

"긍게 말이여. 요놈에 만주땅언 참말로 빌어묵겄어. 도적떼가 관리 할애비 노릇얼 허니 사람이 무서와 살 일이여."

솜리댁은 부르르 몸서리쳤다.

"그나저나 사람이 상허고 잽혀가고 혔당게 그 동네도 큰일이제라."

학교 있는 그 동네란 신흥강습소가 있는 합니하를 말하는 것이었다. 그곳에도 새로 큰 동네가 이루어져 있었다.

"근디 잽혀간 사람덜언 일 당허는 것 아니여?"

"무신 소리다요. 총 맞어 몸 상헌 사람이 더 큰일이제."

"어찌서 그려?"

솜리댁의 얼굴이 의아스러워졌다.

"잽혀간 사람덜이야 돈만 주면 놓여나제만 총 맞은 사람이야 앓다 죽을란지도 몰르고, 살아나도 평생 빙신 될란지도 몰르덜 않으요. 마적떼야 돈 많이 뜯어낼라고 사람 잡어가는 놈덜잉게."

필녀는 송수익의 옆을 배돌면서 귀동냥한 것을 제가 아는 일인 것처럼 풀어놓고 있었다.

"잉, 자네넌 아는 것도 많혀. 근디, 수국이넌 그 병이 다 잽혔드랑가?"

솜리댁은 배 아래를 눈짓했다.

"고것이 어디 손꾸락 까시에 찔린 것이다요. 징허게도 추운 이놈에 만주 삼동에 속이 얼어 생긴 골병인디."

"그나저나 그 병 앓는 여자덜이 너무 많은게 큰일 아니라고. 그 병 심허니 오래 앓으면 애럴 못 낳는다든디."

"다 간수럴 부실허니 혀서 그리된 것 아니겄소. 수국이 그 가시네도 나 말 안 들어 그 꼬라지 되았소. 답답허다고 솜기저구럴 안 찼으니 속곳 밑으로 찬바람이 얼매나 잘 들락기렸겄소. 냉병 걸리는 것이야 당연지사제라."

"아이고, 나넌 애 밴 몸이라고 상길이 아배가 얼매나 맘얼 쓰든지 솜기저구럴 넘덜보담 곱절은 뚜껍게 히서 차니라고 참말로 답답허고 몰뚝잖해서 혼이 났구만그려."

솜리댁이 키득거리며 웃었다.

"음마, 수동이 아재도 영 쑹허요 이. 잘되았소, 골려묵어야제."

필녀의 눈이 반짝 뜨였다.

"얼라, 얼라, 누구 잡을라고 그려? 넘 이불 속 일인디."

당황한 솜리댁이 정색을 했다.

"하이고, 그리 겁남사 멀라고 말언 꺼냈소. 농인지 먼지도 모르고."

필녀가 헛웃음을 흘리며 눈을 흘겼다.

"워메, 가심이야!" 솜리댁은 가슴을 누르며 긴 숨을 내쉬고는,

"사람이 농얼 참말맨치로 허고 그려. 자네 성질에 그 말 불쑥 해불면 판이 어찌 되겄어" 하며 고개를 내둘렀다.

"어찌 되기넌 어찌 되겄소. 수동이 아재가 두고두고 우새 안 당허고 살라먼 저 우에 길림으로나 짐 싸들고 떠야제."

"아이고, 염병헌다!"

솜리댁이 필녀의 어깨를 철벅 쳤다.

"새끼 에린 덕에 일 안 허고 이리 집이나 지키고 있응게 고향 생각만 절절허요."

필녀가 어깨를 부리며 한숨을 쉬었다.

"그려, 만주땅이 봄도 없고 가을도 없이 살기가 에로운게 더 그렇제. 사시장철 또렷허고 물 좋고 인심 좋은 땅 다 두고 요것이 무신 신세여."

솜리댁도 한숨을 지었다.

"참말로 이놈에 만주땅언 사람 살 디가 못 돼요. 삼동언 징상시럽게 춥고 질제, 쌀농새넌 허기 에롭제, 물언 또 어찌 그리 못돼묵었는지."

"그려, 물 나쁜 것이 질로 고약혀. 무신 놈에 물이 보기넌 멀쩡헌디 끓이덜 않고 묵으면 꼭 탈이 나고, 사람얼 잡냔 말이여."

"우리 조선 물이야 샘물얼 묵으나 도랑물얼 묵으나 아무 탈 없이 얼매나 시언허고 맛납디여."

필녀는 고향이 못내 그리운지 슬픈 기색으로 감감한 눈길을 멀리 보내고 있었다.

"고향 생각허먼 멀혀. 속만 씨리고 아프제. 사람덜이 갈수록 만주땅으로 밀려드는디, 우리도 고향땅 쉽게 찾어가기넌 글렀제."

그때 양복을 입은 한 남자가 주저하는 몸짓으로 사립을 들어서고 있었다.

"저어…… 잠시 실례하겠습니다."

필녀와 솜리댁은 눈길이 마주쳤다. 양복쟁이는 보기가 쉽지 않았던 것이다.

"저어, 다름이 아니오라 자매님들을 하느님 앞으로 인도하려고 이렇게 찾아뵈었습니다."

필녀와 솜리댁 가까이 다가온 남자가 공손하게 인사하며 한 말이었다.

"고것이 무신 소리랑게라……?"

필녀가 알 수 없다는 표정을 지었고, 솜리댁도 멀뚱하니 남자를 쳐다보았다.

"아 예, 다른 말이 아니라 저는 야소교 목사올시다. 이번에 저쪽 동네에다 예배당을 새로 지었는데, 예수님을 믿으러 오시라고 이렇게 찾아왔습니다."

사십객의 남자는 아주 부드럽게 웃었다.

"아니, 야소교라고라? 우리넌 타국서 들어온 것언 안 믿으요. 우리 배달국 한배님얼 믿제."

필녀는 거침없이 내쏘았다. 그동안 송수익을 통해서 배우고 익힌 것이 그대로 나가고 있었다.

"한배님? 아, 대종교 말씀인가요?"

남자는 당황하며 안색이 변했지만 애써 웃음을 지어내고 있었다.

"그러요. 우리 동네넌 싹 다 대종교럴 믿으요."

필녀의 태도는 너무 당당했다.

"아, 그래서는 안 됩니다. 한배님을 믿는 것은 산신령이나 터줏대감을 믿는 것과 똑같이 귀신을 믿는 것입니다. 귀신을 믿으면 마음이 악해지고 더러워집니다. 그래서는 천국에 못 갑니다. 하늘나라 천국에 가려면……."

"머시여, 귀신? 야소교가 서양귀신이제 어찌서 우리 한배님이 귀신이여!"

필녀가 벌떡 일어나며 소리를 내질렀다. 그 기세가 이만저만 사납지 않았다.

"아니, 머, 머라고…… 서양귀신……."

남자가 당황하며 얼굴이 구겨졌다.

"그려, 서양귀신 믿어서 밥이 나오냐 죽이 나오냐. 우리넌 한배님얼 받들고 믿음서 나라 찾자는 거이다. 요것이 장허고 잘허는 일이제 머시가 맘이 악해지고 더러와지는 일이냐. 니가 여그서 다리몽댕이가 뿐질러져야 지정신이 나겄어!"

필녀는 곧 남자의 콧구멍도 찌르고 눈도 찌를 것처럼 세차게 삿대질을 해대며 퍼부었다. 그러고는 치맛말기를 치켜올리며 빠르게 양쪽을 두리번거렸다. 필녀가 부엌 쪽으로 달려가 집어든 것은 절굿대였다.

"요런 넋나간 조선놈아, 어디 뒤져봐라!"

필녀는 소리치며 토방을 뛰어내리고 있었고, 그 남자는 벌써 사립을 벗어나 달아나고 있었다.

"아이고, 아이고, 저 남정네가 우리 필녀헌티 단단허니 걸렸구마."

솜리댁이 부른 배를 받쳐잡고 어쩔 줄을 모르고 웃어댔다.

"염병헐 놈이 붕알 떨어져라 허고 도망언 잘 가네."

필녀가 절굿대를 내던지며 숨을 씩씩거렸다.

"이, 방울 울리는 소리가 들링마."

솜리댁은 이 말을 해놓고 또 웃어댔다.

필녀가 한바탕 해대는 바람에 놀라 잠이 깬 아이가 울어대고 있었다.

"문딩이, 빽빽 처울기넌."

필녀는 혀를 차며 아이를 안았다.

"어이, 자네 성질대로 아조 잘 해딲아부렀네. 근디, 자네 어찌 그리 청산유수로 유식해져 부렀디야?"

"음마, 서당개 3년이란 말도 못 들었소? 선상님이 그리 애쓰심서 갤치시는디 그만도 못험사 그것이 워디 사람이겄소."

필녀가 눈을 흘겨대는 바람에 솜리댁은 그만 머쓱해지고 말았다. 자기가 송수익 선생의 가르침을 제대로 따르지 못한 것 같은 자격지심이 생겼던 것이다.

필녀는 자기가 야소교 목사를 그렇게 몰아친 것이 너무 가슴 뿌듯하지 않을 수 없었다. 그렇게 하는 것이 송 선생님의 가르침을 잘 받드는 것이었다. 그런데 한 가지 아쉬움이 있었다. 솜리댁 혼자서가 아니라 서너 여자가 더 봤어야 했던 것이다. 그래야 송 선생님의 귀에 빨리 들어갈 수 있는 일이었다. 그 이야기를 들으면 송 선생님이 자신을 예뻐하지 않을 수가 없을 거였다.

송수익은 작년 하반기부터 대종교도가 되어 마을사람들에게 교리를 가르치기 시작했다. 대종교는 배달겨레의 시조인 단군을 섬기면서 나라 찾는 독립운동을 실천하고자 하는 종교였다. 1911년 10월 환인현에 남만주 최초의 시교당을 세운 대종교는 동포들을 상대로 포교를 하기 시작했다. 송수익은 동포들을 결속시키는 효과적인 방안을 궁리하고 있었다. 독립운동을 표방하는 어떤 단체만으로는 응집력이 약했던 것이다. 그런데 대종교와 만나게 되었다. 배달겨레의 나라를 되찾자는 대종교는 민족종교로서 설득력뿐만 아니라 독립운동이라는 현실적 호소력도 동시에 갖추고 있었다. 단체조직과 종교조직의 이중 강화, 그것처럼 바람직한 것이 없었다. 송수익은 서슴없이 대종교인이 되었던 것이다.

필녀가 부민단 관할이 아닌 독립군을 돌려보낸 일이며, 야소교 목사를 혼비백산 달아나게 한 일이 며칠 동안 동네사람들의 흥을 돋우는 이야깃거리가 되었다.

"우리 필녀가 필녀다운 일을 했군."

그 이야기를 전해 들은 송수익이 빙긋이 웃으며 한 말이었다.

그즈음 송수익은 농지문제로 속을 썩이고 있었다. 대지주 추가(鄒哥)와 농지의 경작권을 놓고 의견이 얽혀 있었던 것이다.

강가의 습지와 저지를 논으로 개간하면서 꼭 주인이 없는 땅이라고 생각하지는 않았다. 그렇다고 주인이 있으리라고 생각한 것도 아니었다. 주인이 있으리라고 생각하기에는 잡초 우거진 땅은 버려진 것이나 마찬가지였고, 주인이 없다고 생각하자니 사람 사는 땅에 주인 없는 땅이란 쉽지 않았던 것이다. 그렇다고 땅을 살 형편도 아니면서 굳이 주인을 찾아나설 것도 없는 일이었다. 그야말로 반신반의하면서 개간을 했던 것이다.

봉천 쪽에 20년 남짓 벼농사를 짓는 조선사람들 동네가 몇 있다고 했다. 몇 사람을 보내 볍씨도 구하고 만주 논농사도 배워오게 했다. 고향에서 가져온 볍씨를 그냥 쓰자는 말도 있었다. 그러나 기후가 달라 어쩔지 모르니까 반반씩 쓰기로 했던 것이다.

여자들까지 매달린 농사였지만 첫해 소출은 보잘것이 없었다. 야토라 논으로 마땅하게 풀리지 않았고, 뿌리 덜 뽑힌 잡초들이 기승을 부렸고, 기후 적응도 서툴렀던 것이다. 그러나 겨울날 쌀을 장만한 기쁨으로 모두가 덩실거렸던 것이다.

그런데 해가 바뀌고 금년 들어 땅주인이 나타나고 말았다. 첫해는 그냥 넘겨주었으니 금년부터는 반타작 소작료를 내라는 것이었다. 송수익은 그에 정면으로 맞섰다.

폐지로 버려둔 땅을 농지로 만든 공은 어디다 두고 그런 경우 없는 말을 하느냐. 폐지를 농지로 만들었으니 절반은 우리에게 영구경작권을 주고, 나머지 절반은 5년 후부터 소작료를 물되, 소작료는 3할이다. 이 조건에 지주 측의 응답은, 내 땅에서 떠나라는 것이었다. 참 기가 막히고 어처구니없는 똥배짱이었다. 지주 추가의 땅은 어찌나 넓은지 몇 개의 현에 걸쳐 있었던 것이다.

송수익은 다시 조건을 제시했다. 영구경작권을 3할로 낮춘 것이었다. 그런데 지주 측에서는, 더 잔소리하면 당장 무력으로 몰아내겠다는 것이었다. 그건 엄포만이 아니었다. 추가의 힘이면 마적떼 수백 명도 동원할 수가 있었다. 그렇다고 반타작 소작료를 낼 수는 없었다.

송수익은 세 번째 조건을 제시할 수밖에 없었다. 영구경작권을 없애고, 5년 후부터 소작료를 물되, 소작료는 3할로 하자는 것이었다. 이 조건은 폐지나 박토를 개간하는 경우 조선에서 적용하는 상례라는 것을 밝혔다.

그 조건을 내걸고 며칠이 지났는데도 지주 쪽에서는 아무 반응이 없었다. 송수익은 그 조건이 그대로 받아들여지지 않을까 기대를 하면서도 나날이 불안하기만 했다.

그리고 송수익은 마음이 착잡하기만 했다. 만주땅에 흩어져 있는 수많은 동포들이 지주의 그런 강압 앞에 꼼짝없이 굴복하리라는 생각 때문이었다. 송수익은 궁리 끝에 부민단 본부를 찾아가기로 했다. 부민단 관할 동포들만이라도 그 문제를 유리하게 해결해 보자는 것이었다. 소작조건의 문제는 동포들의 생계만이 아니라 독립운동에 직결되는 문제였던 것이다. 동포들의 자치기관인 부민단은 당연히 그 문제를 해결해야 할 책임이 있기도 했다.

중국사람들은 만주의 조선사람들을 '메기'라고 불렀다. 한사코 물가를 찾아가 논을 일구기 때문에 붙인 별명이었다. 그런 별명을 붙여 놀리는 것은 중국사람들이 마음의 여유를 찾았다는 표시이기도 했다. 작년까지만 해도 중국사람들은 조선사람들이 만주로 건너오는 것을 노골적으로 싫어했다. 자기네들의 농토가 줄어들까 봐 갖게 된 적대감이었다. 그런데 조선사람들은 밭은 거들떠보지도 않고 그저 물 가까운 습지나 저지를 찾아다니며 논을 일구어냈던 것이다. 그러자 밭농사밖에 지을 줄 모르는 중국사람들은 마음이 편안해졌던 것이다.

밭을 일구는 것에 비해 논을 일구는 것은 몇 갑절 더 힘이 들었다. 밭을 일구는 데는 나무뿌리나 풀뿌리를 캐내고 돌을 골라내면 그만이었다. 그러나 논을 일구자면 그런 일을 하는 것은 물론이고 논둑을 쌓아야 하고, 물길을 터서 도랑을 내야 하고, 농로를 닦아야 했다.

조선사람들은 메기라는 놀림을 당해가며 피땀을 흘렸지만 결국 소작인으로 묶일 수밖에 없었다. 중국지주들은 돈 한푼 들이지 않고 농토를 늘리는 동시에 해마다 재산이 불어나 더욱 큰 부자가 될 횡재를 한 것이었다. 벌써 중국지주들은 조선사람들이 더 많이 오기를 바란다는 소문이 퍼지고 있었다. 그리고 길림 쪽 지주들은 조선사람들을 자기네 쪽으로 끌어가려고 나섰다는 풍문이 들리기도 했다.

송수익은 타개할 수 없는 현실 앞에서 비감이 커질 뿐이었다. 중국지주들이 조선사람들을 환영한다는 것은 서로 상충되는 감정을 불러일으켰다. 동포들이 만주땅에 안착하면서 그 기반으로 독립투쟁을 본격적으로 전개할 수 있을 것이라는 기대감이 생기는 반면에 동포들 거의 전부가 중국지주들의 소작인 노릇을 해야 한다는 사실이 더없이 서글펐던 것이다.

저녁을 먹고 나서 어둑어둑해질 무렵이었다. 고개 너머 동네에서 두 남자가 송수익을 찾아왔다.

"선상님요, 즈이 동네에 밀정놈이 들었십더."

한 남자가 가쁜 숨길과 함께 토해낸 말이었다.

"밀정이!"

송수익이 허리를 곧추세웠다.

"야아, 약초럴 캔다카는 늙은이하고 젊은 놈 둘이서 하로밤 묵어가자고 들지 안했능교. 그란데 젊은 놈이 한눈에 이상한 기라요. 눈째고 얼굴 생김이 산에서 산 사람이 아이다 싶드마요. 그래 슬쩍 몇 년이나 약초럴 캤나 물으니께네 칠팔 년 됐다 안 캅니꺼. 그기 시뻘건 거짓말이라요. 칠팔 년 됐다카몬 손이 우째 됐겠능교? 손에 못이 백이고, 손꾸락끝마동 트고, 손톱 밑에 때가 끼고, 손톱은 모지라지고 해야 안 되겠습니꺼. 그란데 그놈 손은 말짱헌 기라요."

"알겠소, 거의 틀림없소."

송수익의 단호한 어조였다.

지삼출이 불려오고, 출동 명령이 내려졌다. 김판술을 포함하여 다섯 명이 신속하게 움직였다.

"확인되면 절대 표나지 않게 처치하시오."

송수익이 지삼출에게 지시했다.

"소문이 나지 않게 단단히 단속하시오."

송수익은 그 남자에게도 지시했다.

지삼출 일행 여섯 명이 가진 총은 세 자루였다. 아직 인원수대로 갖추지 못한 형편이었다. 그러나 그 총은 의병시절의 화승총이 아니었다. 연해주 쪽에서 흘러 들어온 서양 신식총이었다.

그들이 총으로 무장한 것은 상대방이 총을 가진 것에 대비하기 위한 것이었다. 그들은 총 외에도 모두 칼을 차고 있었다.

지삼출은 네 명에게 집을 포위하게 했다. 그리고 자신은 김판술과 함께 방문을 박차고 들어갔다. 둘이는 닥치는 대로 개머리판을 휘둘렀다. 네댓 차례씩 개머리판을 휘둘러대자 비명소리만 들릴 뿐 대항하는 낌새는 없었다.

"묶으소!"

총을 겨누고 선 지삼출의 명령이었다.

김판술은 젊은이를 엎어놓고 두 팔을 뒤로 묶기 시작했다. 지삼출은 쓰러져 있는 늙은이의 허리를 한 발로 밟고 있었다.

지삼출은 늙은이만 어둠 가득한 뒷산으로 끌고 갔다. 배두성이와 양승일이 늙은이를 나무에 거꾸로 매달았다.

"그려, 다 알어. 살기가 에로와 길잽이럴 힜겄제. 거짓말 안 허고 실토허먼 당신언 살래보낼 것이여. 하먼, 우리야 같은 동포고, 잠시 잠깐 맘 잘못 묵은 것이야 죄가 아닝게. 어쩌, 저놈이 왜놈덜 밀정이제?"

지삼출의 나긋나긋한 말이었다.

"아니오, 저것은 내 조카요."

"그려? 목얼 팍 따불 것이여. 여그 낭구 밑이 그대로 니놈 묏등 되는지나 알어!"

지삼출의 목소리가 거칠어졌다. 그리고 칼등으로 늙은이의 늘어진 목줄기를 득 긁어내렸다.

"아이고, 아이고, 맞소, 밀정이오, 밀정."

늙은이가 쏟아놓은 말이었다.

"산 타고 댕김서 멀혔어?"

"폭도대들이 어디 있는지……."

"메칠이나 되았어?"

"엿새째……."

"많이 찾었어?"

"아니…… 두 군데……."

"어디로 알린 것이여?"

"아니오, 산만 타고 다녀서……."

"되았어. 풀어내려."

그들은 구덩이를 깊이 팠다. 시체 둘을 한구덩이에다 던져 넣었다.

"땅 야물게 다지고, 우에다 풀얼 떠다 심궈."

지삼출의 지시였다.

부민단은 동네마다 촌장을 두고 있었다. 그리고 두 동네나 세 동네를 단위로 무장자치대가 설치되어 있었다. 그러나 그 무장대는 아무런 표가 나지 않았다. 낮에 총을 들고 다니는 법이 없었고, 옷도 농부복이었던 것이다. 겉보기로 동네들은 조선사람들이 모여사는 농가일 뿐이었다.

그러나 장사들이든 행인이든 낯모르는 사람이 나타났다 하면 금세 포위를 당해 조사를 받아야 했다. 독립운동가라고 하여 아무런 소개장도 없이 나타났다가는 신원이 확인될 때까지 갇히는 곤욕을 치러야 했다. 부민단에서는 신의주 안동 봉천 통화 등지에 소개장을 발부하는 비밀조직을 두고 있었다. 그런 곳은 국밥집이기도 했고, 미곡상이기도 했고, 여관이기도 했다.

12

하루살이

"토지조사사업도 일사천리로 끝나가고 있고, 의병이란 것도 씨가 말랐으니까 이제 조선땅에 대일본제국의 태평세월이 시작된 것 아닙니까?"

하시모토는 노골적으로 아부하며 쓰지무라에게 두 손을 받쳐 술잔을 올렸다.

"글쎄에…… 꼭 그렇지도 않소. 토지조사사업이 농토는 거의 끝나가고 있지만 산이 많은 지역은 아직 멀었고, 그렇게 총칼로 엄히 다스리는데도 대항하고 덤비는 자들은 끝없이 생겨난단 말이오. 죽은 놈들은 죽었으니까 상관없지만 죄가 가벼워 감옥에 가둔 놈들이 너무 많아 감옥이 터져나갈 지경이니 그게 큰 골칫거리요. 헌데 골칫거리는 그것만이 아니오. 토지위원회에 접수된 분쟁 토지들은 또 얼마나 많소. 그게 다 뭐요. 조센징들의 질긴 근성을 나타내는 것이오. 우리가 총력전을 펴서 의병을 소탕하고, 조센징들이 잠잠하다고 해서 방심할 일이 절대 아니오. 조센징들이 당장 총칼이 무서워 숨을 죽이고 있는 것이지 속으로는 무슨 생각들을 하고 있는지 모를 일이란 말이오. 의병 소탕으로 억센 놈들은 일단 제거하긴 했지만 또 언제 힘을 모아 덤빌지 모른단 말이오. 조센징들은 무식한 것에 비해 머리들이 좋고, 겉보기에 어리숙한 것 같아도 눈치가 빠르고, 오랜 세월 동안 부락마다 모여살아 저희들끼리 잘 뭉쳐지고, 대대로 힘든 물농사일들을 하고 살아 근성이 끈질기다는 걸 방심해선 안 된다 그 말이오."

쓰지무라는 하시모토 옆에 앉은 죽산면의 새 주재소장을 노려보듯 했다.

"옛, 명심하겠습니다."

새 주재소장은 앉음새를 똑바로 하며 고개를 절도 있게 꺾었다.

하시모토는 긴장했다. 자신이 그저 비위를 맞추려고 한 말일 뿐이었는데 쓰지무라는 공박을 하듯 정색을 하고 말을 받았던 것이다. 그건 새 주재소장 앞에서 고급관리로서의 위신을 세우고 유식을 과시하려는 의도 같기도 했다.

그러나 하시모토는 조선사람들에 대한 쓰지무라의 남다른 분석력과 투시력에 놀라지 않을 수 없었다. 자신은 그동안 일본사람들과는 분명히 다른 조선사람들에 대해서, 그러나 막상 따져보려고 하면 무엇이 어떻게 다른지 확실해지지 않고 막연하고 혼란해지기만 했었던 점을 쓰지무라는 군인들 줄 세우듯 확연하게 정리해 놓고 있었던 것이다. 쓰지무라는 관리로서 헛밥을 먹은 것이 아니었고, 조선땅에서 헛세월을 보낸 것이 아니었다.

“참으로 탁견이십니다. 과장님한테는 언제나 배우는 것이 많습니다.”

하시모토는 예의 바르게 머리를 조아렸다. 그건 아부만이 아니었다. 쓰지무라의 말을 듣고 보니 그동안 혼란스럽기만 했던 머릿속이 정연하게 정리되는 것을 느꼈다.

“뭐 탁견일 건 없고, 그 정도로 알아두면 하시모토 상도 앞으로 조센징들을 부리는 데 별 실수 없이 많은 이득을 보게 될 것이오.”

겸손한 척하는 말과는 다르게 쓰지무라의 얼굴에는 자만이 는적이고 있었다.

“참, 이번에 이쪽에서 말썽을 부려왔던 임…… 아니, 그놈 이름이 뭐더라…… 임 뭐라고 하는 놈을 잡아넣지 않았습니까?”

“임병찬이란 놈 말이오?”

“예, 맞습니다. 국권회복을 하겠다고 총독부에 종이쪽지나 올리고 하던 놈 말입니다.”

“그놈을 거문도로 유배시켜 버렸소. 물고기나 실컷 낚아먹다가 죽으라고. 헌데 그놈이 한 짓이 세상 돌아가는 것 모르는 잠꼬대 같은 것 같아도 그런 놈들이 조센징들 속에 얼마든지 있다는 걸 잊어선 안 된단 말이오. 그런 놈들이 불씨로 산지사방에 박혀서 다른 사람들에게 불을 붙이는 것이오.”

“예에, 그렇구말구요. 그런 놈들은 샅샅이 잡아들여 없애버려야

지요."

하시모토는 맞장구를 쳤다.

"그런 놈들보다 몇 배 더 위험한 것이 바로 하시모토 상 집에 침입한 놈들이오. 그놈들이 도둑질한 거액의 돈이 어디에 쓰이겠소. 보나마나 우리한테 대항하는 조직을 만드는 데 쓰이는 것 아니겠소. 그놈들이 아주 악질인데 그것들을 아직까지 못 잡고 있다니……."

쓰지무라는 혀를 차며 얼굴을 구겼다.

"너무 상심하지 마십시오. 고미야 소장이 그놈들을 틀림없이 잡아낼 겁니다."

하시모토는 옆에 앉은 주재소장의 허벅지를 쿡쿡 찌르며 자신있게 말했다.

"예, 미력이나마 최선을 다해 그놈들을 잡아내 과장님께서 베풀어주신 은혜에 꼭 보은토록 하겠습니다."

새 주재소장 고미야는 간장종지만한 정종잔에 이마가 부딪힐 정도로 고개를 숙이고 또 숙였다.

"그건 나한테 보은하는 것이 아니라 거룩하신 천황폐하께 보은하는 것이오. 대일본제국의 양양한 앞길을 반석 위에 탄탄히 닦기 위해선 맡은 바 임무에 최선을 다하는 능력 있는 관리들이 필요한 것이오. 앞으로 맘껏 능력발휘를 해보도록 하시오."

쓰지무라는 조금 남은 술을 홀짝 마시고 고미야에게 잔을 내밀었다. 하시모토의 나이또래인 고미야는 황급히 두 무릎을 세우며 감지덕지 술잔을 받아들었다. 쓰지무라의 말은 얼핏 들으면 덕이 담긴 격려 같았다. 그러나 그 말을 뒤집으면 그건 그대로 날이 시퍼런 칼이었다. 전직 소장이 그렇듯 너도 얼뜨게 굴었다가는 가차없이 치고 말겠다는 협박이었다.

하시모토는 느리게 술잔을 기울이며 그 말뜻을 새기고 있었다. 역시 쓰지무라는 산전수전 다 겪은 능구렁이라는 생각과 함께 마음이 묵지근해지고 있었다. 자신이 바라는 대로 주재소장을 바꿔치기하는 데 쓰지무라는 도움을 주었다. 그런데 엉뚱하게도 전직 소장의 책임을 새 소장에게까지 연장시켜 목에 올가미를 씌우는 것이었다.

"과장님은 역시 여복이 많으십니다. 나이도 어리고 예쁜 것이 꼭 아침이슬을 머금고 금방 벌어질 것 같은 사쿠라 꽃망울 같습니다."

하시모토는 쓰지무라 옆에 붙어앉아 고미야에게 술을 따르고 있는 기생을 쳐다보며 슬쩍 화제를 바꾸었다.

"허, 자네 말이 아주 그럴듯하군. 혹시 자네 맘에 드는 것 아닌가?"

쓰지무라가 불쑥 던진 말이었다. 그 느닷없이 날아든 화살에 하시모토는 술기운이 확 달아나는 것을 느꼈다.

"아, 아닙니다. 제가 아무리 젊다고 해도 그런 정도의 예절은 갖출 줄 압니다. 전 과장님을 모시지 않고는 이 집에 얼씬도 하지 않습니다."

하시모토는 화살을 쳐내는 기분으로 태도를 분명하게 했다. 이런 경우에 잘못 어물거렸다가는 심장에 정통으로 화살을 맞기가 십상이었다. 늙은 수컷의 질시에 찬 그 화살을 맞게 되면 그건 치료 불가능의 치명상이었다. 아라사에서 군대 통역을 하며 그런 경우를 보았던 것이다.

"네에, 하시모토 상은 너무하세요. 과장님을 모실 때만 오시지 말고 다른 때도 좀 놀러 오고 그러세요오."

술을 따르고 난 기생이 앉음새를 얌전히 하며 교태 섞인 눈흘김을 보냈다.

"어허, 요런 못된 년이 젊은 나비를 꼬이네." 쓰지무라는 기생의 엉덩짝을 철퍽 치며 흡족한 듯 껄껄거리고는, "자넨 역시 상하좌우를 잘 알아서 맘에 든단 말이야. 자네같이 총명한 사람이 왜 관리생활을 싫어하는지 모르겠다니까." 그는 기분 좋은 김에 말인심을 후하게 쓰고 있었다.

제때에 한마디한 기생의 말이 더없이 큰 효과를 나타낸 것이었다. 하시모토는 술을 마시는 척하며 앳된 기생을 훔쳐보았다. 그의 가슴에서는 그 기특한 암컷을 발가벗겨 갖고 싶은 욕정이 휘돌고 있었다. 불현듯 일어나는 그 욕정은 앳된 기생이 발산하고 있는 야성적인 색정 때문만이 아니었다. 본의 아니게 늙은 수컷에게 밀려야 하는 젊은 수컷의 오기가 발동하고 있었다. 어디 두고 보자. 하시모토는 왼손으로 사타구니를 훔치며 작은 술잔을 뒤집었다.

"과장님께서는 조선여자들은 싫어하십니까? 잘생긴 것들은 아주 기막히게 잘생겼든데요."

하시모토는 빙긋 웃으며 농담을 걸었다. 그는 끝내 손아귀에 넣지 못한 수국이를 또 생각하고 있었다.

"조선여자? 응, 더러 예쁜 것들도 있긴 있지. 헌데, 조선년들한테서는 냄새가 나서 틀렸어. 마늘냄새, 김치냄새, 그것 고약하거든. 또 그것만이 아니야. 말이 안 통하는 건, 잠자리에서 하는 말이야 몸으로 하지 입으로 하는 게 아니니까 그렇다 치더라도, 조선년들은 도무지 맛이 없어. 잠자리에서 어찌 그리들 뻣뻣하게 산송장이냐 말이야. 좋은지 싫은지 무슨 표가 나야 말이지. 평소에 얌전한 건 좋지만 잠자리에서까지 얌전하니 그게 무슨 맛이야. 유교라는 게 여자들 다 병신 만들어놨다니까."

쓰지무라는 정말 입맛 없다는 듯 쓰게 웃으며 고개를 내저었다.

"아니, 여자들이 그런 것하고 유교하고 무슨 상관이 있습니까?"

하시모토로서는 전혀 짐작이 가지 않는 말이었다.

"어허, 하시모토 상은 조선에 대해 모르는 것이 너무 많구먼. 조선에서 유교는 저 위에 임금에서부터 저 아래 상놈들까지 떠받드는 신주단지 아닌가. 그 유교라는 것이 특히 따지는 게 위신이고 체통에다 예의범절 아닌가. 그 까다로운 예의범절을 평소에 지키는 건 좋은데, 그게 지나쳐서 잠자리에서까지 지키도록 되어 있단 말일세. 무슨 말인고 하니, 양반들이 잠자리에서 그 짓을 하는데 옷을 다 벗고 발가숭이로 해서는 안 된다 그런 말이네. 그러면 옷을 안 벗고 그 짓을 어떻게 하느냐. 남자야 바지를 벗어야 하고, 여자는 위아래 속옷을 그대로 입는데, 여자들의 속곳이라는 게 그게 아주 묘하게 생겨먹었거든. 자네 봤는지 모르겠는데 말야, 옷감이 위아래로 겹쳐져 밑이 길게 터져 있어서 걸음을 걸을 때는 속살이 드러나지 않게 착 감싸이고, 오줌을 누려고 앉거나 누워서 두 다리를 벌리면 그 아랫것들이 훤하게 드러난단 말일세. 우리한테는 없는 아주 편하게 생겨먹은 옷인데, 그런 옷을 생각해 낸 조선것들이 제법이라니까. 그러니까 말이야, 그 편리한 속곳이라는 건 입고 있어도 그 짓을 하는 덴 아무 지장이 없게 돼 있어. 헌데 옷을 왜 다 안 벗느냐! 양반 체통에 발가숭이가 되는 건 짐승처럼 상스러운 거니까 부부끼리도 예절을 지켜야 한다 그거지. 아, 형편이 그 지경이니 여자가 기분 좋다고 해서 코피리를 불 수가 있겠나 엉덩이춤을 출 수가 있겠나. 양반의 체통을 지키자면 그저 뻣뻣하게 누워서 참아내는 도리밖에 없잖은가. 그런 양반들의 행태는 본받아야 할 모범으로 아래 상것들에게도 퍼진 거야. 그리고 엄한 규율이 생기게 됐지. 그게 뭐냐 하면, 여자는 얌전하고 정숙해야 하고, 얌전하고 정숙한 여자는 그 짓을 하면서도 야한 소리를 내거나 천한 몸놀림을 해서는 안 된다 하는 것이지. 그러니 기생들까지도 밥맛 없이 산송장 노릇을 하는 거란 말일세."

쓰지무라는 내 식견이 어떠냐는 듯 두 손가락으로 콧수염끝을 밀어올리며 허음허음 헛기침을 해댔다.

"아이 참, 조선여자들 불쌍하네요. 참을 게 따로 있지 그런 걸 어떻게 참아요."

앳된 기생이 냉큼 말했다.

"하! 요런 맹랑한 것. 무슨 말인지 다 알아듣네."

쓰지무라는 기생이 귀여워죽겠다는 듯 볼을 꼬집는 시늉을 했고, 앳된 기생은 부끄러운 척하며 쓰지무라의 팔에 얼굴을 묻었다.

"그게 그 정도로 심한가요? 그럼 여자들은 그렇다 치고, 남자들은 무슨 재미로 그 짓을 하는 겁니까? 조선양반이라는 것들 체통 좋아하고 예절 좋아하다가 진짜 사는 맛을 다 놓치고 헛살아가는 미련한 바보들이로군요."

하시모토는 어이없어했다.

"이사람아, 모르는 소리 말게. 머리 잘 돌아가는 양반이란 것들이 그 기막힌 맛을 그런 식으로 놓치고 평생을 살 리가 있나. 다 제 놈들 재미 볼 방도는 만들어놓고 있다네. 거 양반이란 양반은 줄줄이 첩질을 하지 않던가? 그걸 왜 하는지 아나? 상것인 첩하고는 체통을 안 지켜도 되니까 그때는 발가벗고 맘껏 그 짓을 하면서 재미를 본다 그 말이야. 첩이야 상것이니까 무슨 짓이든 다 시켜도 되거든."

"허! 그럼 재미는 첩이 다 보고 본부인은 뭡니까?"

"본부인은 점잖게 양반 체통 지키면서 애들이나 낳아라 그거 아닌가."

쓰지무라는 큭큭거리고 웃었다.

"양반이란 놈들, 영 겉 다르고 속 다른 놈들이로군요."

하시모토는 술기운 도는 얼굴에 불쾌한 기색을 드러냈다.

"제대로 보는군. 그게 조선양반들이니까 자네도 앞으로 조심해. 점잖다고 믿어서는 안 되고, 예절 바르다고 방심해선 안 된단 말일

세. 속으로는 엉뚱한 생각을 하고 딴맘을 먹고 있으니까. 아주 다루기 고약하고 힘든 종자들이니까 미리미리 경계하란 말일세."

쓰지무라는 하시모토와 새 주재소장을 번갈아 보며 정색을 하고 말했다.

"예, 명심하겠습니다. 헌데, 혹시 백 면장 소식 들으셨습니까?"

하시모토는 말머리를 슬쩍 돌려잡으며 쓰지무라에게 술잔을 권했다.

"오라, 백 면장이 얼마 전에 두 번째로 첩을 얻었다고 하더군. 이번에는 나이가 더 어려 열세 살이라던가 어쩌던가. 그 사람은 양반도 아니면서 양반 흉내를 곧잘 내고 산다니까. 허허허허……."

쓰지무라는 이야기를 바꾸려는 하시모토의 속셈을 눈치채지 못한 채 아까 이야기에 취해 엉뚱한 말을 지껄이며 기분 좋아하고 있었다.

"헌데 말씀입니다, 그 사람이 면장자리에 앉아서 떵떵거리는 것은 순전히 과장님 덕이 아닙니까?"

하시모토는 의미 깊은 눈길로 쓰지무라를 빤히 쳐다보았다.

"그야 말하나마나 아닌가. 왜, 그자가 날 욕이라도 하던가?"

쓰지무라의 눈에서는 마침내 불빛이 반짝 일어났다.

"욕이라도 하면 차라리 저라도 나서서 혼쭐을 내거나 목을 비틀기가 쉬울 것 아닙니까. 이건 부자지간에 묘하게 과장님 체면에 똥칠을 하고 과장님을 욕먹이고 있으니 탈이지요."

"뭐, 부자지간에 내 체면에 똥칠을 해! 그런 배은망덕한 놈들이 있나. 무슨 일인지 어서 말해 보게."

쓰지무라는 벌컥 화를 내며 그때까지 허벅지 깊숙이를 주물러대고 있던 기생을 뿌리쳤다.

"이거 말씀을 드려야 할지 어쩔지 원. 꼭 고자질하는 것 같아서……."

하시모토는 쓰지무라가 걸려드는 것에 쾌재를 부르면서도 겉으로는 살짝 말꼬리를 사렸다.

"이사람아, 그게 무슨 소리야! 내 체면에 똥칠을 하고 나를 욕먹이고 있는 놈들 이야길 나한테 하는 건데 그게 무슨 고자질이야. 어서 말해! 이건 명령이야."

쓰지무라는 술상을 내리쳤다. 하시모토는 마침내 쓰지무라가 완전히 걸려든 것에 만족과 쾌감을 느꼈다.

"예, 그럼 명령대로 말씀 올리겠습니다. 백 면장은 근자에 들어서 면민들의 원성을 크게 사고 있습니다. 왜 그런고 하니, 그 외눈깔이 되어 헌병대를 쫓겨난 아들놈이 할 일이 없어지니까 미곡도매상을 시켰습니다. 헌데, 백 면장은 자기 권세를 앞세워 면민들의 쌀을 전부 자기 아들에게 넘기라고 강압하게 된 것입니다. 아들은 아버지의 권세를 믿고 쌀을 처분할 집을 찾아다니며 쌀을 강제로 뺏듯이 행패를 부리고요. 그 짓만 하면 그거야 저희들 조센징끼리 다투는 거니까 별 상관이 없습니다만……."

"안 돼, 그것도 안 돼! 면장놈이 그따위 짓을 해서 원성을 사는 건 총독부를 욕먹이는 짓이고, 대일본제국의 기강을 흔드는 짓이야."

쓰지무라는 냅다 고함을 지르며 술잔으로 상을 내리쳤다. 그 바람에 술방울들이 사방으로 튕겨올랐다.

옳지, 그래야지. 그래야 좋고말고. 하시모토는 생각보다 훨씬 더 효과가 나고 있는 것에 신바람이 나고 있었다.

"예에, 지당하신 말씀입니다. 헌데, 백 면장은 항의를 하는 부자 양반들에게 과장님의 이름을 팔아 협박을 하고 있습니다. 잔소리들 마라, 나는 곧 군수가 될 것이다. 내 말을 고분고분 듣지 않으면 내가 군수 된 다음에 당신들은 정말 좋지 않을 것이다. 군산부청 쓰지무라 과장님이 나하고 어떤 사이인지 아느냐. 김제군수는 다 내략이 되어 있다. 백 면장의 이런 협박 앞에서 양반들도 꼼짝을 못하고……."

"저, 저런 죽일 놈이 있나!"

쓰지무라는 더 화를 내뿜으며 또 술상을 내리쳤다.

그러나 하시모토는 아직 부족하다고 생각했다. 화가 머리꼭지까지 치받쳐오르다 못해 완전히 폭발해 버릴 때까지 밀어붙여야 된다고 작정했다. 화가 완전히 폭발해서 백종두의 목을 단칼에 치도록 만들어야 하는 것이었다.

"헌데 백 면장만 과장님 존함을 더럽히는 것이 아닙니다. 외눈깔인 그 아들놈은 병신 주제꼴에 일본상인들에게나 누구에게나 과장님 존함을 팔아 제놈 장사에 이용해 먹고 있습니다. 며칠 전에는 일본상인에게 돈을 미리 받고 쌀을 넘겨주지 않는 거짓말을 해서 경찰서에 붙들려 들어가지 않았습니까. 헌데, 일본상인이 돈을 미리 준 것은 그놈이 과장님 양아들이라는 것을 믿고 그랬다는 것 아닙니까."

"뭐라고, 그런 쳐죽일 놈이 있나! 그놈을 당장 끌어와, 당장!"

쓰지무라는 목소리가 파이도록 소리를 지르며 새 주재소장을 향해 팔을 뻗쳤다. 그런 그의 눈은 술기운과 함께 살기가 번뜩이고 있었다.

손가락질을 당한 새 주재소장은 어찌할 줄을 모르고 안절부절 못하고 있었다. 하시모토는 쓰지무라의 화가 마침내 폭발했음을 느꼈다. 이제 뽑은 칼을 내려치게만 하면 목적 달성을 하는 것이었다.

"과장님, 술도 드셨는데 고정하십시오. 그런 것들이 다시는 그따위 짓을 못하도록 쳐없애는 건 내일이라도 늦지 않습니다. 그까짓 하찮은 조센징들 때문에 이렇게 화를 내시면 과장님 몸만 상하시게 됩니다."

하시모토는 애원이라도 하듯 간곡한 어조로 말했다.

"예, 그렇습니다. 제가 책임지고 내일 당장 잡아들일 테니 건강을, 아니 저 옥체를 생각하셔서 참으십시오."

새 주재소장도 난처한 입장을 모면하려고 더듬거리며 말했다.

"과장니임, 두 분 말씀대로 화 푸세요오. 화내셔서 술탈 나면 과장님만 손해시잖아요. 그까짓 조센징들이 뭔데요."

쓰지무라의 팔을 붙들고 제 몸을 흔드는 교태를 부리며 앳된 기생은 콧소리를 내고 있었다.

"그래, 자네들 말이 옳기는 하군. 그런 못된 종자들!" 쓰지무라는 한숨을 돌리며 담배를 빼들고는, "그 눈깔병신놈이 어째서 내 양아들이라는 그런 당치도 않는 거짓말을 해대는 건가?" 그는 노기가 역연한 얼굴로 하시모토에게 눈길을 박았다.

"예, 경찰서에서 한 말이, 제놈 애비하고 과장님하고 의형제를 맺은 사이고, 그러니까 제놈은 과장님 양아들이라고 했다는 겁니다."

"저런 사기꾼을 봤나. 그래서 경찰서에서는 어떻게 했나?"

"어, 경찰서에서도 과장님과 백 면장이 가까운 사이라는 건 다 아는 처지고, 그 외눈깔도 헌병대에서 근무한 경력이 있고 해서 쌀을 약속대로 상인에게 넘겨주기로 하고 풀어주었다고 합니다."

"저런 멍청한 작자들이 있나. 어쨌거나 백종두 그놈부터 제명대로 못살고 죽으려고 환장을 했구만."

"예에, 맞는 말씀입니다. 늙은 것이 돈과 권력에 눈이 어두워 노추를 부리는 겁니다."

하시모토는 어서 칼을 내려치라고 살살 긁어대고 있었다.

"그놈이 몇 살이나 먹었나?"

"예, 꼭 쉰 살입니다."

"아니, 그놈이 벌써 그렇게 늙었나? 그거 진작 잘랐어야 할 폐품 아닌가. 너무 오래 붙여놓으니 그런 병폐가 생길 수밖에 없지. 자넨 언제나 쓸 만한 정보만 가져온단 말야. 수고했네."

쓰지무라는 하시모토에게 술잔을 내밀었다. 하시모토는 쓰지무라가 칼을 내려치는 것을 확인했다.

"황송합니다."

하시모토는 술잔을 받으며 승리감을 만끽하고 있었다. 백종두 제놈이 내 일을 방해하고, 그 땅을 제놈이 먹어치우려고 해? 어림없지, 한 치 앞도 못 내다보는 멍청한 놈. 제놈이 땅욕심을 부리고도 내 앞에서 살아날 줄 알았나.

하시모토는 자신이 꾸민 연극에 만족을 느끼며 술잔을 단숨에 비웠다. 그가 쓰지무라에게 한 이야기 중에서 사실인 것은 두 가지뿐이었다. 백종두가 자기 아들의 장사를 위해 나락섬이나 지닌 사람들에게 은근히 압력을 가한 것이었고, 그의 아들 남일이가 나락을 미처 정미하지 못해 약속한 날짜에 쌀가마니를 선적시키지 못하고 경찰에 고발당한 것이었다. 그 나머지 이야기는 평소에 그들 부자가 자랑삼아 했던 말들에다가 다른 말을 더 보태 꾸며댄 것이었다.

하시모토는 백종두가 먹어치우려고 하는 하천부지의 개간 허가를 부탁할까 하다가 마음을 접었다. 새 주재소장 앞에서 꺼낼 말이 아니었고, 더구나 기생 앞에서 그런 부탁을 했다가는 일에 흠집이 생길 우려가 있었던 것이다. 그런 부탁은 쓰지무라와 단둘이 앉았을 때 은밀하게 하는 것이 뒤탈을 막고 서로간의 체면도 살리게 되는 가장 안전하고 현명한 방법이었다.

뜻하는 대로 일을 끝낸 하시모토는 느긋한 마음으로 술을 마시기 시작했다. 그는 술맛을 새롭게 느끼며 자신이 마음대로 주무를 수 있는 새 면장으로 누가 마땅할까를 생각하고 있었다. 죽산면을 다 차지할 날도 머지않았다는 뿌듯한 마음과 함께.

한편 백종두는 원평천 하구의 질펀한 갈대밭에 둑을 쌓아 논을 만들 꿈에 부풀어 있었다. 바다에 가까운 개천 양쪽으로 펼쳐진 갈대밭은 임자 없이 버려진 땅이었다. 아니, 좀더 정확히 말하자면 나라가 임자였다. 그러나 나라에서도 바닷물에 절어 갈대만 무성한 그런 쓸모없는 땅은 없는 것으로 취급해 버렸다. 예전에는 더 말할 것도 없었지만 총독부에서 혈안이 되어 실시하는 토지조사사업에서도 그런 땅은 소홀하게 넘기고 말았다. 토지조사국에서는 당장 곡식이 생산되는 농토를 주목했지 갈대만 우거진 그런 땅은 '국유'라는 서류 한 장으로 지나쳤다.

백종두는 그 허술함을 이용해 농토를 넓힐 꿍꿍이속을 차렸다. 면장의 권한이면 그런 무관심한 국유지는 얼마든지 사유지로 바꿀 수 있었다. 특히 그 갈대밭을 눈독 들인 것은 넓이도 넓을 뿐만 아니라 둑을 쌓기가 손쉬울 것 같았던 것이다.

물론 둑을 쌓는 비용이 수월찮게 들어갈 것이었다. 그러나 목돈이 들어간다 하더라도 일반 논값에 비하면 수만 평의 논이 거저 생기는 것이나 마찬가지였다. 백종두는 그동안 하시모토가 설치는 바람에 억눌러왔던 땅욕심을 그것으로 채울 작정이었다. 면장을 하면서 남 좋은 일만 시키고 땅을 하나도 차지하지 못한다는 건 말이 안 되는 일이었다.

"자아, 똑똑허니 봐라. 쩌어그서보톰 쩌어그꺼정 둑얼 막는 거이다. 쩌어그다가 싹 둑얼 둘러치면 저것이 얼매나 넓은 농토가 되겄냐. 수천 마지기다, 수천 마지기!"

아들을 거느린 백종두는 발뒤꿈치까지 들어 손가락으로 허공에다 커다란 동그라미를 그려가며 신명이 오르고 있었다.

"차암 아부지도, 어째 아그덜 꿈꾸디끼 고런 소리럴 허신당게라?"

외눈으로 드넓은 갈대밭을 바라보고 있던 백남일이 퉁명스럽게 내뱉었다.

"이놈아, 무신 소리여. 버르장머리 없이."

백종두는 찬물을 뒤집어쓴 것처럼 부풀어오르던 신명이 싹 식는 걸 느끼며 벌컥 화를 냈다.

"아, 저 넓은 뻘 밭에다 어느 세월에 둑얼 쌓냐니께요. 아침저녁으로 갯물언 오르락내리락허는디라."

백남일의 목소리는 더 불퉁스러워졌다. 그러잖아도 휜창뿐인 한쪽 눈으로 흉해 보이는 얼굴에 짜증이 드러나니 더 험악한 인상이 되었다.

"이놈아, 누가 니보고 막으라고 허디냐? 니넌 그저 왔다갔다험서 일얼 추실리라는 것이제. 이 애비가 면장자리 차고 앉어서 앞에 나슬 수야 없는 일 아니여."

"누가 그것이야 모른다요. 딴 일도 바쁜디 저놈에 일이 부지하세월일 것잉게 그러제라."

"니가 몰르는 소리여. 돈이면 안 되는 일이 없는디, 돈얼 와짝 풀면 이놈 저놈 박터지게 몰려드는디도 부지하세월이냐. 토지조사사업으로 농토 뺏기고 일거리 구허는 놈덜이야 쌔고 쨌응게 니넌 그런 걱정 안 해도 돼야. 이 애비도 일 질질 끄는 것 못 보는 성민지 알지야?"

백종두의 목소리는 어느덧 아들을 타이르는 어조로 바뀌어 있었다.

"글씨요, 그리된다면 또 몰를까……."

백남일은 마지못해 아버지의 말을 받아들였다. 그러나 속으로는 그 일이 전혀 내키지 않았다. 그 일로 재산이 더 늘어나고 어쩌고를 따지기 전에 우선 귀찮은 일이 생기는 것이 싫었던 것이다. 군산에서 죽산면까지 수시로 왔다갔다해야 한다는 건 여간 귀찮고 성가신 일이 아니었다. 또, 재산이 아무리 많이 불어난다 해도 별로 달갑지 않았다. 그전부터 가지고 있었던 논밭에서는 어김없이 소출이 생기고 있었고, 정미소에서는 기계가 돌아가는 만큼 돈이 쏟아지고 있었고, 새로 시작한 미곡도매상에서도 돈벌이는 아주 좋았던 것이다. 정미소를 관리하고 도매상 일을 하는 것만으로도 재미 보고 살 여유는 모자랐다. 그런데 아버지는 또 새 일을 벌인 것이었다. 지금 있는 재산만으로도 아버지 평생은 말할 것도 없고 자신의 평생도 얼마든지 호의호식해 가며 떵떵거리고 살 수 있었다. 자신은 그렇게 살고 싶었다. 그런데 아버지의 욕심은 끝이 없었다. 그런 아버지를 도무지 이해할 수가 없었다.

"그려, 내년 이맘때면 저그가 다 논이 될 거이다. 어느 때 어느 시절이고 재산 중에 질로 믿을 것언 땅이니라. 세월이 가니 썩기럴 허냐, 아무리 숭헌 도적놈이라도 짊어지고 갈 수가 있냐."

백종두는 가늘게 뜬 눈으로 싱싱한 갈대밭을 바라보며 아들에게 이르는 것인지 혼잣말을 하는 것인지 모르게 근엄한 어조로 말하고 있었다.

"아부지, 알었응게 인자 가시제라. 날이 사람 잡게 덥구만요."

백남일은 아버지의 말을 건성으로 들어넘기며 짜증스럽게 이마의 땀을 문질렀다.

"시건방구지게 설렁기리지 말고 애비 말 똑똑허니 명심혀. 가자, 어험!"

백종두는 쥘부채를 시원스럽게 쫙 펼치며 거드름 실린 걸음을 옮겼다.

7월의 무더위 속에서 들녘의 푸르름은 바닷빛으로 짙게 넘실거리고 있었다. 넓고 큰 날개를 느리게 펄럭이며 한가롭게 날고 있는 해오라기의 우아한 자태가 들녘의 푸르름 속에서 유난히 돋보이는 한 떨기 하얀 꽃이었다.

한가한 해오라기들과는 대조적으로 푸르름 속에서 바삐 움직이고 있는 사람들이 있었다. 푹푹 찌는 더위를 무릅써가며 논일을 하고 있는 농부들이었다. 절기에 맞춰 논일을 미룰 수 없는 농부들은 넓고 넓은 들녘에 수없이 많은 점으로 박혀 있었다. 그들은 불볕을 온몸으로 받고 팥죽땀으로 온몸을 적시며 허리를 펼 짬도 없이 논일을 하고 있었다. 긴 다리로 겅중겅중 걷다가 우렁을 잡아먹고, 기다란 목을 세워 여기저기 살피다가 큰 날개를 펼쳐 다른 논으로 유유하게 날아가고는 하는 해오라기들에 비하면 농부들의 신세는 너무 고달프고 힘겨운 것이었다.

백남일은 아버지의 뒤를 멀찍이 따르며 연상 뭐라고 투덜거리고 있었다. 그는 양반걸음으로 느리게 걷는 아버지가 불만이었고, 어떻게 피할 도리가 없는 더위에 짜증은 갈수록 심해지고 있었다. 불볕 속에서 일을 하고 있는 농부들은 아예 그의 안중에 없었다.

백종두는 하루라도 빨리 일을 시작할 작정이었다. 괜히 어물거리다가는 하시모토에게 들켜 일을 망칠 위험이 컸다. 지금까지 하시모토 모르게 일을 감쪽같이 꾸며온 것에 그는 만족을 넘어 통쾌함까지 느끼고 있었다.

하시모토, 제놈이 아무리 머리를 빨리 돌린다고 해도 날 당할 도리가 있나. 내가 일을 딱 벌여놓으면 그놈 쌍판이 어찌 될까. 그놈 날벼락 맞은 기분이겠지. 내가 언제까지 젊은 네놈 좋은 일만 시킬 것이냐. 나도 이제 내 실속 좀 차려야겠다. 흐흐흐흐…….

백종두는 부채를 할랑거리고 걸으며 자신도 모르게 흐흐거리는 소리를 흘리고 있었다.

그러나 백종두는 자신이 큰 실수를 하나 저지른 것을 까맣게 모르고 있었다. 그는 토지조사국 다나카를 자기편이라고 찰떡같이 믿고 있었던 것이다. 그는 다나카가 일본사람이라는 것을 잊고 있었다. 아니, 그는 자신이 조선사람이 아니라고 착각했는지도 몰랐다. 어쨌든 그가 믿었던 다나카는 그의 계획을 고스란히 하시모토에게 알려주고 말았다. 그의 계획을 다 알고서도 그를 속인 것은 오히려 하시모토였다.

백종두는 자신이 아무리 면장이라고는 했지만 국유지를 사유지로 바꾸려면 토지조사국 조사원 다나카를 끼지 않으면 안 되었다. 그래서 다나카에게 돈을 두둑하게 쥐여주고 회유했던 것이다. 쓸모없이 여기는 국유지를 사유지로 바꾸는 서류 한 장을 다시 쓰는 수고비로는 거액의 돈이었다.

백종두는 개간사업을 추진시킬 계획에 몰두해 있다가 다음날 전주부청으로부터 전화를 받았다.

"아 여보세요, 백종두 면장입니까? 여긴 전주부청 총무과입니다."

"아 예에, 죽산면장 백종둡니다."

"예, 좋습니다. 긴급 인사조치를 알립니다. 잘 들으시오."

"아 예에, 어서 말씀하십시오."

그 순간 백종두는 눈앞이 훤히 열리는 것을 느꼈다. 김제군수! 그는 가슴이 화끈 뜨거워지는 것도 느꼈다.

"오늘부로 백종두 당신을 죽산면장에서 면직시키는 바이오."

"예에에?"

"긴급 인사조치라 전통으로 알리는 것이고, 공문은 곧 송달될 것이오."

"여보세요, 아니 여보세요, 이게 어떻게 된 일입니까! 이게 무슨 일입니까!"

저쪽에서는 아무 대꾸가 없었다.

"여보세요, 여보세요, 여보세요……."

이미 끊어진 전화가 다시 이어질 리 없었다. 얼굴이 창백하게 굳어진 백종두는 수화기를 놓치며 비실비실 쓰러지고 있었다.

사무실이 기우뚱 넘어가고, 발밑이 와르르 무너져내리고, 숨이 막히는 걸 느끼며 백종두는 쓰러지지 않으려고 아무거나 붙들었다. 그는 간신히 책상다리를 붙들며 마룻바닥에 머리를 찧는 것을 모면했다.

그는 정신을 가다듬으려고 안간힘 했다. 정신 차리라고, 이 무슨 못난 짓이냐고 스스로를 꾸짖었다. 그는 이를 앙다물며 눈을 부릅떴다. 그러나 눈앞에는 안개가 뿌옇게 낀 채 몸은 가눌 수가 없이 처져내렸다. 그는 숨을 헐떡거리며 마룻바닥에 주저앉았다. 의자에 올라앉아야 된다고 생각하면서도 도저히 몸을 일으킬 수가 없었다. 의자가 멀리 솟은 산처럼 까마득하게 높아 보이기만 했다. 그는 책상 옆구리에 머리를 기대며 몸을 부렸다.

"오늘부로 백종두 당신을 죽산면장에서 면직시키는 바이오."

천둥소리처럼 다시 울리는 소리였다. 그 소리는 귀에서 울리는 것이 아니었다. 머릿속에서 울리고 있었다. 아니, 가슴속에서 울리고 있었다. 그는 머리를 감싸잡았다.

아니여, 아니여! 나가 잘못헌 일이 머시가 있다고. 나가 얼매나 충신 노릇얼 잘혔다고. 머시가 잘못된 것일 기여. 하먼, 잘못된 것이고말고.

백종두는 정말 무엇이 잘못된 것이라고 생각했다. 지금까지 치밀하게 손을 써온 것을 생각하더라도 군수가 되었으면 되었지 면장에서 목이 떨어져 나갈 위험은 추호도 없었던 것이다. 그렇다고 부청 직원이 전통(電通)을 잘못 전한 것이라고 할 수는 없었다. 전통을 전하는 순서가 너무나 분명하고 확실했던 것이다.

그려, 이리 넋빼고 있을 일이 아니여. 어서 무신 연곤지 캐내고, 일이 굳어지기 전에 되엎어야제. 나가 이리 끝낼라고 즈그덜 앞장슨 것이 아닝게.

백종두는 빠드득 이빨을 갈았다. 그의 몸 그 어딘가에서는 상황에 기민하게 대처하고 적응하는 특유의 힘이 솟고 있었다. 눈앞의 안개가 차츰 걷혀가는 것을 느끼며 그는 쓰지무라를 떠올리고 있었다. 쓰지무라를 만나기만 하면 면직 사유를 금방 밝혀낼 수 있을 것이고, 일을 되잡을 수도 있을 거였다. 전주부청이 군산부청을 움직일 수는 없어도 군산부청이 전주부청을 주무르기는 쉬웠다. 그건 일본세상이 되면서 볼품없었던 군산이 갑자기 부청으로 승격된 것과 직결되는 문제였다. 그러니까 군산부청이 장악하고 있는 막강한 경제력이 전주부청의 행정력을 누르고 있었다. 백종두는 어서 쓰지무라를 만나야 된다는 생각으로 마음 급하게 몸을 일으켰다.

부랴부랴 사무실을 나선 백종두는 그만 난감해졌다. 군산으로 타고 나갈 것이 아무것도 없었던 것이다. 이제 군산에다 인력거를 보내라고 연락할 수도 없었다. 해가 반나마 기울고 있는데 인력거가 오고가고 하다 보면 군산에는 밤중에나 당도할 것이었다. 그러면 쓰지무라는 천상 내일 만날 수밖에 없었다. 그건 안 될 일이었다. 오늘부로 면직이라고 했으니까 오늘부로 뒤엎지 않으면 안 될 일이었다.

무슨 수가 없을까……, 무슨 수가 없을까……. 백종두는 초조하게 손바닥을 맞비비며 울상을 지었다. 그때 저쪽에서 말발굽소리가 들려왔다.

"그려, 저것이여!"

백종두는 순간적으로 탄성을 토하며 손바닥으로 허벅지를 쳤다. 울상이던 얼굴은 환해졌고 불안이 서렸던 눈에서는 광채가 났다.

"하시모토 상! 하시모토 상!"

백종두는 목청껏 외치며 면사무소를 뛰쳐나가고 있었다. 거수경례를 붙이던 수위가 머쓱해져 정신없이 뛰고 있는 면장의 뒷모습을 이상하다는 눈길로 바라보고 있었다.

"하시모토 상, 나 좀 보시오! 하시모토 상!"

백종두는 행인들이 쳐다보거나 말거나 소리치고 있었다.

저만치 앞에서 속보로 뛰고 있던 말이 멈추었다. 그리고 말머리가 돌려지면서 말에 올라앉은 사람도 뒤를 돌아보았다. 그러는 동안에 달음박질쳐 온 백종두는 말 가까이 다다르고 있었다.

"하, 하, 하시모토 상, 나, 나를 군산에, 구, 군산에 좀……."

뛰기를 멈춘 백종두는 숨이 가빠 손으로 가슴을 누른 채 말을 제대로 하지 못했다.

"무슨 소리요?"

백종두를 내려다보며 하시모토는 무표정하게 물었다.

"하시모토 상, 그 말에 태워다가 나를, 나를 군산에 좀 데려다주시오."

숨을 헐떡거리는 백종두의 얼굴은 온통 구겨지고 있었다. 그는 숨이 가쁜 것만이 아니었다. 너무 갑자기 급하게 뛰는 바람에 가슴이 뒤틀리면서 찢어지는 것 같은 통증이 치받치고 있었다.

"무슨 일이오?"

"그, 급한 일이 좀 생겼소."

"어딜 가는데요?"

"부청에…… 부청까지 좀 데려다주시오."

백종두의 숨가쁜 소리는 애원이나 다름이 없었다. 백종두의 말을 듣는 순간 하시모토의 눈에 묘한 빛이 스쳐갔다.

"대체 무슨 일이오?"

똑같은 말을 다시 묻는 하시모토의 입가에 찬웃음이 서렸다.

"그건 차차 말하기로 하고, 어서 좀 태워다 주시오."

"그랬으면 좋겠는데 나도 급한 일로 어딜 가던 참이오."

하시모토의 말은 차가웠다.

"하시모토 상, 나 좀 살려주시오. 오늘 부청에 가지 않으면 큰일 날 일이 생겼소. 나 좀 살려주시오."

하시모토를 올려다보고 있는 백종두는 완전히 애원하고 있었다. 하시모토는 백종두에게 무슨 일이 일어났는지 확실히 알게 되었다.

"무슨 일인지 모르겠지만 나도 급해서 미안하오."

하시모토는 냉정하게 말하며 말을 급히 돌려세웠다.

"하시모토 상!"

백종두는 울부짖듯 하며 말을 붙들려고 했다. 그러나 엉덩이에 채찍을 맞은 말은 땅을 박차며 뛰기 시작했다.

"쩌, 쩌, 죽일 놈! 저런 배은망덕헌 놈이……."

백종두는 멀어져 가는 하시모토를 증오에 찬 눈으로 노려보며 분노를 내뿜고 있었다. 그동안 내가 얼마나 도와주었는데……. 백종두는 가라앉아 가던 가슴의 통증이 되살아나는 것을 느꼈다.

백종두가 새로 생각해 낸 것은 주재소장의 자전거였다. 자전거가 말만은 못해도 인력거보다는 빨랐다. 주재소장에게 태워다 달라고 하면 일과 전에 충분히 도착할 수 있었다.

백종두는 부리나케 주재소로 갔다. 그러나 주재소장도 자전거도 보이지 않았다. 주재소장이 자전거를 타고 면내 순찰을 나갔다는 것이었다.

백종두는 울고 싶고 주저앉고 싶은 심정이었다. 동학도들이 대창을 꼬나잡고 일어났을 때도 이처럼 암담하고 절박했었던 것 같지는 않았다. 그러나 오래된 일이라서 그렇게 느껴질 뿐이었다. 어쩌면 그때에 비하면 지금 형편은 아무것도 아닌지도 몰랐다. 그때는 자칫 잘못하면 대창에 바람구멍이 뚫릴 판이었다. 그 아슬아슬한 위기도 무사히 넘겨온 자신이었다. 백종두는 허물어지려는 마음에 회초리질을 해댔다.

백종두가 궁여지책으로 생각해 낸 것이 달구지였다. 그것도 짐을 싣지 않으면 말보다는 못해도 자전거만큼은 빨리 달리게 할 수 있었던 것이다. 백종두는 지나가는 빈 달구지를 붙들어 세웠다.

"니 나가 누군지 아느냐!"

"야아, 면장 나으리……."

"얼렁 가자, 군산으로!"

백종두는 서슴없이 달구지 위로 올라앉으며 호령했다.

"야아……?"

"어째, 못 가겄다는 것이냐?"

"아니, 아니구만이라우. 이 짐 실는 것에 면장 나으리가……."

"급헌 일이 터졌웅게 얼렁 소나 몰아라. 돈이야 얼매든지 줄팅게 저놈이 걷지 못허고 뛰게 볼기짝얼 사정없이 쳐. 알겄느냐!"

"야아, 알겄구만이라우."

달구지꾼은 회초리 든 손에 침을 튀기고는 소의 볼기짝을 후려치며 '이려, 이렷' 소리쳤다. 흠칫 놀란 소가 고개를 내두르며 뛰기 시작했다.

"더 씨게 쳐, 더!"

백종두의 명령이었다. 달구지꾼은 그 명령에 따라 회초리를 더 세게 휘둘렀다. 소는 둔중한 몸을 출렁거리며 군산으로 뻗은 길을 달리고 있었다.

"더 씨게 쳐, 더!"

"너무 글먼 소가 상허는디요."

참다 못한 달구지꾼이 불만을 가득 문 입으로 꿍얼거리듯 말했다.

"상허먼 더 기운 존 놈으로 사줄 것잉게 더 씨게 쳐, 더!"

백종두는 손등으로 이마의 땀을 씩씩 문질러대며 애를 태웠다. 정신없이 사무실을 나오느라고 줠부채를 지니지 않아 그의 얼굴은 땡볕에 잘 익어가고 있었다. 그러나 그는 더위 같은 것은 전혀 느끼지 못한 채 소몰이에만 정신이 팔려 있었다.

백종두는 일과가 끝나기 직전에 가까스로 부청에 도착했다.

"저어…… 면장 어르신……."

돈을 줄 기미라고는 전혀 없이 달구지에서 뛰어내리는 백종두 앞에 달구지꾼이 엉거주춤 손을 내밀었다.

"어허, 한시가 급혀, 한시가. 낼 면사무소로 와, 면사무소."

백종두는 달구지꾼을 떼밀며 허둥지둥 부청으로 들어갔다. 벌겋게 익은 그의 얼굴에는 땀이 번들거리고 있었다.

"니기럴, 무신 봉알 밑에 불붙을 일이 생겨 저 지랄인고. 오늘 재수 참말로 똥 밟고 엎어진 재수시, 염병허고."

달구지꾼은 투덜투덜하며 안쓰러운 듯 소의 볼기짝을 쓰다듬고 또 쓰다듬었다. 목을 늘어뜨린 소는 입을 헤벌린 채 숨을 몰아쉬고 있었다. 커다란 눈은 충혈되고 눈곱이 끼여 있었고, 길게 늘어진 혀에서는 끈끈한 침이 줄줄이 흘러내리고 있었다.

"과, 과장님 크, 큰일났습니다."

쓰지무라의 사무실로 뛰어든 백종두는 평소의 정중하기 이를 데 없는 인사 같은 것은 차릴 겨를도 없이 이렇게 더듬거렸다. 말이 더듬거려지는 것은 숨도 가쁘고 마음도 급했던 것이다.

"아아니, 백 면장. 이게 무슨 짓이오!"

쓰지무라는 불쾌한 기색으로 백종두를 쏘아보았다.

"죄, 죄송합니다, 용서하십시오. 제가 너무 급해서 그만……."

백종두는 뒤늦게 두 손을 앞으로 모아잡고 쓰지무라 앞에 고개를 깊이 숙였다.

"당장 목이 달아나는 급한 일이라도 절도와 품위를 지키는 것이 대일본제국의 관리라는 걸 모르오?"

"예에, 죄송하게 됐습니다. 다시는 이런 실수 안 하겠습니다. 용서해 주십시오."

백종두는 연상 머리를 조아리며 진땀을 삐질삐질 흘리고 있었다.

"급한 일이라는 게 뭐요?"

쓰지무라는 의자 뒤로 몸을 젖히며 담배를 피워물었다.

"예에, 오늘, 아까 전주부청에서 밑도 끝도 없이 오늘부로 면직시킨다는 전통을 받았습니다. 과장님, 저를 좀 살려주십시오. 제가 뭐를 잘못했다고 면직을 시킵니까. 제가 그동안 얼마나 성심성의껏 일을 했는지는 과장님께서 잘 아시지 않습니까."

"글쎄에, 아무 잘못이 없는데 상부에서 그런 인사조치를 할 까닭이 있겠소?"

쓰지무라는 다른 때와는 달리 의자를 권하지 않았다. 그의 책상 앞에 두 손을 모아잡고 선 백종두의 모습은 천상 잘못을 저지른 죄인의 꼴이었다.

"아닙니다, 절대 아닙니다. 그만한 잘못을 저지른 일이 없습니다.

저는 아직 면직 사유도 모르고 있습니다. 그것도 좀 알아봐 주시고, 저를 좀 살려주십시오. 저를 살려주실 분은 과장님밖에 안 계십니다. 그 은혜 평생토록 갚아올리겠습니다. 과장님, 저 좀 살려주십시오."

연상 허리를 굽실거리는 백종두의 목소리는 울음이 섞인 듯하면서 떨리고 있었다. 이제 그의 얼굴은 땀범벅이 되어 있었고, 양쪽 겨드랑이며 가슴팍 부분은 겉옷까지 땀이 내배고 있었다.

"뭐어, 내가 무슨 힘이 있소. 하여튼 알아보도록 합시다."

쓰지무라는 담배연기를 훅 내뿜으며 창 쪽으로 고개를 돌렸다.

"과장님, 고맙습니다. 당장 좀 조처를 취해주십시오. 오늘부로 면직이라는 전통을 취소시켜 주십시오."

백종두는 곧 전화기라도 돌릴 것 같은 기세였다.

"이거 보시오, 백 면장! 정신 좀 차리시오. 인사조치가 무슨 어린애들 장난인 줄 아시오? 총독 각하라도 그렇게 맘대로 되는 게 아니란 말이오. 내가 알아보도록 할 테니 돌아가 기다리시오."

쓰지무라는 냉정하게 백종두를 쏘아보며 의자에서 벌떡 몸을 일으켰다.

"아, 예예, 제가 그만 마음이 급해서……."

백종두는 일그러지는 얼굴에 억지웃음을 피워내고 있었다. 그 얼굴이 참담하기 그지없었다.

"나 약속이 있어서 나가봐야겠소. 내가 알아보고 연락할 테니 기다리시오."

백종두는 물러설 수밖에 없었다.

부청을 나선 백종두는 무심코 집 쪽으로 걸음을 옮기다 문득 떠오른 생각에 발을 멈추었다. 어서 하시모토를 만나야 했다. 하시모토를 내세우면 쓰지무라가 더 열성으로 일을 보아줄 것이 틀림없었다.

백종두는 몹시 목이 타면서도 지나가는 인력거를 세웠다. 그는 인력거에 몸을 부리며 가슴이 무너져내리는 것 같은 한숨을 토해냈다. 내가 이게 무슨 꼴인가…… 세상에 이럴 수도 있는가…….

그는 마음이 허물어지고 온몸이 부서지는 것 같은 낙담과 고통을 느꼈다. 자신의 신세가 끝장나 버리는 것 같은 절망이 밀려들었다. 아니야, 아니야, 이대로 당할 수는 없어……. 뭐가 잘못된 거야, 이 꼴을 당하려고 여지껏 그렇게 충성을 바쳐온 게 아니야. 안 돼, 안 돼, 안 되고말고. 적어도 군수까지는 해먹어야 돼! 백종두는 허물어지는 마음을 다시 찰흙을 꽁꽁 뭉쳐대듯 다잡았다. 그리고 주먹을 말아쥐며 부르르 떨었다.

기운을 차리려 했지만 몸은 너무 지쳐 있었다. 백종두는 한숨을 자고 나서 기운을 차리려고 했다. 인력거의 흔들림에 몸을 맡기며 눈을 감았다. 그러나 잠이 오기는커녕 정신이 더 또렷또렷해지기만 했다.

근자에 있었던 일들을 이것저것 뒤집어보고 되짚어보고 따져보았다. 아무리 냉정하게 생각해 보아도 그런 일을 당할 만큼 잘못한 일이라고는 없었다. 잘못한 것이 없으니 더 미칠 것만 같았다. 어떤 놈이 내 자리를 노리고 모함을 한 것인가! 뒤늦게 떠오른 이 생각에 그는 무릎을 쳤다. 그놈이 누구인지 찾아내야 했다. 순간적으로 증오가 불기둥처럼 솟구쳤다. 당장 그놈을 찾아내서 모가지를 비틀어버리고 싶었다. 아니, 팔다리를 토막토막 잘라야 된다고 생각했다. 그놈이 조선놈일 것이 분명했다. 면장이며 군수까지는 조선 사람들의 차지였던 것이다. 어떤 나쁜 놈이 할 짓이 없어서……. 백종두는 이빨을 맞갈았다.

인력거는 반딧불이들이 신비롭게 날아다니고 개구리들이 낭자하게 울어대는 어둠을 헤치며 면사무소 옆에 도착했다.

"아이고메, 사람 죽겄네!"

인력거꾼이 비명을 토하듯 하며 주저앉았다.

"그려, 고상혔네. 국밥에 막걸리나 한잔 걸치고 가소."

백종두는 인력거삯에 잔돈푼을 더 얹어주었다. 몇십 리 길을 한 번도 쉬지 못하게 몰아친 것이 미안했던 것이다.

"아이고, 고맙구만이라우, 고마워라우."

인력거꾼이 큰절하듯 했다.

백종두는 그 길로 하시모토를 찾아갔다. 하시모토는 밥상을 받고 있었다.

"백상, 오늘부로 면직당했다면서요?"

면상을 치는 그 말에 백종두는 그만 까무러칠 뻔했다. 호칭도 백 면장이 아니라 '백상'이었던 것이다.

"아니, 그걸 어찌 아시오?"

백종두는 하시모토를 노려보았다.

"소문이 쫙 퍼졌소."

"소문이? 그럴 리가 없소."

"무슨 소리요? 면사무소 직원들이 내일 새 면장이 온다고 준비하느라고 정신없이 바쁘던데."

"아니, 그놈들이 그게 무슨 짓인가…… 그놈들이 그걸 어찌 알았나……."

어리둥절해진 백종두는 헛소리하듯 하고 있었다.

"매사에 눈치 빠른 백상이 어찌 그 일엔 그리 둔하시오. 부청에서 백상한테만 전통을 보낸 줄 아시오? 직원들한테도 보냈단 말이오. 행정 책임자 자리를 하루라도 비워둘 수 없다는 건 백상도 잘 알잖소?"

빈말이라도 밥 먹었느냐는 말 한마디 묻지 않고 하시모토는 비아냥거리는 투로 말하고 있었다.

"대체 새로 오는 놈이 누구요?"

"그거야 난들 알겠소. 어쩌면 면직원들은 알지 모르겠소."

당일로 너무 냉담하게 변해버린 하시모토의 태도에 백종두는 세상 인심 조석변인 것을 새삼스럽게 실감했다. 그러나 참아야 했다. 당장 힘이 될 수 있는 사람은 하시모토였다.

"하시모토 상, 내 부탁 하나 들어주시오. 쓰지무라 과장님께서 날 도와주시겠다고 하셨는데, 하시모토 상이 다시 한 번 과장님한테 부탁을 좀 해주시오. 뭐, 내 입으로 할 말은 아니지만 그간에 나도 하시모토 상을 백방으로 돕지 않았소?"

백종두는 하시모토의 눈치를 살피며 조심스럽게 말했다. 그 나이 많은 모습이 더없이 초라하고 비굴해 보였다.

하시모토는 속으로 백종두를 맘껏 비웃었다. 제놈이 살려달라고 매달리니까 쓰지무라 과장이 따돌리느라고 내던진 말을 그대로 믿고 있었던 것이다. 혼자 약삭빠른 척하는 가소롭고 가엾은 놈이었다. 제놈이 아무리 까불고 재주를 부려봐야 부처님 손 안에서 노는 손오공이고, 하루살이일 뿐이었다.

"아, 그래요? 쓰지무라 과장님께서 그리 말씀하셨소?"

하시모토는 놀라는 척하며 반가운 기색을 드러냈다. 자신도 쓰지무라처럼 연막을 쳐서 백종두가 당분간 내막을 전혀 모르게 해야 되었던 것이다.

"그럼요, 발 벗고 나서서 일을 제자리로 되돌려주시겠다고 하셨소."

백종두는 하시모토의 도움을 받을 욕심에만 매달려 엉뚱한 말을 지어내고 있었다. 그는 내일이면 새 면장이 부임해 온다고 했던 하시모토의 말조차 망각하고 있었다.

"그것 참 잘된 일이오. 과장님이 그렇게 말씀하셨으면 틀림없는 일이니까 내가 나서서 또 말하나마나요. 맘 푹 놓고 기다리기만 하면 되겠소."

백종두는 그때서야 정신이 번쩍 들었다. 마음이 급하다 보니 그만 발등 찍는 말을 했다는 것을 깨달았다.

"아, 아니오. 과장님께서 그리 말씀하셨더라도 하시모토 상이 한 번 더 부탁을 하면 마음을 더 쓰실 것 아니겠소. 나 좀 살려주시오. 그 은혜 평생 갚겠소."

백종두는 당황한 빛을 감추지 못한 채 허둥거리듯 말했다. 하시모토는 거짓말을 하고 있는 백종두의 얄팍한 속을 빤히 들여다보고 있었다. 더 이상 백종두를 희롱할 재미도 없어졌다. 더 얼굴 맞대하고 앉아 있을 기분이 아니었다.

"그래요, 나도 백상 덕을 많이 봤지요. 나도 그 고마움을 갚아야 하니까 과장님한테 부탁을 드리겠소. 고단해 뵈는데 가서 쉬시오. 내가 바로 연락하겠소."

하시모토는 친근한 웃음을 지어 보였다.

"고맙소, 정말로 고맙소. 나 그럼 하시모토 상만 믿고 가겠소."

백종두는 가슴이 약간 뚫리는 기분을 느끼며 하시모토의 집에서 나왔다. 그는 안도하는 기분으로 숨을 길게 내쉬었다. 그런데 머리를 치는 생각이 있었다. 내일이면 새 면장이 부임해 온다는 사실이었다.

내가 괜히 헛짓을 하고 다닌 것 아닌가!

백종두는 뒤늦은 깨달음과 함께 머리가 핑 울렸다. 정신이 아뜩해져 그는 머리를 감싸잡았다. 다리가 후들후들 떨리며 곧 쓰러질 것만 같아 그는 몇 걸음을 비척거렸다.

아니야, 면장자리는 많아. 우선 면직만 면하면 돼, 면직만.

그는 살아날 길을 찾아 생각을 고쳐먹고 있었다. 자신의 자리를 박차고 든 그놈에 대한 보복은 급한 불부터 끈 다음에 생각할 문제였다.

지칠 대로 지쳐 다리를 끌다시피 하며 집으로 들어선 백종두는 다짜고짜 소리를 질러댔다.

"물 갖고 와, 물! 찬물!"

그는 비로소 당당하게 기가 살아나 있었다. 그의 첩이며 남녀 하인들이 잽싼 동작으로 움직였다.

백종두는 마루에 걸터앉은 채 물을 두 사발이나 거푸 들이켰다. 상스러운 행동거지를 딱 싫어하는 그가 평소에는 전혀 하지 않는 짓이었다.

백종두는 밥을 거의 먹지 못했다. 물을 너무 많이 마신 탓도 있었지만 입맛이 완전히 떨어져버린 것이었다. 밥상을 물린 그는 쓰러지듯 왕골 돗자리 위에 네활개를 폈다.

얼핏 한숨을 자고 난 백종두는 더 잠들지 못했다. 닭이 울 때까지 밤새도록 뒤척였다. 꼬리에 꼬리를 무는 불길한 생각에 시달렸던 것이다.

백종두는 옷을 갈아입고서도 방에만 앉아 있었다. 어제 마음과는 달리 출근을 할 수가 없었다. 새 면장놈의 목을 비틀기 전에 자신에게 쏟아질 사람들의 눈길이 두려웠던 것이다.

백종두는 한기와 몸살기를 느끼며 시간이 흐르기를 기다렸다. 쓰지무라에게 전화를 거는 것이 급선무였던 것이다.

백종두는 10시가 되자마자 전화기의 손잡이를 부리나케 돌려댔다.

"백 면장, 아니 백상, 그게 무슨 못된 짓이오. 총독부 재산인 국유지를 착복하려고 하다니. 감옥에 갇히지 않고 면직으로 끝난 것을 다행으로 아시오."

아니, 다나카 그놈이! 백종두는 수화기를 떨어뜨리며 픽 쓰러졌다.

13

떠도는 구름

개울가의 느티나무숲이 풍성한 반 동그라미를 그리고 있었다. 잎들이 무성한 만큼 그늘도 짙었다. 그 풍요롭고 넉넉한 숲의 어느 가지에선가 매미들이 극성스레 울어대며 한여름 제철을 맘껏 즐기고 있었다.

"이놈아, 니 저 물에 낯이나 잠 씻거라. 아무리 거렁뱅이라고 그리 땟국물이 질질 흘러서야 쓰겄냐."

남루한 차림에 병색이 드러난 남자가 아름드리 나무에 기대앉은 거지 행색의 아이에게 말했다.

"치이, 낯 깨끔허먼 누가 밥 주간디라? 아자씨나 씻그씨요."

아이는 윤기 나는 검은 눈으로 남자를 힐끗 쳐다보며 또랑하게 맞대거리를 했다. 때가 끼고 검댕 같은 것이 묻은 데다 땀얼룩까지 져 더럽고 지저분하기 그지없는 얼굴에 비해 그 눈초리며 말하는

품이 예사가 아니었다.

"이놈아, 니 밥 못 얻어묵게 맹글라는 것이 아니라 너무 오래 그리 드럽게 허고 댕기면 종기가 생긴게 허는 소리여. 낯 씻거도 니 꼬라지넌 천상 거렁뱅잉게 걱정 안 해도 되겄다."

"씻거도 또 드러와지는디요 머."

아이는 쌩긋 웃으며 얼굴을 문질렀다.

"허, 고놈 참 영판 여물시. 니 말허는 것 봉게로 장타령도 잘허게 생겼다. 날도 덥고 헌디 장타령이나 한분 씨언허니 뽑아봐라."

"아이고 참, 아자씨도 요상허시요 이. 아까보톰 자꼬 거렁뱅이, 거렁뱅이 허는디, 나넌 거렁뱅이가 아니랑게라."

불만스러운 얼굴로 아이가 쨍하니 소리쳤다.

"허허허허…… 미친놈이 안 미쳤다고 허고 술취헌 놈이 안 취했다고 허는 소리넌 많이 들었다마넌 거렁뱅이가 거렁뱅이 아니란 말언 내 생전 첨 듣는 소리다. 글먼, 니가 어사또 이몽룡이 아덜로 새끼어사또냐?"

남자는 말을 마치고도 한참이나 더 웃었다. 병색에 수심까지 끼여 있던 얼굴에 핏기가 돌며 한결 건강해 보였다.

"지끔 시상에 어사또가 어디 있간디라? 나넌 거렁뱅이가 아니라 우리 동생 잡아간 도적놈덜 찾으로 댕기요."

똑똑히 알고나 말하라는 듯 아이가 조그만 턱을 치켜들며 입을 씰룩했다.

"무신 소리다냐? 느그 엄니 아버지넌 어찌 되고 니 혼자서."

남자는 웃음기 사라진 얼굴로 아이를 똑바로 쳐다보았다. 아이는 슬픈 얼굴이 되며 고개를 떨구어버렸다.

"나가 니 속도 모르고 헛소리럴 혔다. 고것언 잘못된 것이고, 니가 무신 곡절이 있는갑는디, 어떤 놈덜이 느그 동상얼 잡어갔단 것이냐? 어디 세세허니 이얘기혀 봐라."

아이는 도리질을 했다.

"이놈아, 병나면 소문내야 명약 구허디끼 사람 찾을라면 소문내야 수월케 찾아지는 것이여. 나도 마누래 찾을라고 천지사방얼 안 더튼 디가 없응게 니 일에 심이 될란지도 모른단 말이여."

아이의 고개가 번쩍 들렸다.

"아자씨 각시도 누가 잡아갔는게라?"

"잡아가……? 그려, 그런 심이제."

"아그덜도 아닌 어런이 어찌 잽혀가고 그런당가요?"

"요런 놈 보소. 지 이얘기 허랑게 나 이얘기 살살 풀어내게 헐라고 그러네. 이놈아, 얼렁 니 이얘기보톰 혀라."

"아자씨, 천지사방 다 돌아댕갰으먼 놀이패덜도 많이 만냈제라?"

"그려, 뜬구름맨치로 떠도는 놀이패도 만내고 소리패도 만내고 거렁뱅이패도 만내고 그랬니라."

"이, 글먼 너댓 명 놀이패헌티 잽혀댕김서 소리 기맥히게 잘허는 쬐깐헌 가시네럴 못 봤는게라? 나이가 일곱 살, 아니 설 쇠었응게 야둛 살이고, 이름이 옥년디요. 얼굴이 이쁘고, 눈 옆 여그에 꺼먼 점이 찍혔는디요."

아이는 제 얼굴을 남자 쪽으로 돌려 손가락으로 오른쪽 관자놀이께를 짚어 보였다.

"소리럴 기맥히게 잘허는 야닯 살 묵은 점백이 이쁜 가시네……?" 남자는 기억을 더듬는 생각 깊은 얼굴로 고개를 갸웃갸웃하다가는, "놀이패 따라댕김서 소리허는 가시네덜언 많이 봤는디, 야닯 살 안팎 묵은 에린 가시네럴 본 적언 없는디 으짤끄나?" 남자는 미안스럽고 안쓰러워하는 얼굴로 아이를 건너다보았다.

"옥녀야, 니넌 어디 있는 것이여……."

남자아이는 혼잣말을 하며 먼 하늘로 눈길을 돌렸다. 그 눈에 눈물이 글썽했다.

남자는 측은한 눈길로 아이를 바라보고 있었다. 슬픔이 서린 남자의 얼굴은 더 병색이 짙어 보였다.

"아가, 그리 서러와 말어라. 니가 맘만 단단허니 묵음사 언제고 만내지게 될 것잉게. 성제간 인연이야 찔기고 찔긴 것인디 하늘이 무심털 않을 거이다."

남자가 아이를 달래듯 말했다. 아이는 땟국이 흐르는 지저분한 손등으로 눈을 씩 문질렀다. 아이의 씰룩이는 입술 언저리에 울음이 가득했다.

"느그 엄니 아부지넌 어찌 되았냐?"

아이는 아무 반응이 없었다.

"없다냐?"

아이는 풀잎을 잡아뜯으며 보일 듯 말 듯 고개를 끄덕였다.

"한창 나이에 어쩐 일이다냐?"

아이는 또 아무 반응이 없었다.

"무신 돌림병이라도 앓았다냐?"

남자의 물음은 질겼다. 아이는 먼 하늘만 바라보고 있었다.

"이놈아, 니 입으로 이얘기 엮기 싫으면 묻는 말에나 답혀."

남자의 목소리가 안타까웠다. 남자는 단순한 호기심 때문에 묻는 것이 아니었다. 아이가 가엾고 딱해 자꾸 마음이 쓰이고 있었다. 아이도 그런 눈치를 챘는지 남자를 힐끗 쳐다보았다.

"아부지넌 왜놈덜이 총으로 쏴죽이고, 엄니넌 미쳐서 죽었구만이라우."

아이의 빠른 말이었다.

"머시여? 무신 죄럴 졌간디?"

남자의 눈이 휘둥그레졌다. 아이의 입은 다시 다물어져 버렸다.

"아 이놈아, 답답허다. 무신 죄냐니께."

"우리 아부지넌 죄진 것 하나또 없당게요!"

아이는 빼락 소리를 질렀다. 남자를 노려보듯 하고 있는 아이의 눈에는 분이 이글거리고 있었다.

"무신 요상헌 소리다냐? 죄진 것이 없는디 총 맞어 죽어?"

"하먼이라, 우리 아부지넌 죄진 것 하나또 없어라. 즈그가 우리 땅 뺏어간게 우리 아부지가 지주총대놈 패대기쳐뿐 것이지라. 우리 아부지가 얼매나 맘씨가 좋고 육자배기 타령도 잘헌다고요."

응답을 꺼려하던 아이의 태도는 달라져 있었다. 아이는 제 아버지를 힘주어 변호하고 있었다.

남자는 마침내 아이의 집안에 무슨 일이 벌어졌고, 아이가 어째서 혼자 떠돌고 있는지를 알아차렸다. 땅을 되찾으려다가 신세가 망가진 자신과 너무나 똑같았던 것이다.

"그려, 그려, 니 말이 맞다. 땅얼 찾을라고 나섰다가 총질당했음사 느그 아부지가 아무 죄도 없고말고."

"그렇제라? 우리 아부지넌 아무 죄진 것이 없제라?"

아이는 금세 얼굴이 밝아지며 다짐하고 들었다.

"하먼, 느그 아부지야 죄인이 아니라 장헌 사람이다. 땅덜얼 뺏기고도 겁나서 찍소리 못허고 기죽어 있는 사람덜에 비허먼 느그 아부지넌 장허고 장헌 사람이고말고."

남자는 고개를 끄덕이며 부드러운 눈길로 아이를 바라보았다.

"참말로 우리 아부지가 장헌게라?"

아이의 눈에 생기가 돌았다.

"하먼 장허제. 왜놈덜헌티 뎀비고 싸우는 것언 이 시상서 질로 장헌 일이여."

아이는 남자의 병색 짙은 얼굴을 똑바로 쳐다보고 있었다. 아버지가 장하다는 말은 처음 듣는 것이었다. 아버지가 억울하게 죽었다는 생각을 가졌을 뿐이지 장하다는 생각을 해본 적은 없었다. 그런데 낯선 아저씨의 말을 듣고 보니 정말 아버지가 장하다는 생각이 들기도 했다.

"참, 니 이름이 머시냐?"

"야아, 득본디요, 차득보!"

아이는 친근한 웃음을 지으며 얼른 이름을 댔다.

"차암…… 에린 니가 무신 죄냐. 왜놈덜 등쌀에 부모 잃고 성제간꺼정 생이별히서 이리 떠돌아댕기니……."

남자가 한숨을 푹 쉬었다.

"긍게로 후제 커서 왜놈덜헌티 우리 엄니 아부지 웬수 갚을랑마요."

아이는 또랑한 소리로 야무지게 말했다. 그건 기분 내키는 대로 하는 말대꾸가 아니었다. 아버지가 총살당한 다음부터 마음속에 차곡차곡 쌓아오고 있는 결심이었다.

"하이고, 작은 꼬치가 맵네!"

남자가 놀란 얼굴로 한 말이었다. 그러나 아이와 눈길이 마주친 남자의 얼굴에서는 정겨운 웃음이 피어나고 있었다.

"그간에도 웬수갚음 험서 동상 찾으로 댕기는디요."

득보는 목소리를 낮추면서도 자랑하듯 말했다. 그 눈이 반짝거리고 있었다.

"머시여? 니가 무신 수로 웬수갚음이고 말고여?"

남자가 의아스러워하는 것과 동시에 피식 웃어버렸다.

"어째 콧방구 뀌고 그런당게라?"

득보는 고까운 듯 눈을 치켜뜨며 서운한 기색을 드러냈다.

"허! 니가 하품 나는 소리럴 헝게 안 그러냐."

남자가 쓰다듬듯 하는 눈길로 아이를 바라보며 잔잔하게 웃었다.

"치이, 나가 어찌허는지도 몰름서 하품 나와라?"

"하이고, 그 새다리로 허먼 멀허겄냐. 어디, 멀허는지 말해 봐라."

"야아, 들어봇씨요. 나가 안직 기운 없웅게 왜놈덜얼 주먹으로 해보지넌 못허제라. 긍게로 어찌허냐면 말이요 이, 밤중에 주재소에다 대고 오짐 싸고, 작대기에 똥 찍어 주재소에다 볼르고, 왜놈덜 집 골라감서 돌 던지고, 왜놈덜 점방서 묵을 것 돌라묵고 그렁마요."

득보는 어떠냐는 듯 고개를 빳빳하게 세우며 남자를 똑바로 쳐다보았다

"허, 참말로……."

남자는 할 말을 잃고 아이를 멍하니 쳐다보고만 있었다. 저 어린 것이 여간내기가 아니다 싶었다. 그리고 심한 부끄러움을 느꼈다. 자신은 어린것만도 못하다는 생각이 들었던 것이다. 자신은 그동안 마누라를 잡아 원수 갚을 생각에만 빠져 있었지 왜놈들에게 원수 갚을 생각 같은 것은 하지 못하고 있었던 것이다. 정작 자신의 신세를 망쳐놓은 것은 마누라가 아니라 왜놈들이었던 것이다.

"그려, 니가 헌 그런 일덜이 웬수갚음이야 웬수갚음이다. 근디, 그러다가 잽히면 큰탈난게 조심히야 써."

남자가 걱정스럽게 말했다.

"히히, 나가 멍청이간디라?"

득보는 사람 우습게 보지 말라는 듯 콧등을 찡그리며 하늘을 보고 웃었다. 그 겁없어 보이는 모습을 물끄러미 바라보며 남자는, 저것이 크면 어찌 될까를 생각했다.

"니가 담에 커서 웬수갚음얼 지대로 헐라먼 지끔보톰 조심허란 것이여. 그런 말도 암디서나 허덜 말고."

"야아, 나가 애기간디라." 득보는 제가 나이가 퍽 많이 먹은 것처럼 대꾸하고는, "아자씨 각시도 왜놈덜이 잡아갔는게라?" 이제 당신이 이야기할 차례라는 듯 궁금증을 나타냈다.

"이, 그려. 이 아자씨도 왜놈덜헌티 땅도 뺏기고 각시도 뺏게불고 요 꼬라지가 되야부렀다."

남자는 아이가 묻는 말을 받아 이렇게 얼버무렸다. 마누라가 딴 놈과 배가 맞아 도망갔다는 것보다는 한결 나은 말이었던 것이다. 남녀 음양의 관계를 전혀 모르는 아이를 상대로 자신이 당한 일을 말한다는 것도 주책스럽고 얼뜬 짓이 아닐 수 없었다.

"왜놈덜이 어찌서 땅도 뺏고 아짐씨꺼정 잡아갔당게라?"

"몰르제. 그놈덜…… 그놈덜 즈그 맘대로 허는……."

남자는 숨이 가빠지는 것 같더니 기침을 하기 시작했다. 남자는 한 손으로 가슴을 누르고 다른 손으로 입을 막았다. 그러나 병색이 밴 기침은 점점 더 심해지고 있었다.

마누라의 얼굴이 떠오르면 으레껏 분이 뜨겁게 솟아올랐다. 그리고 어김없이 기침이 터져나오는 것이었다. 마누라에 대한 미움과 풀 길 없는 분함이 가슴속에 뒤엉켜 끓으며 생긴 병이었다. 아무리 산지사방을 헤매 다녀도 마누라를 찾을 길은 막막했다. 그럴수록 가슴이 화끈거리고 벌떡거리는 병은 깊어져 갔다. 어느 때에는 마누라를 그만 잊자는 생각을 하기도 했다. 새로 살아보자고 마음을 돌려보기도 했다. 그러나 앞길엔 아무 가망도 보이지 않았다. 땅을 빼앗겨 빈털터리가 된 것이 문제가 아니었다. 남자 구실을 못하게 된 몸으로 새로 살아볼 방도는 없었던 것이다.

몸을 오그라뜨린 남자는 가까스로 기침을 잡고 있었다.

"저어 아자씨, 요거……."

득보가 조심스럽게 남자 앞에 내미는 것이 있었다. 때 전 바가지에 물이 하나 가득 담겨 있었다.

"그려, 그려, 고맙구먼……."

숨을 몰아쉬는 남자의 진땀 밴 얼굴에 희미한 웃음이 피어나고 있었다.

"지침 더 못 나오게 얼렁 물 마시씨요."

득보는 바가지를 남자의 입으로 가져갔다. 남자는 바가지를 받쳐 잡고 물을 마시기 시작했다. 남자의 핼쑥한 모습을 유심히 지켜보고 있는 득보의 얼굴이 근심스럽게 찡그려지고 있었다.

"휴우…… 물맛이 영판 달다."

남자가 긴 숨을 내쉬며 득보를 보고 밝게 웃었다.

"저어 아자씨…… 어디가 많이 아프신게라우?"

득보는 마주 웃지 못하고 찡그려진 얼굴로 물었다.

"아니여, 그저 쬐깨 아픈 것이여."

남자는 이마에 내밴 땀을 손등으로 문지르며 고개를 저어 보였다.

"아자씨넌 인자 어디로 가신당가요?"

득보는 미심쩍어하는 얼굴인 채로 기울어진 해를 올려다보았다.

"이, 니가 인자 가야 되는갑제? 그려, 가그라. 나넌 저짝으로 갈란다."

남자는 득보가 서 있는 반대쪽을 가리켰다.

"글먼 나 가볼랑마요."

득보는 바가지의 물을 쏟았다.

"그려, 니 만내서 재미지게 잘 쉬었다. 몸 아프덜 말고 동상 꼭 찾도록 혀라 이. 놀이패덜언 큰 동네럴 찾아댕긴게 그리 알고."

"야아, 아자씨도 몸 성히서 각시 꼭 찾으씨요 이."

득보는 꾸벅 절을 하고는 돌아섰다.

남자는 팔을 뻗치며 아이를 부르려다가 멈추었다. 마음뿐이었지 수중에는 땡전 한 닢이 없었던 것이다.

바가지를 허리춤에 찬 아이는 햇볕 속으로 멀어져 가고 있었다. 그 다부지고 영특한 아이를 지켜보며, 저런 아들 하나만 있었어도 바람난 년 잡으러 다니려고 허송세월을 하며 이런 꼴이 되지 않았을 건데……. 남자는 시름겨운 생각을 하고 있었다. 병이 가망 없이 깊어지지만 않았더라도 저 아이를 말벗 삼고 길벗 삼아 함께 떠돌아다니면 제격일 터였다. 그러나 병은 햇볕 속에서 몸을 가눌 수 없을 지경으로 심해지고 있었다.

남자는 가슴이 축축이 젖어드는 것을 느끼며 몸을 뒤로 눕혔다. 해가 떨어지기를 기다리며 한숨을 자야 했다. 땀을 덜 흘리자면 밤길을 걸을 수밖에 없었다. 고향은 아직도 200리가 더 남아 있었다. 한창 기운 좋을 때는 이틀이면 족할 그 길이 이제 까마득하게만 느껴졌다. 고향에 간들 반겨줄 누군가가 있는 것도 아니었다. 그런데도 몸을 지탱하기 어렵게 병이 깊어지면서 발길은 자신도 모르게 고향 쪽으로 돌려지고 있었던 것이다.

남자는 무성한 나뭇잎들을 하염없이 올려다보고 있었다. 나뭇잎들은 싱싱하게 짙푸르렀다. 단풍이 들기까지는 한창 기운 펄펄한 잎들이었다. 사람의 한평생을 60으로 잡으면 자신의 나이도 저 잎들처럼 한창 싱싱해야 할 나이였다. 그런데 자신의 몸은 이미 단풍이 들어 있었다. 세상이 바뀔 때만 해도, 아니 땅을 빼앗길 때만 해도, 아니 아니 주재소에서 매타작을 당할 때만 해도 자신의 신세가 이 지경으로 될 줄은 상상도 못했던 것이다.

어쩌면 자신이 잘못했는지도 몰랐다. 괜히 아내에게 분풀이하지 말고 더 살갑게 대했더라면 아내는 도망가지 않았을지도 몰랐다. 그러나 남자 구실을 못하게 된 것을 알았을 때 눈앞에 보이는 것이라고는 아무것도 없었다. 그건 그대로 세상의 끝장이었다. 마음을 어떻게 다잡거나 추스를 방도가 없었다. 자신을 그렇게 만든 주재소 순사들은 분풀잇감으로는 너무 무서웠고 그저 만만한 것이 아내였던 것이다.

남자는 온몸에 맥이 빠지는 걸 느끼며 눈을 감았다. 아내의 얼굴이 선하게 떠올랐다. 표나게 예쁘지는 않아도 수더분하게 선한 생김이었다. 아내는 그 생김처럼 행실도 얌전한 편이었다. 자신이 못살게 굴지만 않았더라도 아내는 딴마음을 먹지 않았을지도 몰랐다.

아내를 잡으러 다니면서 언제부턴가는 은근히 걱정이 생기기도 했었다. 만약 찾아냈는데 아이를 낳고 살면 어쩔 것인가……. 그런 생각과 함께 문득 찾지 못하기를 바라기도 했다. 아내에게 미움만이 있는 것이 아니었다. 그건 겉마음이었고 속마음에는 그리움도 있었다.

그는 아내의 꿈을 꾸고 싶었다. 아내의 알몸을 끌어안고 밤새는 줄 몰랐던 첫날밤과 같은 꿈을 꾸고 싶었다. 그는 여울져 오는 잠결에 젖어들고 있었다.

"어이 남생, 남생 있능가!"

하봉수는 절름거리는 다리로 남상명네 마당으로 뛰어들며 다급하게 소리치고 있었다. 절름거리는 다리로 급히 뛰다 보니 그의 상체는 보기 딱할 지경으로 뒤뚱거리고 있었다.

"하생, 어여 오시요. 안개도 안직 안 걷혔는디 어쩐 걸음인게라?"

텃밭에서 아욱잎을 따고 있던 남상명의 아내가 하봉수를 맞았다. 텃밭의 남새들은 잠푹한 안개발에 잠겨 있었다.

"남생 어딨소. 안직도 자요?"

하봉수는 인사도 받지 않고 다급한 얼굴로 두리번거렸다.

"아니, 칙간에 있는디요. 또 무신 일 났는게라?"

남상명의 아내가 불안한 얼굴로 바구니를 텃밭 골에다 내려놓았다.

"어이 남생, 똥두칸에 앉었음서 다급헌 사람 소리 들었으면 무신

기척이 있어얄 것 아니여. 무신 장헌 일 헌다고 그리 점잔 빼고 있능가!"

하봉수는 뒷간 쪽으로 걸음을 옮기며 시비를 걸 듯 목청을 높이고 있었다.

"어허, 참새새끼덜도 안직 안 깬 아칙보톰 머 묵자 것 있다고 그리 설레발이여. 앞으로 묵는 것이 중허면 뒤로 빼내는 것도 중허제. 못 묵어서 죽는 것만 알고 못 빼내서 죽는 것언 몰르는가, 자네? 죽기 면허자고 허는 요 일이 안 장허면 무신 일이 장헐랑가?"

뒷간에서 들려오는 느긋한 대꾸였다.

"이 태평시려서 좋구만. 이사람아! 당산나무 아래 용철이가 와서 죽어 있네."

하봉수가 냅다 쏴질렀다.

"머시라고? 용철이!"

뒷간에서 터져나온 외침이었다.

"아니시, 더 태평가 불름서 찬찬히 장헌 일 보드라고."

하봉수는 떫은 얼굴로 엇진 소리를 뱉어내며 고개를 꼬아돌렸다.

"아니, 고것이 무신 뜽금없는 소리당가. 자네가 잘못 본 것 아니여?"

남상명은 바지를 치켜올리며 뒷간에서 허둥거리고 나왔다.

"체, 나가 다리빙신인지넌 몰라도 눈빙신언 아니로구만."

"어허 이사람아, 고것언 또 무신 오기 받친 소리여. 얼렁 가보드라고, 얼렁."

남상명은 허리끈을 매며 앞장섰다.

"어쩌끄나, 용철이 김생이 어찌 된 일이여. 결국 마누래넌 못 찾고 집 동네 찾아들어 죽음 혔는갑네 이……."

남상명의 아내는 다급하게 사립을 벗어나는 남편과 하봉수를 바라보며 울음 번진 소리로 중얼거리고 있었다.

당산나무 아래는 안개가 더 자욱했다.

한 남자가 당산나무에 기대 잠들어 있었다. 안개에 몸이 반쯤 가려진 남자는 흡사 구름에 둥실 실려 있는 신령이나 도인 같은 모습이었다.

"아이고, 용철이가 맞네그려. 얼굴이 많이 상허고 축나기넌 혔어도……."

남상명은 금방 용철이를 알아보았다. 그리고 만져보지 않고도 그가 진작 숨이 끊어졌다는 것도 느꼈다. 그의 몸에서는 죽은 사람한테서 끼쳐오는 섬뜩한 냉기가 느껴졌던 것이다.

"무신 병이 들었든갑네. 저승 가기로넌 안직 펄펄헌 나인디. 그저 객지 죽음 면헐라고 여그꺼정 찾아든 것 아니겄능가?"

"이, 필시 그런 것이로구마. 즘생도 죽을 적에넌 지 집얼 찾아든다는디 사람이야 더 말헐 것이 없제. 근디 마누래넌 못 찾은 것 아니라고?"

"긍게로 저 꼬라지가 됐겄제. 참말로 저 나이가 아깝네. 쯧쯧쯧쯧……."

"그려, 기맥힐 일이시. 다 시국 잘못 만낸 죄 아니라고."

"저 일얼 어찌야 헝고?"

"저승길 앞에 두고 여그 찾아든 것이야 우리럴 믿어서가 아니라고? 그 맘이 얼매나 고마운가. 우리가 저승길 닦아 보내야제."

"빌어묵을, 땅도 못 찾음시로 그놈에 일로 줄초상이 나네그랴."

하봉수가 침을 내뱉었다.

"그려, 왜놈덜이 원체로 독허니 해댔시니 요런 변고가 끝도 없는 것이제."

"날도 덥고 헌디 오래 끌 것 없제?"

"하먼, 호상도 아니고 무신 병얼 앓았는지도 모르는디 오늘 해 안으로 일얼 막음허는 것이 좋겄제."

"건식이넌 빼야 하는 것 아니라고?"

"하먼, 상 당헌 지가 엊그젠디."

아까 하봉수가 말한 줄초상이란 감옥살이를 하던 박병진의 초상을 며칠 전에 치른 것이었다. 그는 속병을 얻어 끝내 감옥에서 숨을 거두었던 것이다.

남상명은 몇 사람을 불러 김용철의 시신부터 거두었다. 그 한 맺힌 사람의 남루하고 서러운 모습을 동네사람들의 구경거리가 되게 해서는 안 되었고, 무슨 병을 앓았는지 몰라 아이들의 접근을 막기 위해서였다.

외리 사람들은 하루 들일을 작파했다. 그리고 집집마다 곡식이며 돈푼들을 추렴했다. 아무리 간소하게 치르는 장례라 하더라도 칠 입히지 않은 싸구려 관은 있어야 했고, 거친 삼베옷 한 벌은 갖추어야 했던 것이다. 그 어느 집에서나 마다하거나 싫은 기색 없이 형편 닿는 대로 마음들을 썼다. 한동네에서 고운 정 미운 정 나누며 살았고, 같은 당산나무 아래서 한뜻을 모으며 어우러져 산 이웃사촌이라는 인연 때문만이 아니었다. 젊은 나이에 남다르게 쓰리고 아프게 살다가 허망하게 끝을 맺어버린 그의 기구한 삶이 동네사람들의 가슴마다 슬픈 얼룩을 지우고 있었던 것이다.

그리고 마을의 경사스러운 일보다는 궂은일에 더 마음을 모으고 손들을 합치는 것이 사람의 도리라고 가르치고 배워왔던 것이다. 집집마다 화목을 누리자면 마을이 화목해야 한다는 건 오랜 세월에 걸친 일깨움이었다. 남자들은 장례를 치르기 위한 바깥일에 나섰고, 여자들은 그 일을 뒷받침하는 안일에 일손을 맞추었다.

"삼포댁이 요 소식얼 알먼 맘이 으쩌까?"

"아이고, 실답잖은 소리 허고 앉었네. 맘이 씨리고 애리제 으째."

"음마, 물어보도 않고 그리 인심 후허니 말허덜 말어. 어찌먼 속이 씨언해헐란지도 몰릉게."

"어따, 그 무신 숭헌 소리여? 한때넌 그래도 속살 섞음서 산 내외지간인디."

"참말로 자네덜 사람 속맘 모르는구만 이. 아, 지 남정네 등지고 딴 놈허고 배맞어 달아난 년이 지년 잡아서 죽이겄다고 나섰든 남정네가 죽어뿌렀단 소식 듣고 얼씨구나 씨엉쿠 잘되었다 허고 춤추제, 아이고메 불쌍히서 으짤끄나 허고 곡얼 헐 성불른가?"

"얼라, 정작 사람 속 모르는 것언 자네시. 삼포댁이 그냥 화냥기가 동해 딴 남정네하고 배럴 맞쳤간디? 똥싼 놈이 큰치허드라고 김샌이 잠자리 농사 짓지도 못허게 됐음시로 됩데 사람얼 개 패디끼 허고, 오짐 누고 젖은 속곳 밑 보고도 눈에 불얼 쓰는 판굿얼 벌이고 헌 것이야 동네사람덜이 다 아는 일 아니여? 삼포댁이 그리허고 잡아 헌 일이 아니란 말이시."

"그려, 새끼라도 한나 있었으면 또 몰르는디. 어느 여자고 그리 쌩사람 잡는 시집살이 당허면 딴맘이 생기기도 허겄제."

"음마, 음마, 지 속 짚어 넘 속이드라고 인자 봉게 자네덜 맘보가 사리살짝 딴 남정네 보고 잡아허능구마 이."

"아이고메 잡것, 벨 징헌 소리 다 허고 자빠졌네. 얼렁 가서 우리 서방헌티 그 소리 일러바치소."

"그 숭헌 소리덜 말어. 좌우간에 김샌도 불쌍허고 삼포댁도 기구허제 머."

"그려, 서로가 백년해로 못헌 팔잔게. 근디, 삼포댁언 어디 잘도 숨어사는갑네 이. 김샌이 천지사방얼 더트고 댕갰을 것인디도 안 잽힌 것 보면."

"글씨, 아무리 천지사방얼 더트고 댕긴다고 히도 맘묵고 숨어뿐 사람 찾아내기가 어디 그리 쉽간디. 풀섶에서 바늘 찾기고, 모래밭서 깨알 찾기제."

"그나저나 김샌헌티넌 안 된 말일란지넌 몰라도, 찾덜 못헌 것이 피차에 잘된 일인지도 몰르제."

"이, 그렇기도 헐 것이여. 자석 낳고 사는 판에 딱 맞대허면 그 일얼 어찌겄어. 참 기맥힐 일 아니라고."

"근디, 삼포댁이 어디서 바래는 대로 잘살기나 허는지 몰르제."

"기왕지사 팔자 고치기로 나섰응게 새끼덜 낳고 잘살어얄 것인디."

"금메…… 그 남정네도 지닌 것 없고, 시국언 요리 험헌디 두 다리 뻗고 속편허니 살기야 에롭겄제."

"그려, 우리 살기 고단허고 팍팍헌 것이나 얼추 같겄제."

"참말로, 우리 손으로 이리 김샌 수의럴 맨들지 어찌 꿈에라도 알었드라고."

"긍게 말이여. 김샌이 죽어서나 존 시상으로 가얄 것인디."

"김샌이야 새로 사람으로 환생허겄제. 이승에 핏줄얼 못 냄긴 사람언 그 한얼 풀으라고 새로 태어나게 해준다고 안 그러드라고. 시님네덜도 그렇고."

"이, 부처님이 살피시어 왜놈덜 없는 시상에다 부자로 태어나게 히주시겄제."

"그리됨사 얼매나 좋겄능가. 나넌 그 집에 강아지로라도 환생헐란지 몰릉게 수의라도 지성으로 지어야 쓰겄구마."

"그려, 요 인연도 예사 인연이 아닝게."

김용철의 수의를 짓고 있는 네댓 명의 여자들은 그간에 묻어두었던 이야기들을 쉴새없이 이어가면서도 일손들은 재게 놀리고 있었다.

한편, 박건식은 사람들의 만류에도 불구하고 장례일을 차고 나섰다.

"무신 소리다요. 딴사람 장례도 아니고 김샌 장렌디. 나가 안 나스먼 아부님이 노허실 것잉마요. 아부님언 그 일에 나슨 사람덜찌리 한덩어리가 되라고 항시 당부허셨응게요."

박건식의 말에 사람들은 더 만류할 수가 없었다.

박병진의 죽음은 그 일에 나섰던 외리 사람들은 물론이고 내촌 사람들에게도 충격과 낙담을 주었다. 그들은 언제 결말이 날지 모르는 토지심사의 결과를 고대하며 박병진이 출감하기만을 기다리고 있었던 것이다. 박병진이 갇히고 나니 땅을 되찾으려는 일은 거의 중단상태에 빠지고 말았다. 그들 중에 토지조사국에 출입하며 토지심사를 독촉하고 항의할 만한 사람이 없었다. 학식이 없는 데다가 담력도 없었던 것이다.

박병진은 많은 나이에 주재소에서 매타작을 당한 몸으로 감옥에 갇히게 되었다. 상한 몸에 감옥살이의 고초까지 겹쳐진 것이다. 젊은 사람들도 다리병신이 되거나 성불구가 되는 판국에 감옥살이를 하면서 몸을 제대로 회복했을 리가 없었다. 그런 데다 나이까지 들어가면서 속병을 얻게 된 것이었다.

박병진의 장례는 삼일장으로 제대로 격식을 갖추어 치렀다. 아들 건식이가 실할 뿐만 아니라 그 일에 나섰던 사람들 모두의 뜻이기도 했다.

"10년이 가고 20년이 가도 땅언 끝꺼정 찾어야 써. 그 땅언 조상대대로 물려받은 것이고 자손 대대로 물려줘야 헐 것잉게. 작인 노릇이 아니라 그보담 더헌 고초럴 당허드라도 참고 참아감서 땅언 기연시 찾어야 써. 살기 에롭다고 중도에 작파하고 딴 디로 뜨면 그 것이야 조상허고 자손헌티 곱쟁이로 죄짓는 중죄인이 되는 것잉게."

박건식에게서 전해 들은 박병진의 유언이었다. 사람들은 그 마지막 말을 가슴에 새기며 장례를 치렀다.

김용철의 장례 채비는 오래 걸리지 않았다. 몇 사람이 읍내에 나가 송판으로 얽어짠 볼품없는 관을 사오는 동안에 다른 남자들 패는 묫자리를 팠고, 여자들도 두 패로 나뉘어 수의를 짓고 간소한 제물을 장만했던 것이다.

점심 무렵에 당산나무 아래서 발인제를 올렸다. 아이들까지 마을사람들이 모두 모였다. 정작 빠진 사람은 지주총대를 겸한 이장이었다. 처음부터 이장은 추렴에 넣지를 않았고, 이장은 박병진의 장례 때 그랬던 것처럼 모르는 척 읍내 걸음을 했던 것이다.

"어이 용철이, 한 다 풀어불고 존 시상으로 가소 이."

두 번 절을 하고 난 남상명이 술을 관 둘레에 부으며 목이 메었다.

"나 겉은 사람도 사는디 시퍼러니 젊은 자네가 요것이 어쩐 일이여. 그려, 요런 드런 눔에 시상 아닌 존 시상으로 먼첨 가드라고."

다리를 절룩거리며 관 둘레에다 술을 붓고 난 하봉수가 눈을 훔쳤다.

"김샌……." 박건식은 술잔을 들고 한동안 서 있다가, "이리 허망허니 가불면 우리 아부님이 돌아가신 것이 헛일이 안 되겄소. 저시상에 가서나 편케 사씨요" 하며 술잔을 기울였다.

남자들은 돌아가면서 작별을 고했다. 여자들과 아이들은 침묵

속에서 전에 없었던 발인제를 지켜보고 있었다.

때 절고 낡은 김용철의 옷을 태우는 것으로 발인제는 끝났다. 외줄기 파란 연기는 김용철의 넋인 양 하늘로 피어오르고 있었다.

관은 상여에 실리지 못하고 들것에 올려졌다. 관은 당산나무 그늘을 벗어났다. 곡하는 사람이 없었다. 상여소리도 울리지 않았다. 남자들은 묵묵히 관을 들고 걸었다. 여자들과 아이들은 당산나무 아래서 그 쓸쓸하고 초라한 장례행렬을 바라보고 있었다.

옷이 타는 연기가 시나브로 사그라들고 있었다. 핏줄을 남기지 못한 고인의 마지막 길을 서러워하듯 매미들이 줄기차게 울어대고 있었다.

해거름이 다 되어 마을로 돌아온 남자들의 삼베옷은 땀으로 척척하니 젖어 있었다. 거적쌈을 겨우 면하게 치른 장례였지만 산역만큼은 호사스런 장례와 별로 다를 것이 없었다. 다른 것이 있다면 봉분의 크기가 부잣집 것보다 작다는 것 정도였다.

그러나 봉분을 작게 했다고 해서 그들은 힘이 덜 든 것이 아니었다. 그들은 봉분을 쌓아올리기 직전에 달구질을 하면서 봉분을 크게 만드는 것만큼의 기운을 썼던 것이다. 달구질에다가 유달리 그렇게 힘을 들였던 것은 그럴 만한 까닭이 있었다. 아무 칠도 안 된 하얀 송판때기 관이 너무 부실했다. 그리고 관 위에 가로 걸치는 횡대마저도 좀 실한 나뭇가지들을 잘라 엮은 반횡대였다. 그들은 그런 것이 마음에 걸려 돈 안 들이고 자기네의 힘으로 할 수 있는 달구질만은 어기차게 기운을 써가며 오래 했다. 땡볕 속에서 뛰며 땅을 다지자니까 팥죽땀이 쏟아졌다. 본래 달구질이란 상제나 그 가족들이 잇따라 내놓는 돈맛에 신명이 올라 뛰게 되는 놀음이었다. 그러나 그들은 돈 한푼 놓이지 않았는데도 땀을 뻘뻘 흘리면서 서로 잇대는 소리장단에 맞추어 발바닥이 얼얼해지도록 땅다짐을 했다. 그건 한스럽게 죽어간 김용철이를 위해 자신들이 할 수 있는 마지막 봉사였고 그리고 작별인사였던 것이다.

"이따가 보드라고들."

당산나무 아래서 흩어지며 남상명이 사람들을 둘러보았다.

"막걸리잔이라도 있겄소?"

누군가의 염치불구한 말이었다. 사실 그들은 장례 치른 사람들답지 않게 목이 너무 껄껄하게 말라 있었던 것이다.

"아니구만, 맹물이나 한 바가치썩 믹일랑마!"

남상명이 웃으며 대꾸했다.

"이, 저녁밥덜언 집이서덜 묵고 맹물언 남씨네 것으로 마시도록 허드라고. 저 집 맹물언 틉틉헌 것이 마실 만헝게."

누군가의 흥 도는 목소리였다.

남상명은 저녁밥을 먹자마자 마당에 덕석을 내다 깔고 모깃불을 두 군데다 지폈다. 그저 마을 나오는 사람을 기다리지 않고 굳이 모두를 청했던 것은 뜻하지 않은 장례로 마음이 울적해서만은 아니었다. 모두 모여앉아 결정지을 것이 있기도 했다.

어둑어둑해지면서 사람들이 덕석에 둘러앉기 시작했다. 모깃불의 진하고 매캐한 연기 속에서 그들의 이야기는 자연히 김용철이에게로 모아졌다.

"참 요상시런 일이여. 도사가 따로 없당게. 도사덜언 자기덜이 어느 날 어느 시에 죽을지도 알고, 오늘이 죽을 날인디 아랫것덜이 무신 일이 있응게 사나흘만 더 있다가 죽으라고 허먼 또 그러기도 헌다등마, 용철이가 똑 그렇단 말이여. 어찌 그리 죽을 날 딱 알고 동네로 찾어들었는지 모르겄당게."

"아니여, 사람이야 다 지 죽을 날 안다고 안 그러드라고."

"그려, 즘생덜도 즈그 죽을 날 다 안다든디 영물인 사람이야 비문허겄어."

"그럴랑가? 안 믿기는디."

"그나저나 용철이가 고상얼 지독시리 혔는갑드마. 몸이 어찌 그리 허깨비여."

"타관 떠돔서 굶어서 축나고 병들어 곯고, 어디 사람 사는 것이였겄어."

"좌우간 삼포댁 그년이 죽일 년이여. 그년이 쌩사람 잡아묵었제."

"말이 났으니 말인디, 그년이 보기보담 음기가 승헌 년이었는갑서. 음기 승헌 년덜언 꼭 서방 잡아묵는 법이여."

"어허, 몰르는 소리 허덜 말드라고. 음기 승헌 년이 어디 따로 있간디. 좇대감지 맛본 지집년덜치고 그 구녕에 석 달 열흘만 헛바람 돌면 다 환장허고 나스제. 지 연장 실허지 않음사 지집얼 어찌 믿어."

"어허, 더 크게 떠들소. 이 집 여자덜 다 귀먹었응게."

"아서, 아서. 용철이 생각허면 밉기넌 혀도 떠나뿐 사람 욕허덜 말어.”

“허기넌 그려. 욕허먼 우리 입만 더러와지고 우리 입만 아프제.”

“그나저나 용철이가 가부렀시니 우리가 다 땅얼 되찾게 되는 날에넌 용철이 땅언 어찌 되는 것이여?”

“아이고 참, 벨 새 날아가는 소리 다 허고 앉었네. 입관허기 전에 자네가 용철이 손도장 떠놓제 그랬능가.”

“아니, 머시가 으쩌고 으째!”

“짜아, 다덜 자리 잠 틔웁시다아. 아까 말헌 대로 우리 집 맹물얼 한 바가치썩 돌려야 쓰겄응게 자리 잠 틔웁시다아.”

남상명이 술동이를 덕석 가운데다 놓았다. 뒤따라온 딸이 개다리소반을 술동이 옆에다 얌전하게 나란히 놓았다. 개다리소반에는 김치가 수북하게 담긴 사발과 된장에 풋고추가 푸짐하게 놓인 접시가 맞붙어 있었다.

“자아, 한 잔썩 돌림서 더우 풀드라고.”

남상명이 자리를 잡고 앉았다.

“좌장인디 남샌보톰 한잔 쭈욱 허씨요.”

누군가의 신바람 실린 목소리였다.

“에이, 그럴 법이 어디 있간디. 세네 살 묵었어도 손님얼 우선으로 치는 우리덜 예절 몰라서 허는 소리여?”

남상명은 두 팔을 내저으며 물러나 앉았다.

남상명이 더 말을 들을 것 같지 않아 그들은 나이 순서대로 쪽박을 돌려나갔다. 나이 젊은 사람들은 미처 쪽박이 돌아오는 것을 기다리지 못하고 김치를 집어먹는가 하면 된장에 풋고추를 찍기도 했다.

"지랄, 시상이 엎어지고 뒤집어지고 혀도 술맛언 꿀맛이고, 요리 둘러앉은게 시상 변허기 전하고 맘언 똑겉은디 이."

누군가가 입맛을 다시며 한숨을 쉬었다.

"그려, 시상살이가 팍팍헐수록 술맛 밥맛언 더 달고 꼬신 것 아니등감. 우리찌리 살 적이 요순시절이었제."

누군가가 한숨을 받아쉬었다.

"그나저나 요놈에 시상언 은제나 끝날 챔이여? 날이 가고 달이 갈수록 왜놈농꾼덜언 늘어가고 우리덜 살기넌 자꼬 팍팍해져 가니 말이여."

"아이고, 요놈에 시상 끝장나기넌 우리 생전에 다 글렀네. 헛꿈 꾸덜 말고 잠 깨드라고."

"그런 각다분헌 소리 허덜 말어. 무신 수가 나야제 요런 눔에 시상얼 한평상 살다가 꼬드라져?"

"무신 자다가 봉창 뚜덜기는 소리여 시방. 천지사방얼 뒤집어 까봐도 심쓸 사람덜이 어디가 있어야 무신 수가 나고 말고 허제. 잉, 자네가 의병장으로 나스먼 되겄구마."

"아니, 누구 화 질르는 것이여 시방!"

"아니제, 입이 가죽이 모지래서 뚫어논 구녕이 아닝게 말얼 바로 헌 것인디, 바른말 듣고도 화나먼 내야제. 반편이 되는 것이야 나가 알 바 아닝게."

"아니, 머시요!"

"어허 이사람덜아, 그만들 두소. 막걸리 한잔에 설취해 쌈덜 나겄네."

남상명이 가로막고 들었다.

두 사람은 그만 입을 다물었다. 그런 식의 입씨름은 서로 믿을 만한 사람들끼리 모여앉으면 자주 벌어지고는 했다. 그 입씨름은 서로 의견이 달라서 생기는 것이 아니었다. 서로 마음도 같았고 생각도 같았다. 그러나 속이 상하다 보니까 서로의 말꼬리를 잡고 트집을 부리거나 화풀이를 하려고 들었다.

술은 이미 동이 나 있었다. 여기저기서 요란스럽게 트림을 해대고 있었다. 트림은 무엇을 흡족하게 먹어서 나오는 것만이 아니었다. 그 요란스러운 소리를 내는 트림은 술이 양에 다 차지 않는 아쉬움을 나타내는 건트림이었다. 그들은 일부러 틀어올린 건트림을 따라 솟아오른 술냄새를 맡으며 술이 모자라는 아쉬움을 달래기도 했다.

"저어 머시냐, 우리가 요리 모여앉은 짐에 한 가지 의논헐 것이 있는디요."

남상명이 사람들을 둘러보았다. 그들은 제각기 자세를 바로잡았다.

"그것언 다른 것이 아니고, 우리덜 땅 되찾을 일얼 앞으로도 심지게 해나가야 허는디, 그러자면 앞장슬 대표럴 뽑아야 하겄다 그 말이오. 박샌이 옥살이럴 허실 적에넌 나이 잠 많이 묵은 죄로 나가 어물어물 자리럴 맨들고 험서 지내온 것이야 다 아는 일 아니겄소. 근디 인자 박샌이 시상얼 떠부렀시니 나이만 묵었제 무식헌 나넌 아무 소양이 없게 되야부렀소. 우리덜 땅얼 되찾자면 문서럴 볼지도 알고 꾸밀지도 알어야 허고, 토지조사국이니 면사무소니 드나듬서 따지고 싸우고 헐 말재주에 뱃보도 있어야 허요. 한말로 무식해서넌 안 된다 그것이오. 근디 우리덜 중에 한문자도 깨치고 말재주도 존 사람이 한 사람 있소. 그 사람이 바로 건식인디, 우리 일에 박건식이럴 대표로 뽑으면 어쩌겄소?"

"고것이 무신 소리다요. 나넌 나이가 질로 밑인디. 남샌이 그냥 그대로 채럴 잡으씨요. 나넌 밑이서 시키는 일얼 헐 것인게요."

박건식이 완강한 태도로 말했다.

"어허 이사람아, 요런 때 당자넌 나스는 것이 아니여. 알고 봉게 영 무식허시."

하봉수가 퉁을 놓았다. 사람들이 웃음을 터뜨렸다.

"하샌 말이 맞으요. 당자넌 말헐 자격이 없응게 딴사람덜이나 헐 말 있으면 허도록 허씨요."

남상명이 흐트러질지 모르는 분위기를 재빨리 바로잡고 있었다.

"더 말허고 자시고 헐 것 머 있겄소. 박건식이럴 대표로 뽑읍시다. 한문이야 허면 날 일 자에 사람 인 자나 어찌어찌 알아보는 우리에 비허면 건식이야 공자님 맹자님잉게 더 말허면 잔소리제."

하봉수가 바람을 잡고 나섰다.

"와따, 무식허담서 유식헌 말언 혼자서 다 혀부네. 알고 봉게 영

유식허시."

누군가가 하봉수의 말을 그대로 흉내 내고 있었다. 사람들이 또 웃음을 터뜨렸다.

"저것 어떤 싱건 물건이여. 소금독에 꺼꿀로 박았다가 빼야 쓰겄다."

하봉수가 발칵 화를 냈다.

"어허 그 사람, 속도 참 넓네. 요런 때 안 웃어보면 우리가 언제 웃어본다고 화내고 그려."

누군가의 느릿한 말이었다.

"되았소, 딴사람덜 더 헐 말 없소?"

남상명이 좌중을 훑어보았다.

"그럽시다, 박건식이로 정헙시다."

"그리헙시다. 박생이 냄긴 한얼 아덜이 푸는 것이 얼매나 좋소."

"이, 그렇기도 허구만. 효도도 허고 우리도 살리고, 양수겸장 아니라고."

사람들은 돌아가면서 동의를 표했다.

"되았소, 다덜 그리 생각헝게 박건식이럴 대표로 정허기로 허겄소. 오늘보톰 박건식이가 우리 일얼 해나갈 대표요."

남상명이 목소리를 가다듬어 말하고는 손뼉을 치기 시작했다. 다른 사람들도 따라서 손뼉을 쳤다.

"어이, 대표가 되았응게 한마디허소."

누군가가 불쑥 말했다.

"또 싱건 소리 히서 웃어보잔 것이여?"

하봉수가 걸고 들었다.

"아, 못 웃어보고 죽은 귀신이 환생얼 혔간디? 앞으로 어찌 일얼 히서 땅얼 되찾게 헐랑가 들어보잔 것이제."

"뜸금없이 대표 맨글어놓고 또 뜸금없이 앞으로 헐 일 말해 보란 것언 무신 놈에 경우고 심뽀여. 열성으로 허겄다넌 말 말고 무신 말얼 더 허겄어."

"아, 자네가 활동사진 변사시여?"

"이, 변사시. 어쩔랑가?"

이렇게 해서 박건식은 난처하고 쑥스러운 입장에 처하게 된 것을 모면했다. 그러나 갑작스럽게 안겨진 대표라는 임무가 결코 싫지는 않았다. 아버지의 유언을 더욱 충실하게 지켜나갈 수 있게 된 때문이었다. 박건식은 땅을 반드시 되찾고야 말겠다는 결심을 새롭게 다지고 있었다.

"근디, 우리덜 역둔토 심사라는 것언 은제나 끝막음헌다는 것이여?"

"이사람아, 그 잘난 토지조사사업이 끝난 담부텀이랑게 묻덜 말고 끈허니 기둘려. 땅이 썩기럴 혀, 내래앉기럴 혀."

"긍게 그놈에 토지조사사업이 끝날 날이 언제냔 말이여."

"아이고 시끄럽네, 총독부에 가서 물어보소. 그것이야 그놈덜이 즈그 좆 꼴리는 대로 헐 것잉게."

"씨부랄 눔덜이 누가 이기나 보자 허고 역부러 질질 끌고 있는 것이제. 그 개자석덜 붕알얼 쫙쫙 훑어부러야 써!"

"그리 못허는 것도 빙신이제."

"아니여, 저 사람 말도 맞구만. 그놈덜이 역부러 심사럴 질질 끌어서 사람덜이 진이 빠지고 빠져서 정얼 떨 때꺼정 밀어갈란다는 소문도 안 있드라고."

"맞구만요. 그놈덜이 그럴수록 우리넌 맘 강단지게 묵고 버텡겨야 헌당게요. 우리 아부지가 유언헌 말도 왜놈덜에 그런 심뽀럴 말씸허신 것 아니겄는게라우. 자석새끼덜얼 생각히서라도 맘덜 짱짱허니 묵어야 된단게요."

박건식의 단호한 말이었다.

"어허, 우리 젊은 대표가 오지게 한마디혔다. 그려, 대창맨치로 꼿꼿허고 창창하게 버티는 것이여. 즈그가 무신 염병 지랄얼 히도 이 땅 쥔언 우리덜잉께로."

하봉수가 힘 뻗치는 목소리로 모두의 기분을 북돋우려 했다.

"하먼, 그래야제. 우리가 헐 일이 머시가 또 있겄어."

남상명이 하봉수의 말을 거들었다. 모두는 숙연하게 앉아 있었다.

"참 별도 오지게넌 많네. 용철이넌 존 시상으로 갔는지 몰르겄다."

누군가가 하늘을 올려다보며 말했다.

"몰르제, 구만리 장천얼 떠도는지도."

14

두 개의 덫

"반짝 들어, 반짝!"

"그려, 그려, 더 심써어!"

"아니여, 아랫배에 더 심줘야제!"

"저러다 저것, 쌩똥 싸겄다."

"아, 암 말 말어. 넘 기운 쓰는디."

"쩌, 쩌, 쩌, 다리가 휘청기린다!"

"밤일얼 너무 힜는갑만!"

"어깨심 빼고 허리심 써, 허리!"

부두 앞 빈터를 가득 메운 남자들은 왁자지껄 소리쳐 대며 들떠 오르고 있었다.

사람들이 겹을 이루며 둘러선 가운데서는 한 남자가 쌀가마 세 개를 어깨에 올린 채 일어서려고 안간힘을 쓰고 있었다. 그 남자의 두 다리는 쌀 세 가마를 힘겹게 힘겹게 밀어올리며 반쯤 펴지고 있었다. 곁으로 둘러선 사람들은 그 남자가 기운을 쓰는 데 따라 제각기 소리치고 있었다.

"쩌것, 쩌것, 넘어간다!"

"저런, 저런, 안 되겄네에."

"어허, 아깝네. 쬐깨 모지래시!"

"아니여, 저것언 한참 모지래는 기운이여. 번쩍 일어나도 뛰다가 무너지고 주저앉는 판 아니여!"

그 남자는 무릎을 다 펴지 못하고 쌀가마들을 허물어뜨리며 주저앉고 말았다. 시뻘겋게 피가 몰려 있는 그 남자의 얼굴에는 진땀이 번들거리고 있었다.

"짜아— 얼렁 물러스고, 담 사람!"

어깨가 떡 벌어진 남자가 쌀가마더미 위에 올라서서 외쳤다.

아까 주저앉았던 남자가 비칠거리며 물러났고, 다른 남자가 팔을 휘둘러대며 앞으로 나섰다. 그 남자는 왼쪽 무릎을 땅에 대고 오른쪽 무릎을 꺾어세워 앉았다. 그리고 왼손으로 왼쪽 허벅지를 받치고 오른팔을 꺾어 오른손으로 엉치뼈를 받쳤다. 오른쪽 어깨에 쌀가마를 받을 태세를 갖춘 것이었다.

두 남자가 쌀가마 하나를 양쪽에서 가벼운 듯 들어 그 남자의 어깨에다 올려놓았다. 그와 동시에 남자의 두 팔이 재빨리 움직여 쌀가마를 움켜잡았다. 두 개째의 쌀가마가 올려졌다. 세 개째의 쌀가마가 올려졌다.

"되았어, 얼렁 일어나!"

어깨 벌어진 남자가 명령했다.

쌀가마 세 개에 짓눌리듯 앉아 있던 남자가 끄응 힘을 쓰며 몸을 일으키려고 했다. 그때까지 입을 다물고 지켜보고 있던 사람들이 다시 왁자지껄 소리치고 떠들어대기 시작했다.

그건 무슨 씨름같이 기운내기를 해서 상을 타는 것이 아니었다. 그리고 겹으로 둘러선 남자들은 구경꾼이 아니었다. 그건 1년에 한 차례, 쌀이 쏟아져 나오게 되는 추수철을 앞두고 기운 센 부두노동자를 뽑는 것이었다.

쌀 세 가마를 한꺼번에 어깨에 올리고 뛰어 배에 실을 수 있는 노동자는 '부두장사'라고 부르거나 '만보귀신'이라고 불렀다. 만보란 쌀 한 가마를 옮길 때마다 그 표시로 십장이 나눠주는 젓가락같이 생긴 나무쪽이었다. 그건 일종의 전표인데, 귀한 종이를 없애지 않고 또 오래 쓰기 위해서 나무를 얇게 깎아 만든 것이었다. 그 반들반들 손때가 묻은 만보 하나는 노임 1전을 표시하는 것으로 눈깔사탕 두 개 값이었다. 보통사람들이 한 행보에 만보 두 개씩을 받는데 '부두장사'는 한 행보에 세 개씩을 받아버리니 만보 잡아먹는 귀신이라는 별명이 안 붙을 수가 없었다.

농토를 빼앗기거나 소작을 못 구해 일거리를 찾아 부두로 몰려든 사람들에게는 그 1년에 한 차례 있는 부두장사 뽑기는 알음 없고 끈 없이도 고정 일자리를 구할 수 있는 더없이 좋은 기회였다. 그러나 아무나 나락도 아닌 쌀 세 가마를 어깨에 올리고 뛸 수 있는 것이 아니었다. 겹겹으로 둘러선 수십 명의 사람들 중에 많아야 서너 명이 뽑힐 뿐이었다. 농사로 잔뼈가 굵은 사람들은 쌀 두 가마는 예사로 짊어질 수 있었다. 그러나 세 가마를 지는 기운은 따로 있었다. 그런 기운을 쓰는 사람은 동네에서도 장사로 이름나게 마련이고, 황소가 걸린 씨름판에서 뒤재비를 하는 사람들이 대개 그들이었다.

그런데 부두 근방에서 '부두장사'가 될 수 있는 기준을 정하는 말이 따로 있었다. 철도공사장에서 기차 레일 하나를 어깨에 올리고 걸을 수 있는 사람이나, 신작로공사에서 땅 다지는 데 쓰는 500근짜리 쇳덩이를 무릎까지 들어올릴 수 있는 사람이라야 쌀 세 가마를 어깨에 올리고 뛸 수 있다는 것이었다. 그건 그들 자신도 모르게 따르고 있는 일본노동판의 기준이었다.

철도공사와 신작로공사는 일본세상이 되면서 총독부가 줄기차게 벌이고 있는 사업이었다. 토지조사사업에 걸리지 않은 사람이 거의 없듯 철도공사장이나 신작로공사장에 한 번쯤 끌려나가지 않은 사람이 없을 지경이었다. 그러다 보니 기운을 가름하는 기준마저도 어느새 일본공사판의 것으로 변해 있었다. 그걸 조선식으로 하자면 연자방아 윗돌을 들거나, 성난 황소의 뿔을 붙들고 버틸 수 있는 사람이라고 해야 할 것이었다.

빈터에 바글거리고 있는 그들이 사람이 바뀔 때마다 제각기 소리쳐 대는 것은 그 사람을 응원해서가 아니었다. 자기의 차례를 기다리며 스스로 기운을 돋우는 준비운동인 셈이었다. 그리고 뽑히지 못하고 물러난 사람은 그렇게 소리치면서 아쉬움을 달래고 있었다.

빈터에 몰려든 사람들은 누구나 자기의 기운이 얼마나 되는지 다 알고 있었다. 지게 없이는 세 가마니를 짊어질 수 없다는 것을 알면서도 그냥 포기하는 사람들은 없었다. 모처럼 온 기회를 놓칠 수 없었던 것이다. 그리고 어찌어찌 하면 세 가마니를 밀어올릴 수 있을지도 모른다는 욕심이 동하기도 했다. 그러나 그런 요행수가 있을 리 없었다. 농사를 등지고 노동판 일거리를 찾아 군산으로 흘러들면서 벌써 끼니가 부실해지기 시작한 몸들이었다.

산판에서는 도끼질 잘하는 놈이 최고고, 노름판에서는 속임수 잘 쓰는 놈이 최고요, 서당에서는 글 잘 읽는 놈이 최고라고 했다. 부두노동판에서는 쌀짐 많이 지는 놈이 최고인 것은 더 말할 것이 없었다. 제일 기운 잘 쓰는 축이 세 가마니짜리들이었고, 나머지는 전부 두 가마니짜리들이었다. 한 가마니짜리는 약골로 아예 발을 붙일 수가 없었다. 두 가마니를 지다가 어디 몸이라도 아파 한 가마니를 지게 되면 그날로 쫓겨나야 했다. 십장과 절친한 경우에만 몸이 나을 때까지 다른 날품팔이로 바꿔치기해서 자리를 지킬 수 있었다. 그런 인정사정없는 행위는 당연한 것처럼 행해졌고 또 당연한 것처럼 받아들여졌다. 전체 작업량에 차질을 빚지 않기 위해 개인 사정은 가차없이 묵살되고 말았다. 물론 일을 하지 않는 사람에게 일당을 계산하는 만보가 주어질 리 없었다.

시끌벅적하던 사람들이 잠잠해졌다. 그리고 서너 네댓 명씩 짝이 되어 사람들은 흩어지고 있었다. 그들의 얼굴은 하나같이 침울하고 맥빠져 보였다. 나락을 쪼는 참새떼들이 돌팔매질에 날아가 보았자 그 옆논이듯, 그들은 흩어져도 부두 근방을 벗어나지 않았다. 그래도 일본을 오가는 사람들이 많아 날품 팔 거리는 군산역보다 한결 나았던 것이다.

"참, 기운도 타고나야 허는 것인디, 가난헌 팔자에 기운도 쓰덜 못허니 팔자 피기넌 다 글렀제."

"속상해허덜 말드라고. 장사 기운 못 타고난 사람덜이 훨썩 많은게."

"그나저나 여그서 떠돌아갖고넌 입에 풀칠도 못허게 생겼는디. 사람덜언 자꼬 몰려들고 말이여."

"긍게 말이시. 군산 좋다는 말도 인자 헛짜로구만."

네댓 사람이 모여서 근심스럽게 나누는 이야기였다.

"근디, 목포넌 어쩔랑고? 듣자닝게 거그도 여그만치 번창헌다든디."

"거그라고 사람 없다등가. 소문난 잔치 가보나마나제."

"그려, 거그 말고 멀리 보는 것이 어쩐가? 요새 또 새로 철길이 뚫려 가기가 아조 편해졌다든디."

"무신 소리 허는 것이여?"

"아, 만주땅 말허는 것 아닝가. 여그서 이리 한심헌 꼬라지로 사느니 땅 찾어가서 농사짓는 것이 낫덜 안컸냔 말이제."

"글씨, 만주에 가먼 농새질 땅이 얼매든지 널렸다는 소문이기넌 헌디, 정작 뜨는 사람덜언 얼매 없덜 안혀?"

"긍게 넘덜 먼첨 가잔 것이제. 매도 먼첨 맞는 것이 낫드라고 늦어지면 존 땅 다 없어질 것 아니라고."

"이, 그 말 맞소. 우리 작은아부지가 작년에 갔는디 우리보고도 얼렁 오라고 야단이오. 더 늦어지면 존 땅 다 없어진다고. 거그넌 금 긋는 것이 내 땅이랑게 우리 집도 곧 뜰 참이오. 요분에 경원선이란 철도가 새로 생겨서 만주 동쪽으로도 가기가 아조 편해졌소."

그들의 말에 끼어든 것은 뜻밖에도 서무룡이었다.

"그려요? 거그가 참말로 임자 없는 땅이 그리 많다고 그럽디여?"

"아, 두말허면 잔소리요. 임자 없는 땅이 여그 징게 맹갱 들판 열 곱이고 시무 곱이 넘게 아시무락헝게 지 맘 꼴리는 대로 금 긋는다고 헙디다. 허고, 땅이 무지허게 걸어서 거름 하나또 안 히도 농새가 기막히게 잘된답디다. 나도 여그서 지랄발광 그만허고 만주천지에 가서 부자로 살기로 혔소."

"거그가 어디다요?"

서무룡은 주춤했다. 미처 대비하지 않은 물음이었던 것이다.

"이, 나가 듣고도 깜빡 히부렀는디, 어디고 간에 만주넌 다 그렇다고 헙디다."

서무룡은 전혀 당황하는 기색 없이 툭 불거진 눈으로 사람들을 둘러보며 여유만만하게 얼버무려 넘기고 있었다.

"보소, 가볼 만허덜 안컸어? 농새 지묵든 사람덜언 농새 지묵고 살어야제 저 억지기운 써감서 등짐질히서 은제꺼정 살 것잉가. 저것이 다 지살 녹혀묵는 골병드는 짓거리제."

한 사람이 상기된 얼굴로 말했다.

"몰르겄네, 지아무리 널른 땅 있다 혀도 낯설고 물설은 타국인디 무신 사는 맛이 있겄어. 나야 여그서 정 못살겄으면 산속으로 화전얼 일구로 들어가면 갔제 만주로넌 안 갈랑마."

한 사람이 고개를 내저었다. 서무룡은 불끈 성질이 솟는 것을 참아냈다.

"땅이 널르고 거름도 안 허고 농새럴 지면 괜찮허기넌 헌디. 청국말도 몰름서 고적히서 살아질랑가?"

다른 사람이 입맛을 다시면서도 고개를 갸웃거렸다.

"거그 땅이 얼매나 거냐면 말이요 이, 나락얼 뿌리면 거름 한분도 안 허고 추수럴 허는디, 쌀알갱이 크기가 거짓말 하나또 안 보태고 여그 것 곱쟁이가 된다고 헙디다. 허고, 우리 조선사람덜찌리 동네럴 모툼서 산게 청국말언 쓸 디도 없고, 고적허기는새로 재미지게만 산답디다."

만주땅의 중국사람들은 아예 벼농사를 짓지 않는다는 것을 모르는 서무룡이는 거짓말인지도 모르고 신바람 나게 거짓말을 해대고 있었다.

"그 보소. 우리 다 한 꾸미로 짜고 가서 한시상 새로 살아보는 것이 어쩌겄능가?"

"그러기만 험사 나쁠 것이야 없는디. 원체로 멀리 타국으로 가는 것잉게 쬐깨 더 생각해 봐야겄제."

"참, 아까 새로 난 철길 이야기럴 허등마, 고것이 어디서보톰 어디로 가는 것이다요?"

만주로 가는 것에 적극성을 보이고 있는 남자가 서무룡이에게 물었다.

"이, 고것이 경원선이라고 경성서 함경도 원산꺼정 논 것이오. 고것얼 타먼 두만강얼 빨딱 넘어 만주땅으로 가게 되야 있소. 긍게로 우리가 여그서 가자면 군산역서 기차럴 타고 경성에 가고, 경성서 노리까이히서 앉어만 있으면 만주땅이단 말이오. 얼매나 편허고 좋으요. 일본사람덜 덕에 걸으면 달포 걸릴 질얼 이틀이먼 가부요."

서무룡이는 또 자기도 모르는 거짓말을 하고 있었다. 그는 원산이 두만강가에 있는 줄 알고 있었다. 듣는 사람들도 아는 것이 없으니까 그의 거짓말은 그대로 참말이 되고 있었다.

"치이, 돈 안 받고 태와주간디 일본놈덜 덕이여? 돈 없는 사람덜이야 죽으나 사나 걸어서 가야제 왜놈덜이 기차 발판이나 밟아보게 허간디."

한 사람이 콧방귀를 뀌었다. 서무룡은 하마터면 소리를 지를 뻔했다. 말끝마다 일본놈들 왜놈들 하는 것에 정말 성질이 솟구쳤던 것이다.

"에이, 그리 말허먼 쓰겄소. 비싼 물자 딜여다가 철길 놔서 천리길도 하로에 빠르고 편허니 댕기게 히준 것얼 고마와해야제, 거그다가 또 공짜로 타기럴 바래먼 말이 안 되덜 않소?"

서무룡은 감정을 감추며 자기의 임무에 충실하려고 은근한 설득조로 말했다.

"고마울 것 에진간이 없든갑소. 호랭이 퇴깽이 생각허기제."

그 남자가 쏴질렀다. 서무룡은 성질이 곤두서며 주먹을 불끈 쥐었다. 그러나 다시 성질을 꾹 누르며 배운 대로 말을 꺼냈다.

"그 경원선이란 것이 말이요 이, 여그 호남선허고 달라서 첩첩산중얼 뚫어감서 논 것이다요. 근디 그것얼 3년 만에 놔부렀소. 그리 빨르게 공사럴 끝낸 것언 순전허게 조선사람덜 편허니 살리자고 그렸답디다. 근디도 안 고마우요?"

"헹, 조선사람덜얼 끌어다가 얼매나 지독허니 왈기고 몰아때랬으면 첩첩산중 에로운 공사럴 그리 빨르게 끝냈겄소."

그 남자는 정곡을 찌르고 들었다.

"어허, 이사람 또 시작이시. 누가 들으면 어쩔라고 그리 입바른 소리여."

옆의 남자가 눈을 흘기며 혀를 찼다.

온냐, 나가 잘 듣고 기시다. 니놈언 짜운 맛얼 뵈어야 정다실 놈이다.

서무룡은 그 입 방정맞게 놀리는 남자의 얼굴을 눈에 새기며 마음을 공글렀다. 그건 바로 자신이 찾고 있는 종류의 물건이었던 것이다.

"좌우간에 만주로 갈 맘이 있음사 하로라도 빨르게 뜨는 것이 졸 것이오. 나야 메칠 있다 갈 참잉게."

서무룡은 이렇게 말하며 슬슬 그 자리를 떴다. 그는 만족감에 차서 발길을 서둘렀다.

오늘의 성과는 스스로 생각해도 자랑할 만했다. 철도를 가설한 일본의 공을 여러 사람들 앞에서 자연스럽게 선전함과 동시에 만주가 살기 좋으니까 어서들 뜨라고 아주 그럴싸하게 바람을 넣었던 것이다. 그리고 불평불만 분자까지 색출해 내게 되었으니 임무수행을 떳떳하게 보고할 수 있게 된 것이다.

의병 가담자·부두노동자 선동자·불평불만 분자 색출은 서무룡에게 내려진 변함없는 지시사항이었다. 그런데 최근에 그는 새로운 지시를 받게 되었다. 대일본제국은 조선사람들을 편하게 살게 하고 개명시켜 주기 위해서 막대한 돈을 들여 호남선에 이어 또 경원선을 개통시켰다는 사실을 일반인들에게 선전함과 동시에 그 기차를 타고 살기 좋은 만주로 쉽고 편하게 갈 수 있다는 점을 널리 유포시키라는 것이었다.

서무룡이는 경원선이라는 철도가 어디에 놓인 것인지 알지를 못했다. 또, 만주땅이 그렇게 살기 좋은지 어떤지도 알 수가 없었다. 다만 그는 교육받은 대로 사람들에게 철도를 놓아준 일본의 은공을 선전해 댔고, 살기 좋은 만주로 떠나자고 충동질해 댔다. 서무룡은 그런 말들을 되풀이할수록 정말 일본의 은공이 크고 만주땅이 살기 좋은 곳이라고 믿게 되었던 것이다.

물론 그런 지시는 서무룡이에게만 내려질 리가 없었다. 서무룡이 같은 사람들을 조직화해서 방방곡곡으로 퍼져나가고 있었다. 총독부에서는 철도가 새로 개통될 때마다 그것을 일본이 조선사람들을 위해 베푼 은공으로 역선전함으로써 철도공사에서 야기될 온갖 원성을 덮어 무마함과 아울러 철도를 가설하는 자기네들의 목적을 철저하게 은폐하려는 것이었다. 그리고 사람들을 만주로 떠나도록 유혹하고 충동질해 대는 것은 토지조사사업과 일본인들의 이주로 발생하게 된 조선농민들의 실업상태를 해결하고 그 불만 요인을 제거하자는 것이었다. 그리고 조선족들을 분열시켜 힘을 약하게 만들고 지배를 수월하게 하려는 이중 목적을 가지고 있었다.

해가 군산 앞바다에 현란한 붉은 색조의 낙조를 드리웠다. 바다를 온통 붉게 물들인 낙조는 하늘의 노을보다도 한층 황홀한 빛의 잔치였다.

바다에 낙조가 지면서 부두의 하루 일도 마감되어 가고 있었다. 부두의 분주함이 가라앉아 가면 날품팔이들도 빈 지게를 걸머지고 하나둘씩 무거운 발걸음을 옮겨놓기 시작했다.

서무룡은 어느 지게꾼의 뒤를 멀찍이서 밟아가고 있었다. 한쪽 어깨에 지게를 걸친 지게꾼은 다 헐어빠진 짚신을 칙칙 끌며 걸어가고 있었다.

"성님, 어디 가시요?"

머리를 바짝 치켜깎은 사내가 건들거리며 서무룡이를 알은체했다. 그러나 서무룡이는 앞에 정신을 파느라고 그 소리를 듣지 못하고 있었다.

"무룡이 성님, 귀먹었소?"

사내의 목청 높인 소리에 서무룡이가 놀라며 고개를 돌렸다.

"성님, 나요 나. 무신 생각 허니라고 그리 정신이 없소. 또 그 여자 생각허니라고 그러요?"

사내가 한쪽 다리를 까딱거리며 비식비식 웃었다.

"이, 니여? 나 시방 바쁜게 이따가 보자."

서무룡은 사내를 힐끗 보고는 돌아섰다.

"나 째보선창에 가 있을라요 이."

사내의 말에 서무룡은 손만 흔들었다.

"참 줏겉이 사람 본치만치허네. 저것도 주먹만 씨제 대그빡언 멍청이여. 아무리 낯짝이 반반허다고 명색이 총각놈이 새끼꺼정 딸린 헌지집년헌티 미치고 환장헐 것이 머시여."

사내는 서무룡을 꼬나보며 투덜거렸다.

서무룡은 뒤에서 자기 욕을 하는 것도 모르고 지게꾼의 뒤만 좇고 있었다.

저놈이 의병질 해묵든 놈인지도 몰르제. 말이 아조 톡톡 쏘는 것이 까시가 백히고 꽤나 똑똑허든디. 저런 것덜이 개씹에 보리알 끼디끼 껴 있으면 나가 허는 일이 다 도로아미타불이여. 저런 놈언 삭신이 노골노골해지게 맛얼 뵈어야 못된 버르장머리럴 고칠 것이여.

서무룡은 아까 자기의 말마다 초를 치고 재를 뿌리고 나섰던 것에 새롭게 성질이 돋아오르는 것을 느끼고 있었다.

지게꾼은 번화가를 벗어나 역전을 지나고 변두리로 접어들어서도 한참을 걸어갔다. 가난한 사람들이 사는 움막동네로 가는 길이었다.

지게꾼은 어느 싸전 앞에서 걸음을 멈추었다. 그가 사든 것은 잡곡 한 됫박이었다. 서무룡이는 멀찍이 떨어져 궐련을 피우며 지게꾼의 뒷모습을 지키고 있었다.

서무룡은 지게꾼의 움막을 확인하고 돌아섰다. 그의 걸음은 뛰듯이 빨라지기 시작했다. 그는 빠른 걸음에 맞추어 일본군가를 휘파람으로 불어대고 있었다.

"원, 초라니 방정도. 해가 넘어가는디 비얌 나오라고 저 지랄잉가. 젊은것덜이 왜놈덜헌티 배와도 똑 못된 것만 배와갖고. 이잉, 이래저래 시상언 망쪼여, 쯧쯧쯧쯧……."

어떤 여자노인네가 빠르게 스쳐 지나가는 서무룡이에게 눈을 희게 흘겨대며 마구 혀를 차댔다.

양쪽 끝을 일부러 비비대 틀어올리는 팔자콧수염이 그렇듯 휘파람을 부는 것도 일대 유행풍조였다. 팔자콧수염이 나이 많은 축들이 따르는 유행이라면 휘파람을 부는 것은 젊은 축들이 흉내 내는 유행이었다. 한 손에 물건을 받쳐든 채 신나게 휘파람을 불어대며 자전거를 잽싸게 몰아가는 일본배달원들의 모습은 더없이 멋들어진 것으로 여겨졌다. 그리고 휘파람으로 온갖 노래뿐만이 아니라 여러 가지 희한하고 괴상한 소리들을 특히 잘 내는 것이 일본뱃사람들이었다. 돈 잘 쓰고 싸움 잘하기로 소문난 젊은 뱃사람들이 군산의 번화가를 휘젓고 다니며 여자들을 향해 휘익휙 불어대는 괴상한 휘파람소리는 건달패들의 부러움을 살 만도 했다.

그런데 조선사람들, 특히 노인네들은 휘파람소리 울리는 것을 딱 질색했다. 휘파람을 아침에 불면 재수가 없다고 질색이었고, 저녁때 불면 뱀이 나온다고 질색이었고, 밤에 불면 귀신을 불러들인다고 질색이었다. 그런데 한 가지 가관인 것은 팔자콧수염을 기른 늙수그레한 사람이 휘파람을 불어대는 젊은 사람을 못마땅해하며 혀를 차거나 꾸짖는 일이었다.

서무룡은 흥겨운 기분으로 역 앞에 이르렀다. 보고를 하러 갈까 어쩔까 망설였다. 그러나 집까지 다 알아두었으니 더 서두를 것이 없다 싶었다. 내일 아침에 보고를 해도 잘못될 일이 없었다. 그는 마음을 바꾸어 먹었다. 더 급한 자기 일부터 보기로 했다.

서무룡은 역건물을 바라보았다. 평양역과 똑같은 모양으로 생겼다는, 지붕이 2층으로 된 건물은 언제 보아도 근사하고 멋진 신식이었다. 저렇게 멋진 건물 안에서 테 둥근 모자를 쓰고 활개치는 역원이 되고 싶다는 생각이 문득 스쳐갔다. 그러나 그건 이룰 수 없는 꿈이었다. 역원들 중에 조선사람이라고는 하나도 없었다. 조선사람이 있어보았자 심부름꾼들뿐이었다.

"네가 언제까지고 이런 일만 하는 건 아니야. 열심으로 공을 세워나가면 정식으로 순사든 헌병이든 시켜줄 수가 있어. 출세시켜주겠단 말야. 그러니까 열성으로 하라구."

서무룡은 잠시 역원이 되고 싶어했던 생각을 지웠다. 역원보다야 순사나 헌병이 훨씬 나은 것은 더 말할 것도 없었다. 권세를 부리기로나 외모가 멋지기로나 역원은 댈 것이 아니었다. 자신의 앞에는 순사도 되고 헌병도 될 수 있는 길이 열려 있었다.

서무룡은 가슴 가득 숨을 들이켜며 역 마당을 가로질렀다. 그 마당 양쪽으로는 상점들이 즐비하게 늘어서 있었다. 그 많은 상점들 중에 조선사람의 것은 하나도 없었다. 역을 만들면서 일본사람들에게만 상점을 허가한 것이었다.

서무룡은 과자점부터 찾아갔다. 과자며 사탕을 가지가지로 푸짐하게 사들었다.

과자점을 나선 서무룡은 잠시 망설였다. 어른 것을 사야 되겠는데 마땅하게 떠오르는 것이 없었다. 오늘은 옷감을 한 감 떠다 줄까……. 그러나 좋아할 것 같지가 않았다. 너무 속보이지 말고 고깃근이나 사가자고 마음 정했다.

쇠고기를 사든 서무룡은 발길을 빨리했다. 저녁밥을 하기 전에 당도해서 쇠고기를 해먹을 수 있게 하려는 것이었다. 저녁을 해먹어 버린 다음에 쇠고기를 내놓아보았자 원님 행차 뒤에 나팔 불기였다. 그리고 저녁을 짓기 전에 빨리 가서 어물어물 뭉그적거리다가 밥을 얻어먹어 볼까 하는 속셈도 없지 않았다.

밥을 얻어먹어 볼 생각을 하자 또 가슴이 이상야릇한 느낌으로 두근거리기 시작했다. 화끈거리면서도 화아한 것 같기도 하고, 뜨거우면서도 어지러운 것 같은 그 묘한 두근거림은 긴장하거나 두려울 때 느끼는 두근거림과는 전혀 달랐다.

그 달콤한 것 같기도 하고 향긋한 것 같기도 한 두근거림은 수국이 때와 똑같았다. 전신이 간질간질한 것도 같고 어딘가가 스멀스멀한 것 같은 기분에 들뜨게 하는 그 묘한 두근거림에 휘둘리며 날마다 끌리듯 찾아간 것이 방대근이네 움막이었다. 그 움막에 가면 숨이 막히도록 진한 향기를 내뿜는 꽃이 활짝 피어 있었다. 그 곱고 고운 얼굴에 딱 어울리도록 이름이 너무나 예쁜 그 처녀는 수국이었다. 대근이의 병문안은 겉치레일 뿐이었다. 수국이를 하루라도 안 보면 견딜 수가 없었다. 그래서 일만 끝나면 매일 허겁지겁 움막으로 달려가고는 했던 것이다. 그때 무엇보다 안타까웠던 것이 그 곱고 예쁘고 예쁜 수국이가 그리도 볼품없고 어둠침침하고 누추한 움막에 처박혀 있다는 것이었다.

서무룡이는 수국이를 놓고 남모르게 두 가지 작심을 했다. 첫째, 무슨 일이 있어도 내 각시를 삼는다. 둘째, 뼈가 녹아내리도록 일을 해서 고운 옷 입히고 좋은 집에서 호강시킨다.

그런데 어느 날 느닷없이 수국이네 식구들이 자취를 감추어버렸던 것이다. 그때의 허망하고 기막혔던 심정이야말로 어찌 형용할 수가 없었다. 하늘이 내려앉고 땅이 꺼진다는 말이 무슨 말인지 알 것 같았다. 남자가 여자 때문에 왜 죽는지도 알았고, 왜 우는지도 알게 되었다. 정말이지 살고 싶지가 않았고, 잠을 자나 잠을 깨나 보이는 것이라고는 수국이 얼굴뿐이었다. 보고 싶어서, 너무 보고 싶어서 꼭 미칠 것만 같았다.

"손샌, 요것이 어칙게 된 일이다요. 어디로 갔는지 지발 일러주씨요. 나 미치고 폴딱폴딱 뛰다 죽겄소."

가슴을 쥐어뜯기도 하고 치기도 하면서 손판석에게 매달릴 수밖에 없었다.

"이사람아, 나도 몰라 미치겄단 말이시. 나도 소식 오기럴 기둘리는 판잉게 자네도 나허고 항께 기둘리세. 자네 맘이 그리 뜨끈뜨끈 허먼 꼭 다시 만내질 것이여. 인연언 찔긴 것잉게."

손판석의 이 말을 믿었다. 믿으니까 위안이 되기도 했다. 손판석의 옆에만 붙어 있으면 수국이네와 언젠가 소식이 닿을 것이 분명했다. 몸이 성한 사람들도 하늘의 별 따기인 십장자리를 다리가 불구인 손판석에게 돌아가게 하려고 몸살을 해댔던 것도 그 때문이었다.

수국이의 소식은 감감한 채로 날이 가고 해가 바뀌었다. 수국이에 대한 그리움은 절절히 남아 있었지만 미칠 것 같고 죽을 것 같은 심정은 차츰차츰 가라앉아 가고 있었다. 꿈에서도 만나는 횟수가 줄어들어 가고 있었다.

그러던 어느 날 손판석이 관리하는 창고에서 수국이와 마주치게 되었다. 소스라쳐 놀라 이름을 불렀다. 그러나 얼굴을 바로 돌린 여자는 수국이가 아니었다. 수국이와 너무나 많이 닮은 여자일 뿐이었다.

"그려, 수국이 큰언니 보름이여. 올 디 갈 디 없어져 날 찾어왔는디 어찌겄어."

손판석의 무덤덤한 대답이었다.

"수국이넌 어디 산다등게라?"

자신도 모르게 나온 말이었다.

"이사람아, 수국이가 어디 사는지 알면 글로 찾어갔제 딴 넘인 날 찾아왔겄능가? 안 그려?"

그 반문 앞에서 더 할 말이 없어지고 말았다.

그런데 그때부터 일은 또 벌어졌다. 수국이를 보고 싶어 미칠 것 같고 죽을 것 같던 마음이 그전과 똑같이 되살아난 것이었다. 그리고 그 이상야릇한 가슴 두근거림도 새로 시작되었다.

하루에도 두세 번씩 손판석네 창고로 걸음하게 되었다. 손판석의 눈치가 보이기도 해서 그러지 않으려고 했지만 발걸음은 자신도 모르게 그쪽으로 돌려지고는 했다. 대근이네 움막에서 어떤 힘이 끌어당기는 것 같았던 것처럼 창고로 가는 것도 무슨 힘에 끌려가는 기분이었다. 아침에는 나오지 않았나 싶어 가보았고, 점심때는 혹시 밥을 굶지 않았나 싶어 발길이 돌려졌고, 저녁때는 얼마나 고단할까 싶어 걸음하게 되었다. 갈 때마다 마음은 다 다른데도 정작 그 여자에게는 한마디 말도 할 수가 없었다. 아니, 말을 걸기는커녕 멀찍이서 손판석이와 알맹이 없는 말을 지껄이며 힐끔힐끔 훔쳐볼 뿐이었다. 그러나 그렇게만 보고 돌아서도 마음은 흡족하고 편안해졌던 것이다.

그렇게 보름을 넘기게 되면서 그 그림자같이 소리 없이 움직이는 얌전한 여자와 눈인사를 나누게 되었다. 얼굴이 익으면서 그 여자는 살포시 눈인사를 짓고는 했다. 그 예쁘고 다소곳한 모습이 사람 환장하게 했다. 수국이 같으면서도 수국이 같지 않은 그 모습이 가슴을 울렁거리게 하고 벌떡거리게 했다. 그 여자의 옆모습은 영락없이 수국이인데 똑바로 보면 수국이와는 또다른 모습을 드러내는 것이었다.

그런데 이상하고도 이상한 일이었다. 그 여자는 처음 보았을 때보다도 날이 갈수록 예뻐지고 고와지는 것이었다. 자신의 눈에 무엇이 씌어 그렇게 보이나 싶어 눈을 문지르고 또 문지르며 정신을 차리려고 했다. 그러나 그건 잘못 보는 것이 아니었다.

"이사람아, 그것이야 당연지사 아니라고. 무주 산골서 농새짐서 낯 끄실리고 살다가 여그 창고 안이서 땡볕 피허고 생바람 피허고 헝게 본래 낯색이 나는 것 아니겄어?"

서너 달이 지나서 손판석이가 답답하다는 듯 한 말이었다.

한 달을 넘기면서도 말 한마디 걸어보지 못했다. 수국이에게 그랬던 것처럼 무슨 말을 한마디라도 걸려고 하면 가슴부터 벌떡거리며 입이 얼어붙어 버렸다. 알다가도 모를 일이었다. 여자를 한두 번 다루어본 것이 아니었다. 남달리 말재주가 좋은 것은 아니었지만 여자를 다루는 데는 자신이 있었다. 어떤 술자리에서고 콧대 세우는 계집을 남들보다 먼저 꺾지 못한 적이 없었다. 말로 해서 안 되면 완력을 써서라도 손아귀에 넣고 말았다. 그런데 어찌 된 영문인지 말 한마디 걸기가 그렇게 어려웠다. 술집 계집과 여염집 여자의 차이라는 것만으로는 스스로 납득이 되지 않았다.

그런데 야속하고 원망스러운 사람은 손판석이었다. 그렇게 날이 날마다 뻰질나게 창고를 드나들어 한 달을 넘기고 두 달을 넘기면 장승도 낌새를 눈치챌 판이었다. 그런데 손판석은 무덤덤한 얼굴로 눈만 껌벅거리고, 뚱한 얼굴로 먼 산을 바라보며 엉뚱한 말만 내놓지 전혀 아무런 눈치도 보이지 않았다. 손판석이 무슨 말이라도 물어오면 그 기회를 빌미로 속마음을 털어놓고 매달리려는 참이었던 것이다.

"손샌, 나가 새앙쥐새끼도 아니겄고 날이 날마동 여그 창고에 오는 것이 요상허도 안 허요?"

참다 참다 못해 어느 날 자신이 먼저 말을 꺼내고 말했다.

"머시가 요상혀? 수국이 보고 잡은 맘 보름이 봄스로 얼르는 것 아니여?"

손판석은 여전히 무덤덤하게 그러나 아무 막힘 없이 말했다.

"아니, 눈치 다 알고 있었구만이라?"

"차암, 나럴 벽창호로 아는 것이여 머시여?"

"근디 어째서 이적지 말 한마디 없이 몰른 칙끼허고 있었소?"

"무신 소리여? 알은 척헐 일이 따로 있제. 넘 애간장 타는 일인디."

"손샌이 눈치가 있기넌 헌디, 근디…… 헛짚었소."

"헛짚어? 무신 소리랑가?"

"나 중매 잠 서주씨요."

"머시여? 누구허고?"

"누구넌 누구겄소, 보름이제."

"아니, 자네 넋나갔능가? 자네넌 총각이고 보름이넌 애기꺼정 딸린 과부여."

"나도 총각 아닌게 걱정 마씨요."

"그 무신 생뚱헌 소리여?"

"나가 장개만 안 들었제 그간에 여자럴 본 것이 수도 없소. 헌것

되기로 말허자면 나가 더 헌것이오."

"어허 이사람, 요새 시상에 안 그런 총각이 어딨어. 그것이 어디 남자허고 여자허고 똑같간디? 명색이 총각이면 총각인디, 총각이 과부장개럴 가는 법이 시상에 어디 있드랑가. 그것도 애기꺼정 딸린 과부가 아니냔 말이여."

"아, 당자가 좋다는디 법이고 말고가 무신 소양 있다요. 얼렁 중매나 야물게 스씨요."

"이사람, 완력 쓰디끼 순 억지시. 자네허고 나이도 택도 없이 많이 차이진단 말이시."

"와따, 손샌언 어찌 그리 일이 안 되는 쪽으로만 따지고 그요. 나가 따져봉게 다섯 살 차이지는디, 고것이 머시가 많으요? 열 살 신랑이 열일곱 살 신부 얻는 것보담 작제라. 양반덜이 다 그리 나이 차이지게 혼인허는디, 나도 양반 잠 되고 잡소."

"자네, 이 없응게 잇몸이다 그것이여?"

"야아? 무신 소리다요?"

"아, 수국이허고 맺어지기 틀렸응게 보름이라도 꿰차자 그것 아니냔 말이여."

"어, 어, 아닌디요, 고것이 아니어라. 수국이허고넌 또 달르게 보름이가 사람 환장허게 헌당게요."

"글먼, 보름이허고 혼인혔다가 이삼 년 후에 수국이럴 만내게 되먼 어쩔 챔이여?"

여기서 그만 말문이 막히고 말았다.

"자네 맘언 알겄네. 헌디, 보름이 맘이 어쩐지도 알어야 헐 것 아니라고. 무신 말인고 허니, 보름이가 시아부님 상 당헌 지가 얼매 안 되네. 보름이가 재가헐 맘이 있는지 없는지가 질로 중헌 것이고, 재가헐 맘이 있다 혀도 시아부님 3년상 전에야 안 되는 것 아니냔 말이시. 아덜자석이 없으면 몰라도 그 집 핏줄이 있응게. 뜸 안 든 밥 못 묵는 것잉게 뜸덜임서 기둘리소. 나도 옆이서 거들 것잉게."

손판석의 이 말에 더 밀어댈 말이 없었다. 완력으로 될 일이 아닌데 참을 수밖에 다른 방도가 없었다.

서너 달이 지나면서 서로간에 한두 마디씩 말문을 트기 시작했다. 그때부터 슬슬 뜸들이기를 시작하게 되었다. 아들 삼봉이의 과자를 조금씩 사서 내밀었다. 보름이가 받지 않으려고 할수록 점잖게 처신하는 것을 잊지 않았다.

그런데 손판석은 서무룡이가 바라는 바를 전혀 도와주지 않고 있었다. 아니, 오히려 내밀하게 방해를 하고 있었다.

"나도 털끝맨치 내색얼 안 허고 모른 칙끼험서 지내네만 실은 그 놈이 경찰서고 헌병대 앞잽이시. 사람이 생각이 짧음서 주먹이 앞스는 것이 탈이기넌 해도 인정도 있고 사내답기도 허제. 근디 언제 보톰 그 못된 왜놈덜 앞잽이 놀이럴 시작혔는지 몰를 일이시. 요새 겉은 시상서 질로 못된 짓이 그 짓거리 아니겄어. 알 것언 미리 다 알아두라고 허는 말이시."

손판석은 보름이에게 귀띔했다.

"거그 더 못 나댕이겄구만이라."

놀라움과 부끄러움을 어찌할 줄 모르며 보름이가 내놓은 말이었다. 손판석이 예상했던 대로였다.

"구데기 무서와 장 못 담그간디. 거그 안 나댕긴다고 그놈 맘이 어디 달라져야 말이제. 맘 더 다급허니 묵고 무신 일 저질를란지도 몰릉게 그저 아무 표내지 말고 간격 둬감시로 나댕기는 것이 더 낫구만. 나가 옆이서 지키고 있응게 아무 걱정 말고."

"하먼, 그것이 낫제. 거그 그만두먼 그놈 성질에 눈에 불쓰고 나댐서 일 저질를 것이여. 남자가 여자 좋다고 뎀비는디 누가 가로막고 나슬 수도 없는 일이고. 거그 그만두는 것언, 워리 워리 얼렁 와서 나 물어라, 허는 것이나 마찬가지여. 글고 자네 살아갈 앞날도 막막해지는 것이고."

손판석의 아내는 보다 노골적으로 말을 거들고 나섰다.

"야아, 그리허겄구만이라."

보름이는 떨리는 손으로 잠든 아들의 손을 감싸며 대답할 수밖에 없었다.

서무룡이가 앞잡이라는 것도, 자신에게 딴마음을 품고 있다는 것도 뒷전이었다. 자신에게는 그저 아들의 앞날이 소중할 뿐이었다.

서무룡은 양쪽에 들고 있던 과자봉지와 쇠고기봉지를 한쪽으로 모아들었다. 그리고 궐련을 꺼내 불을 붙였다. 보름이네집이 가까워오자 또 가슴이 두근거리면서 뜨거워지려고 했다. 오늘은 그 말을 해야 할 텐데 하는 생각 때문이었다.

보름이네집을 찾아갈 때마다 하고 싶은 말이 있었다. 그런데 보름이와 맞닥뜨리게 되면 입이 딱 얼어붙어 그 말은 나오지 않았다. 보름이네집에 들어서기 전까지 수없이 연습을 했는데도 그 말은 가슴속에서만 들끓을 뿐 입 밖으로 나오지를 않는 것이었다.

사실 가슴에서 들끓는 말은 여러 가지였지만 막상 말로 하기는 그 어느 것도 마땅하지가 않은 것이 문제였다.

나 당신헌티 장개들고 잡으요. 나허고 혼인헙시다. 나 각시가 되야주씨요. 나랑 삽시다. 나가 당신얼 좋아허요. 나 당신 없이넌 못살겄소. 우리 한집서 삽시다. 나가 삼봉이 아부지 노릇 허고 잡으요.

이런 말들은 보름이를 만나기 전에는 다 그럴듯했다. 그러나 보름이를 대하기만 하면 하나같이 어색하고 쑥스러워 어느 것도 입에 올릴 수가 없었다.

서무룡이는 깊이 들이마신 담배연기를 내뿜으며 또 수국이와 보름이를 비교해 보았다. 누가 더 예쁘다고 할 수 없도록 잘생긴 인물이었다. 다만 그 느낌이 다르고 나이 차이가 날 뿐이었다.

수국이의 얼굴이 대낮 같다면 보름이의 얼굴은 달밤 같았다. 수국이의 얼굴이 밝게 생글거린다면 보름이의 얼굴은 슬픈 듯 잔잔했다. 수국이는 봄에 활짝 핀 작약이었고 보름이는 동지섣달에 새초롬하게 핀 동백꽃이었다.

보름이와 살다가 이삼 년 후에 수국이를 만나게 되면 어쩔 것이냐고 손판석이 물었을 때 대답할 말이 없어서 대답을 안 한 것이 아니었다. 속으로는 둘 다 데리고 살아야지 별수 없다고 생각했던 것이다.

사실 손판석은 도움이 되는 것이 아니라 어찌 보면 방해물이었다. 손판석이만 없었더라면 어찌 되었거나 진작에 결판을 냈을 거였다. 처녀도 덮치면 임자인데 그까짓 과부쯤 덮치면 더 볼 것이 없었다. 몇 번씩 그런 마음이 동했지만 손판석을 생각해서 참아내고는 했었다.

서무룡은 담뱃불을 끄며 낮춤한 토담 너머로 집 안을 둘러보았다. 보름이는 보이지 않고 삼봉이가 어떤 아이와 흙장난을 하고 있었다. 삼봉이가 집에 있는 것은 보름이가 일을 끝내고 집에 돌아왔다는 표시였다. 보름이는 아들을 손판석이네에 맡기고 일을 나갔다가 저녁때 데려오는 것이었다. 보름이가 손판석이네와 한집에서 같이 살지 않는 것만도 다행이었다. 그러나 셋방살이를 하는 것이 못내 신경이 거슬리고 마땅찮았다. 셋방살이만 하지 않았더라도 벌써 마음먹은 대로 일을 해치웠을지 몰랐다. 초가삼간의 셋방살이는 주인네와 한방을 쓰는 것이나 마찬가지였던 것이다.

"삼봉아, 아자씨 왔다아."

서무룡은 언제나처럼 점잖은 목소리를 내며 마당으로 들어섰다.

"야아, 아자씨다아!"

삼봉이가 반색을 하며 소리쳤다.

"이, 그려. 아자씨가 과자 사왔다."

서무룡은 정다운 웃음을 환히 지으며 뛰어오는 아이 앞에 봉지를 쑥 내밀었다.

"와아, 우리 아자씨 질이다아."

삼봉이는 신바람 나게 외치며 큼직한 과자봉지를 받아 앉았다. 함께 놀던 아이가 흙 묻은 손가락을 입에 물며 제 동무를 부러운 눈길로 물끄러미 쳐다보고 있었다.

"엄니이이, 아자씨 왔네, 아자씨이—!"

삼봉이는 길 잘 든 심부름꾼처럼 제가 할 일을 먼저 알아서 했다. 서무룡은 올 때마다 과자를 사다 준 효과를 톡톡히 보고 있었다.

보름이가 거적을 쳐놓은 부엌에서 머릿수건을 벗으며 나왔다.

"저어, 그냥 지내가는 질이 있어서……."

서무룡은 뒷머리를 긁적이며 멋쩍게 웃었다. 요런 등신 팔푼이 겉은 놈아, 머시가 맨날 지내가는 질이여. 니가 보고 잡아 왔다 허고 탁 까놓덜 못허고. 니가 팔다리가 빙신이냐, 좆대감지가 빙신이냐. 그는 스스로가 병신스러워 욕을 퍼대고 있었다.

"멀라고 또 과자럴 저리……."

고개를 숙임막해서 아들을 옆눈길로 보고 있는 보름이의 얼굴에는 싫은 기색이 냉기와 함께 서려 있었다.

"아그덜이야 군입맛얼 다셔야 쑥쑥 잘 크제라." 서무룡은 언제나 하는 말을 또 되씹고는, "저어, 괴기 쬐깨 샀는디요……." 그는 어물거리며 쇠고기봉지를 내밀었다.

"아니구만이라……."

보름이는 고개를 들지 않은 채 낮고 가느다란 소리로 말했다. 그 차가운 목소리처럼 보름이의 두 손은 앞으로 모아져 맞잡혀 있었다.

"쬐깨 샀는디, 얼렁 받으씨요."

서무룡은 봉지를 보름이의 마주 잡은 손 앞으로 더 내밀었다.

"아니랑게라……."

보름이는 좀더 싸늘해진 소리로 말하며 뒤로 물러섰다. 그 옆얼굴이 약간 찡그려졌다.

하이고, 저 포로록 성질내는 것 잠 보소. 저 까시가 돋친께 더 이쁘시. 아이고메, 저것얼 확 품고 빨아대면 단맛이 쪽쪽 빨리겄네.

"어쩌라고 그요?"

서무룡은 자신도 모르게 입맛을 다시며 봉지를 더 내밀었다.

"그리 안 해도 다 묵고산게 그냥 가지가시요."

너무 싸늘하면서도 또렷해진 말이었다.

아니, 머시여! 요것얼 팍 패대기럴 쳐뿌러야 맛얼 알겄냐. 사람얼 멀로 보고 허는 소리여 시방.

서무룡은 성질이 치솟았다. 정말 봉지를 패대기쳐서 마구 짓밟아버리고 싶었다. 그냥 가져가라니……. 봉지를 내밀고 있는 자신의 손이 너무 초라하고 한심스러웠다. 그러나 어금니를 맞물었다. 여기서 일을 망쳐버리기는 너무나 곱고 탐나는 꽃이었다.

그려, 니가 찔기면 얼매나 찔기능가 보자. 우선에 나가 빙신되기로 허제. 니가 남자였으면 당장 대골통이 깨졌을 것이고, 니가 딴 년이었으면 그냥 낯짝이 뭉크러졌을 것이여.

"삼봉아, 요것 괴기다."

서무룡은 과자봉지를 싸안은 채 사탕을 우물거리고 있는 삼봉이 앞으로 걸어가 봉지를 내밀었다.

"이? 괴기?"

삼봉이가 눈을 크게 떴다. 어머니를 닮아 잘생긴 얼굴에 웃음이 활짝 피어났다.

"그려, 괴기여. 엄니보고 맛나게 해도라고 혀. 그래야 얼렁얼렁 크제."

"히히, 우리 아자씨가 질이여."

아이는 어깨춤을 추었다. 서무룡이는 이 귀여운 것이 자기 아들이 되는 것은 더욱 좋다고 얼핏 생각했다.

"인자 아자씨 갈란다."

서무룡은 아이의 머리를 쓰다듬었다.

보름이는 그 순간 몸을 부르르 떨었다. 자신의 몸에 손이 닿는 것처럼 소름이 끼쳤던 것이다.

"이, 아자씨 또 와아."

쇠고기봉지까지 안은 삼봉이가 맑은 소리로 인사를 하고 있었다.

서무룡이는 고개를 떨군 채 사립을 나섰다. 아이하고 노는 척하며 어물어물 뭉그적거리다가 저녁밥을 얻어먹어 볼까 했던 욕심은 여지없이 깨어지고 말았다. 보름이의 냉랭함은 조금도 풀리지 않고 있었다. 보름이의 그 안개가 사르르 낀 것도 같고 수심이 서린 것도 같은 모습과 함께 그 풀리지 않는 차가움이 오히려 좋으니 사람이 미칠 일이었다. 서무룡은 좀더 참고 기다리자고 스스로를 다독거렸다.

“어허, 또 그 총각이 왔드만 이. 참말로 지극정성이랑게. 그 총각도 자꼬 보면 볼수록 괜찮허니 생겼당게로. 인물도 그만허면 남자로 안 빠지고 키도 훤출허고 말이여.”

주인여자가 부엌에서 나오며 너스레를 떨어대고 있었다.

“삼봉아, 니 봉지 이리 도라. 과자 만길이허고 갈라묵어야제.”

보름이는 주인여자의 입을 막으려고 아들한테서 과자봉지를 빼앗듯이 했다.

“이잉, 멀라고. 우리 만길이야 괜찮헝게 삼봉이나 믹이소. 항시 얻어묵기만 허서 쓰간디. 베룩이도 낯짝이 있제.”

말은 그러면서도 주인여자는 옆눈길을 아래로 뜨고 발뒤꿈치까지 약간씩 들며 봉지 속을 힐끔거렸다.

“이잉, 이잉, 나 과자…….”

과자봉지를 빼앗긴 삼봉이는 울상이 되어 코를 불며 어깨를 내둘렀다.

“에진간허면 맘 주제그려. 그간에 봉게 그만허면 맘씨도 좋아 뵈등마.”

과자를 똑같이 나누게 하려는 듯 주인여자가 또 엉뚱한 소리를 하고 들었다.

“애기가 알아듣느만요.”

보름이는 들릴 듯 말 듯 혀를 차며 과자를 반나마 주인여자에게 건넸다.

“엄니이, 나 몰러, 나 몰러…….”

눈물이 그렁그렁해 있던 삼봉이는 마침내 아앙 울음을 터뜨렸다. 그러나 그때까지 부러운 눈으로 기죽어 있었던 주인집 아이는 혀를 낼름낼름하며 깡충거렸다.

"아이고메, 맨날 이리 염치없이 얻어묵기만 히서 으쩌까? 근디, 쩌것언 또 머신고?"

주인여자는 목을 빼듯 하며 다른 봉지에 눈길을 보냈다.

"야아, 괴기라는디, 요것도 갈라묵어야제라. 쬐깨 기둘리씨요."

보름이는 감추지도 않고 꾸며대지도 않았다. 고기 몇 점 더 먹자고 속일 마음도 없었고, 괜히 속였다가 엉뚱한 입질을 당하고 싶지 않았던 것이다.

"아니시, 아니여. 사람이 그리 염치없어 쓰간디. 삼봉이나 많이 해믹이소."

주인여자는 이렇게 능청을 떨며 고소한 눈웃음을 살살 치고 있었다. 주인여자는 보름이가 비위 두껍지 못하고 심성 여리다는 것을 빤히 알고 있었다. 그리고 수절해야 할 과부에게 총각이 드나드는 것을 약점으로 잡고 있었다.

보름이는 쇠고기까지 반을 잘라주고 더욱 발버둥치며 우는 아들을 감싸안았다. 아이는 제 것을 빼앗긴 분을 참지 못해 엄마의 가슴을 떠밀며 울어댔다. 보름이는 아들의 눈물범벅이 된 얼굴에 자신의 얼굴을 꼭 붙였다. 아이는 다시 엄마의 얼굴을 밀어대며 울음을 그치지 않았다. 자기의 것을 지켜주지 않고 오히려 빼앗아 남을 준 엄마에 대한 서운함을 그렇게 나타내고 있었다.

"얼라, 얼라, 우리 삼봉이 착허지. 우리 삼봉이가 과자럴 갈라묵어야제 만길이 성도 삼봉이허고 재미지게 놀고 맛난 것도 주고 그러제. 울지 말어, 어이 우리 삼봉이 장사다, 어이 이쁘고 착허다."

보름이는 아들을 어르면서 뜻 모를 슬픔과 외로움을 느끼고 있었다. 아이가 어느덧 커서 맛있는 것에 욕심도 부릴 줄 알고, 빼앗기면 분해할 줄도 아는 것이 신통하고도 대견했다. 그 성깔이 남자답기도 해 적이 믿음직스럽기까지 했다. 그러나 아직 젖비린내를 역연하게 풍기고 있는 작고 연약한 아이를 품고 보니 천지간에 단둘이라는 외로움이 왈칵 밀려들었다.

그 외로움 저편으로 떠오르는 얼굴이 있었다. 정이 깊어지기도 전에 떠나가 버린 남편이었다. 남편은 말수가 적은 대신 막일을 절대로 못하게 하거나, 무언가를 만들어주는 것으로 속 깊은 정을 표시하고는 했다. 산골 추위를 막아주려고 산토끼털로 모자며 목도리며 토시까지 안 만들어준 것이 없었다. 모두 내다 팔면 돈인데도 남편은 말을 듣지 않았다. 시아버지도 그런 남편을 지켜보며 그저 흡족해했다. 남편의 그런 유별남은 동네여자들이 부러워한 흉거리였다. 남편은 꼭 여우목도리를 해주고 싶어했다. 그래서 남들보다 덫을 더 많이 놓았다. 그러나 남편은 그 언약을 이루지 못하고 세상을 떠났다. 남편이 정말 자신도 모르게 의병들의 연락을 도왔는지 어쨌는지 알 수가 없었다. 왜놈들은 그 죄목으로 남편을 총살시키고 말았다. 어쩌면 그럴 수도 있는 일이었다. 그러나 남편이 죽고 나서도 그 내막은 시아버지에게 묻지 않았다. 누가 정한 것도 아닌데 동네사람들 사이에서는 의병 이야기 같은 것은 입에 올리지 않는 것으로 되어 있었던 것이다.

남편이 변을 당하지 않았더라면 지금쯤 어찌 되어 있을까. 여우목도리를 받고, 아이는 둘쯤 더 낳았을지도 몰랐다. 보름이는 목이 메었다. 차라리 무주를 떠나오지 말았어야 했다는 생각을 또 하고 있었다. 그저 남편과 시아버지의 묘를 지키며 살았더라면 이렇듯 난처하고 곤궁한 처지에 빠지지는 않았을 것이었다. 서무룡이만 해도 견디어내기가 어려운데 그 남자까지 다시 만나게 될 줄은 정말 몰랐던 것이다.

"엄니, 나 배고파 이잉."

울음을 그친 삼봉이가 새 투정을 부리고 들었다.

"그려, 배고프제? 잉, 엄니가 얼렁 밥 해줄텡게 어부바허자."

보름이가 허리를 약간 굽히며 아이 엉덩이를 받쳐 옆으로 돌리자 아이는 잽싸게 엄마의 겨드랑 밑을 돌아 어깨를 붙드는가 싶더니 등에 찰싹 달라붙었다. 그 순간적인 동작은 마치 다람쥐가 나무에서 나무를 건너뛰며 가지를 타는 것처럼 기민하고 민첩했다.

보름이는 또 그 남자의 징글맞은 모습을 생각하지 않으려고 눈을 질끈 감았다. 그러나 으스스한 냉기와 함께 그 남자의 칙칙하고 개기름 흐르던 얼굴은 더 뚜렷해졌다. 애써 잊으려고 했지만 그날 이후로 그 남자의 모습은 아무때나 불현듯 떠오르고는 했다. 꿈에서도 그 남자가 보였다. 그 남자에게 쫓기거나 끌려가는 꿈이었다. 쫓기다가 바닷물에 빠져 죽기도 했고, 어디론가 끌려가 몸을 망치기도 했다.

그날도 일을 마치고 부지런히 쌀창고를 나섰다. 쌀창고를 벗어날 때면 언제나 자신도 모르게 발길이 허둥거려지고 빨라졌다. 하루 종일 떼어놓은 아이 때문에 마음이 급한 것만이 아니었다. 속곳에 달린 서너 개의 주머니에 쌀이 담긴 탓이었다. 쌀을 훔쳐담는 일은 손판석이 망까지 보아주는 속에서 벌써 몇 달째 해오는데도 전혀 몸에 익지를 않았다. 창고를 나서기만 하면 누군가가 금방 치마를 걷어올리고 속곳주머니를 까뒤집을 것 같은가 하면, 도둑으로 몰려 머리채를 잡아끌릴 것만 같기도 했다.

그런 초조와 불안감에서 벗어나는 길은 부두에서 빨리 멀어지는 것이었다. 그날도 부두 앞 큰길을 서둘러 건너고 있었다.

"아니, 가만있어라 보자!"

마주 오던 사람이 옆을 지나치려다 말고 느닷없이 큰소리를 내며 걸음을 멈추었다. 보름이는 그 순간 가슴이 덜컹 내려앉았다. 건너편에서 순사가 오는 것을 얼핏 보고 눈길을 피했던 참이었다.

"요것이 누구여? 이, 그 시악씨가 맞구만그려."

보름이 앞을 재빨리 가로막듯 하는 순사의 목소리에는 반가움이 넘쳤다.

보름이는 그 반가워하는 것이 이상해 얼결에 고개를 들었다. 자신을 반가워할 순사라고는 아무도 없었던 것이다.

그런데 보름이는 순사의 얼굴을 보는 순간 그가 누구라는 것을 금방 알아보았다. 그러나 그와 동시에 알은체해서는 안 된다는 생각이 번뜩 스쳐갔다.

"나 몰르겄소, 나?"

순사는 모자를 약간 밀어올리며 헤벌쭉 웃었다.

보름이는 멍청한 듯 꾸미며 상대방을 멀뚱하게 쳐다보았다.

"어허, 나럴 못 알아보요? 나요, 나!"

순사는 안타깝고 답답해하며 손바닥으로 자기 가슴팍을 퍽퍽 쳐댔다. 보름이는 눈을 껌벅이며 고개를 저었다.

"어허, 요것 참 섭허시. 그간에 세월이 쬐깨 흘렀기넌 혔어도 나럴 몰라보면 되겄소? 나가 시악씨헌티 홀딱 반해 갖고 환장얼 험스로도 워낙에 시악씨 집안에 진 죄가 있어서 가심만 끙끙 앓음서 돌아슨 장칠문이오, 장칠문이. 시악씨 오빠럴 하와인가 어디론가 보낸 장칠문이란 말이오. 이리 말해도 몰르겄소?"

장칠문은 안타까워하며 번드르르 기름기 도는 얼굴을 보름이 앞으로 불쑥 디밀었다.

보름이는 질겁을 하며 물러섰다. 그 살찐 얼굴도 징그러운 데다가 역한 입냄새가 확 풍겨왔던 것이다. 그러나 더 이상 모르는 척할 수는 없었다. 뻔뻔스럽게도 오빠 이야기까지 꺼내놓았는데 더 모르는 체했다가는 오히려 엉뚱한 의심을 살 수도 있었던 것이다. 어찌 된 영문인지 그는 뛰는 호랑이의 눈썹도 뽑는다는 순사로 변해 있었던 것이다.

"야아, 인자 알아보겄구만이라우."

보름이의 목소리는 모깃소리였다.

"허, 오빠 이얘기럴 헝게 딱 알아보요 이. 나 그럴지 알고 그 이얘기럴 꺼냈소." 장칠문은 자기 요령에 만족한다는 듯 한껏 웃고는, "여그 군산서 사요?" 불쑥 물었다.

"야아, 아니 저어……."

보름이는 뭐라고 대답해야 좋을지 몰라 어물거렸다.

"잉, 딱 봉게 여그 부두에 나댕기는구마. 안 그요?"

보름이는 가슴이 섬뜩했다. 어떻게 그걸 단박에 아는지, 순사옷은 괜히 걸치고 있는 것이 아니다 싶었다. 보름이는 소름이 끼치는 걸 느끼며 기가 질리고 있었다.

"서방이 없소? 안 그러먼 빙신이오?"

아니 저놈이 족집게 점쟁인가 무엇인가. 보름이는 더 기가 질리고 있었다.

부두나 창고에 낙미쓸이를 나선 여자들은 거의가 남편이 죽고 없거나, 남편이 불구이거나, 남편은 있어도 아이들이 많아 혼자 벌이로는 살 수 없는 막판에 처한 여자들이라는 것쯤 파악해 두는 것은 순사의 기본 임무도 못 된다는 것을 보름이는 전혀 모르고 있었다.

"아 어째 대답이 없소."

장칠문의 말은 위압적이었다.

"야아, 시상얼 떴구만이라."

그렇게 대답하고 싶지 않으면서도 보름이는 검은 순사옷에 겁질려 다른 말을 꾸며댈 수가 없었다. 순사나 헌병은 먼발치에서만

보아도 미리 한기가 드는 끔찍스러운 사람들이었다.

"허, 미인박명이라등마 그 말이 딱 맞아떨어져 부렀네그려." 장칠문은 마침 알고 있는 문자 한마디를 써먹으며 거만을 떨고는, "일허는 디가 어디요? 부두요, 창고요?" 거침없이 물었다.

"야아, 창고구만이라우."

"여그서 일헌 지 얼매나 되았소?"

"저어…… 몇 달 되았구만요."

장칠문의 태도와 어투는 마치 범인을 취조하는 것 같았고, 주눅들어 대답하고 있는 보름이는 천상 죄지은 범인 같은 모습이었다.

"허, 요상허시. 몇 달 되았는디 어찌서 인자사 만내지는고?" 장칠문은 보름이 얼굴을 유심히 살피며 고개를 갸웃거리다가, "아그덜언 많소?" 갑자기 생각난 듯 물었다.

"하나구만이라."

"하나? 그려, 긍게로 안직도 그리 야리야리허니 이쁜 것이제. 흐흐흐흐……."

장칠문은 음탕한 눈길로 보름이의 온몸을 훑어내리며 칙칙한 웃음을 흐흐거렸다.

보름이는 심한 모독감을 느꼈다. 그런 인종하고 더 마주 대하고서 있어야 할 까닭이 없었다. 어서 집으로 가야 했다. 그러나 발이 떨어지지 않았다.

"인자 가야 쓰겄구만요. 애기가 기둘린디."

보름이는 겨우 입을 열었다.

"이, 오늘만 날이 아닝게 가보시요."

장칠문은 뜻밖에 선선하게 말했다. 보름이는 가슴이 짓눌리는 압박감에서 벗어나며 부리나케 걷기 시작했다.

그런데 장칠문은 다음날 집 가까이에서 불쑥 나타났다. 보름이는 그때서야 어제 뒤를 밟혔다는 것을 알았다.

"군산바닥언 이 장칠문이 손바닥이여." 장칠문은 뒤를 밟은 것을 미안해하기는커녕 거드름을 피우고는, "창고일도 그렇고, 집이란 것도 그렇고, 꽃 중에도 질로 이쁜 꽃인 그 인물에 요것이 어디 사람 사는 꼴이여. 그려, 오늘만 날이 아닝게 또 보드라고." 그는 마음 놓고 반말지거리를 하고는 음탕한 웃음을 지르르 흘리며 돌아섰다.

그러고는 장칠문은 며칠째 모습을 보이지 않았다. 보름이는 서무룡이보다 장칠문한테 더 위협을 느끼고 있었다. 장칠문은 서무룡이와 댈 것이 아닌 순사만이 아니었다. 옛날에 오빠까지 끌어간 위인이었다. 이상하게도 그가 모습을 나타내지 않을수록 불안감은 커져가고 있었다.

보름이는 한데아궁이에 짚불을 지피며 자꾸 무거운 한숨을 내쉬었다. 두 남자의 일을 어찌해야 좋을지 알 수가 없었다. 판석이 아저씨한테 말을 할 수도 없었다. 판석이 아저씨가 서무룡이는 어떻게 막을 수 있을지는 몰라도 장칠문이는 어쩌지 못할 것이었다. 다시 무주로 들어가 버릴까……. 그러나 농사지을 땅이 없어지고 말았다. 어머니를 찾아 만주로 갈까……. 그러나 팔자 기구해진 꼴을 어머니에게 보이는 것도 죄였고, 아이까지 데리고 친정살이의 짐이 될 수는 없었다. 막막하면서도 어디로 떠나야 된다는 생각이 머리를 가득 채우고 있었다.

"요것이 죄짓는 것언 아니라도 오래 헐 짓언 못 되제. 그저 아그 키움서 묵고살 무신 장사밑천이라도 장만허게 될 때꺼정만 참드라고."

판석이 아저씨가 가끔 하는 말이었다. 매일 피 마르는 긴장 속에서 쌀을 훔쳐내는 고통을 참아냈던 것은 아들 하나 잘 키우겠다는 욕심 때문이었다. 재가고 팔자 고치고는 생각해 본 적이 없었다. 어떻게 장사밑천을 잡게 되면 그것에 의지해 아들을 키우며 살아볼 마음뿐이었다.

"사람이 그리 간이 콩알만히서야 혼자 아그 키움서 어찌 살겄어. 그리 빼묵으면 쥐도 새도 몰릉게 아무 걱정허덜 말어. 허고, 왜놈덜이 자네 집안이고 자네 신세고 다 망쳐뿐 것얼 생각험서 맘 강단지게 묵어야 써."

손가락 가늘기의 대롱을 만들어주며 손판석이 한 말이었다. 대롱의 한쪽 끝은 대창처럼 날카롭게 깎여 있었다. 그걸 가마니에 찔렀다 빼도 가마니에는 전혀 흔적이 남지 않았다. 그 대롱에 차는 쌀은 숟가락 하나가 될까 말까 했다.

그런데 그 대롱으로 아무 가마니나 찌르는 것이 아니었다. 그날로 배에 실릴 쌀가마들을 한 번씩만 찔렀다. 이미 검사가 끝난 쌀가마들이었고, 만약 다시 저울질을 한다고 해도 그 정도 빼서는 저울눈도 봉사라는 것이었다.

그러나 만약 그 일이 들통나는 날에는 판석이 아저씨까지도 무사할 리 없었다. 그런데도 대롱을 만들어주며 소리 없이 웃던 아저씨의 마음이 그저 눈물겨울 뿐이었다. 자신이 오로지 바라는 것은 어서 창고를 벗어나는 일이었다. 그러나 장사밑천은 쉽게 모아지지가 않았다. 두 입이 날마다 밥을 먹어 축내는 탓이었다. 마음이 급하고 초조한 만큼 먹어없애는 것이 그렇게 아깝고 안타까울 수가 없었다. 물론 쌀밥을 해먹은 일은 한 번도 없었다. 비싼 쌀을 보리나 잡곡으로 바꿔 양을 늘려야 했고, 주인 집의 눈길도 피해야 했던 것이다. 그리고 속곳주머니의 쌀도 집 안으로 들여오지 않았다. 아들을 데리러 판석이 아저씨네로 가는 길에 거기다가 털어놓고는 했다. 아저씨네서 함께 살았으면 그런저런 번거로움이 없었을 터였다. 그러나 초가삼간에 아저씨네 아이들이 셋이라서 어디에 비집고 들 틈이 없었던 것이다.

"저어…… 저녁에 늦으실랑게라?"

보름이는 다음날 일을 마치고 창고를 나서기 전에 손판석에게 조심스레 물었다.

"아닌디. 무신 헐 말 있능가?"

손판석의 눈치 빠른 대꾸였다.

"야아, 디릴 말씸이 있어서……."

"이, 이따가 보세."

창고에서는 더 이상 길게 말을 할 수가 없었다. 남들 눈에 십장과 낙미쓸이가 친하게 보이는 것도 의심을 사거나 흠집 잡힐 일이었던 것이다.

보름이는 어제 밤새껏 생각해 보았다. 그리고 또 하루종일 생각해 보았다. 아무리 생각해 보아도 군산을 떠나야 될 것만 같았다.

보름이는 말귀를 알아듣는 손판석네 아이들의 귀도 염려해서 저녁을 먹은 다음 좀 느직하게 집을 나섰다.

"무신 이애기여?"

손판석이 먼저 말을 꺼냈다.

"저어…… 머시냐……."

보름이는 무슨 말을 어떻게 시작해야 좋을지 몰라 손바닥을 맞비볐다.

"무신 말인지 맘놓고 허소. 우리 새에 못헐 말이 머시가 있능가."

부안댁이 말문을 틔워주려고 했다.

"야아, 긍게 머시냐…… 그간에 모아진 것으로 떡장시라도 헐 수 있게 되았으면 창고에 그만 나댕기는 것이 으쩔랑가 히서……."

"일이 심이 드는갑제?"

손판석이 쌈지를 펼치며 무겁게 말했다.

"아니구만요, 그까짓 것언 일도 아니제라. 아재도 못헐 일이고 히서……."

"나? 아니여, 아니여. 나야 암시랑 안 헝게 자네나 맘 강단지게 묵고 쬐깨만 더 참소. 인자보톰 쌀이 정신없이 쏟아질 판인디, 요분 추수철만 참아내면 어디다가 쬐깐헌 점방이라도 채리게 된단 말이여. 나 걱정언 허덜 말어."

손판석은 정색을 하다 못해 고개를 흔들고 손까지 내저었다.

“하먼, 하먼. 요분 한철이 대목이고, 다 된 잔친디 여그서 일얼 작파해서 되간디. 그려, 여그서 일얼 막음허먼 자네 말대로 떡장시 밑천이야 족허겄제. 근디 생각 잠 히보소. 떡장시가 그것이 말이 쉽제 사람이 묵고살아질 장시가 아니란 말이시. 그러고 자네 삼봉이럴 개명시상에 맞게 신식공부 많이 시키고 잡은 욕심이등마. 떡장시 히갖고야 그것언 어림도 없는 일 아니여? 참소, 참는 짐에 한철만 꾹 참아내소.”

부안댁도 몰아세우듯 거들고 나섰다.

보름이는 아들 삼봉이의 이야기에 더 할 말이 없어지고 말았다. 아들은 자신보다도 더 소중했다. 아들을 잘 키우는 것이 자신이 단 하나 간직하고 있는 소망이었다. 그 어떤 일이 있어도 아들의 장래를 포기할 수는 없었다. 보름이는 자신의 위태로움을 피하려고 앞뒤 없이 다급해했던 스스로에게 부끄러움을 느꼈다. 그리고 아들에게 미안했다.

창피스럽고 낯뜨거워 아예 서무룡이나 장칠문의 이야기는 꺼내지 않고 어떻게 창고일을 끝내려고 했었다. 그러기를 잘했다 싶었다. 만약 그들의 이야기를 꺼냈더라면 일이 어떻게 결말이 났을지 모를 일이었다. 판석이 아저씨도 어찌할 수 없어 창고일을 그만두게 했을지도 모른다. 그렇게 되었으면 아들의 장래는……. 보름이는 아들을 기둥으로 붙들며 밤하늘을 올려다보았다. 어둠 속에서는 아들의 눈동자처럼 별들이 초롱초롱 빛나고 있었다.

15

혼약과 훼방꾼

들녘은 끝없는 안개바다를 이루고 있었다. 안개는 볏모가지들이 보이지 않을 만큼 짙게 끼어 있었다. 그러나 안개는 볏잎들이 품고 있는 가을빛을 가리지 못하고 오히려 가을빛에 물들고 있었다. 여름안개가 그 어딘지 모르게 푸른 색조를 띠는 것에 비해 가을안개는 적막감 서리는 소슬한 기운과 함께 갈빛 색조를 느끼게 했다.

자루가 키 높이로 긴 삽괭이를 든 신세호는 가을빛 머금은 안개밭을 헤치며 논둑길을 느린 걸음으로 걷고 있었다. 물꼬를 볼 일이 있어서 삽괭이를 든 것이 아니었다. 논들을 둘러보러 아침 일찍 집을 나설 때는 으레 삽괭이나 살포를 드는 것이 이제 몸에 붙어 있었다. 의관을 갖춘 여름 나들이 때 꼭 쥘부채를 들게 되는 것이나 마찬가지였다. 신세호는 농사일을 시작하고 얼마 동안은 삽괭이 드는 것을 잊고 집을 나섰다가 난감해진 것이 한두 번이 아니었다.

삽괭이나 살포는 물꼬를 트고 막는 데만 쓰이는 것이 아니었다. 그보다 먼저, 그것을 지팡이 짚듯 들고 나서면 '나는 농부요' 하는 당당한 신분표시가 되었다. 그리고 그건 발길보다 먼저 풀섶을 헤치는 길잡이였다. 특히 이른 아침에 잡풀 무성한 데를 걷게 되면 잠 덜 깬 뱀에게 물리거나 독충에게 쏘일 염려가 있었다. 삽괭이나 살포는 발보다 한걸음 앞서면서 그런 것들을 쫓았다. 그뿐이 아니라 그 긴 손잡이는 볏잎들을 헤치고 논바닥을 살피는 데 장대 노릇을 했고, 갑자기 물이 불어난 도랑을 건너뛰는 데 징검다리 역할을 해냈고, 물싸움이 벌어지기라도 하면 호신용 무기였다. 물론 물싸움이 벌어진다고 해서 서로 멱살잡이를 하거나 주먹다짐을 하는 경우는 무척 드물었다. 기운 좀 세다고 해서 함부로 완력을 휘둘렀다가는 동네에서 따돌림을 당하거나 더 심하면 내몰리게 되는 것이 오래된 풍습이었던 것이다. 그래서 기껏 물싸움을 해보았자 서로 악을 쓰며 욕을 퍼부어대거나 삿대질을 하는 것이 고작이었다. 그런데 삿대질을 하면서 삽괭이를 들고 하는 쪽과 맨손으로 하는 쪽과는 그 기세가 영 딴판이었다. 삽괭이를 휘두르지 않을 줄 알면서도 맨손인 쪽은 이상하게 밀리게 마련이었다. 혹시라도 삽괭이를 휘두를지 모른다는 위기감에 주눅이 드는지도 몰랐다. 삽괭이나 살포의 윤기 흐르는 무쇠는 사람의 목숨을 얼마든지 해칠 수 있었던 것이다.

해가 솟아오르고 있었다. 그 투명하고 청량한 빛살이 아침대기를 꿰뚫으며 곧게 뻗치고 있었다. 한낮과는 달리 안개 기운이 서린 아침대기 속에 빛살들은 그 곧은 모습을 수수억만 가닥의 부챗살처럼 선연하게 드러내고 있었다.

햇살이 퍼지기 시작하면서 아슴하게 넓은 안개바다에 금방 변화가 일어났다. 깊이 잠든 듯 잠잠하던 안개가 일렁이고 꿈틀거리기 시작했다. 그 일렁임과 꿈틀거림에 따라 수많은 안개발들이 풀어헤친 머릿결 모양을 하며 일어서고, 그 안개발들은 서로 뒤엉키고 휘감기고 몸부림하고 휘돌이하면서 연기처럼 자취를 감춰가고 있었다.

신세호는 또 그 신비스러운 변화에 경이감을 느끼며 하염없이 바라보고 있었다. 밤이면 이슬이 내리면서 안개가 끼고, 아침에 해가 뜨면 안개가 걷히는 것은 하나도 새로울 것이 없었다. 그리고 언제나 흔하게 볼 수 있는 풍경일 뿐이었다. 그러나 신세호는 그 범상 속에 감추어진 자연의 오묘한 신비와 경이를 갈수록 새롭게 느끼고 있었다. 해의 그 무한한 생명력과 창조력을 새로운 깊이로 생각하게 되고, 만상의 생성과 소멸을 다시금 음미하게 되고, 삶의 소중함과 자연의 고마움을 새삼스럽게 깨닫게 되고……. 손수 농사를 짓게 되면서부터 눈과 마음이 더 깊고 넓게 열리고 있었던 것이다.

신세호는 언제나처럼 해를 향해 두 팔을 벌리며 가슴 가득 숨을 들이켰다. 그의 눈이 사르르 감기면서 얼굴에는 그윽한 미소가 잔잔하게 번지고 있었다. 그는 신선한 공기를 깊이 들이켤 때마다 형용할 수 없는 희열에 젖어들고 있었다. 맑고 싱그럽기 그지없는 아침공기가 전신 마디마디로 퍼져나가고, 그 아련한 기운이 새로운 활력으로 용솟음하는 상쾌한 만족감에 취하고 있었다. 그런 뿌듯한 기분은 농사를 짓기 전에는 맛보지 못한 것이었다. 농사짓기는 고달픔만큼 삶의 보람과 의미를 구체적으로 체득하게 해주었다.

"아조 좋소, 천황께 문안 디리는 거!"

누군가의 갑작스러운 말에 신세호는 눈을 번쩍 뜨며 고개를 돌렸다.

한 사내가 빙긋이 웃고 있었다. 그러나 신세호로서는 그 젊은 얼굴이 전혀 눈에 익지 않았다.

신세호는 순간적으로 긴장했다. 직감으로 상대방의 정체가 잡혔던 것이다. 생면부지의 사람에게 야유조가 분명한 엉뚱한 말을 불쑥 던진 것이며, 군복을 본뜬 일본식 활동복 차림이며가 그의 신분을 금방 알아차리게 했다. 그자는 경찰이나 헌병대 앞잡이 냄새를 풍기고 있었다.

"댁언 뉘시오?"

이런 놈이 왜 이렇게 아침 일찍 나타났을까 생각하며 신세호는 경계하는 눈치를 감추려고 무표정하게 물었다.

"신세호 선생, 안녕허신가요?"

신세호의 물음을 묵살한 사내는 또 엉뚱한 소리를 하며 씨익 웃었다.

신세호는 그만 온몸에 소름이 쫙 끼치는 것을 느꼈다. 저놈이 내 이름을 어떻게 아는가! 그동안 감시당해 오고 있었다는 두려움이 엄습했던 것이다. 그러나 꼭 그것만이 아니었다. 부드러운 것도 차가운 것도 아닌 묘한 웃음이 떠돌고 있는 사내의 인상과, 자신이 묻는 말을 묵살하면서도 굳이 '선생'이라고 부르는 사내의 이상야릇한 태도 같은 것도 섬뜩했던 것이다.

신세호는 자신의 판단이 잘못되었는지도 모른다고 생각했다. 그 누구든 앞잡이들은 신분을 감추게 마련이었다. 그런데 이놈은 은근히, 아니 은근한 척하면서 노골적으로 제놈이 어떤 힘을 지니고 있음을 드러내고 있었다. 이놈은 어쩌면 단순한 앞잡이가 아니라 사복 차림을 한 형사라는 것인지도 모른다 싶었다. 그러나 그런 직책을 갖기에는 그 나이가 너무나 젊었다.

"선생이라니, 그 무신 당치 않는 소리요. 나야 댁이 보고 있는 대로 농부요."

신세호는 차갑게 말하며 고개를 돌렸다. 그리고 걸음을 옮겼다.

"신세호 선생, 송수익이가 만주에 살아 있담서요?"

신세호는 사내의 주먹이 뒤통수를 치는 것 같은 충격을 느꼈다. 그리고 의심스러웠던 것이 일순간에 풀려나갔다. 그 사내는 형사가 틀림없었고, 송수익 때문에 이른 아침부터 나타난 것이었다. 그런 사실을 깨닫는 순간 신세호는 자신이 어떻게 대응해야 하는지를 깨달았다.

"아니, 머시라고요? 송수익이가 만주에 살아 있다고요? 거그가 어디요?"

신세호는 깜짝 놀라는 척 몸을 돌리며 되묻고 들었다. 사내의 그 느닷없는 물음은 이쪽을 잡아채려는 덫놓기였던 것이다.

"이거 어째 이러시오. 나보담도 신 선생이 더 환허게 아실 것인디."

아까와는 딴판으로 날카로워진 눈초리로 그 사내는 신세호를 쏘아보고 있었다. 신세호는 그 눈초리를 피해서는 안 된다고 생각했다.

"댁이 대체 누군디 아침보톰 사람 붙들고 밑도 끝도 없는 애먼 소리럴 허고 이러요. 나넌 송수익이가 의병 나섰다가 죽었다는 소문 몇 년 전에 듣고, 만주에 살아 있다는 말 듣기는 오늘이 첨이오. 댁언 대체 뉘시오?"

신세호는 무게 실린 목소리로 역공을 가하고 들었다. 동요되지 않는 그의 눈초리는 사내를 맞쏘아보고 있었다.

"신 선생, 그리 말헌다고 나 눈얼 속일 것 겉으요? 거짓말허면 예전에 당헌 것맨치로 신상에 좋덜 않으요." 사내는 쓴 것인지 떫은 것인지 모를 웃음을 입가에 내비치고는, "요새 송수익이 집에 자주 드나들든디, 만주로 언제나 뜰 참이오?" 완연히 협박조였다.

"그 무신 당치도 않은 억지소리요. 나가 요새 그 집에 자주 오가는 것언 우리 집 딸허고 그 집 아덜허고 혼사시킬 맘이 있어서 그런 것이오. 그것이 머시가 잘못되았소?"

신세호는 태연하게 말하면서도 가슴은 서늘해지고 있었다. 송수익의 집은 그동안 끝없이 감시당하고 있었던 것이다. 물론 감시당할 것을 예상해 공허는 송수익 모친의 장례식이 끝난 뒤로 발을 완전히 끊어버렸다. 그리고 자신도 신경쓰며 주의해 왔던 것이다.

"혼사? 어째 그 많은 집덜 두고 해필허니 그 집허고 혼인얼 맺소?"

"그것언 아조 오래된 혼약이오. 송수익허고 나허고넌 죽마고우라 서로 첫아덜, 첫딸얼 보게 됨서 맺은 혼약이오. 헌디, 송수익이가 이 세상얼 떴다고 히서 그 혼약얼 깰 수는 없는 일 아니겄소."

신세호는 사내에게 의심받지 않고 말려들지 않으려고 일부러 혼약문제를 내세웠다. 그건 임시변통으로 꾸며대는 말이 아니라 사실이기도 했던 것이다. 자식들 혼인을 시키려고 송수익의 집에 드나드는 것이야 시비를 붙지 못할 일이었고, 만약 사내가 송수익의 집 근처에서 탐문을 한다 해도 말이 일치할 것이기 때문이었다.

"거짓말허지 마시오!"

사내의 목소리에 날이 섰다.

"말이 과허요." 언짢은 기색을 드러낸 신세호는, "거짓말인지 아닌지넌 당장 그 집에 가서 알아보시오." 엄한 기운이 서린 그의 목소리에는 노여움이 묻어나고 있었다. 신세호는 더 상대하지 않겠다는 듯 고개를 돌려버렸다.

사내는 상대방의 그 꼿꼿한 기세에 주춤 밀리는 기분을 느꼈다. 그러나 그는 정보학교에서 반복적으로 주입시켜 준 제압방법을 상기하며 그런 감정을 지체없이 뒤집었다. 상대방의 기세에 문득 밀리는 것 같고 주눅이 드는 것 같은 기분은 상대방에게 무혐의를 느껴서 생기는 것이 아니었다. 그런 감정은 그것과는 전혀 상관없이 불쑥 일어났다. 그건 상대방의 언행에서 '양반'을 느끼는 순간 자신도 모르게 일어나는 감정이었다. 그 뜻대로 안 되는 감정은 자신이 상놈이라는 자각이었다. 그 생각을 완전히 없애버리려고 몇 년 동안 얼마나 애를 썼는지 몰랐다. 그러나 그 생각은 도무지 얼마나 뿌리가 깊은 것인지 애를 쓰는 만큼 뽑히지도 없어지지도 않았다. 평소에는 말끔히 없어진 것 같다가도 의연하게 격을 갖추거나 뻣뻣하게 거드름을 피우는 양반들을 대하게 되면 굶주리며 천대받고 살았던 어린 날의 기억들과 함께 어딘가 밀리고 눌리는 감정이 이내 되살아나는 것이었다.

스스로 기 꺾이고 주눅드는 그런 감정이 정보수사 요원으로서 얼마나 치명적인 결함인지를 그는 잘 알고 있었다. 정보수사 요원이 갖추어야 하는 기본적이고 절대적인 조건은 그 어떤 상대에 대해서나 자신감 지배감 정복감을 가지고 투시력 기민성 파괴력을 발휘하는 것이었다. 그는 어느 누구보다도 뛰어난 정보수사 요원이 되고자 하는 욕심을 품고 있었다. 그런데 상놈이라는 열등감이 그처럼 불쑥불쑥 고개를 치켜들었다. 그는 그럴 때마다 병신스러운 스스로에게 채찍질을 가하며 그런 감정을 정반대로 뒤집고는 했다.

"송수익이가 죽었으면 어째 제사럴 안 지내오?"

사내가 신세호 앞을 막아서듯 걸음을 옮겨놓으며 날린 화살이었다.

신세호는 가슴이 섬뜩해졌다. 송수익의 제사를 지내는지 어쩌는지, 그것까지는 신경쓰지 않았던 것이다. 만약 제사를 지내지 않았다면 그건 분명 의심받고 트집 잡힐 만한 문제이기도 했다.

"제사럴 어쩌고 있는지야 나도 모르겄소. 허나, 제사럴 안 지낸다면 그 집안 사람덜대로 무신 뜻이 있을 것이오."

"고것이 바로 송수익이가 살아 있다는 뜻이제 머시겄소!"

사내는 신세호의 말을 토막치고 들며 또 화살을 날렸다.

"그것이 아니오. 송수익이가 죽었다는 소식언 소문으로 퍼진 것이제 어느 날 어디서 죽었는지야 그 집서도 모를 것이오. 객사헌 사람 시신얼 못 보고, 또 언제 어디서 죽었는지럴 몰르면 제사럴 못 지내는 것이야 우리네 풍속 아니오."

신세호는 담담하게 말하며 상대방의 예리한 공격을 피해 서고 있었다.

"고것이 바로 거짓말이다 그것이오. 자칭 의병이란 폭도들이 어쩐 놈덜인디, 송수익이가 참말로 죽었음사 그 일시럴 송수익이 집에 안 알렸겄소. 송수익이넌 틀림없이 죽은 것이 아니오. 그놈은 죽은 것으로 소문내고 만주로 뜬 것이 분명허요. 그런 의병놈덜이 어디 한둘이오!"

사내의 매서운 추궁에 신세호는 가슴이 서늘해지고 있었다.

"그것이야 경찰서고 헌병대서 허는 짐작이니 나가 머시라고 헐 말이야 없소."

신세호는 사내를 물끄러미 바라보며 쓰게 웃었다. 그 쓴웃음은 무척 여유 있게 보이는가 하면 상대방을 경멸하는 것처럼 보이기도 했다.

"죽마고우로 자석덜 혼약얼 허는 사이람서 어찌서 의병언 같이 안 나섰소?"

갑자기 방향을 바꾼 질문이었다. 이것은 또 어디를 찌르는 침인가 싫어 신세호는 새롭게 긴장했다.

"나야 그럴 위인이 못 돼서 그렇소."

신세호는 삽괭이로 이슬 맺힌 풀섶을 휘저으며 먼 데로 눈길을 보냈다. 어느덧 그 짙은 안개는 거의 자취를 감추고 가을빛 넘치고 있는 들녘이 모습을 드러내고 있다.

"그것이 아니고 딴 약조가 있었든 것 아니오?"

"무신 소리요……?"

신세호는 느리게 눈길을 거두어 사내를 쳐다보았다. 부드러운 듯한 얼굴생김에 비해 여전히 날카로운 사내의 눈초리가 신세호를 노리고 있었다.

"겉보기로넌 서당 훈장일얼 허는 칙험스로 속으로넌 송수익이허고 내통얼 헌 것 아니냐 그 말이오."

"허! 그리라도 됐으면 송수익이 앞에 내 면목이 얼매나 섰겄소. 허나 이 못난 위인언 송수익이가 거병얼 제안했을 적에 뒤로 주저물러앉은 몸이오."

신세호의 얼굴에는 자조적인 웃음이 스쳐갔다.

"아니, 송수익이가 같이 의병으로 나스자고 혔는디 마다고 혔다는 말이오?"

"그리됐소."

"글먼 말이 앞뒤가 안 맞덜 않소. 그리 뜻이 안 맞는 사람덜찌리 자석덜 혼약얼 헌다는 것이!"

사내가 쏜 화살은 신세호의 심장을 향해 날아갔다. 신세호는 그 어느 때보다도 가슴이 뜨끔한 것을 느꼈다. 그리고 사내가 보통이 아니라고 생각했다.

"그 말이 맞기도 허요. 송수익이넌 서운했을 것이오. 허나 그 사람언 소싯적보톰 소심헌 나럴 잘 알고 있어서 그런 것인지 서운헌 내색얼 허지도 않고, 자석덜 혼약얼 깨지도 안 허고 혼자 의병으로 나슨 것이오." 신세호는 잠시 말을 끊었다가, "……혀서, 송수익이가 저승으로 간 담에도 나넌 그 사람 볼 면목이 없이 살고 있소." 그는 사내가 쏘아댄 화살을 꺾어버리듯 말의 앞뒤를 빈틈없이 짜맞추었다.

순간적으로 사내의 얼굴에 동요의 빛이 스치고 지나갔다.

"양반이 어째 농새럴 짓소?"

사내는 또 불쑥 물었다. 이번에는 무엇을 노리는 건가를 신세호는 예민하게 생각했다.

"허어, 별것얼 다 묻소그려. 본시 농자천하지대본이라 했거늘, 가난헌 양반이 농새짓는 것이야 어디 하로이틀 된 일이오?"

신세호는 삽괭이를 힘껏 땅에 박으며 헛웃음을 쳤다.

"만약에 말이오, 송수익이가 만주땅에 살아 있기만 허면 그때넌 당신 신세도 끝장나는지 아시오."

사내는 신세호를 매섭게 노려보았다.

머라고, 당신! 신세호는 노기가 솟았다. 성을 모르니까 신분이야 알 수가 없지만 나이만 따지더라도 그따위 말버릇은 용납할 수가 없었다. 그러나 다음 순간 신세호는 마음을 닫았다. 어차피 망한 놈의 세상이었다. 어떻게 해서든 왜놈들에게 붙어먹어 권세를 부리는 놈들이 양반으로 둔갑한 세상이었다.

사내는 억지스럽게 가래를 돋우어 내뱉으며 논둑길을 빠르게 걸어가고 있었다. 신세호는 땅에 박힌 삽괭이 자루를 붙들고 몸을 의지한 채 멀어져 가는 사내를 하염없이 바라보고 있었다. 그는 긴장이 풀리면서 한나절 논일이라도 한 것처럼 온몸에 맥이 빠지고 있었다.

꽤나 똑똑하게 생긴 놈이 무슨 할 짓이 없어서……. 그는 가늘게 혀를 차고 있었다. 또 누구를 못살게 굴려고 저리 급하게 어디로 가는가……. 망연히 이런 생각을 하다가 그는 문득 긴장했다. 중원이를 찾아갈지도 모른다는 생각이 퍼뜩 떠올랐던 것이다.

중원이는 아버지 송수익을 닮아 총명하고 담대한 편이었다. 그러나 저 정체 모를 사내를 상대하기에는 역부족일 것이 분명했다. 중원이는 사내보다 나이만 덜 먹은 것이 아니었다. 그 사내는 영리하다 못해 교활했고 명민하다 못해 간악하기까지 했다. 거기다가 못된 권세까지 쥐고 사람을 위협하고 협박했다. 그에 비해 중원이는 너무 순진하고 솔직할 뿐이었다. 사내와 중원이가 맞대한다는 것은 여우와 토끼의 싸움이나 다를 것이 없었다.

마음이 다급해진 신세호는 뛰듯이 걷기 시작했다. 중원이가 그 비밀을 알고 있는 것이 문제였다. 혼인 이야기를 꺼내면서 송수익의 편지는 당연히 내보여야 했던 것이다. 그때까지만 해도 중원이는 제 아버지가 이 세상 사람이 아닌 줄 알고 있었다. 중원이는 아버지의 편지를 보고 무척이나 놀랐었다.

그 교활한 사내가 중원이를 찾아가게 되면……. 신세호는 몸을 부르르 떨었다. 중원이가 실토는 하지 않는다고 해도 사내의 간교한 술수에 말려 꼬리를 잡힐 위험은 얼마든지 있었다. 아예 아무것도 모르고 추궁을 당하는 것하고, 비밀을 알면서 추궁을 당하는 것하고, 그 태도가 같기가 어려운 일이었다.

"밤새 안녕허신게라우, 어러신."

바지게를 진 남자가 신세호를 보고 꾸벅 인사를 했다.

"어이, 잘 잤능가."

신세호는 걸음을 멈추지 않으며 건성으로 인사를 받았다.

"아니, 또 무신 탈 생겼능게라우?"

그때서야 이상한 눈치를 챈 남자가 바지게를 추스르며 어조가 달라졌다.

"아니시, 벨일 없응게 일보소."

신세호는 그 남자에게 눈길 한번 보내지 않고 그냥 지나쳐갔다.

"아니…… 벨일 없담스로 저 점잖헌 양반이 어찌 저리 다급헌 걸음잉고? 배탈이 나서 설사가 급헌 것도 아닐 것이고, 얼굴에넌 무신 궂은일이 생겼다고 씌이기넌 씌였는디……."

양반답지 않은 거동으로 멀어지고 있는 신세호의 뒷모습을 바라보며 남자는 혼잣말을 하고 있었다.

평소 같았으면 서로 발길을 멈추고 논 둘러본 이야기 같은 것을 한두 마디쯤 나누었을 것이다. 신세호는 손수 농사를 짓게 되면서부터 동네사람들과 더 절친해졌다. 그는 수전농사의 복잡하고 까다로운 대목대목에서 생기는 의문이나 모르는 것들을 그때마다 사람을 가리지 않고 묻고 배우려고 애썼다. 양반이 팔을 걷어붙이고 농사를 짓기로 나선다는 것도 예삿일이 아닌 데다가 그 태도마저 전혀 스스럼없어서 동네사람들은 오히려 고마워하고 정이 깊어졌다. 품앗이가 시작되면 동네사람들은 으레껏 신세호네 일부터 나섰다. 그러고는 자기네들 품앗이에는 신세호를 빼려고 했다. 그러나 신세호는 그 정겨운 음모에 넘어가지 않고 기어이 품앗이를 갚으려 들었다. 동네사람들은 양반이 자기네들 논에 바짓가랑이를 걷어붙이고 들어서는 것만으로도 황송해하고 고마워하고 미안해했다. 그들은 그런 마음을 예절을 깍듯이 차리는 것으로 표시했다. 새참때 술잔은 반드시 신세호에게 먼저 올렸고, 밥때도 고기반찬은 신세호 앞에 놓았고, 논둑길을 걸으면서도 그 누구도 신세호를 앞서지 않았다.

신세호는 삽괭이를 헛간 흙벽에 던지듯 세우고는 허둥거리며 방으로 들어갔다. 텃밭에서 가지를 따내고 있던 그의 아내 김씨가 놀란 기색으로 손놀림을 멈추었다. 그리고 치맛귀를 여미며 부산하게 텃밭을 벗어났다.

신세호는 허둥지둥 옷을 갈아입고 있었다. 말코지에서 갓을 떼내 머리에 올리는데 김씨가 방문을 열고 들어섰다.

"어디 행차허실랑가요?"

아까의 놀란 기색을 감춘 김씨가 신세호 옆으로 비켜서며 차분하게 물었다.

"전주 잠 댕겨와야겄소."

신세호는 갓끈을 매면서 대답했다.

"전주요? 그아헌티 무신 일이 생겼는가요?"

눈이 크게 뜨이면서 김씨의 얼굴에는 다시 놀라는 기색이 드러났다.

"안직 모르겄소. 궂은일 막아보자고 가는 것잉게."

신세호는 방을 나서려고 했다.

"질이 먼디, 진지가 다 되았는디."

"그럴 틈이 없소. 촌각얼 다투는 일이라서. 하엽이헌티넌 아무 내색허지 마시오. 아무 탈 없이 무사헐지도 몰르니."

"허먼, 그아가 딴 큰애기럴……."

"허어! 그런 가당찮은 일이 아니오." 방문을 밀치려던 신세호는 어이없어하며 실망기 짙은 한숨을 내쉬고는, "한시가 급허니 댕게와서 이얘기허리다." 그는 정혼한 딸을 둔 에미의 마음을 이해하자고 생각하며 방을 나섰다.

"아부님, 진지도 안 잡수시고……."

장독대의 간장독에서 표주박으로 귀때병에 간장을 담고 있던 하엽이가 몸가짐을 바로잡으며 제 아버지의 끼니 거르는 것을 염려했다.

"오냐, 급히 상가에 가는 질이니 요기넌 거그 가서 허먼 된다."

신세호는 일부러 딸의 말에 대꾸하고는 총총히 사립을 나섰다.

신세호는 자신이 그 사내보다 한 걸음이라도 더 빨리 중원이를 만나야 된다는 생각에 쫓기며 두루마기 자락에서 바람이 일도록 빨리 걸어 마을을 벗어났다. 그런데 짚신이 말썽을 부렸다.

너무 서두르다 보니 헌 짚신을 바꿔신지 않고 나온 것이 탈이었다. 바닥이 닳아지면서 뒤축이 무너지고 당개미가 늘어지게 되는 짚신은 걸음이 빨라질수록 자꾸 벗어졌다.

"허허, 먹장구름에 천둥 쳐대는디 도롱이 안 걸치고 논길 나슨 격이로시……."

신세호는 어이없고 난감해진 얼굴로 중얼거리며 땅바닥 여기저기를 두리번거렸다. 집으로 다시 가서 짚신을 바꿔신을 수는 없는 일이었고, 버려진 새끼줄이나 무슨 끈 같은 것을 찾고 있었다.

"요런 낭패가 있능가. 개똥도 약에 쓸라닝게 안 뵌다드니……."

마음이 다급한 신세호는 허리를 구부정하게 굽히고 사방을 두리번거리며 또 중얼거리고 있었다.

그러나 아무리 찾아보아도 짚신이 벗어지지 않게 들메할 새끼줄 토막이나 무슨 끈은 버려져 있지 않았다. 추수철이 가까워 다 바닥이 났는지 그 흔한 짚 한 움큼도 보이지 않았다.

신세호는 무심코 자기 몸을 더듬다가 두루마기 옷고름이 눈에 잡혔다. 그러나 옷고름을 떼낼 수는 없는 노릇이었다. 그때 생각난 것이 바지끈이었다. 그는 지체없이 길 쪽으로 등을 돌리고 쪼그려 앉았다. 그리고 바지끈을 풀었다. 넓적한 바지끈을 반으로 찢으면 들메하기에 안성맞춤이었던 것이다.

신세호는 바지끈의 끝을 이빨로 물어뜯었다. 송수익이 만주에 살아 있다는 사실이 들통나는 날에는 양쪽 집안이 쑥밭이 될 판이었다. 이뿌리가 뻐근하도록 물어뜯어도 바지끈은 째지지 않았다. 어찌 된 일인가 싶어 바지끈을 새삼스럽게 들여다본 신세호는 쓰게 웃었다.

"요런 멍청헌 위인이라고넌……."

신세호는 스스로에게 혀를 찼다. 바지끈은 천이 두 겹이었던 것이다. 그것을 무작정 물어뜯어 대니 쉽게 째질 리가 없었다. 먼저 바느질자리의 실밥을 뜯은 다음 접힌 부분을 찢어 한 쪽씩 나누는 것이 빠르다는 것을 신세호는 깨달았다.

신세호는 두 쪽으로 찢은 끈 하나로 다시 허리를 동였다. 그리고 나머지 끈 하나를 반으로 잘랐다. 그 하나씩으로 양쪽 발의 짚신 당개미를 꿰서 발등에다 단단하게 묶었다. 그렇게 들메하자 짚신이 발에 찰싹 달라붙었다.

신세호는 신작로를 향해 다시 활개질 치며 걷기 시작했다. 전주에서 군산을 오가는 6인승 마차를 타자면 신작로를 따라 20리는 족히 걸어야 했다.

신세호는 문득 기차를 생각했다. 이런 때 기차가 있었으면 얼마나 좋으랴 싶었다. 그러나 그 부질없고도 망령된 생각을 곧 지워버렸다. 마음이 급하다 보니까 불현듯 떠오른 생각일 뿐이었지 그는 근본적으로 철도공사를 반대하고 불신했다. 철도공사는 토지조사사업과 하나도 다를 바 없이 조선사람들의 땅을 빼앗아 생계를 위협하고, 공사장에 남녀노소 없이 강제로 동원해서 혹사시키고 있는 왜놈들의 만행이었던 것이다.

신세호가 정신없이 전주로 내닫고 있는 그 시각에 양치성은 어느 주막에서 국밥을 먹고 있었다. 그는 소가 되새김질하듯 느릿느릿 밥을 씹고 있었다.

"국물 다 식어빠지는디 염불얼 허고 앉었소, 이빨로 밥알얼 시고 앉었소. 그리 묵어서야 한 그럭 다 묵자면 해가 서산에 빠지겄소."

주모가 툴툴거리며 눈을 흘겨댔다.

그러나 양치성은 정말 염불삼매경에라도 든 듯 아무런 반응이 없었다. 사실 그는 수도정진하는 중의 염불삼매경에 못지않는 생각에 골똘히 빠져 있었다.

신세호 그자의 태도로 보아 송수익이가 살아 있는 것 같지는 않았는데……. 헌데 어째서 자식들을 혼인시키지……? 오래된 약조라고? 글쎄…… 신세호 그자도 생각이 삐가닥하고 속을 믿을 수가 없는 놈인데……. 그놈이 송수익 아들을 사위 삼아 또 물들이자는 것 아닌가? 그거…… 얼마든지 그럴 수가 있는 일이지? 가만있어라 보자, 종기를 키워 속썩일 게 아니라 미리미리 혼인을 못하게 막아버려? ……그래, 그것도 괜찮은 방법이기는 한데…… 어떻게 혼인을 막지? 아참, 그것을 잊어버리고 돌아섰구나! 신세호 그자한테 서당을 다시 열지 말라고 못을 박아야 했었는데, 그놈이 지금까지는 명령을 어기지 않았지만 언제 또다른 놈들을 따라 서당을 차리고 나설지도 모르는데. 그런데 왜 이렇게 부쩍 서당바람이 불지?

글줄이나 읽은 양반놈들이 출셋길이 막히니까 훈장질이나 해먹자는 건가?

양치성은 고개를 갸웃갸웃했다. 아무래도 그 이유가 석연치 않았다.

먹을 것 걱정이 없는 양반들에게 서당이란 돈벌이가 되는 일이 아니었다. 그렇다고 서당 훈장이라는 것이 출세는 더욱 아니었다. 그럼 정말 출셋길이 막힌 양반들이 소일거리 삼아 서당을 벌이는 것인가? 그러나 그 이유가 어딘지 께름칙하고 납득이 되지 않았다. 왜냐하면 서당들이 무슨 돌림병 퍼지듯 너무 많이 생겨나고 있었던 것이다.

"조센징들이 우리 일본산 광목으로 옷들을 많이 해입고 멋 부리는 유행풍조를 만들어내고, 남포등 사서 거는 것이 개명하는 거라는 유행풍조를 만들어내고, 기차를 타봐야 신식물 먹는 거라는 유행풍조를 만들어내는 건 아주아주 잘하는 짓들이야. 헌데 말씀이야, 근자에 이상한 유행풍조 한 가지가 생기고 있단 말이야. 그게 뭔지 알겠나? 부락마다 서당을 차려대는 거야. 그걸 유심히 살펴볼 필요가 있다 그거네."

경찰서 사찰주임의 말이었다.

사찰주임의 지적대로 서당들이 많이 늘어난 것은 사실이었다. 그러나 아무리 유심히 살펴보아도 별다른 이상은 찾아낼 수가 없었다. 어디서나 머리를 길게 땋아내린 사내아이들을 예닐곱 또는 열서넛씩 모아놓고 케케묵은 한문책을 읽히는 궁상을 떨고 있을 뿐이었다. 신학문이 판을 치는 세상에서 그따위 것을 가르쳐 어디에 써먹자는 것인지 한심스럽기만 했다. 경성이나 평양 같은 데처럼 신학문을 가르치는 사립학교들이 많이 생긴다면 골치 아픈 일이지만 그까짓 서당이야 제아무리 많이 생겨도 하등 문제 될 것이 없을 것 같았다.

"어이, 여그 막걸리나 한 사발 올리소. 밥맛이 어째 이려!"

양치성은 갑자기 목청을 높이며 숟가락을 밥상에 던지듯 했다. 괜한 서당 생각이 끼어들어 그들이 혼인을 못하게 할 방도를 생각해 내는 데 방해를 받아 그는 짜증이 일어났던 것이다.

"음마, 뉘 집 도령님인지넌 몰라도 입이 갖기가 평양감사 찜쪄묵겄소 이. 나가 국밥장시 30년에 맛없단 말 금시초문에 생전 첨이오. 나가 상감님 전에 진상언 못혔어도 이 고을 원님이란 원님언 줄줄이 입 다시고 맛나다고 치하헌 국밥이고, 20리고 30리 밖 헌다허는 양반님네덜도 이 국밥 묵겄다고……."

"그 사설로 밤샐랑가? 얼렁 술이나 주소."

양치성이 내쏘았다.

"헹, 갖바치보고 솜씨 없다고 히서 눈구멍 찔리고, 대장쟁이보고 망치질 서툴다고 히서 골통 깨지는 것 몰라서 허는 소리여!" 주모는 눈을 째지게 흘겨대며 바가지로 도마를 내려치고는, "막걸리가 한 사발이오, 한 됫박이오?" 거칠게 맞쏘아댔다.

"가는귀먹었능가? 한 사발이시."

양치성은 줄곧 양반 행세를 하며 오십 줄의 주모에게 말을 놓고 있었다.

"체, 그것도 술이라고 묵으요? 그 나이에 그 허우대가 아깝소."

음식맛 타박에 감정이 뒤틀린 주모는 상대방이 양반이거나 무엇이거나 간에 평생 주막생활로 단련시킨 배포에다 입심까지 얹어 이렇게 것질러댔다.

"허, 자네가 나 말 한마디에 단단히 속이 꼴았네그랴. 갖바치헌티 눈구멍 찔리고, 대장쟁이헌티 골통 깨지면, 국밥 맛없다고 허면 무신 일 당허능고?"

양치성은 그 묘한 웃음을 피워내며 점잖게 묻고 있었다. 그는 주모에게 미안한 생각이 들어서 그러는 게 아니라 말을 함부로 해대는 주모의 말꼬리를 잡아채 혼을 낼 작정이었던 것이다.

"몰르겄소, 나겉이 천헌 년이 숭잽히면 그만이제 무신 수가 있겄소."

주모는 술사발을 상에 놓고 돌아서며 심드렁하게 대꾸했다. 산전수전 다 겪은 주모는 자기가 빠질 허방을 살짝 피해서 돌아가고 있었다.

이눔아, 양반족보 타고나고 돈푼이나 있다고 음석 목구녕에 넴김스로 맨든 사람 정성 눈꼽째가리만치도 안 생각허고 솜씨 타박만 허는 니겉이 느자구없는 놈덜헌티넌 저 펄펄 끓는 국밥 국물얼 솥단지째로 대그빡서보톰 내리쏟아서 전신 껍데기럴 홀라당 벳게부러야 허고, 날마동 숫돌에 썩썩 갈아 못 써는 것이 없는 저 식칼로 그놈에 방정맞은 주딩이럴 열두 갈래로 짝짝 찢어놔야 허능겨.

주모는 속으로 이렇게 퍼붓고 있었다. 그 험담을 입 밖에 냈다가는 자기가 먼저 당한다는 것을 빤히 알았던 것이다.

"허! 어찌 그리 답이 얌전허싱고? 꺼꾸로 매달아 밥얼 도로 토해내게 허든지, 잘난 솜씨럴 몰라보는 곰발바닥만도 못헌 쇳바닥얼 뽑아불든지 해얄 것 아니라고?"

양치성은 느물느물 웃으며 주모의 감정을 긁어대고 있었다.

그러나 주모는 아무 대꾸 없이 배춧단을 끌어당겼다. 배추를 다듬기 시작하는 주모의 얼굴에는 냉기가 사르르 끼여 있었다. 주모는 그 낯선 젊은 남자의 옷차림이며 말투 같은 것이 점점 더 의심스러워지고 낌새가 이상해 아예 말대꾸를 안 하기로 작정했다.

주모가 입을 다물어버리자 양치성이도 생각을 고쳐먹었다. 이쪽에서 유도를 한다고 해도 닳아질 대로 닳아진 주모가 자기에게 손해될 말을 지껄일 리 없었던 것이다. 그리고 말버릇이 어떻든 어차피 천하고 막돼먹은 저까짓 주모 같은 것은 탓하지 말자는 생각이었다.

양치성은 사발에 반나마 남은 술을 천천히 마시며 다시 그들의 혼인을 어떻게 막을까를 생각했다. 그러나 선뜻 좋은 생각이 떠오르지 않았다.

그는 일단 처음 계획대로 송수익의 동네를 찾아가기로 하고 주막을 나섰다.

"자넨 이제 대일본제국의 첨병이 되었네. 자네가 정보학교를 졸업했다는 건 단순히 정보요원의 자격을 갖추었다는 것이 아니네.

그건 곧 조선인에서 일본인으로 환골탈태해서 다시 태어났다는 것을 뜻하는 것이네. 다시 말해 천황폐하의 신하요 자식이 되었다 그것이지. 천황폐하께서 베푸신 그 하해와 같은 은혜에 보답하는 길은 무엇이겠나. 그것은 오로지 충성일 뿐이네. 자네가 얼마나 충성하느냐에 따라 자네의 장래도 결정되고, 자네 집안의 행불행도 좌우되는 거야. 난 자넬 믿네. 자넨 우수한 성적으로 졸업해서 추천자인 내 체면을 세워준 것처럼 앞으로도 임무를 충실히 수행해 나갈 거야. 이제 내 품을 떠나 어디에 가서 활동하든 내 기대에 어긋나지 않게 혁혁한 공을 세우기 바라네. 내가 계속해서 지켜보고 있을 테니까."

우체국장 하야가와의 다짐이었다.

하야가와의 그 다짐은 바로 정보학교의 졸업식에서 했던 맹세와 다를 것이 없었다. 물론 양치성은 진지하고 공손한 태도로 하야가와의 엄숙한 말을 들었고, 결의를 나타내는 대답도 상대방이 만족할 수 있도록 힘있게 했다. 그러나 양치성의 입장에서는 하야가와의 그런 말은 굳이 필요하지가 않았다. 왜냐하면 이미 마음속에 경찰서장이 되리라는 결심을 굳히고 있었던 것이다.

양치성은 이제 우체국장 정도는 안중에 없었다. 일본으로 떠나기 전까지는 우체국장이 가장 우러러보이고, 자기도 우체국장이 되어보는 것이 꿈이었다. 그러나 이제는 경찰서장이 되는 것이 목표였다. 경찰서장의 권세에 비하면 우체국장의 권세란 아무것도 없는 것이나 마찬가지였다. 우체국장이 비밀정보원으로 암암리에 활동하고 있는 것은 특별히 권세라고 할 것이 없었다. 그런 은밀한 활동은 일본관리들로서는 누구나 수행해야 하는 기본 임무일 뿐이었다. 총독부 관리들은 1인당 최소한 열 명의 끄나풀들을 확보하고 조종하도록 되어 있었다. 심지어 조선으로 건너오는 농업이민자들에게도 끄나풀 확보와 정보수집의 임무가 주어지고 있었던 것이다.

양치성은 우체국장 하야가와가 누누이 강조하지 않더라도 스스로가 일본사람으로 환골탈태하고 싶은 마음이 간절했다. 그건 어머니와 형제간들을 굶주리지 않게 하고 자신이 입신출세하기 위해서만이 아니었다. 일본에 가기 전까지만 해도 좀 넉넉하게 살아보고 싶고, 남들에게 괄시받지 않을 만큼 출세를 해보는 것이 원이었다. 그런데 일본에 가서 정보학교를 다니는 동안 생각은 완전히 바뀌고 말았다. 먼저, 각종 정보교육을 받으면서 기가 질리기 시작했다. 정탐술 심문술 추격술 저격술 같은 것은 그저 흥미롭고 신기한 정도였다. 그런데 독도법 무전술 같은 것을 배우면서 완전히 딴 세상을 만나는 충격을 받았다. 우체국에서 일하면서 전화는 남들보다 먼저 익혔는데도 독도법이며 무전술 같은 것은 상상도 해보지 못한 세계였다. 그런 기술을 자유자재로 부리는 일본사람들이 두렵고도 존경스러웠다. 그런데 도쿄 오사카를 구경하고 나서는 완전히 기가 질리고 말았다. 개명세상이란 바로 그것이었던 것이다. 왜 일본에게 나라를 빼앗겼는지 알 것 같았고, 왜 대일본제국인지 알 것도 같았다.

양치성이 그 가위눌리는 충격 속에서 느낀 것은 조선사람이라는 창피스러움과 부끄러움이었다. 그건 곧 일본사람들에 대한 부러움과 흠모로 이어졌다. 일본사람들이 왜 조선사람들을 그렇게 무시하고 얕잡아보는지 확실히 알 수 있었고, 그건 당연하다는 생각이 들었다. 그는 천황궁 앞 넓은 마당에 모여든 많은 일본사람들 틈에 섞여 그들이 하는 대로 무릎을 꿇고 땅바닥에 엎드렸던 것이다.

"자넨 정보학교 출신이야. 거긴 일본사람들도 아무나 거칠 수 있는 곳이 아니야. 그러니까 자넨 순사보나 헌병보로 시작해서 자리가 올라가는 자들과는 애당초 다르단 말야. 자넬 특수요원으로 교육시킨 건 여기 군산이나 전라도 지역에서만 활동하라는 게 아니지. 지역의 제한이 없이 능력을 발휘해야 하네. 우선 이것부터 점검하게."

사찰주임이 매서운 눈으로 자신을 응시하며 봉투 하나를 던졌다.

그 봉투에 든 명단 속에 송수익이라는 이름 석 자도 들어 있었다. 그리고 비고란에는 '생존 여부 확인요'라고 적혀 있었다. 송수익의 이름이 유독 눈에 들어왔던 것은 전해산과 같은 의병장과 함께 어렸을 적에 많이 들었던 이름인 까닭이었다. 그 이름을 보는 순간 아이들과 함께 숨죽여 불렀던 의병장들의 노래가 생생하게 되살아났다. 문득 야릇한 기분이 들었다. 가슴 두근거리며 그 노래를 조심조심 불렀던 것은 의병장들이 용감무쌍하게 왜병들을 무찌르기를 바라서였다. 그런데 이제 자신은 그들 의병장 중의 한 사람인 송수익의 생사를 확인해야 하는 입장에 서 있었던 것이다. 우체국에 나다니면서도 집에 돌아와서는 그 노래를 불렀다는 것이 새삼스럽게 섬뜩하고 철없이 느껴졌다. 그런데 그 노래를 부르지 않게 된 것이 언제쯤부터였는지 기억이 확실하지 않았다. 좀더 나이가 들어 그런 노래를 불러서는 안 된다는 것을 알게 된 것도 같고, 일본군들의 토벌로 의병들이 다 소탕당하게 된 때 같기도 했다.

양치성은 그런 생각들과 함께 송수익이가 살아 있을 것 같지 않은 예감이 먼저 들었다. 그러나 그는 다음 순간 그 예감을 단호하게 물리쳤다. 아무런 근거 없는 그런 예측은 그 어떤 정보 입수나 사건 수사에서도 절대 금물이었고, 그런 예측에 좌우되는 것은 정보수사원으로서는 치명적인 결함이고 약점이었던 것이다.

정보수사원은 언제나 얼음장 같은 냉정과 바늘끝 같은 예리함과 황소 같은 끈기를 갖추어야 하고, 어떤 사건을 파고들 때는 부모나 형제간들의 말도 무조건 믿어서는 안 되는 것이었다.

그러나 아무리 냉정하게 따져보아도 송수익은 살아 있을 가능성이 거의 없었다. 왜냐하면 의병과 내통하는 기미가 보이는 동네는 아이들까지도 모조리 죽여없앤 대토벌작전에서 무슨 둔갑술을 쓰지 않고서야 살아남기는 거의 어려웠던 것이다. 그리고 송수익은 토벌작전이 진행되고 있는 동안에 벌써 죽었다는 소문이 파다하게 퍼졌던 것이다. 의병장들의 죽음은 으레 소문으로 퍼지고, 그 다음부터 그가 활동했던 지역에서 의병투쟁이 사라지게 마련이었다. 송수익의 경우도 그와 다를 것이 없었다. 그뿐만 아니라, 송수익의 가족들이 어디론가 자취를 감추지 않고 그대로 집을 지키고 사는 점이었다. 만약 송수익이가 살아 있다면 가족들은 경찰과 헌병대의 끊임없는 감시의 위험을 피해 어디론가 도주를 하지 않을 수 없는 일이었다. 거기다가, 그동안 줄곧 감시를 해왔는데도 그 어떤 의혹이나 단서가 잡히지 않았다는 사실이었다.

그러나 경찰에서 송수익의 생존 여부에 의혹을 품고 있는 것도 납득이 안 되는 것은 아니었다. 우선 송수익의 시체를 확인한 사람이 아무도 없었다. 그리고 송수익의 어머니 장례 때 의병 혐의를 가진 중놈을 체포했는데 오히려 그놈에게 순사와 순사보가 살해를 당했고, 그놈은 여지껏 잡히지 않은 상태였다. 또한 그동안의 감시에 의하면 송수익의 제사를 지내지 않는다는 점이었다.

신세호를 불시에 검문하여 송수익이 만주에 살아 있지 않느냐고 느닷없이 넘겨짚었던 것은 순간적인 범죄반응을 포착하기 위해서였다. 그러나 신세호에게서는 범죄반응이 전혀 나타나지 않았다. 그리고 제사를 지내지 않는 것도 신세호의 말에 타당성이 있었다. 아니, 그건 타당성이 아니라 조선사람들이 당연하게 지키는 오랜 풍습이었던 것이다.

양치성은 송수익의 동네를 향해 힘 뻗치는 걸음을 빨리 놀리기 시작했다.

주막에서 아침요기를 한 신세호는 몸이 달아 신작로가에 나와서 있었다. 그의 눈길은 자꾸만 군산 쪽으로 돌려지고는 했다.

안개가 완전히 걷힌 들녘에는 서늘하고 해맑은 가을기운이 가득했다. 들녘은 온통 황금빛으로 물들어 있었고, 볏잎에 맺힌 이슬방울들이 햇살을 되쏘아 들녘에는 눈부신 반짝거림이 넘치고 있었다. 어른들의 성화에 못 이겨 일찍 집을 나섰을 아이들의 새 쫓는 소리가 무슨 외로운 하소연처럼 들녘끝으로 까마득하게 사라져가고는 했다.

신세호는 그 풍요로운 들녘을 한동안씩 바라보다가는 다시 군산 쪽으로 눈길을 돌리고는 했다. 그 황금빛 넘실거리는 아득한 들녘을 바라보며 신세호는 사람의 힘이 얼마나 무서운 것인가를 또 다시 실감하고 있었다. 벼는 계절 따라 저절로 싹이 나고 저절로 자라나고 저절로 씨가 영그는 풀이 아니었다. 그 한 포기 한 포기는 모두가 사람들이 정성을 다 바쳐 가꾸어낸 것이었다. 사람들은 한여름의 땡볕더위를 무릅쓰고 팥죽땀을 흘려가며 저리도 황홀한 황금들판을 만들어낸 것이었다. 자신도 분명 노동을 했으면서도 신세호는 그 넓고 넓은 들판을 가득 채운 벼들이 사람의 손으로 가꾸어진 것이라는 사실을 믿을 수가 없을 지경이었다.

멀리서 말방울소리가 딸랑딸랑 들려왔다. 신세호는 얼른 그쪽으로 고개를 돌렸다. 6인승 마차가 달려오고 있었다. 마차가 당도하자면 아직 멀었는데도 신세호는 양쪽 두루마기 자락을 허리께로 걷어올려 품을 여미고 있었다.

아침이 일러서 그런지 마차에는 세 사람이 타고 있을 뿐이었다. 신세호는 그때까지 하고 있던 자리 걱정을 안도의 숨으로 지우며 급히 마차로 올랐다.

"어디꺼정 가시는게라우?"

마부가 컬컬한 소리로 물었다.

"전주 나가네."

신세호는 자리를 잡으며 대꾸했다.

"되았구만요. 이려어, 끌끌!"

마부는 쉰 소리로 외치며 말엉덩짝에 회초리질을 해댔다. 그의 되았구만요 하는 말투가 전주가 아니면 안 태운다는 투였다.

먼저 타고 있었던 세 사람 중에 두 사람은 일행이었다. 두 사람은 일본말로 시끄럽게 떠들어대고 있었다. 신세호는 그들의 일본말을 거의 알아듣지 못했다. 그러나 그들 중의 하나가 조선사람이라는 것을 금방 알아볼 수 있었다. 그들은 들녘을 가리키고 소리내 웃어대고 하면서 쉴새없이 떠들었다. 뻐드렁니가 볼썽사나운 일본사람은 상인냄새를 풍기고 있었다. 신세호는 그자가 쌀장수일 거라고 생각했다. 해마다 이맘때면 일본쌀장수들이 참새떼 몰리듯 했던 것이다.

신세호는 불현듯 한숨을 푹 내쉬었다. 땅을 빼앗기고 소작인 신세가 된 수많은 농민들의 처지를 생각하자 들녘의 풍요로움이 금방 비애로 바뀌었다.

전주에 내리자마자 신세호는 중원이네 학교를 찾아갔다. 신세호는 체면 볼 것 없이 마구 뛰듯이 걸으며 가슴의 요동이 한결 심해지는 걸 느끼고 있었다. 만약 그놈이 자신보다 앞서 중원이를 만났으면 어쩌나 하는 걱정 때문이었다.

학교는 마침 점심시간이었다.

"어떤 젊은 놈이 찾아오지 안했드냐?"

중원이를 보자마자 신세호가 한 말은 이랬다.

"아무도 안 왔는디요. 불시에 어찌 이리 먼 걸음을……."

깍듯이 예를 갖추는 송중원의 얼굴에는 불안한 기색이 드러나고 있었다.

"아이고 참 다행허다. 저짝으로 가서 이애기 잠 허자."

신세호는 자신도 모르게 어깨를 늘어뜨리며 긴 숨을 내쉬고는 중원이의 손을 끌었다. 학생들이 없는 운동장가로 가면서 신세호는 연상 사방을 두리번거렸다.

신세호는 아침에 생긴 일을 사윗감에게 차근차근 이야기해 나갔다.

"……허니 그놈덜이 언제 니헌티도 불쑥 찾어올란지 모른다. 맘 든든허고 묵직허니 잡고 대허란 말이다."

"예에, 그리허겄구만요."

중원이는 약간 겁이 난 듯한 얼굴을 숙이며 대답했다. 신세호는 불안스런 마음으로 사윗감을 안쓰럽게 바라보았다. 송수익을 많이 닮은 얼굴이면서도 나이 탓인지 강단은 모자라 보였다.

"나가 집얼 오래 비워서넌 또 의심살지 몰를 일이니 이만 가야 되겄다. 그놈이 안 올 수도 있응게 너무 걱정허지넌 말거라."

신세호는 굳이 안심시키는 말을 덧붙였다.

"예에, 심려 마시고 살펴가시지요. 지가 실수 없이 허겄구만요."

송중원은 검정 두루마기 옷고름이 땅에 끌리도록 허리를 깊이 숙였다.

"그려, 그려, 장부가 따로 없다."

실수 없이 하겠다는 그 말 한마디가 고맙고 기특해 신세호는 사윗감의 등을 다독거리며 고개를 주억거렸다.

신세호는 돌아서다 말고 되돌아섰다. 그리고 속주머니에서 돈을 꺼냈다.

"요거 얼매 안 된다. 놔둬라."

"아니구만요, 돈 풍족허구만요."

송중원은 옹색스러워하며 물러섰다.

"어허, 어런 손얼 부끄럽게 허면 안 되는 법이니라. 집이 멀지넌 안 해도 객지생활은 객지생활이다. 급허니 나오니라고 얼매 안 된게 그리 알고 써라."

송중원은 장인 될 어른의 엄한 기세에 눌려 돈을 받아들었다.

신세호는 우선 한시름 놓고 집으로 발길을 돌리며 중원이가 자꾸 가엾게 여겨졌다. 혼인 말이 오가고 있기는 하지만 열여섯 살은 어른 노릇을 해내기는 아직 이른 나이였다. 그런데 힘겨운 어른 노릇을 떠맡기며 마음고생을 시키고 있었다. 오늘부터 좌불안석, 마음고생이 얼마나 심할 것인가. 아버지와 한지붕 아래서 살지 못하는 것도 마음 아픈 괴로움인데, 아버지가 살아 있다는 사실마저도 죄가 되어 가슴 깊이 감추어야 하는 곤욕을 치르고 있었다,

신세호는 자신만 태평하게 살아가고 있는 것이 중원이에게 더없이 부끄럽고 면목 없었다. 그 심정은 송수익에게 가지고 있는 미안함이나 부담감과는 또다른 것이었다.

신세호는 다시 마음을 다지고 있었다. 더 열심히 농사를 짓고 절약을 해서 중원이가 대학공부까지 마칠 수 있도록 힘을 보탤 작정이었다. 자신이 할 수 있는 일은 그것밖에 없을 것 같았다.

신세호는 점심도 굶고, 더는 마차도 탈 수 없었다. 그러나 배가 고프지도 않았고 다리가 아픈 줄도 모르고 몇십 리 길을 줄기차게 걸었다. 돈을 다 털어준 것만이 마음 뿌듯했다.

어둠살이 가무끄름하게 내리는데 동구로 들어서고 있는 신세호는 지칠 대로 지쳐 있었다. 몸을 가누기 어려워하는 그는 발도 절룩거리고 있었다. 헌 짚신으로 50리 길을 걷다 보니 밑바닥이 다 닳아 발바닥 여기저기가 부르터 있었던 것이다.

신세호는 어느 때 없이 아내가 깨워서야 눈을 떴다. 온몸이 무겁고 결려 손가락 하나 움직일 수 없을 지경이었다.

"사둔댁서 머심이 왔구만요."

아내의 말에 신세호는 몸을 벌떡 일으켰다. 사돈댁이라면 송수익의 집이었다. 이미 정혼을 한 사이라서 아내는 그렇게 불렀던 것이다. 어제 그놈이 중원이를 찾아간 게 아니라 송수익의 집을 찾아간 거라는 생각이 신세호의 머리를 쳤다.

"쥔 마님께서 어러신얼 뵈었으면 허시드만이라우."

허리 굽힌 머슴의 말이었다.

"저어…… 아니다, 나 곧 나슬 것이니 잠시 기둘려라."

어제 무슨 일이 있었느냐고 물으려다가 신세호는 말을 바꾸었다. 설령 그놈이 송수익의 부인 안씨를 찾아갔다 한들 머슴이 그 내막을 알 까닭이 없었던 것이다.

신세호는 아침밥을 뜨는 둥 마는 둥 하고 집을 나섰다. 새 짚신을 신자 발바닥이 몹시 쓰리고 아렸지만 신세호는 머슴을 앞장서서 빠르게 걸었다.

"그 사람 말이, 만일에 혼인얼 허면 두 집 다 화럴 면치 못헐 것이니 그리 알라는 것이었구만요."

내외를 하느라고 앉음새를 반쯤 옆으로 튼 안씨의 조심스럽고 낮은 말이었다. 안씨는 그 사내의 거친 말은 삼가고 있었다. 송수익은 말할 것도 없고 신세호도 생각이 불온한 자인데 두 집이 혼인을 하면 반일(反日)을 도모하는 것으로 간주해 가만히 두지 않겠다고 사내는 협박을 해댔던 것이다.

"혹여 송형에 생사문제럴 캐고 들지넌 안 허등가요?"

"예, 그것언 안 캐등마요."

"아 예, 그랬구만요……."

신세호는 갑자기 혼란을 느꼈다.

정작 안씨를 찾아와서는 송수익의 생사문제는 덮어두고 엉뚱하게 혼인을 못하게 훼방을 놓다니……. 그놈의 저의가 대체 무엇인가. 그럼, 송수익이는 죽었다고 믿고, 새 문제로 혼인을 걸고 드는 것인가? 그놈이 예사가 아니던데 그렇게 간단하게 송수익이 죽었다는 것을 믿을까? 혼인을 방해하고 드는 무슨 또다른 의도가 있는 건 아닐까?

너무 뜻밖의 일이라 신세호는 어떻게 갈피를 잡을 수가 없었다.

두 사람 사이에 침묵이 길어지고 있었다. 침묵이 길어질수록 신세호는 곤혹스럽고 민망해지고 있었다. 서로가 어찌할 수 없는 처지라서 그렇지 법도대로라면 안사돈 될 사람과 바깥사돈 될 사람이 단둘이 자리잡고 앉는 법이란 있을 수가 없는 일이었다. 그런데 서로 말조차 나누지 않고 앉아만 있으니 누가 보기라도 하면 흉거리 중에 흉거리가 아닐 수 없었다.

이제 무슨 말이든 해야 할 사람은 자신이라는 걸 신세호는 잘 알고 있었다. 안씨가 한 말은 어떻게 하면 좋으냐는 해결책을 요구하는 것이었다. 그러나 생각의 갈피가 잡히지 않으니 신세호로서는 뭐라고 응답할 말을 찾을 수가 없었다. 마음이 초조해질수록 머릿속은 더 헝클어지고 있었다. 신세호는 이 난감한 자리를 우선 피하고 싶었다. 어차피 이 자리에서는 묘책이 나올 리 없었고, 정혼만 했지 혼인 날짜가 정해져 있는 것도 아니었다.

"예에…… 지럴 찾아와서넌 송형 생사럴 캐고 들고, 여그 와서넌 혼인얼 막고 나스고……. 그놈이 무신 흉계럴 꾸미고 있는지 종잡기가 에롭구만요. 필시 그놈이 노리는 것이 있을 것인즉, 그놈 간계가 무언지 메칠 여유럴 갖고 신중허니 생각해 보는 것이 어떨까 헙니다만…… 생각이 어떠허신지요?"

신세호는 말 한마디 한마디를 깎고 다듬듯이 느리고 조심스럽게 해나갔다.

"예, 그리허시지요."

안씨는 그저 동의했다. 어차피 무슨 말을 보태고 빼고 할 여지가 없는 말이었다.

안씨는 신세호를 대문 안에서 배웅했다. 약간씩 불편스럽게 걸어가고 있는 신세호를 안씨는 망연히 바라보고 있었다. 그러나 안씨는 허전한 바람을 끌듯 하며 멀어져 가고 있는 신세호를 보고 있는 것이 아니었다. 세찬 바람을 일으키며 달려오고 있는 남편 송수익을 맞이하고 있었다.

남편이면 이런 일을 어떻게 처리했을 것인가. 며칠씩 미루고 어쩌고 하지 않았을 것이다. 정혼을 한 이상 그런 간섭은 무질러버렸을 것이다. 남편과 신세호는 정이 깊은 벗이면서도 서로 다른 면이 많았다. 그래서 오래 교우하는 벗이 되었는지도 몰랐다. 신세호의 신중함이나 침착함이 전혀 나쁠 것은 없었다. 그러나 담대하고 과단성 있는 남편을 대하고 살아서 그런지 신세호의 그런 면은 자칫 허약하고 소심하게 느껴지기도 했다. 오늘도 만나자고 한 것은 이미 마음 굳힌 혼약을 어찌하자는 것이 아니었다. 갑자기 생긴 일을 알리고, 혼자 지키고 있는 집안의 바람벽이 되어주기를 바랐던 것이다. 그러나 어제 당장 전주 중원이에게 다녀온 것을 보면 과단성이나 민첩성이 없는 사람도 아니었다. 중원이를 찾아간 그 깊은 마음이 그렇게 고마울 수가 없었고, 사돈으로서는 더 바랄 것이 없는 사람이기도 했다.

"아니, 어찌자고 그리 말씸허셨당가요. 그것이 어디 딸자석 가진 부모가 헐 말이간디요. 그짝서 그리 말히도 이짝서 딱 잘라서, 무신 일이 있어도 혼인에넌 변동이 없다, 혔어얄 것 아니겄능가요. 하엽이가 그 댁으로 시집간다는 소문이 다 퍼졌는디, 딸자석 팔자 어찌 맨들라고 그리 말씸허고 오실 수가 있으시다요. 못헐 말로, 구데기 무서바 장 못 담구는 것 아니겄능가요."

김씨는 애가 다는 데다 남편이 원망스럽고 야속해 마구 공박을 하고 들었다.

신세호는 아내의 말을 듣고 보니 자신의 잘못이 너무나 커 변명 한마디 할 수가 없었다. 사실이지 만약 혼약이 깨지는 날에는 하엽이는 딴 데로 시집가기가 곤란해질 판이었다. 신세호는 자신의 그 소심증과 우유부단에 또 혐오를 느끼고 있었다. 송수익이가 이 꼴을 보았으면 얼마나 어이없어할까 싶었다.

"알겄소. 낼 당장 그 댁에 가겄소."

신세호는 자신도 모르게 거세게 말했다.

16

멀고 추운 땅

기차가 평양역에 들어서며 꽤액꽥 기적을 울려대고 있었다. 기차 안이 더 왁자지껄하고 소란해지고 있었다. 사람들이 다투어 선반에서 짐들을 끌어내리고 짊어지고 하면서 마음이 급한 만큼 목청들을 높이고 있었다.

그렇게 떠들어대기는 조선사람이나 일본사람이나 마찬가지였다. 조선말과 일본말들이 시끌덤벙하게 부딪치고 뒤섞이고, 서로 앞서 나가려고 다투는 바람에 소동은 더 심해지고 있었다. 그들은 기차가 멈추자마자 숨 한번 쉴 겨를도 없이 곧바로 떠나기라도 하는 것처럼 기차 안을 난장판으로 만들고 있었다. 큼직큼직한 짐들을 지닌 그들은 거의가 상인이었다. 장사를 하러 다니는 그들은 평양이 초행길일 리가 없는데도 그렇게들 서두르고 다투며 소란을 피우고 있었다. 기차는 평양역에서 지루할 정도로 오래 쉬었다.

그런데 기차를 타고 내리는 사람들은 어느 역에서나 그렇게들 분주하게 소란을 피워댔다. 사람들은 기차가 달구지와는 전혀 다르다는 것을 알아차리고 있는 탓이었다. 기차는 화통의 그 무지막지한 생김처럼 인정사정이 없는 물건이었다. 언제나 이쪽 사정은 털끝만치도 보아주지 않고 제 좋을 대로 제멋대로 떠나버리는 것이었다. 일단 쇠바퀴들이 구르기 시작하면 이쪽에서 아무리 소리치고 발버둥쳐도 기차는 매정하게 떠나가 버렸다. 기차에 왠지 두려움이 있는 데다가, 그렇게 인정사정이 없다 보니 오르는 사람들이거나 내리는 사람들이거나 하나같이 조급해 체면이고 뭐고 없이 앞을 다투는 것이었다.

공허는 이맛살을 찌푸리며 천천히 눈을 떴다. 그는 시끄러움이 가라앉지 않고 있는 열차 안을 둘러보았다. 그 소란은 내리는 사람들만이 일으키고 있는 것이 아니었다. 내리는 사람들과 오르는 사람들이 뒤죽박죽 뒤엉켜서 한판 난리가 벌어지고 있었다. 그들 중에는 등짐을 진 보부상 차림들이 많았다.

허! 세상 참 좋아졌구나. 저놈들이 다 기차를 타고 다니고. 죽으나 사나 걷기만 하던 놈들이 기차를 타고 다니다니. 저놈들만 살판난 세상이로군. 왜놈들 물건으로 돈벌이가 더 좋아졌겠다, 기차를 타니 어깨 아프고 다리 아픈 고생 없어졌겠다, 이놈들아, 왜놈들한테 그저 감지덕지하겠구나. 언제 어느 때고 힘센 쪽으로만 몰려 간에 붙었다 쓸개에 붙었다 하는 못된 종자들 같으니라고…….

1년 가까운 사이에 부쩍 늘어난 보부상들을 보며 공허는 또다시 솟는 적개심을 느끼고 있었다. 그들에 대한 분노는 의병투쟁을 할 때나 지금이나 조금도 식지 않고 있었다. 그들은 조금도 마음을 고쳐먹지 않고 경찰이나 헌병대의 앞잡이고 끄나풀 노릇을 일삼고 있었기 때문이었다. 달라진 것이 있다면 그때는 잡는 쪽쪽 죽여없앴고 이제는 그러기가 어려운 것뿐이었다.

열차 안의 소란이 어느 정도 가라앉자 공허는 더디게 몸을 일으켰다. 바깥날씨가 꽤나 추운 모양이었다. 유리창에는 기기묘묘한 형상을 그려내며 얼음이 얼어붙어 있었다. 공허는 무심히 그 얼음판을 손톱으로 긁어댔다. 그러나 유리창의 바깥면에도 얼음이 끼여 있어서 밖이 내다보이지 않았다. 꼭꼭 닫힌 유리창 저편에서 먹을 것을 사라고 외치는 여자들의 소리가 춥고 멀게 들리고 있었다.

공허는 선반에서 바랑을 내려 자신이 앉았던 자리에다 놓고는 통로로 나섰다. 늦게 열차에 오른 사람들이 자리를 찾아 통로를 부산스럽게 오가고 있었다.

기차를 내려선 공허는 흡 숨을 들이켰다. 찬바람이 왈칵 몰려들었던 것이다. 바깥날씨는 생각했던 것보다 한결 더 추웠다. 공허는 뒤늦게 모자를 두고 나온 것을 깨달으며 썰렁해진 빡빡머리를 손바닥으로 쓸었다.

"솜씨가 곱던 못해도 지 맘이구만요. 거그넌 여그보담 몇 곱이 더 춥다든디……."

홍씨의 부끄럼 타는 목소리가 매운 바람결을 타고 들려왔다. 그 정성이 고마워 바랑에 넣어가지고 온 모자였다. 앞을 헤아린 홍씨의 슬기가 새롭게 마음을 자극했고, 그 순간 홍씨의 아릿한 살냄새가 물큰 풍겨왔다. 공허는 자신도 모르게 코를 벌름거렸다. 그러나 그 야릇한 향내는 간 곳이 없고 코로 들어오는 것은 매운 바람뿐이었다.

아서라 이놈 땡초야, 부처님이 내려다보고 계신다.

공허는 맨머리를 쓸며 계면쩍게 웃었다.

긴 총을 멘 이동경찰 두 명이 저희들끼리 뭐라고 떠들어대며 이쪽으로 가까워지고 있었다. 공허는 멈추려던 손길을 다시 놀려 머리를 쓸어대며 눈길을 슬그머니 딴 데로 돌렸다. 그러면서 그의 신경은 배에 찬 전대로 쏠리고 있었다. 이동경찰은 그대로 공허 옆을 지나쳐갔다.

"흔한 말로, 호랑이 잡자면 호랑이굴로 들어가야 한다는 격 아니겠어요."

일본말을 배우는 것이 좋겠다며 송수익이 한 말이었다. 송수익은 이미 일본말과 중국말을 배우기에 열중하고 있었던 것이다. 일본말은 일본놈들을 치기 위해서 필요하고, 중국말은 중국사람들에게 협조를 얻기 위해서 필요하다는 것이었다. 결국 일본말이나 중국말은 나라를 되찾기 위한 무기라는 뜻이었다.

공허는 그 말을 수긍했다. 그러나 일본말은 배우고 싶은 마음이 없었다. 자꾸만 반감이 앞서서 입에 올리기가 싫었다. 그리고 배울 데도 마땅찮아 그동안 익힌 것이라고는 욕지거리들이 고작이었다. 이번에 송수익이 얼마나 배웠느냐고 묻기라도 한다면 욕을 지껄여

댈 수도 없는 일이고, 난처할 판이었다. 그 열성으로 보아 송수익이 일본말이든 중국말이든 꽤나 잘하지 않을까 싶었다. 송수익은 의병싸움을 하듯이 그 말공부들을 하고 있을 것이 분명했다.

공허는 기차에서 내린 사람들로 북적거리고 있는 역건물을 건너다보며 어슬렁어슬렁 걷고 있었다. 평양역 건물을 보면 언제나 착각이 일어났다. 군산역 건물과 생김이 너무나 똑같았던 것이다. 그러나 그건 우연의 일치도 아니었고, 군산에서 그저 보기 좋으니까 평양역을 본떠서 지은 것도 아니었다. 그건 군산이라는 도시의 비중과 중요성을 나타내는 것이었다. 언제부터인지 모르게 권세를 부리려면 한성부윤이요, 기생에 취하려면 평양부윤이요, 돈방석에 앉으려면 군산부윤이라는 풍문이 떠돌아다니고 있었다. 별로 볼품이 없었던 군산은 일본세상이 되면서 개명도시로 바뀌더니 느닷없이 부로 승격했고, 어느새 부윤자리가 12개의 부 중에서 세 번째로 좋은 벼슬자리로 꼽히고 있었다. 그건 순전히 일본으로 실려나가는 쌀이 만들어낸 힘이었다. 군산에 은행들이 자꾸만 생겨나는 것도 결코 우연이 아니었다. 수없이 많은 쌀가마들은 배에 실리면서 돈으로 둔갑했고, 습기 많은 곳에 곰팡이가 번창하듯 은행들이 늘어나고 있었다.

공허는 은행들이 많아 이번에 덕을 본 것을 생각하며 씁쓰레하게 웃었다. 그간에 부잣집들을 털어 모아온 돈을 만주로 가져가려는데 그 분량이 너무나 많았다. 물론 마음 놓고 옮길 수 있는 돈이라면 많을 것도 없는 양이었지만 의심하는 눈초리들을 피해 숨기기에는 너무 많은 양이었다. 전대를 겹으로 만들어 품 넓은 장삼 속에 칭칭 감는다 해도 남는 양이었고, 그렇다고 반반씩 나누어 두 행보를 하기도 곤란한 일이었다. 대원 한 사람의 머리를 깎아 중을 만들어 동행할까 생각해 보았지만 그것도 번거롭고 마땅하지가 않았다. 그런데 지난 9월에 조선은행에서 100원권을 만들어냈던 것이다. 돈의 분량을 대폭 줄일 수 있게 되었으니 그보다 더 반가운 일이 없었다. 의심받지 않게 조심조심 그 돈을 전부 100원권으로 바꾸느라고 두 달이 넘게 걸렸다. 그 덕에 전대는 하나만 둘러도 거뜬하게 해결이 되었던 것이다.

공허는 장삼 속으로 전대를 매만지며 평양은 그간에 뭐가 달라진 게 없나 낌새를 살피며 어슬렁거렸다. 평양을 거칠 때마다 빼놓지 않는 일이었다.

"그놈을 잡으면 정말 저 방에 적힌 대로 상금을 주기는 줄까?"

"그야 관에서 거짓말하겠는가."

"왜, 상금이 탐나는가?"

"280원이면 팔자 고치는 돈 아닌가. 자넨 탐 안 나나?"

"김칫국 마시지 말어. 팔자 고치기 전에 이나마 팔자도 망치기 전에."

제각기 등짐을 진 보부상 셋이 지나가며 나누는 말들이었다.

그 말들을 놓치지 않은 공허의 신경은 금방 곤두섰다. 280원의 상금을 내건 방이 나붙었다면 그건 보나마나 뻔했다. 의병대장 누군가를 잡으려는 수작일 것이었다.

공허는 방을 찾으려고 발걸음을 빨리하며 눈길을 두리번거리기 시작했다. 방은 이내 눈에 띄었다. 이정표 옆의 게시판에 방은 나붙어 있었다.

방을 보는 순간 공허는 신음을 씹었다.

방에 큼직하게 적혀 있는 이름 석 자는 보부상들의 이야기와 함께 자신의 머리를 스쳐갔던 바로 그 이름이었다. 폭도 괴수 채응언(蔡應彦)을 체포하도록 제보하거나 체포하는 사람에게는 상금 280원을 포상하겠다는 내용이었다. 방의 끝에는 평남 병무부와 평양 일헌본부가 큼직하게 적혀 있었다.

폭도 괴수 채응언…… 공허는 그 일곱 글자를 응시하고 있었다. 그는 가슴 뜨거운 감동과 함께 전신이 움츠러드는 부끄러움을 느끼고 있었다.

폭도 괴수 채응언, 그것은 왜놈 토벌대와 헌병대에서 여지껏 잡지 못해 열이 뻗쳐 붙인 칭호일 뿐이었다. 그걸 뒤집으면 의병명장 채응언이도 되고, 불사의장 채응언이도 되는가 하면, 의병신장 채응언이도 되는 것이었다. 그 어떠한 높은 뜻의 칭호를 붙여도 조금도 과할 것이 없는 의병장이 바로 채응언이었다.

신출귀몰하는 용맹성을 지닌 채응언의병대의 소문은 이미 오래전부터 짝자그르하게 퍼져 있었다. 채응언의병대는 평안남북도뿐만 아니라 황해도 강원도 함경도까지 넘나들며 줄기차게 싸워 이기고 있었다. 채응언의병대가 더 소문이 자자한 것은 그 동에 번쩍 서에 번쩍 하는 기민한 용맹성뿐만 아니라 나라 안에 남아 있는 유일한 의병대이기도 했던 것이다.

의병의 뿌리를 뽑으려고 일본군대가 혈안이 되어 있는 상황 아래서 채응언의병대는 압록강이나 두만강을 넘는 일이 결코 없이 몇 년에 걸쳐 끈질긴 투쟁을 계속해 오고 있었다. 그 점에서 공허는 채응언 앞에 머리를 조아리는 동시에 부끄러움을 느꼈다. 물론 북쪽에서는 '남한 대토벌' 같은 혹독한 작전이 벌어지지 않았다고 할 수도 있었다. 또 북쪽에는 남쪽보다 험준한 산악이 많아 피신하기에 유리하다고 할 수도 있었다. 그러나 일본토벌대들이 북쪽에서도 얼마나 가혹하게 토벌을 해댔는지는 홍범도의병대가 입증하고 있었다. 거의가 포수들로 이루어져 일찍부터 많은 공을 세우고 용맹스럽기로 이름난 홍범도의병대도 몇 년 전에 벌써 두만강을 건너가 북간도지역에 자리를 잡은 다음 두만강을 넘나들며 싸우고 있는 형편이었다. 산악이 험준하기로 치자면 평안도보다 함경도가 더했던 것이다.

병무부와 헌병대에서는 의병장 채응언을 잡기 위해서 망신을 무릅쓰며 마지막 발악을 하고 있었다. 거액의 현상금을 내걸고 방을 붙이는 것은 일단 자기네들의 능력 부족을 시인하는 처사였다. 망신을 당하더라도 자기네들의 힘으로는 어찌할 수 없으니 돈을 미끼로 일을 해결하자는 것이 방을 붙이는 의도였다.

채응언 장군님, 이제 그만 압록강을 건너시는 게 어떻겠습니까. 지금까지 수많은 적들과 홀로 맞서 싸워오신 장한 뜻 잘 알고 있습니다. 허나 더 크게 싸워 이길 것을 생각해서 이제 보신해야 할 때가 아닌가 합니다. 이놈들이 견디다 못해 거액의 현상금을 내걸었습니다. 왠지 불길한 생각이 듭니다. 지난날 다른 의병장들에게도 현상금이 붙으면 꼭 불상사가 일어나고는 했습니다. 그건 절대로 미신이 아닙니다. 귀신이 무슨 해코지를 해서도 아닙니다. 큰돈 앞에서 사람들의 마음이 간악해지고 사악해져 생기는 우환입니다. 어서 피하십시오. 어서 압록강을 건너시어 몸을 보존한 다음 새 계획을 세워야 합니다. 소승의 생각이…….

뙈에엑 뙈엑!

기차가 고함을 쳐대더니 잇댄 차량들이 연달아 덜커덩거렸다. 그리고 곧 쇠바퀴들이 구르기 시작했다. 공허는 화들짝 놀라 움직이는 기차를 향해 마구 뛰었다. 폭넓은 장삼이 마치 무슨 기폭처럼 어지럽게 펄럭거리고 있었다. 공허는 가까스로 열차에 매달렸다.

아이고 이놈아, 중놈 뛰는 꼴새 보고 날아가든 새도 웃는다드라. 아무리 중헌 일이드라도 땡초 표털 그리 내서야 쓰겄냐.

한숨을 돌리며 공허는 자신을 꾸짖고 있었다. 몇 걸음만 더 늦었더라면 기차를 놓칠 뻔했던 것이다. 공허는 그때서야 추위를 느끼며 두 손바닥으로 얼굴을 벅벅 문질렀다.

기차는 어느새 꽤나 빠르게 달리고 있었다. 승강구로 통바람이 몰려들고 있었다. 공허는 바람을 피해 서둘러 객실로 들어갔다. 공허는 자기가 탔던 객실을 찾아가며 만약 기차를 놓쳤더라도 바랑 하나 잃어버리는 것이지 별로 손해날 것은 없다고 생각하기도 했다.

제자리를 찾아든 공허는 바랑을 집어들다가 아하! 하며 뒤늦게 깨달았다. 그 삽상한 모습과 함께 또 살내음이 물큰 풍겼다. 바랑에는 잃어버려서는 안 되는 물건이 하나 들어 있었다. 다른 것들은 돈으로 다시 구하면 되지만 그 모자는 그럴 수가 없는 물건이었다.

"지 몸도 맘도 인자 시님 것이구만요."

따스한 이불 속에서 자신의 품에 보듬겨 홍씨가 속삭인 말이었다.

"흐흐흐…… 나 몸도 맘도 거그 것 아니라고."

작은 듯하면서도 오목조목 예쁘고 암팡진 홍씨의 알몸에 취해 그저 정신없이 대꾸한 말이었다.

"시님이야 그리돼서넌 안 되는구만요. 지 죄가 자꼬 커지닝게요."

선문답처럼 아리송한 말이었다.

"고것이 어찌 거그 죄요?"

"시님언 그냥 뜬구름이대끼 바람이대끼 그리 가고 오시면 되는구만요. 지 겉은 지집헌티 몸도 맘도 묶이면 죄가 이중으로 커지고, 그 죄야 결국 지가 맨들어 시님이 짓게 허능 것 아니겄능가요."

점점 더 모를 소리였다.

"무신 죄가 이중이란 것이오?"

"시님 겉으신 분이 한 지집헌티 몸도 맘도 묶이면 불전에 죄짓고, 나라에 죄짓는 것이제라."

"하, 이것 참!"

홍씨를 와락 끌어안을 수밖에 없었다. 그 말을 듣는 순간 가슴이 환해지는 것도 같고, 시원한 바람이 이는 것도 같았다. 어찌 이리 생각 깊은 말을 할 수 있는가! 그 감동은 뜨거운 불길로 변하며 다시 마음을 동하게 만들었다. 여자가 어찌 그리도 영특하고 기특할 수 있는 것인가. 그녀가 그렇게도 든든하고 사랑스러울 수가 없었다.

"고단허시면 안 되는디요. 낼이면 또 먼 질 가실 것인디……."

홍씨는 부끄러워하며 자신의 가슴팍을 밀었다.

"아니여, 아니여……."

홍씨의 그 예쁜 말에 마음은 더 뜨거워져 다른 말은 할 수가 없었다. 그 여자의 싱싱하고도 차진 알몸을 휘감고 들었다. 여자는 지는 듯 다시 뜨거워지며 몸을 열었다.

홍씨는 겉보기보다 속몸만 암팡진 것이 아니었다. 마음도 그리 암팡졌다. 그리고 남자를 대하는 데도 겉보다는 속이 더 뜨거웠다. 얼굴에도 몸가짐에도 야한 기라고는 전혀 없으면서도 알몸을 섞을 때는 더없이 요염한 꽃으로 피어나는 것이었다.

눈을 지그시 내려감은 공허는 기차의 진동에 몸을 맡긴 채 약간씩 흔들거리고 있었다. 홍씨와의 인연은 생각할수록 묘하고 신기할 뿐이었다.

송수익이 만주로 떠나기 전에 홍씨를 한 번 만나준 것은 정말 불가에서 말하는 보시하는 마음이었을까. 그 뒤로 홍씨 이야기는 지나가는 말로라도 꺼낸 적이 없었다. 그 무관심이 나라 구할 큰 뜻을 품은 장부의 무심 같기도 했고, 그저 스쳐지났을 뿐인 여인에 대한 무정 같기도 했다.

그날 몸을 섞게 된 이후로 홍씨도 자신도 송수익의 이야기는 입에 올린 적이 없었다. 마치도 약속이나 한 것 같았다. 어찌 보면 홍씨는 송수익이를 까마득하게 잊어버린 것 같기도 했다. 그래서 더 마음이 홀가분했는지도 몰랐다. 자신과 홍씨와의 관계를 알게 되면 송수익이가 뭐라고 할 것인지 궁금해지기도 했다. 이번에 그 말을 해버릴까 하는 짓궂은 생각이 문득 떠올랐다.

공허는 신의주역에서 기차를 내렸다. 한성에서 기차표를 끊을 때 아예 신의주까지만 끊었던 것이다. 국경인 압록강을 건너기 전후에 실시되는 두 차례의 검문 검색을 피하기 위해서였다.

조선땅의 끝역인 신의주역에서는 반드시 이동경찰의 검문 검색이 실시되었다. 그것 때문에 기차는 신의주역에서 반시간가량씩이나 오래 머물렀다. 2인 1조를 이룬 이동경찰은 객실의 양쪽 문을 1개조씩 막듯이 하고는 검문 검색을 하는 것이었다.

조선에서 중국땅 만주로 넘어간다고 해서 무슨 허가증이나 여행권 같은 것이 따로 있는 것이 아니었다. 기차표가 그런 것을 대신했다. 그런데 이동경찰이 특히 유심히 살피는 기차표가 '경성-봉천'이거나 '평양-봉천' 같은 기차표였다. 그런 기차표를 지닌 사람이 장사꾼이거나 농사꾼이 아니고 학식이 좀 들어 보이는 사람이면 영락없이 검문 검색을 당하게 마련이었다. 그런 사람들은 일단 반일·독립운동자의 혐의를 받는 것이었다.

그리고 압록강을 건너 중국땅 첫 역인 안동역에서도 조사가 실시되었다. 세관검사를 겸한 철도경호대의 그 조사는 그래도 신의주 이동경찰에 비해 수월한 편이었다. 그렇다고 마음 놓을 수는 없는 일이었다. 이미 만주철도 부설권을 장악하고 있는 일본의 힘은 만주철도의 실질적인 주인이나 다름없었던 것이다.

공허는 자신의 승복 덕을 믿지 않기로 했다. 독하기로 소문난 이동경찰들도 승려는 특별 취급해 준다는 것을 너무 믿었다가는 큰 코다칠 수도 있었던 것이다. 예상되는 위험은 미리미리 피하는 것이 상책이었다. 거액의 돈을 지니고 마음이 불안하면 그 기색을 눈치 빠른 이동경찰들이 알아차릴 수도 있었던 것이다. 일단 이상한 낌새를 눈치챘다 하면 그때는 승려고 뭐고 가릴 놈들이 아니었다.

공허는 신의주역을 나서면서 모자를 더 깊이 눌러썼다. 추위가 평양보다도 한결 더 심했던 것이다. 북쪽으로 올라오면서 말만 달라지는 것이 아니었다. 날씨는 말보다 더 심하게 변하고 있었다. 12월이라고는 해도 솜리(이리)에서 기차를 탈 때는 얼음이 얼 기척은 없었던 것이다. 그런데 한성에 이르니 얼음이 얼지 않나 싶게 추워졌고, 평양에 도착하니 정말 열차 유리창에 얼음이 얼어붙도록 추위는 심해졌다.

공허는 밥집을 찾느라고 사방을 둘러보았다. 그러나 그건 괜한 헛수고였다. 신의주역 근처도 군산역이나 이리역 근처와 마찬가지로 온통 일본상점들로 차 있었다. 신의주야말로 이름 그대로 일본 사람들이 제멋대로 만들어낸 '새로운 의주'였다. 경의선 종착역을 땅 넓은 압록강변에 만들면서 그들이 지어 붙인 이름이 '신의주'였다. 그러니 역뿐만이 아니라 도시 전체가 왜색인 것은 더 말할 것이 없었다.

일본사람들은 자기네가 조성한 도시거나 이주민들을 정착시킨 마을이거나 간척지의 마을 같은 데다 '신(新)' 자 붙이기를 어지간히 좋아했다. 신흥·신기·신설·신촌·신월·신평 같은 것들이 그것이었다.

공허는 일본식 시가지를 따라 서쪽으로 빨리 걸으며 밥집을 찾았다. 날이 저무는 추위 속에 용암포 50리 길이 시작되고 있었다. 50리 길을 가자면 우선 밥부터 든든히 먹어야 했다.

압록강의 하구 용암포 근방에는 만주 강변을 오가는 나룻배들이 많았다. 그 나룻배들은 주로 인근의 장사꾼들과 양쪽의 물산을 실어날랐다. 사람이 타는 삯도 삯이지만 물건들의 운임은 기차에 비해 나룻배가 훨씬 헐했던 것이다. 그리고 물건들을 싣고 내리는 데도 수속이 복잡한 기차에 비해 나룻배는 수속 같은 것이 필요 없이 간편했던 것이다.

용암포에도 국경수비대는 배치되어 있었다. 그러나 그들의 감시는 이동경찰에 비해 한결 느슨했다. 밤이 아니면 나룻배들은 별다른 제지를 받지 않고 강을 건너다녔다. 안전을 도모한다고 나룻배를 밤에 타는 것은 오히려 위험한 일이었다. 공허는 그동안 만주땅을 오가면서 그런 것들을 다 귀동냥해서 파악해 두고 있었다.

무슨 스님이 고깃국을 그리 잘 먹느냐고 흉을 잡혀가며 공허는 국밥이 모자라 밥 한 그릇을 더 시켜서 먹었다.

국물 한 방울까지 다 훑어마신 공허는 손등으로 입술을 쓱쓱 문질렀다. 그러나 막상 그대로 일어나기에는 무언가 허전하고 아쉬움이 남아 있었다. 추운 날씨 탓인지도 몰랐다. 코끝에 감도는 한잔 술 생각을 뿌리치기가 어려웠다. 추위를 헤치며 한바탕 걷자면 술기운을 앞장세우는 것이 제격이었다.

"여그 술 한 됫박만 주씨요."

"머시라요? 스님이 술도……."

주모가 깜짝 놀랐다. 그러나 그건 놀라는 시늉일 뿐이었다. 이미 고기가 든 국밥을 거침없이 먹어치우는 것을 본 그 여자의 얼굴에는 그럴 줄 알았다는 듯한 웃음기가 어려 있었다.

북쪽에서 불어오는 싸늘한 바람은 갈수록 매워지고 있었다. 공허는 엷은 안개빛 어스름이 번지고 있는 추위를 뚫고 걸으며 술을 마시기 잘했다고 생각하고 있었다. 얼큰한 술기운은 발길을 가볍게 해줄 뿐만 아니라 추위도 덜 느끼게 해주었다.

공허는 여기보다 북쪽인 만주는 얼마나 더 추울까를 생각했다. 전라도보다 보통이 다섯 배요 심하면 열 배 넘게 춥다고 했다. 말만으로는 그런 추위가 어떤 것인지 상상이 되지 않았다. 그간에 만주를 몇 차례 오갔지만 추위를 겪는 것은 이번이 처음이었다.

날이 어두워지면서 북풍은 더 세차졌다. 그러나 공허는 별다른 추위를 느끼지 않았다. 술기운이 불콰한 데다가 있는껏 활갯짓을 치며 걸어대니 세찬 바람이 오히려 상쾌하게 느껴졌다. 다만 아무것으로도 감싸지 않은 손가락끝이 조금씩 시릴 뿐이었다.

공허는 가게들이 문을 닫기 전에 용암포에 들어섰다. 그런데 주막을 찾아든 공허는 그만 맥이 빠질 대로 빠지고 말았다. 강이 얼어붙어 배가 필요 없다는 것을 그때서야 알았던 것이다.

공허는 어이가 없었다. 북쪽으로 올라올수록 날씨가 표나게 추워지기는 했지만 압록강 같은 넓은 강이 얼어붙을 줄은 생각조차 못했던 것이다. 겨울이 제아무리 춥다고 해도 큰 강이 통째로 얼어붙는 것은 여태껏 본 적이 없었던 것이다. 그런데 이 땅에서 제일 길고 큰 압록강이 11월 하순부터 다음해 4월 초순까지 얼어붙는다는 것이었다.

새벽밥을 먹은 공허는 장사꾼들을 따라 주막을 나섰다. 날씨는 어제보다 한결 더 추워져 있었다. 주모의 말로는 어제부터 다시 추워지기 시작했으니 내일까지는 땡땡 춥고 모레부터나 다소 누그러질 것이라고 했다. 삼한사온의 겨울날씨를 말함이었다.

공허는 예닐곱 명의 장사꾼들 뒤에 서너 걸음 뒤처져 압록강의 빙판을 밟았다. 희붐하게 트이고 있는 새벽어둠 속에서 과연 넓은 강은 질펀하게 얼어붙어 있었다. 걸음을 멈춘 공허는 발뒤꿈치로 빙판을 서너 번 질러보며 사방을 두리번거렸다. 그 넓고 긴 강이 온통 얼어붙었다는 것이 도무지 믿어지지 않았던 것이다.

얼음판이 얼마나 두꺼운지 뒤꿈치에는 둔중한 느낌만 느껴졌다. 어렸을 때 개울이나 논 얼음판에 들어설 때면 으레 했던 버릇이었다. 그렇게 해보지 않고 무작정 들어섰다가는 얼음판이 우지직 깨지거나 내려앉아 혼쭐이 나기가 십상이었다. 썰매를 몇 번 타보지도 못하고 겨울을 났던 남쪽의 겨울에 비하면 압록강같이 큰 강을 꽁꽁 얼어붙게 만드는 북쪽의 겨울은 과연 동장군이란 말이 어울린다 싶었다.

폭넓은 강을 뒤덮은 빙판은 강줄기 따라 양쪽으로 끝없이 뻗어 나가고 있었다. 물빛이 맑고 푸르기를 오리의 청록빛 머릿빛깔 같다고 하여 선사받은 이름 압록강. 저 백두산 천지에서 발원하여 수많은 골짜기 골짜기들을 감돌고 휘돌며 2천 리가 넘는 긴긴 자태를 드리우며 대륙과 반도 사이를 무슨 운명인 것처럼 흐르고 있는 강. 대륙에서 흘러드는 크고 작은 물줄기와 반도땅에서 흘러드는 크고 작은 물줄기들을 다 거두어 받아들여 흘러내릴수록 커지는 몸피를 스스로 감당해 내며 수수만년 묵묵히 흐르고 있는 강. 몇천 년에 걸친 대륙과 반도의 각축하는 역사 속에서 헤아릴 수 없이 많은 사람들의 피가 낭자하게 흘러 그 몸을 더럽혀도 그저 담담하고 초연하게 그 피를 씻어내려 제 모습을 갖추어 흐르고 있는 강. 수없이 많은 험준한 산봉우리들을 호위병처럼 거느리고 온갖 종류의 무성한 나무들을 장식처럼 드리우고 장엄한 자태로 흐르고 있는 강.

겨울새벽의 적막은 한없이 깊기만 했다. 그 적막 속에서 길고 큰 강은 출렁거림을 멈추고 죽은 듯 깊은 잠에 빠져 있었다. 그 모습은 마치 몇만 년을 그렇게 잠이 들어 있는 것처럼 아득하고 막막했다. 이 땅의 사람들이 또다시 피흘리는 기구한 삶을 시작한 것을 아는지 모르는지 압록강은 깊은 적막 속에서 그보다 더 깊은 침묵의 잠을 자고 있었다.

공허는 끝없이 얼어붙은 압록강을 망연히 바라보며 가슴 가득 슬픔이 차오르는 것을 느끼고 있었다. 그대로 주저앉아 얼음판을 치며 엉엉 목놓아 울고 싶은 심정이었다. 가슴 답답한 사연들을 하소연하고 싶었던 것이다.

그러나 공허는 그런 감정을 무지르며 걸음을 떼어놓기 시작했다. 장사꾼들은 벌써 저만치 앞서가고 있었다. 공허는 그들의 뒷모습을 바라보며 그들이 전부 다 순수한 장사꾼이라고는 믿지 않았다. 그들 속에는 끄나풀이 한둘 들어 있을 수도 있었다. 아니면 왜놈들의 밀정이 장사꾼으로 가장하여 섞여 있을 수도 있었다. 또 어쩌면 망국한을 품은 어떤 지사가 종이장수나 인삼장수로 변장하고 만주땅으로 스며들고 있을지도 몰랐다.

휘르륵 휘익! 휘르륵…….

갑자기 쇳소리가 구르며 적막을 찢어댔다. 그 예리하고 싸늘한 소리는 언제 들어도 소름 끼치는 호각소리였다.

장사꾼들의 걸음이 뚝 멈추어졌다. 공허도 발길을 멈추며 뒤를 돌아보았다. 이쪽에다 총을 겨눈 일본군 둘이 계속 호각을 불어대며 자기네들 쪽으로 오라고 손짓을 하고 있었다.

"저 아새끼들이 와 새벽잠도 안 자고서리……."

"할 수 없디, 방정맞은 아새끼들……."

장사꾼 서너 명이 투덜거리며 그들 쪽으로 걸음을 옮기기 시작했다. 다른 장사꾼들도 혀를 차고 코를 팽팽 풀어대며 무거워진 걸음을 옮겼다. 공허도 도리 없이 다시 그들의 뒤를 따를 수밖에 없었다.

공허는 숨을 들이켜며 아랫배에 힘을 주었다. 이 고비를 무사하게 넘겨야 한다는 긴장이 전신에 팽팽하게 퍼졌다.

"당신들 뭐야! 우리 눈을 피해다니는 밀수꾼들이지!"

일본말 어조가 묻어나는 다소 어색한 그러나 틀림이 없는 조선말을 일본군인이 내뱉고 있었다.

공허는 그 조선말 솜씨에 가슴이 뜨끔해지도록 놀랐다. 어느새 저놈들이 저렇게 되었나 싶으면서, 자신의 속이 다 내비치는 느낌이었다.

일본관리들이 조선말을 강습받고 조선으로 건너왔고, 그들이 조선말을 익히려고 애쓴다는 것은 이미 다 알려진 사실이었다. 그래서 이삼 년 전부터는 함부로 욕을 할 수도 없게 되었다. 그러나 관리가 아닌 군인이 더듬거리지도 않고 그렇게 유창하게 조선말을 하는 것을 보고 공허는 새삼스럽게 나라 잃어버린 것을 절감하지 않을 수가 없었다. 국경지역이라 특별히 조선말을 잘하는 자들을 골라서 배치했다 하더라도 그 충격은 가벼워지지 않았다. 나라를 빼앗긴 세월은 그렇게 해마다 달라져 가며 조선사람들의 마음까지 빼앗아가고 있었던 것이다.

장사꾼들은 그저 굽실거리며 수비대의 비위를 맞추기에 바빴다.

"당신! 정말 중이야?"

수비대원이 팔을 쭉 뻗치며 공허를 찍어내듯이 손가락질했다.

그 순간 공허는 칼이 가슴으로 날아오는 것 같은 경련을 느꼈다. 그러나 다음 순간 그는 대법당에 언제나 의연하게 정좌하고 있는 본존불의 그 그윽하고 넉넉하고 담담한 미소를 떠올렸다.

"나무관세음보살……."

공허는 두 손을 합장하며 느리고 묵직하게 윗몸을 구부렸다. 그리고 조금도 흐트러짐 없이 윗몸을 바로 세워 수비대원을 바라보았다. 그런데 그의 눈은 마치도 먼 데를 바라보는 것처럼 아득하게 편안했고, 얼굴은 잔잔하기 그지없이 평온했다. 그의 모습은 정말 세속과는 멀리 떨어져 해탈의 꿈에 젖어 있는 수도승의 모습이었다.

"이쪽 앞으로 나오시오!"

여전히 냉정한 명령조였지만 수비대원의 말은 '해라'에서 '반존대'로 바뀌어 있었다. 공허의 귀는 그 변화를 민감하게 포착하고 있었다.

"그것 벗어보시오."

수비대원은 바랑이라는 말을 모르는지 어쩌는지 그것이라고 하며 바랑을 손가락질했다.

"예에…… 나무관세음보사알……."

공허는 전혀 서두르지 않고 다시 두 손을 합장하며 느리고 묵직하게 윗몸을 구부렸다가는 바로 세웠다. 그리고 천천히 바랑을 벗었다.

"그것 조사해 봐."

수비대원이 옆사람에게 턱짓했다.

옆의 대원이 잽싸게 바랑을 받아들어 뒤지기 시작했다. 맨 먼저 버선 묶음이 나오고 그 다음에 목탁과 목탁채가 나오고 끝으로 무명수건이 나왔다.

"이것이 전부 답니다."

수비대원이 축 늘어진 바랑을 가볍게 흔들어 보였다.

"왜 짐이 이것밖에 없소?"

첫 번째 수비대원이 공허에게 곱지 않은 눈길을 박았다.

"본래 행각승에 짐언 이리 단출해야 된다고 부처님께서 가르치셨구만요."

공허는 상대방이 알아듣기 좋게 하려고 천천히 또박또박 말했다.

"행각승?"

"예에…… 천지사방얼 떠돌아다님서 수도허는 중이 행각승이구만요."

"행각승……." 수비대원은 다시 한 번 공허를 훑어보더니 무언가 미심쩍다는 듯, "그것을 치면서 한번 해보시오." 그는 목탁을 손가락질했다.

"예에…… 나무관세음보사알……."

공허는 다시 합장하며, 저놈이 아무리 조선말을 잘한다고 해도 목탁이니 독경이니 하는 말은 모르는 모양이라고 생각했다.

공허는 목탁과 목탁채를 집어들었다.

날만 어둡고 사람들이 아무도 없다면 목탁으로 한 놈 머리통을 까고 목탁채로 또 한 놈 낯짝을 후려쳐서 보기 좋게 나가 뻗도록 해버릴 텐데 참 아깝다고 공허는 생각하고 있었다.

에라, 예불 올린 지도 오래되고 했으니 마침 잘되었다. 내 평생 언제 또 압록강가에서 염불을 해보겠냐. 우리 동포들한테 나라 되찾을 원력을 주십소사 하고 한바탕 읊어보자.

똑똑똑똑 똑또그르…….

공허는 목탁을 힘껏 두드리며 낮은 헛기침으로 목을 다듬었다.

"마하반야바라밀다 관자재보살 행심반야 바라밀다시 조견오온개공 도일체고액……."

목탁소리에 맞추어 반야심경 독경소리가 풀려나오기 시작했다. 너무 컬컬하고 굵은 공허의 목소리는 독경에는 그다지 잘 어울리는 것은 아니었다. 그러나 목탁소리의 그 청아하면서도 신비스러운 울림에 받쳐지며 경건한 분위기를 자아내고 있었다. 그리고 두 눈을 지그시 내려감고 있는 공허의 모습은 승려로서 너무 듬직하고 믿음직스러워 보였다.

고아하고 폭넓은 울림을 짓는 목탁소리와 슬픈 듯 구성진 듯 특유의 가락으로 흐르는 독경소리는 묘한 어울림으로 경건한 분위기를 자아내며 밝아오는 압록강변의 매운 추위 속으로 여울져 퍼져나가고 있었다.

"됐소, 됐소. 그만하시오."

독경이 절반 고비를 넘어가고 있는데 수비대원이 손목을 까딱거렸다.

똑똑똑똑 똑또그르…….

공허는 독경을 뚝 그쳐버리지 않고 독경의 마감을 의미하는 목탁소리를 내며 윗몸을 약간 굽히는 여유를 보이고 있었다.

"뭘 빌었소? 우리 대일본제국의 번영과 내 안전을 빌었소?"

수비대원이 불쑥 한 말이었다.

"예에…… 나무관세음보살……."

공허는 너그럽게 웃으며 또 머리를 조아렸다. 그러나 속으로는, 요런 뻰뻰스러운 놈아, 벼락을 맞아 뒈지라고 빌었다, 하고 욕을 해댔다.

"이 사람들하고 일행이오?"

공허는 느리게 고개를 저었다.

"됐소, 가시오."

수비대원이 시원스럽게 손짓했다.

"나무관세음보살……."

공허는 다시 합장을 하며, 그래 중한테는 그저 관세음보살이면 만사형통이다, 하고 속말을 하면서 쓰게 웃고 있었다. 입장이 곤란해도 관세음보살, 난처해도 관세음보살, 고마워도 관세음보살, 미안해도 관세음보살, 승려의 말로 통하지 않는 데가 없는 그 말은 너무 편리하고 효과적이었던 것이다.

"다들 짐 내려서 풀어!"

조금 부드러워졌는가 싶었던 수비대원은 장사꾼들에게 다시 사납게 소리쳤다. 장사꾼들은 허둥지둥 짐을 벗기 시작했다.

공허는 바랑을 메고 돌아서며 마음이 무거웠다. 그들이 수비대의 눈을 피하려고 한 밀수꾼이거나 그저 먹고살아 가는 죄 없는 장사꾼이거나 간에 그들은 조선사람들이었다. 그런데 그들은 살을 쏘아대는 매운 추위 속에서 짐들을 다 풀어 왜병들에게 조사를 받아야 하는 것이었다. 그것이 어느 곳에서나 조선사람들이 당하고 있는 꼴이었다. 그러나 공허는 어찌하는 수가 없이 혼자서 뚜벅뚜벅 걸어 다시 압록강의 빙판을 밟을 수밖에 없었다. 그나마 길동무들을 잃어버린 것이 아쉽기도 했다. 세상 돌아가는 판세에 눈치 빠르고 이런저런 소문들을 많이 귀에 담고 다니는 장사꾼들을 말벗 삼으면 도움 되는 정보가 적잖았던 것이다. 특히 일본군들의 동태 같은 것은 꼭 필요한 정보였던 것이다.

어젯밤에 얼핏 들은 바로는 이제 만주땅에서도 연경(燕京) 백동전이든 길림전(吉林錢)이든 청나라돈들은 일본돈에 밀려 거의 쓸모가 없어지는 형편이라고 했다. 상인들만이 아니라 마적들도 일본돈에 혈안이 되어 있다는 것이었다. 만주땅도 무력에 앞서 침투한 일본의 금력에 건잡을 수 없이 무너지고 있다는 증거였다.

공허는 고개를 뒤로 젖히며 착잡한 마음을 한숨으로 토했다. 구름 낀 만주 쪽 하늘에 수리 한 마리가 큰 날개를 펼치고 느리게 감돌고 있었다. 손끝이 쏙쏙 시리는 매서운 추위도 아랑곳하지 않고 그리도 유유히 날기를 하고 있는 수리를 바라보며 공허는 문득 그놈이 부러웠다. 왜놈들의 기세가 만주까지 뒤덮으면 우리의 앞날은 어찌 될 것인가……. 마음에 먹구름이 끼고 추위가 몰려들었다.

공허는 몸을 부르르 떨고 어금니를 뿌드득 맞갈며 그 어두운 생각을 뿌리쳤다. 그러면서 일본말을 어서 빨리 익혀야 되겠다고 작정했다. 수비대원이 그토록 유창하게 조선말을 해대는 것이 여간 충격이 아니었다. 그들이 이쪽 말을 다 알아듣는데 이쪽에서는 그들의 말을 알아듣지 못한다는 것은 또 한 번 지는 것이었다. 그들은 조선땅만이 아니라 조선사람들까지 완전히 손아귀에 틀어잡고 꼼짝을 못하게 하려고 철저하게 조선말을 배운 것이었다. 이쪽에서도 그들의 마음을 캐내고 맞서 싸우려면 기필코 일본말을 배워야 했다. 공허는 그동안 반감이 앞서 일본말 배우기에 등한히 했던 자신의 태도를 반성했다. 송수익의 말마따나 총만 무기일 수 없었다. 더구나 어느 한곳에 붙박여 있는 것이 아니라 자신처럼 떠돌아다니는 입장에서는 일본말을 아는 건 더욱 필요했던 것이다. 그 어려운 불경공부도 했는데 그까짓 왜놈말쯤 못 배울 것이 뭐냐 하며 공허는 마음을 공글렸다.

공허는 꽁꽁 언 몸으로 안동에서 기차를 탔다. 기차 안에는 중국사람 조선사람 일본사람 들이 뒤섞여 있었다. 그들은 말을 듣기 전에 우선 옷차림으로 구별이 되었다. 그들 중에서 일본사람들이 유독 표가 났다. 그들은 신식 옷차림이 말쑥한 데다가 꼭 자기네들끼리 모여앉는 것이었다.

기차는 만주벌판을 달리고 있었다. 그러나 유리창에는 얼음이 얼어붙어 밖이 내다보이지 않았다. 대낮이라고 해도 날이 워낙 추운 데다가 구름까지 끼여 해는 맥을 못 쓰고 있었다. 몸을 잔뜩 웅크린 공허는 눈을 감고 있었다. 옆자리의 조선사람들이 서로 장사해 먹기 어렵다는 타령들을 늘어놓고 있었다. 압록강을 건너다니다 보면 이문은 다 이쪽저쪽 중국놈 철도경호대한테 뜯기고 일본놈 이동경찰한테 뜯기고 해서 남는 건 겨우겨우 목구멍에 풀칠하는 것이 고작이라는 타령이었다.

아서라 이놈들아, 그 똥창까지 들여다보이는 거짓말 어지간히 해라. 노인네들 어서 죽고 싶다는 거짓말에는 소가 웃는다만 장사꾼들 이문 안 남는다는 거짓말에는 돼지가 웃는다. 겉으로는 그리 죽는 소리 해가면서 속으로는 아편이나 안 들키고 팔아먹어 한바탕 횡재할 꿍꿍이속들은 다 따로 차고 있겠지. 왜놈들한테 슬슬 독립군 밀고도 해가면서 말이다.

만주땅을 오가는 장사꾼들 넷 중에 하나는 밀정이나 끄나풀 노릇을 겸하고 있다는 말을 되짚으며 공허는 눈을 내려감은 채 큼큼 콧방귀를 뀌고 있었다.

장사꾼들 이야기는 마적떼로 옮겨지고 있었다. 그들은 마적떼 등쌀에 장사고 뭐고 해먹을 수가 없다고 입을 모았다. 그나마 청나라가 망해서 그런지 어쩐지 마적떼들이 해가 다르게 기승을 부려댄다는 것이었다. 마적떼들이 그렇게 불어나는 것은 만주에 일본물건들이 퍼지고 일본돈이 위세를 떨치면서 마적들을 불러모으는 격이 되었다고도 했다.

공허는 이제 귀가 활짝 열려 있었다. 마적떼는 장사꾼들한테만 걱정거리가 아니라 만주땅에 흩어져 사는 모든 동포들을 괴롭히고 위협하는 몹시 흉포한 도둑떼들이었다. 그 마적떼들이 갈수록 불어난다는 것은 왜놈들의 세력이 커지는 것이나 다를 것이 없었다. 마적떼들이 동포들의 마을을 기습해서 생명을 살해하고 재산을 약탈하는 것은 그만큼 독립투쟁의 힘을 약화시키고, 따라서 왜놈들을 도와주는 결과가 되는 것이었다.

공허는 하마터면 버럭 소리치며 몸을 일으킬 뻔했다. 장사꾼들 하는 소리가, 그 마적떼들 속에는 말로만 나라 찾겠다고 하는 조선놈들 패거리도 끼여 있다는 것이었다. 그것이야말로 왜놈들의 사주를 받아 퍼뜨리는 악의적인 소문이었다.

그러나 공허는 숨을 깊이 들이켜며 자신도 모르게 불끈 쥐었던 주먹을 천천히 폈다. 여기는 어느 장터도 아니었고 한적한 길은 더구나 아니었다.

공허는 봉천에서 기차를 내렸다. 봉천은 안동보다 더욱 추웠다. 남만주에서 첫손 꼽히는 도시 봉천에는 조선사람들보다 일본사람들이 더 많다는 소문이었다. 그도 그럴 것이 조선사람들은 농사질 땅을 찾아 사방으로 흩어지는 형편이었고 일본사람들은 상품과 돈을 앞세워 상권을 장악하느라고 도시에 자리잡는 것이었다. 일본상인들은 자기네 정부가 베푸는 무력보호까지 받아가며 이미 만주 일대를 시장으로 삼을 수 있는 거점을 봉천에다 구축하고 있었다. 일본은 만주를 장악하기 위해 군대가 아닌 상인들을 앞세우고 있었던 것이다.

공허는 조선사람이 하는 여사(旅舍)를 찾아들었다. 이름만 한문투로 달라졌을 뿐 조선땅의 주막이나 다를 것이 없었다. 물론 거기에는 조선사람들만 북적거렸다.

평안도사람이 주인인 여사에는 경상도말만 요란한 것이 아니었다. 황해도말은 물론이고 전라도말과 충청도말까지 얼크러져 돌아가고 있었다. 그런 여러 지방의 말들에 비해 오히려 거리가 가까운 함경도말은 듣기가 어려웠다.

그러나 그럴 만한 까닭이 있었다. 함경도사람들은 더 거리가 가까운 두만강을 건너 북간도로 간 것이었다. 그와 마찬가지로 평안도사람들은 압록강을 건너 서만주 봉천 일대에 퍼져 있었다. 같은 시기에 한양과 경기도 출신 지사며 의병장들도 지리적 조건에 따라 서쪽 남만주로 옮겨가게 되었다. 그리고 전라도와 경상도 의병세력도 약간씩 뒤를 이었다.

그러나 이제 서만주에서는 평안도말만이 기세를 떨칠 수 없게 되어가고 있었다. 단돈 10전을 보고 물밑으로 50리를 기고, 돈냄새가 풍기기만 하면 수만 리도 주저하지 않고 날개를 단다는 장사꾼들이 여러 도에서 몰려들고 있었던 것이다. 그들은 경부선 경의선 철도를 따라 손쉽게 남만주땅을 밟고 있었다. 그리고 토지조사사업으로 논밭을 빼앗긴 전라도 경상도 사람들도 기찻길에 의지해 압록강을 건너고 있었다.

공허는 나날이 달라지고 있는 세상의 변화를 실감하며 아침 일찍 통화로 가는 마차에 올랐다. 급한 마음 같아서는 특급마차를 타고 싶었다. 그러나 혹시 마적떼의 습격을 받을지도 몰라 완급마차를 타기로 했다. 마적떼는 완급보다 값비싼 특급마차를 노릴 것이 뻔했다. 그리고 마부들 중에는 마적떼와 내통하는 자들도 있다는 소문이었다. 특급마차에 돈냄새 풍기는 사람이 타게 되면 괜히 덩달아 당할 위험도 있었던 것이다.

완급마차는 속도만 느린 것이 아니었다. 마차도 낡아서 매운 바람이 여기저기서 파고들었다. 한데나 마찬가지인 마차 안에 비하면 기차 안은 그대로 온돌방인 셈이었다. 공허는 생전 처음 겪는 추위에 진저리치며 몸을 잔뜩 웅크리고 있었다.

"스님은 통화에 어인 일이신가요?"

네 사람 중에 수염이 더부룩한 사람이 말을 걸어왔다.

"예, 절얼 세울 디가 있는가 히서……."

공허는 정해진 대답을 또 하면서 상대방을 경계했다. 먼저 말을 거는 사람, 먼저 일본사람을 욕하거나 흉보는 사람, 쉽게 독립운동을 지지하고 나서는 사람은 각별히 조심해야 했다. 공허는 그 사람의 차림에 어울리지 않는 점잖은 말씨가 직감적으로 신경에 거슬렸다.

"예에…… 만주에까지 타국교를 전파하실라고요?"

그 사람의 예사롭지 못한 눈길과 '타국교'라는 생소한 말에 공허는 멈칫 긴장했다.

"타국교라니, 무신 말씸이신지……."

"불교 유교에다 야소교까지 하나도 조선것이 아니고 다 타국에서 들어온 것이 아니던가요?"

그때서야 공허의 머리를 퍼뜩 스치는 것이 있었다. 그 사람은 바로 조선의 근조인 단군을 섬기는 대종교인이었던 것이다.

"만주땅에 산재한 동포들을 한덩어리로 뭉치게 할 구심점으로 그보다 더 좋은 것은 없을 것이오. 우리는 조선사람이고 조선의 시조는 단군이시니, 우리는 마땅히 단군성조의 거룩한 정신 아래 대동단결하여 빼앗긴 조선을 되찾도록 해야 할 것이오."

대종교 교도가 될 뜻을 굳힌 송수익이 지난번에 한 말이었다.

"그 뜻언 참 좋은디…… 믿어오든 유교넌 어쩌시고라?"

"난 향교에 발을 끊은 지가 벌써 수십 년이 넘었소. 공맹지도가 이 나라를 병들게 하고 망쳤기 때문이오. 허고, 대종교는 타교도라 해서 배타하고 배척하지 않소. 조선사람이면 누구나 형제교도로 환영하고 있소."

신채호 박은식 같은 많은 지사들도 대종교 교도가 되었다는 것이었다.

나라 잃은 동포들을 한덩어리로 뭉치게 하여 나라를 되찾으려고 앞장서 나선 대종교…… 시기적절하다는 생각과 함께 호감을 가졌었다. 그러나 자신은 승려였기에 대종교에 대해서 더 자세히 알려고 하지는 않았다. 그리고 송수익도 승려인 자신의 입장을 생각해서였던지 불교를 타국교라고 비난투로 말하지는 않았던 것이다.

"예, 그 말씸이 좋구만요. 소승에 뜻언 그저 수도 삼아 만주럴 둘러보고, 멀리서라도 백두산에 합장도 허고 그러자는 것이제 꼭 어디에 절얼 세우겄다는 맘언 아니구만요."

공허는 상대방과 눈길을 맞추며 이렇게 말했다. '백두산에 합장도 하고' 하는 말로 자신의 속뜻을 전하고 있는 공허는 말조심하자는 눈짓까지 보내고 있었다.

"아 예에, 그런 뜻이구만요……."

그 남자는 금방 공허의 말뜻을 알아차리는 반응을 보였다.

낡은 마차는 울퉁불퉁한 길을 달리며 잠시도 쉬지 않고 덜컹거리고 출렁거렸다. 마차에 탄 다섯 사람은 끝없이 엉덩방아를 찧어대고 흔들리면서 추위에 시달려야 했다. 그들 중에서 공허는 유난히 심하게 떨고 있었다. 푸른색이 돌도록 얼굴이 얼어붙은 데다가 어금니 맞떨리는 소리가 옆사람들에게도 들릴 정도였다.

"많이 추우시지요?"

그 남자가 딱해하는 얼굴로 물었다.

"요것 참, 솜옷얼 입는다고 입었는디……."

공허는 민망한 얼굴로 입맛을 다셨다.

"말씨가 전라도이신데, 그쪽 추위에 맞추어 옷을 입으셨을 터이니 얼마나 추우시겠어요. 몸이 얼어들면 큰탈나는데 옷부터 구해야 되시겠어요."

공허는 자신의 처지를 너무나 정확하게 꿰뚫어보는 그 남자의 말에 놀라지 않을 수 없었다. 그리고 자신을 염려해 주는 정 담긴 마음에 고마움을 느꼈다.

"추운 것 참아내는 것도 수도넌 수돈디, 만주가 이, 이리 추울지 넌 몰랐구만요."

공허는 웃으려고 했지만 웃어지지도 않았고 입술이 얼어 말까지 더듬거려졌다. 공허는 뻣뻣하게 굳은 손으로 얼굴을 마구 문질러댔다.

"참는 수도도 한정이 있는 법이지요. 만주 추위로 이 정도는 별 것이 아니고, 정월 들어 한창 추울 때는 사람 잡아가기가 예사 아닌가요. 저 북쪽으로 하얼빈 근방에서는 소가 얼어죽는 일이 예사거든요. 조금만 더 수도를 하세요. 이따가 마차가 멈추면 헌 옷이라도 한 벌 구할 수 있을 겁니다."

소가 얼어죽다니……. 공허는 그 처음 듣는 말에 몸을 부르르 떨며 봉천 여사에서 옷을 구해 입지 않은 것을 후회하고 있었다.

점심때에 맞추어 마차가 멈추었다. 그들은 허름한 중국밥집으로 몰려 들어갔다.

"불 가까이 가지 마세요. 언 몸일수록 불기에서 멀리해서 풀어야 합니다."

그 남자가 화덕으로 내닫으려는 공허를 붙들었다. 화덕에서는 통나무 불길이 활활 타오르고 있었다. 공허는 그 불길을 욕심내며 이름 모를 남자의 자상한 마음 씀씀이에서 보통 사람과는 다른 종교인의 도타운 정을 느끼고 있었다.

"우선 이 뜨거운 물로 한속을 풀도록 하시지요."

그 남자는 손수 물을 따라 갖다주기까지 했다.

공허가 뜨거운 물을 불어가며 절반쯤 마시고 있는데 그 남자가 돌아와 탁자에 마주 앉았다.

"스님, 옷을 구했어요."

공허의 눈이 커졌다. 그간에 뒷간에나 간 줄 알았던 것이다.

"글먼, 옷값이 얼맨디요?"

공허는 그 남자의 예리함과 기민함에서 송수익을 느끼며 돈을 꺼내려고 장삼자락을 들쳤다.

"아닙니다. 제가 시주하는 겁니다."

그 남자는 무언가 의미 담긴 눈길로 공허를 바라보며 나직하게 말했다.

"아니, 타국서 고상허심서 무신 돈이 있으시다고……."

공허도 낮고 빠르게 말했다.

"심려 마세요. 제 돈이 아니라 동포들이 사드리는 거니까요. 마음이 쓰이시면 스님께선 밥값이나 내세요."

그 남자는 낮은 목소리만큼 잔잔하게 웃었다. 공허는 입을 꾹 다물며 그 남자와 눈길을 맞추었다.

공허는 점심을 먹고 나서 두툼한 솜옷을 장삼 속에 껴입었다. 헌 옷이긴 했지만 마음부터 따뜻해지는 기분이었다.

마차는 어둑어둑해져서 싱징에 도착했다. 통화까지는 절반을 조금 넘게 온 것이었다.

"스님, 여기서 작별을 해야 되겠습니다. 남은 길 편히 가십시오. 저는 대종교도 한법린이라 합니다."

그 남자는 비로소 자신의 신분과 이름을 밝혔다. 대종교도라는 것은 곧 독립운동가나 독립군이라는 말과 같은 뜻이었던 것이다.

"아 예, 지넌 공허라고 허느만요."

공허도 황급히 자신의 이름을 밝혔다.

"공허 스님…… 통화에 가시면 혹시 송수익 선생을 찾아가는 길 아닌지요?"

"아니 그걸 어찌?"

공허는 눈이 휘둥그레졌다.

"이심전심이라 하기엔 너무 외람된 말이고…… 짚이는 데가 있어 그리 짐작이 됐습니다."

"송 장군님얼 잘 아시는게라?"

"우리 형제교도니까요. 언젠가 또 뵐 날을 기약하겠습니다. 편히 가십시오."

한법린은 두 손을 내밀었다. 공허는 그 손을 덥석 잡았다.

"우리 한 몸, 한 몸이 다 조선입니다. 몸보존 잘하십시오."

한법린은 공허의 손을 힘주어 마주 잡으며 담담한 듯 말했다. 그런데 공허는 그 말이 가슴을 쿵 울리는 것을 느꼈다. 그리고 무슨 대꾸를 해야 좋을지 알 수가 없었다.

"예, 이거 서운허서……."

공허가 중얼거린 말이었다.

한법린은 바람이듯 빠르게 멀어져 갔다. 공허는 차가운 어둠 속으로 사라져가는 그 부드러운 듯 당찬 사람의 뒷모습을 지켜보고 있었다.

우리 한 몸, 한 몸이 다 조선입니다……. 그 처음 들어본 말을 공허는 잠자리에 들어서까지 몇십 번이고 되새김질했다. 그 말의 의미가 마치 심오한 불경의 한 구절처럼 마음을 사로잡고 드는 것이었다.

그 말은 생각할수록 여러 갈래의 뜻을 내포하고 있었다. 우리 한 사람, 한 사람은 다 조선을 되찾는 일에 나서야 합니다. 조선사람으로서의 책무를 말하는 것이었다. 우리 한 사람, 한 사람이 모여 조선이 됩니다. 조선사람들이 살아 있는 한 조선도 살아 있다는 것을 각성시키는 것이었다. 우리 한 몸, 한 몸이 조선의 앞날을 떠받치고 있습니다. 조선사람들이 최우선적으로 해야 할 일이 무엇인지 제시하는 것이었다. 우리 한 몸, 한 몸을 지켜 조선 회복에 바칩시다. 서로가 앞날의 고난을 헤쳐나가자는 각오를 다짐하는 것이었다.

공허는 무언가 새로운 세상이 열리는 것을 느꼈다. 송수익의 이야기를 통해서 임금이 곧 나라이고, 조선의 모든 것은 바로 임금의 것이라는 생각은 바꾸게 되었다. 그러나 한 사람, 한 사람이 다 조선이라는 생각은 감히 해본 적이 없었다. 대종교 교도들은 다 그런 생각들을 가지고 있는 것인가……? 공허는 은근히 대종교에 관심이 끌리고 있었다.

다음날도 날씨는 여전히 추웠다. 마차는 갈수록 속력이 느려지고 있었다. 추위에다 먼 길을 달리느라고 말이 지치기 때문만이 아니었다. 통화로 가까이 갈수록 산줄기가 나타나고 있었던 것이다. 그 산줄기들은 저 백두산에서부터 만주벌판으로 폭넓게 뻗어내리고 있는 장백산맥의 실가지들이었다.

마차는 해질녘이 다 되어 통화에 당도했다. 공허는 다시 동쪽으로 20리를 단숨에 걸었다.

"아이고메 시님, 어여 오시게라우."

지삼출이 공허를 곧 얼싸안을 듯한 몸짓을 지으며 반가움이 넘쳤다.

"그간에 다덜 무고허시요?"

공허는 지삼출과 손을 맞잡았다. 그리고 무주댁에게도 인사를 했다.

"구시월 다 어쩌고 해필허니 이 추운 삼동 골라 요리 땡땡 얼어붙는 쌩고상이다요. 얼렁 안으로 드십시다, 얼렁."

"대장님언 어디 가셨소……?"

공허는 지삼출에게 이끌리며 집 안을 두리번거렸다. 지삼출네와 함께 거처하는 송수익을 찾고 있었다.

"하이고, 대장님이 시님얼 기둘리고 기둘리다가 백두산에 가셨구만이라."

"아아니…… 이 징허게 추운 겨울에 무신 백두산 유람이다요?"

방으로 들어서던 공허가 놀라며 우뚝 멈추어섰다.

"유람인지 고상질인지넌 우선 밥이나 드심서 이얘기 듣는 것이 좋겄구만요."

지삼출이 공허를 끌어다가 아랫목에 앉혔다. 그 말투로 보아 송수익이 고생길에 나섰음을 공허는 눈치챘다.

지삼출이 서둘러 밖으로 나가자 공허는 등을 벽에 기대고 두 다리를 쭉 뻗었다. 눈이 저절로 감기며 팽팽했던 마음이 허물어져 내리고 있었다.

밥상이 들어오기 전에 먼저 사람들이 몰려들기 시작했다. 천수동과 강기주 내외가 들어서고, 뒤따라 배두성이 내외가 찬바람과 함께 들어섰다.

"아이고메 시님, 더 훤해지셔 부렀소 이."

언제나 활달한 필녀의 인사말이었다.

"어허, 또 저놈에 주딩이!"

남편 배두성이가 두꺼운 입술을 물며 주먹질을 했다.

"음마, 있는 대로 말허는디 어찌 이려."

필녀는 오히려 기를 세우며 눈을 흘겼다. 여자들이 쿡쿡 웃었다.

"중이 인물 훤해지면 파계허는 법인디. 나 파계헐랑게 중매 슬라요?"

공허의 말에 모두 웃음을 터뜨렸다.

김판술 양승일 내외가 잇따라 들어서고, 지삼출과 함께 감골댁하고 수국이가 들어서면서 방 안은 빼곡하게 좁아졌다.

"시님……."

수국이는 들릴락 말락 한 소리를 내며 다소곳이 두 손을 모아 합장했다.

"대근이넌 자는게라?"

공허는 감골댁을 쳐다보았다.

"대근이넌 대장님 뫼시고 갔구만이라."

지삼출이 공허 옆으로 비집고 앉으며 대답했다.

그때 밥상이 들어왔다. 모두 자리를 조금씩 좁혀 공허 앞에 밥상을 놓았다. 밥그릇에는 만주의 조밥이 곧 허물어져 내릴 것처럼 고봉으로 담겨 있었다.

"어디, 대장님 이얘기 들읍시다."

공허가 숟가락끝으로 종지의 간장을 찍으며 지삼출을 쳐다보았다.

"야아, 고것이 무신 일인고 허니 요분참에 우리 대종교 도사교 나철 어르신께서 쩌어그 백두산 아래 북간도땅 화룡현서 백두산에 제럴 올리신다고 히서 석 달 전에 뜨셨는디 인자 오실 때가 가차이 되얐구만이라."

"아니, 제럴 지내로 그 먼 디꺼정 가셨다는 것이오?"

공허의 어조가 꼬이며 얼굴이 약간 찡그려졌다.

"아니구만요. 여그 헹펜이 자꼬 궂어져서 어디 새로 자리잡을 만헌 디가 있능가 그참저참히서 가셨구만이라."

지삼출의 목소리가 침울했다.

공허는 숟가락을 든 채 한동안 고개를 주억거렸다. 방 안 사람들은 하나같이 그늘 서린 얼굴로 무겁게 앉아 있었다.

"여그 사정언 어찌 궂어지고 있소?"

공허가 더디게 입을 열었다.

"우선 왜놈덜이 야료럴 부리는 것이 탈이제라. 뒷구녕으로 뙤국놈덜얼 겁믹이고 얼러대고 히서 재작년에넌 조선사람덜이 만주땅얼 못 사게 맹글등마 올해 들어서넌 뙤놈군대가 우리 조선독립군덜얼 잡고 나스게 맨들었당게라. 이놈으 헹펜이 을매나 고약시러우면 그 용맹시런 홍범도부대가 다 장백현으로 이동혔다가 거그서도 또 딴 디로 떴겄소. 헌디, 에로운 것언 고것만이 아니구만이라. 그간에 죽어라 허고 못쓰는 땅 뒤집고 엎어 소출이 지대로 나는갑다 헝게 뙤국놈 임자란 것이 떡허니 낯짝 내밈스로 소작료 내라고 안 허요. 관리꺼정 끌고 와서 엄포럴 놓아대니 왜놈덜이 어디 따로 있겄소."

공허는 암담함을 느꼈다. 송수익이 괜히 먼 길을 떠났을 리가 없었다. 공허는 시장하면서도 입맛이 하나도 없었다. 만주땅에도 추위보다 더한 시련이 겹겹이었다. 공허는 무심결에 한숨을 내쉬었다.

17

음지의 길

"이보시요, 이보시요."

"삼봉이 엄니 기시요?"

여자들의 카랑카랑한 목소리와 함께 대문 두들기는 소리까지 울려댔다.

"거그 누구다요?"

보름이는 서둘러 방을 나서며 부안댁이 놀러 왔나 생각했다.

"아 얼렁 문이나 여씨요. 보면 다 알 사람인디."

"알겄소, 나가요."

보름이는 마당을 가로지르면서 혹시 무주에서 누가 찾아왔나 하고 생각했다. 부안댁이 아닌 귀에 선 목소리라 얼핏 떠오른 생각이었다.

문고리를 벗기자마자 대문이 벌컥 열렸다. 그리고 두 여자가 들이닥쳤다. 그 바람에 보름이는 두어 걸음 물러섰다. 그 여자들은 전혀 모르는 얼굴이었다.

"헹, 개명헌 왜식집서 아조 호강 날라리판이 났구나야아."

"오랴, 저년 낯짝이 남정네덜 홀리게 해반닥허니 생겨묵었구만 그랴!"

보름이는 그때서야 가슴이 와르르 무너져내리고 무릎이 휘청 꺾이는 것을 느꼈다. 독 오른 두 여자가 누군지 깨달았던 것이다.

"아 언니, 멀허고 있능가! 저년 대갱이럴 잡아채서 저 해반닥헌 낯짝얼 다 쥐어뜯어 놔야제."

한 여자가 독살스럽게 쏘아질렀다.

"야 이 가쟁이럴 찢어죽일 년아!"

다른 여자가 소리치며 보름이에게로 달려들었다. 그 여자의 두 손은 겁에 질려 주춤거리는 보름이의 머리칼을 잡아챘다. 보름이는 허리가 휘청하며 비틀거렸다.

"야 이 개잡년아, 이년아! 니가 어디라고 내 서방얼 홀리고 나스냐 이년아."

그 여자는 소리쳐 대는 것에 맞추어 기운을 써대며 움켜잡은 보름이의 머리채를 사정없이 낚아챘다. 보름이는 여지없이 땅바닥에 고꾸라졌다.

"아니구만이라, 아니구만이라, 지가 그런 것이 아니구만이라."

반항할 기색 같은 것은 전혀 보이지 않은 채 보름이는 그저 울먹이는 소리로 빌고 있었다.

"요런 개잡년, 주딩이 까는 것 잠 보소. 요런 오살육시헐 년아, 지 집년이 죽기 살기로 가랭이를 안 벌리면 지아무리 천하장사라도 그 구녕에 말뚝 못 박게 되야 있는 법이여."

그 여자는 말마디에 맞추어 보름이의 머리채를 이쪽저쪽으로 짤짤 흔들어댔다.

"아니구만이라, 그것이 아니구만이라. 지가 피허고 피허는디도……."

보름이의 목소리는 울음범벅이었다.

"그리해서 되겄능가. 나가 머리채럴 잡을팅게 언니넌 그년 낯짝얼 쥐어뜯든지 땅바닥에 빡빡 문대든지 히서 다시넌 못 써묵게 문딩이 상호럴 맨들어부러야 헌단 말이시."

"잉, 니 말이 맞다!"

옆에 서서 숨을 씩씩거리고 있던 여자가 땅을 짚고 엎드려 있는 보름이를 올라타듯 하더니 머리채를 틀어쥐었다. 이미 보름이의 낭자머리는 헤풀어져 있었다. 그때까지 머리채를 잡고 흔들어대던 여자가 머리채를 놓았다. 그리고 보름이의 얼굴을 와락 쥐어뜯었다.

"워메, 엄니!"

보름이가 나둥그러지며 두 손으로 얼굴을 감쌌다.

"엄니, 엄니, 엄니……."

뒤늦게 방에서 나온 삼봉이가 숨넘어가게 엄마를 불러대며 보름이의 머리채를 잡은 여자의 치마를 잡고 늘어졌다.

"요런 빌어묵을 놈으 새끼가!"

여자가 삼봉이를 사정없이 내쳤다.

어린 삼봉이는 돌멩이 구르듯 하며 자지러지게 울음을 터뜨렸다.

"삼봉아! 삼봉아!"

보름이가 울부짖었다. 그리고 그때서야 두 여자의 손아귀에서 벗어나려는 저항의 몸짓을 했다.

"하, 이년 보소. 기운 쓰네."

"아조 죽여라, 죽여!"

두 여자는 보름이를 마구 두들겨패기 시작했다. 주먹으로 치고 손톱으로 할퀴고 발로 밟아대고 정신이 없었다. 보름이는 울어대는 아들에게로 가려고 안간힘을 했지만 두 여자의 독 오른 폭행을 견디지 못하고 다시 나둥그러지며 몸을 웅크렸다.

"아니, 요것이 무신 난리여!"

느닷없이 터진 남자의 고함이었다.

두 여자는 주먹질 발길질을 뚝 멈추고 대문 쪽으로 고개를 돌렸다.

"아니, 니가 누구여!"

다시 소리친 남자는 장덕풍이었다.

"음마! 아부님이……."

한 여자가 놀라고 당황했고, 다른 여자는 고개를 떨구며 돌아섰다. 두 여자는 소리치는 남자가 장칠문인 줄 알고 돌아섰던 것인데 그 남자는 뜻밖에도 장칠문의 아버지 장덕풍이었던 것이다.

"대낮에 요것이 무신 짓거리여."

장덕풍은 점잖은 척 꾸짖었다. 그러나 옹색한 자리에서 며느리와 사돈집 색시를 맞닥뜨리게 되어 그는 적이 당황하고 있었다.

"아니, 아부님언 저년 편역드시요, 시방? 인자 봉게 아부님도 저년얼 아조 메누리로 딱 맘 정허고 이리 드나들고 있구만이라 이."

사태를 파악한 그 여자는 당황한 기색 같은 것은 싹 씻어내고 시아버지를 공박하고 나섰다.

"그 무신 버리장머리 없는 소리여. 그냥 지내가다가 사람 죽는 소리가 나서 딜에다본 것이제." 장덕풍은 얼렁뚱땅 둘러붙이고는, "요런 일언 남정네헌티 따질 것이제 요것이 무신 쌍시러운 짓거리여. 가그라, 얼렁 가!" 그는 엄한 얼굴로 팔을 내저었다.

"쳇, 쌍것이 쌍시러운 짓 허는 것이야 당연지사제라. 가자!"

그 여자는 치맛귀를 홱 잡아채며 시아버지 옆을 지나쳤다. 그때까지 내외하고 있던 여자가 재빨리 그 뒤를 따랐다.

머리가 뒤헝클어지고 얼굴이 피범벅이 된 보름이는 땅바닥에 주저앉은 채 아이를 끌어안고 느껴울고 있었다.

"쯧쯧쯧쯧…… 그렇게 아무나 문얼 따주먼 되간디. 얼렁 일어나 씻거라."

장덕풍은 그런 보름이가 안쓰럽고 가엾어서 견딜 수가 없었다. 마음 같아서는 번쩍 안아 일으켜 목간통으로 데려가고 싶었다. 아이놈만 없었더라도 그렇게 하고 싶은 마음이 간절했다. 머리가 헝클어지고 피범벅이 된 모습이 더 예쁘고 마음을 동하게 하는 것이었다.

보름이는 가까스로 몸을 일으켜 걸음을 옮겼다. 코에서는 아직도 피가 흘러내리고 있었다. 보름이는 온몸이 욱신거리고 결리는 아픔을 느꼈다. 그러나 아이는 꼭 끌어안고 있었다. 가는 울음을 그치지 못하는 아이는 울음을 추스를 때마다 작은 몸을 바르르 떨고는 했다. 보름이는 자신이 아픈 것보다는 아이를 놀라게 하고 나뒹굴어지게 한 것이 더 가슴 아팠다.

장덕풍은 밀창문이 달려 있는 마루에 걸터앉아 궐련을 빼물었다. 그는 깊이 빨아들인 담배연기를 푸우 내뿜으며 여기서 며느리를 맞닥뜨린 것을 다시금 아슬아슬하게 생각하고 있었다. 어쨌거나 자신의 속셈을 들키지 않고 넘어갔으니 다행이다 싶었다.

아들놈 칠문이는 아무리 생각해도 괘씸했다. 춘향이 빰칠 만큼 저리도 곱고 얌전한 것을 어디서 구한 것까지는 제법이고 신통했다. 그런데 그 다음에 한 짓이 싹수없는 불효자식의 행투였다. 그런 보기 드문 일색을 구했으면 의당 애비에게 먼저 바치는 것이 사람의 도리고 예절이었다. 그랬다가 애비가 퇴하면 그때 제놈이 차지하는 것이 바른 순서인 것이었다. 그런데 칠문이놈은 양반 자식들이 나이들어가는 애비한테 동기를 구해다 바치는 법도를 보지도 듣지도 못했는지 예쁘고 아까운 것을 제놈이 딱 차지하고 말았던 것이다. 생각할수록 괘씸하고 울화가 치미는 일이 아닐 수 없었다.

낳아서 키워준 것까지 따지고 들어갈 것도 없었다. 별로 보잘것도 없는 제놈을 정식으로 순사를 만들어주느라고 돈 쓰고 애쓴 은공만 생각하더라도 제놈이 그런 불효를 저지를 수 없는 일이었다. 기껏 정식 순사 만들어주었더니 그 권세 휘둘러 어디서 빼어난 계집 골라 제놈 입맛만 다시는 불효막심한 놈이었다.

정미소에 미선소까지 차려놓고 보니 계집은 따로 돈 들이지 않고도 얼마든지 입맛 다실 수 있었다. 칠문이놈을 미선소에 얼씬을 못하게 한 것도 그 판을 독차지하기 위해서였다. 아예 미선소에 여자들을 뽑을 때부터 나이 젊고 인물 쓸 만한 쪽으로 골랐던 것이다. 그러나 못사는 것들은 인물도 못생기는 것인지 왈칵 마음이 동하는 여자는 찾기가 어려웠다. 거기다가 처녀는 더 귀했다. 미선소 소문이 나쁘게 퍼져나가 처녀들은 발길을 끊다시피 했던 것이다.

그런데 서너 달 전에 칠문이놈이 첩살림을 차리고 나섰다. 저것도 사내꼭지라고 하는 생각으로 우습기도 했고, 어느덧 서른 넘은 나이가 대견하기도 했던 것이다.

첩도 며느리인지라 슬슬 궁금증이 생겼다. 칠문이놈도 내놓고 말은 못하지만 한 번쯤 발길을 해주기 바라는 눈치를 은근히 보이고는 했다. 그건 제놈 편을 들어달라는 부탁이기도 했다. 제 마누라한테 들통나게 될 때 배짱을 부리며 버티자면 애비를 제놈 편에 세우는 것이 상책일 수밖에 없는 일이었다.

그려, 영웅호색이요 사내자석이 열 지집 못 거느리는 것도 빙신이라고 혔응게. 이런 마음으로 아들놈 첩살림을 보러 가지 않았던가. 그러나 그것이 병통이었다. 첩며느리를 본 첫눈에 마음이 왈칵 뒤집히고 말았다. 어디서 그리도 고운 꽃을 구했단 말인가. 탐심이 일고 음심이 동해 견딜 수가 없었다.

애써 속마음을 감추고 돌아와서도 자꾸만 끓어오르는 역정과

풀 길 없는 억울함으로 입맛이 쓰고 썼다. 자신이 아들놈 나이 때는 그저 한푼이라도 더 벌어 모으려고 어깨에 군살이 박이도록 등짐을 지고 산을 넘고 내를 건너고, 장날에 맞추느라고 밤길 걷기를 예사로 하며 첩살림이란 생각조차 못했던 것이다. 이제 마음 느긋할 만큼 재산은 쥐었지만 나이는 오십고개를 발딱 넘어 귀밑머리가 희끗희끗해지고 있었다. 그 나이 먹는 허망함을 잊자면 마음이 찰싹 감기는 그런 계집이라도 끼고 살아야 했다. 그런데 그런 계집을 바로 아들놈에게 빼앗기고 있었다.

며느리로 생각하자고 스스로를 타일렀지만 아무 소용이 없었다. 그럴수록 그 곱고 참한 얼굴이 꿈에서도 보였다. 딴 남이 가진 계집이라면 쌀을 몇십 가마 아니라 100가마를 주더라도 흥정을 할 수가 있었다. 그러나 아들놈 계집이니 이럴 수도 저럴 수도 없었다.

그래서 생각해 낸 것이 미친 척 덤비는 방법이었다. 아들 없는 틈에 기회를 노려 한 번만 일을 저지르자는 것이었다. 그걸 기화로, 어쩌다 일이 그리됐으니 내가 맡는 것이 도리다 하고 밀어붙일 작정이었던 것이다.

오늘도 그 기회를 노리느라고 발걸음했던 것인데 엉뚱하게 며느리와 맞닥뜨려 억지소리를 듣게 되었다. 그러나 장덕풍은 자신이 오기 잘했다고도 생각했다. 자신이 나타나지 않았더라면 저 귀하고 아까운 것이 얼마나 더 맞았을지 모를 일이었다. 혼자도 아니고 친정동생까지 데려와 포악질을 한 며느리가 괘씸하고도 미웠다. 칠문이놈을 시켜 혼쭐을 내주게 해야 되겠다는 생각이 떠올랐다. 남자가 아무리 첩살림을 차렸다고 하더라도 계집이 그리 나대고 돌아치는 것은 얼마든지 트집거리가 되었던 것이다.

"어흠, 흠, 아가, 나 간다. 문 걸거라."

장덕풍은 더없이 점잖은 척 헛기침을 해대며 몸을 일으켰다.

그동안에 얼굴을 씻고 머리를 단속한 보름이가 고개를 떨구고 마루로 나섰다. 장덕풍은 빠르게 보름이를 살폈다. 얼굴이 여기저기 긁히고 멍이 들어 있었다. 장덕풍은 속이 꼬이는 된 신음을 입안에 물며 대문을 나섰다.

"다시넌 발걸음 못허게 헐 것인디 말이여, 그러기 전에 또 오면 죽어도 대문 따주덜 말어라."

점잖기 그지없는 장덕풍의 말이었다.

"야아, 살펴가시씨요."

아무 영문도 모르는 보름이는 그저 고마운 마음에 고개를 깊이 숙였다.

보름이는 아프고 무거운 몸을 끌고 방으로 들어섰다. 울기에 지쳤는지 아들이 달팽이처럼 조그맣게 웅크리고 잠들어 있었다. 그런 어린것을 보자 서러움과 함께 참았던 울음이 터졌다. 보름이는 얼른 입을 막으며 아들 옆에 주저앉았다. 어린것이 잠결에도 울음을 추스르며 입술이 씰룩거렸다. 보름이는 몸이 아픈 것보다 마음이 더 아파 어린것을 꼬옥 감싸안았다. 눈물이 마구 쏟아졌다. 울음소리는 참아낼 수 있었지만 눈물이 솟는 것은 막을 수가 없었다. 어쩌다가 이런 꼴이 되었는지 기가 막혔다. 그러나 장칠문의 손길은 어떻게 피할 도리가 없었던 것이다.

장칠문은 몇 번을 찾아와 그런 고생 하지 말고 자기와 살림을 차려 팔자를 고치라고 단말로 꾀었던 것이다. 그때마다 아이를 핑계삼아 고개를 저었다. 그러던 어느 날이었다. 일을 끝내고 나오는데 장칠문이가 큰길에서 붙들었다.

"조사헐 것이 있응게 가자!"

"조사넌 무신 조사여라우?"

"니 여그서 치매 까올려 속곳바람이 돼도 좋다 그것이여!"

장칠문은 전혀 딴사람으로 변해 있었다.

보름이는 눈앞이 캄캄해지고 숨이 막혔다. 치마만 들치면 모든 것은 끝장이었다. 아들과 판석이 아저씨의 얼굴이 스치고 지나갔다. 장칠문에게 매달려 사정을 해야 된다고 생각했다. 그러나 전혀 딴사람으로 변해버린 그 서슬에 질려 아무 말도 할 수가 없었다.

장칠문이 끌고 간 곳은 경찰서가 아니라 일본사람이 하는 여관이었다.

"니 손으로 치매 걷어올려!"

장칠문이 버티고 서서 명령했다.

"잘못혔구만이라우."

보름이는 두 손으로 얼굴을 감싸며 다다미바닥에 무릎을 꿇었다.

"지랄허지 말고 뺄떡 일어나서 치매 걷어. 목얼 치기 전에!"

장칠문은 옆에 찬 니뽄도를 반쯤 뺐다가 힘껏 밀어쳤다. 쇠 부딪치는 소리가 싸늘하게 울려퍼졌다.

보름이는 소스라쳐 일어나며 치마를 걷어올렸다. 속곳 아랫배짬에 달린 두 개의 주머니가 묵직하게 불룩했다. 고개를 깊이 떨군 채 보름이는 차라리 죽고 싶다고 생각했다.

"숭허고 징헌 년! 요리 한밑천 잡을 심판으로 나럴 마다고 혀? 그려, 니년이 바래는 대로 니년허고 손판석이놈얼 10년썩만 감옥살이허게 히주제."

"아, 아니구만이라. 판석이 아재넌 아무 죄도 없구만이라."

보름이는 고개를 치켜들며 다급하게 말했다.

"개잡소리 말어. 느그넌 다 한통속이여. 따지고 보먼 니보담 손판석이놈이 더 느자구없는 새끼여. 도적질얼 지켜야 될 놈이 도적질얼 시킨 것잉게. 고런 놈언 콩밥 믹이기도 아까운게 당장 쳐죽이게 맨들 챔이여."

"아니구만이라, 아니구만이라. 무신 일이고 시키는 대로 다 헐 것잉게 이 일얼 없든 일로 덮어주시씨요. 무신 일이고 시키는 대로 다 헐 것잉게……."

보름이는 애가 달아 자신도 모르게 발을 동동거리며 두 손을 맞비비고 있었다. 눈에는 눈물이 그렁그렁했다.

"니, 그 말 참말이여?"

"야아……."

"글먼 당장 속곳 벗어!"

"……."

"이년, 금세 거짓말이시!"

보름이는 입술을 깨물며 벽 쪽으로 돌아섰다. 판석이 아저씨까지 곤욕을 치르게 할 수는 없었다. 자신이 참아내는 것으로 모든 일을 덮을 수 있었다. 보름이는 속곳을 끌어내렸다. 눈물이 주르륵 흘러내렸다.

"되았어. 저 낭하 따라서 가면 끝머리에 목간통이 있응게 얼렁 몸 씻고 와."

장칠문은 방문을 열어주었다.

"낼보톰 쌀창고에 나오덜 말어. 메칠 새로 이사시킬 것잉게. 손샌 일언 아무 걱정헐 것 없고."

아직 거친 숨을 쉬며 장칠문이가 말했다. 보름이는 치마를 끌어다가 알몸을 가리며 새로 솟는 눈물을 씹었다.

보름이는 집에 돌아와서 부안댁을 불러냈다. 아무리 중한 일이라 해도 몸 망친 이야기가 섞여 있어서 차마 판석이 아저씨를 만날 수는 없었던 것이다.

"아이고메 시상에나, 고런 징헌 놈이 어디가 또 있을꼬. 사람얼 옴지락딸싹 못허게 몰아쳐서 잡아묵었구마. 어쩐댜, 이 일얼 어쩐댜."

부안댁은 보름이의 손을 잡고 울먹거렸다. 그 얼굴에는 말로 다 못하는 미안함이 역연히 드러나 있었다.

다음날 손판석이 천근 무거운 마음으로 쌀창고에 나가서 얼마 지나지 않아 장칠문이가 찾아왔다.

"어이 손판석이, 어지께 일어난 일 다 들었겄제?"

장칠문은 손판석을 노려보며 심문하는 투로 싸늘하게 물었다.

"야아……."

손판석은 저절로 고개가 떨구어졌다.

"고개 빳딱 들어!" 장칠문은 살벌하게 내쏘고는, "그간에 니놈이 헌 짓거리럴 따로 띠서 잡어딜이면 니놈 모강댕이야 제까닥 땅바닥에 굴르게 헐 수가 있어. 헌디, 보름이가 애걸복걸허고, 니놈 처자석얼 생각히서 없었든 일로 덮을 것잉게 그 답례로 니놈이 나헌티 헐 일이 있어." 그는 담배를 빼물며 입가에 찬웃음을 피워냈다.

손판석은 굳어진 채 그가 담배에 불을 붙이는 것만 멍하니 바라보고 있었다.

"머 다리도 편편찮고 헌디 심든 일 시키는 것이 아니여. 앞으로 아무도 몰르게 나가 시키는 대로 여그 부두 돌아가는 일얼 보고만 허먼 돼야."

장칠문은 알겠냐는 듯 담배연기를 손판석의 얼굴에 확 내뿜었다.

손판석은, 바로 이런 것이로구나 싶어 가슴이 섬뜩해졌다. 그리고 한순간에 송수익 대장이며 공허 스님이며 수많은 사람들의 얼굴이 떠올랐다.

"으쩌겄어? 허겄어, 못허겄어?"

장칠문의 눈째가 더 고약해지고 입가의 찬웃음이 얼굴로 퍼지고 있었다.

"고, 고것얼 으쩌크름 허는 것인디요?"

손판석은 일부러 그렇게 물었다. 생각할 여유를 벌기 위해서였다.

"요것이냐 저것이냐 대답보톰 혀. 고것이야 차차로 갤차줄 것잉게."

당장 목숨을 건져야 했다. 대답이야 수십 번이라도 해놓고 수틀리면 지삼출이처럼 밤새 줄행랑을 치면 그만일 것이었다.

"야아, 시키는 대로 허겄구만이라."

"참말이제! 맘 변허면 싹뚝이여."

장칠문은 니뽄도를 반쯤 뽑았다가 되밀치며 눈꼬리를 세웠다.

"하먼이라. 그럴 일 없구만요."

손판석은 힘주어 말했다.

"되았어. 나가 새로 연락헐 때꺼정 찍소리 내덜 말고 기둘려."

장칠문은 반도 타지 않은 궐련을 내던지며 돌아섰다.

시멘트바닥에 떨어져 한 오라기 파란 연기를 피어올리고 있는 담배를 물끄러미 바라보며 손판석은 찬바람이 가슴을 휩쓸고 지나가는 것을 느끼고 있었다. 자신의 앞날이 저 가느다란 담배연기 같기만 했다. 여기도 더 머무를 곳이 못 된다 싶었고, 서무룡이가 왜 그 짓을 하게 되었는지 알 것 같기도 했다.

점심나절에 어김없이 서무룡이가 건들건들 휘파람을 불며 나타났다.

"아니, 보름이 어딨소? 어디 갔소?"

창고 안을 휘둘러보던 서무룡이가 보름이를 찾아내지 못하고 연달아 물었다.

"아니여, 안 나왔다네."

손판석의 목소리는 처져내렸다.

"안 나와라? 어디가 아프다요? 무신 탈났소?"

서무룡이가 놀라며 목소리가 급해졌다.

"탈이 나도 큰탈이 났제."

손판석의 처진 목소리는 타령조처럼 되었다.

"아따, 속타는디 얼렁얼렁 말해 불제 시방 춘향가 완창허고 앉었소?"

서무룡이는 버럭 소리를 지르며 손판석의 무릎을 잡아흔들었다.

"자네도 인자 맘 바짝묵어야제 그리 속타고 애달고 헐 것 없이 되았구만."

"머시요? 누구 딴 놈허고 붙어부렀다 그것이요?"

서무룡의 얼굴이 싹 변했다.

"보름이가 붙은 것이 아니고 당헌 것이로구만."

"워어메 환장허겄네! 그 씨부랄 놈이 누구요!"

서무룡이는 두 주먹을 부르쥐며 그 상대를 곧 죽일 것처럼 악을 썼다.

"어지께 밤으로 장 순사가 임자 되야부렀다네, 장 순사가."

손판석은 중얼거리듯 말했다.

"장, 장칠문이 말이다요!"

서무룡이는 부르르 떨었고, 손판석이는 먼 데를 바라본 채 더 대꾸가 없었다.

"그런 눈치가 비쳤으면 얼렁 일러줬어얄 것 아니겄소."

"헛소리 말어. 나도 보름이가 당허고 나서야 안 일이여. 누가 또 보름이럴 좋그는지도 모르고 그저 헛바람만 몰고 댕긴 자네가 헛짜제."

손판석은 정색을 하고 서무룡을 쳐다보며 추궁하듯 말했다. 그렇게 말을 막아 일의 내막이 드러나지 않게 하기 위해서였다. 쌀문제를 서무룡이가 알게 되면 좋을 것이 하나도 없었다. 그 소문이 퍼지면 장칠문이와 상관없이 자신은 부두에서 쫓겨나게 되는 것이었다. 장칠문이가 덮어준 이상 앞일이 결정되기 전까지는 그 사실을 비밀로 해서 일자리를 지켜야 했다. 식구들의 생계도 생계였지만 공허 스님을 만나기 전까지는 자신의 마음대로 그만둘 수 없는 일자리였던 것이다.

"나가 기연시 그놈얼 죽이고 말겄소."

담배만 거칠게 빨아대던 서무룡이가 이빨을 뿌드득 갈아대며 내뱉었다.

"무신 소리여어?"

"그놈얼 나가 꼭 죽이겄단 말이오!"

서무룡의 눈에서는 살기가 내뻗쳤다.

"어이, 나 귀먹었구마. 그 소리 새가 듣게 더 크게 허소."

손판석의 말에 정신을 차린 서무룡이가 몸을 일으키며 억누른 소리로 말했다.

"두고 보시게라, 헛소린가."

그려, 니가 장칠문이놈 죽이고, 니넌 또 왜놈덜 손에 잽혀죽고, 한바탕 굿얼 히도 괜찮허겄다. 못된 느그놈덜찌리 죽이고 죽고 허먼 우리덜 손 안 더러와져도 된게.

멀어져 가는 서무룡이를 바라보며 손판석은 이런 생각을 하기도 했다.

보름이는 다음날 새벽에 아랫배가 비비꼬이고 찢어지는 것 같은 통증에 몰리며 잠을 깼다.

"엄니, 엄니, 아이고…… 엄니……."

아무리 이빨을 사리물며 참으려고 해도 어찌나 아픔이 심한지 자신도 모르게 신음이 흘러나왔다.

보름이는 가까스로 몸을 일으켰다. 통증은 더 거칠게 일어나며 뱃속이 온통 뒤집히고 찢어지는 것 같았다.

"아이고 엄니, 나 죽겄소! 엄니이……."

요를 잡아뜯듯 움켜잡은 보름이는 몸을 비비틀며 울부짖었다. 그 바람에 옆에서 자고 있던 장칠문이가 잠에 취한 소리를 냈다.

"엉? 머시여? 어찌 그려?"

"나 죽겄소, 배가 찢어지요."

보름이의 고통에 찬 소리였다.

"머시여? 배가 찢어져?"

장칠문이 벌떡 몸을 일으켰다.

"엄니, 아이고메 엄니……."

"요것이 머시여? 피 아니라고, 피!"

장칠문의 놀란 외침이었다.

피라고……! 보름이는 정신을 가다듬으며 자신의 아래를 내려다보았다. 속곳 아래는 말할 것도 없고 요까지 피범벅이었다. 보름이는 그때서야 왜 배가 그렇게 아픈지를 깨달았다.

"요것이 어쩐 일이여, 요것이!"

당황한 장칠문이가 보름이를 붙들었다.

"뱃속 애기가 떨어졌는갑소."

보름이는 쓰러지듯 요에 몸을 부렸다. 보름이는 견디기 어려운 통증에 휘말리면서도 차라리 잘되었다는 안도감을 감감히 느끼고 있었다.

"머시라고? 아럴 뱄드란 말이여?"

장칠문의 목소리가 급하고 뜨거웠다.

"야아……."

눈을 내리감은 보름이의 대답은 들릴락 말락 가늘었다. 여기저기 손톱에 할퀸 생채기와 주먹질당한 멍이 잡힌 얼굴은 핏기 없이 핼쑥했다.

"아아니, 요런 개잡년이 얼굴만 망쳐논 것이 아니라 내 새끼꺼정 죽였네그랴. 요런 씨부랄 년얼 참말로 그냥 둬서는 안 되겄구만잉." 장칠문은 분통을 터뜨리며 벌떡 일어나더니, "아니, 아니제. 이 사람 병원보톰 딜고 가야제." 그는 허둥거리며 옷을 입기 시작했다.

보름이는 장칠문의 권세 덕으로 병원에 입원했다. 의사의 진단은 역시 유산이었다. 의사의 말을 듣고 난 장칠문은 정말 눈에다 불을 켰다. 그 길로 본처에게 쫓아갔다.

"나가 그년이 자네헌티 헌 것보담 열 배로 갚아줘 부렀네. 긍게로 자네넌 하나또 분해허덜 말고 여그 병원서 오래오래 있음스로 멍든 것이고 머시고 다 치료해 갖고 나가소. 그년언 골병이 들어도 단단허게 들었응게 똥물 묵어감시로 멫 달언 앓어야 될 것잉마."

장칠문은 보름이를 위로하는 것인지 자기 자랑을 하는 것인지 모를 말을 신바람 나게 해댔다.

"그 양반 잘못이 머시가 있다고 그런 짓얼 했다요. 잘못이야 다 지가 헌 것인디……."

보름이는 얼굴을 찌푸리며 고개를 돌려버렸다.

"허, 이사람! 맘씨가 너무 존 것이여, 멍청이인 것이여? 누구 좋으라고 헌 일인디 이런지 모르겄네 이."

조금은 어이없어하고 조금은 민망해하면서 장칠문은 마침 문병 온 부안댁을 바라보며 헛웃음을 쳤다. 부안댁은 무슨 말을 해야 좋을지를 몰라 손을 맞비비며 쭈뼛거렸다.

"어이, 보기보담 인정이 많네 이. 자네럴 영판 위허덜 않는다고."

장칠문이가 병실을 나가자 기다렸다는 듯 부안댁이 한 말이었다.

"그것이 아니구만요. 그런 맘보 가진 인종이 언제 맘 변혀 나럴 그리 골병들게 팰지 모를 일이제라."

보름이가 가는 한숨을 흘렸다.

"금메, 고것이 그리되기도 헝마……."

부안댁은 머쓱해지고 말았다.

서무룡이는 병원 건너 쪽 은행직원들의 관사가 들어서고 있는 골목에 숨어 장칠문이가 병원에서 나오는 것을 지켜보고 있었다. 그는 벌써 서너 달째 기회를 노리고 다녔지만 장칠문을 해치울 수 있는 기회는 쉽게 잡히지 않았던 것이다.

서무룡은 멀찍이 떨어져 장칠문의 뒤를 밟았다. 장칠문이를 쥐도 새도 모르게 죽이자면 이런저런 조건이 맞아떨어져야 했다. 첫째 밤이어야 하고, 둘째 보는 눈이 하나도 없어야 하고, 셋째 군산 시가지가 아니어야 하고, 넷째 술에 취해 있으면 더욱 좋았다. 그런 조건들이 다 맞아떨어지려면 장칠문이놈이 군산 근방을 혼자서 출장 나갔다가 밤에 술에 취해 돌아오는 것이어야 했다. 아니, 그까짓 놈 하나 해치우는 데 술은 취하지 않아도 상관이 없었다. 그런 놈 하나를 때려잎는 것은 식은 죽 먹기였고, 그놈이 차고 있는 니뽄도에 대비해 이미 단도를 품고 다녔다.

그러나 그런 기회는 좀처럼 오지 않았다. 어쩌다 출장을 나가도 그놈들은 꼭 둘씩 붙어다니는 것이었다. 그래서 한꺼번에 둘 다 해치울까도 생각했지만 그것들은 또 밤에는 다니지 않았다.

그런 기회를 찾기 어려워 시가지 어디 후미진 곳에서 없애버리려고 노리기도 했다. 그러나 사람의 눈을 피하기가 여간 어렵지 않았다. 그리고 그놈은 보름이한테 홈빡 빠졌는지 술에 취해 늦게 돌아가는 일도 별로 없이 경찰서에서 바로 집으로 돌아가는 것이었다.

너무 속이 타서 밤중에 집으로 숨어들어 그놈을 죽이고 보름이를 데리고 도망칠까도 생각해 보았다. 그러나 그 순하고 마음 약한 보름이에게 그런 흉한 꼴을 보이고 싶지는 않았다. 그렇지 않으면 낮에 그놈이 집을 비운 사이에 보름이를 끌고 줄행랑을 칠까도 생각해 보았다. 그러나 겁 많은 보름이가 따라나서지 않을 수도 있었다. 어쨌거나 그놈을 죽여없애는 것이 먼저였다.

서무룡이는 한참을 따라가다가 또 맥이 풀리고 말았다. 장칠문이는 야간근무인지 어쩐지 경찰서로 가고 있었던 것이다. 가장 안전한 곳으로 들어가는 놈을 더 따라가나마나였다.

"저 잡녀러 새끼가 명이 영 찔기시."

서무룡은 걸음을 멈추며 침을 뱉었다.

보름이는 닷새 만에 병원을 나섰다. 장칠문이는 손톱으로 할퀸 얼굴의 생채기 딱지가 다 떨어지고 멍들이 다 풀릴 때까지 병원에 있어야 한다고 억지를 부렸다. 그러나 의사는 그 억지를 받아들이지 않았다. 생채기의 딱지는 억지로 떼내지 않으면 흉이 남지 않고, 멍은 자연히 풀리게 되는 거니까 퇴원을 하라는 의사의 지시에 장칠문이는 더 버틸 수가 없었던 것이다.

"손톱으로 얼굴을 헤빈 숭터넌 평상얼 간다든디 저자석언 어째 생뚱헌 소리여. 숭터가 남기만 혀봐라. 그년에 낯짝얼 갈가리 찢어 놀 것잉게."

병원 현관을 나서며 장칠문이가 불만 가득한 얼굴로 투덜거린 말이었다.

보름이의 얼굴은 약간 핼쑥해 보이기는 했지만 멍이 거의 다 풀리고 몇 군데 생채기도 아물어 고운 생김은 여전히 그대로였다. 네댓 개의 계단을 걸어내리며 장칠문은 얼른 보름이를 부축했다.

"넘세시러운디……."

보름이는 눈을 찡그리며 팔을 빼냈다. 남부끄러울 뿐만 아니라 그가 대낮에 자신의 몸에 손대는 것이 너무 싫었던 것이다.

"넘세시럽기넌 머시가 넘세시러. 요런 개명천지 시상에서."

장칠문은 다시 보름이 팔을 붙들었다.

"순사 체면얼 채리씨요."

보름이는 이제 팔을 뿌리쳤다. 장칠문은 보름이의 말이 그럴듯해 자신의 제복을 얼른 살피고는 주위를 둘러보았다.

"저그 젠사이(단팥죽)에 모찌떡얼 기맥히게 맛나게 허는 집이 있는디 묵고 가드라고."

큰길에 나서자 장칠문이가 보름이의 팔을 끌었다.

"아니구만요. 지넌 그런 일본것 묵을지 모르는구만이라."

보름이는 걸음을 멈추며 끌려가지 않으려고 팔에 힘을 모았다.

"어허, 묵을지 알고 몰르고가 워딨어. 음석이야 다 입에 들어가면 목으로 넘어가는 것이제. 젠사이고 모찌떡이고 입에서 사리살살 녹는 맛이 둘이 묵다가 한나가 죽어도 몰르게 기맥힝게 얼렁 가드라고. 하헌, 몸에도 좋단 말이시."

"아니랑게라, 지넌 고런 낯선 음석 묵으면 얹힌당게요."

보름이는 몸을 버팅기며 울상이 되었다. 보름이는 어서 아들을 보고 싶을 뿐이었다.

"아이고, 요런 숭악헌 촌것 잠 보소." 장칠문은 어처구니없어하다가, "아니, 저것이 누구여. 계장님, 계장님!" 그는 길가라는 것도 아랑곳하지 않고 소리쳤다.

장칠문의 굵고 큰 외침에 오가는 사람들이 다 쳐다보았다. 게다를 딸가닥거리며 바삐 걸어가던 어떤 일본여자는 깜짝 놀라 걸음을 멈추었다가 장칠문에게 경멸스러운 눈흘김을 보내며 다시 걸어갔다. 길 건너 쪽에서 자전거를 타고 가던 순사도 장칠문 쪽으로 고개를 돌렸다. 장칠문은 그 순사를 향해 사람들이 쳐다보든 말든 거침없이 경례를 올려붙였다.

"어 장 순경, 어쩐 일이야?"

일본순사가 건성으로 경례를 받으며 자전거를 장칠문이 쪽으로 돌렸다.

"옛, 지금 마누라를 퇴원시키는 중입니다."

장칠문은 보름이를 자랑이라도 하듯 약간 뒤에 서 있는 보름이의 팔을 잡아 앞으로 끌었다. 그때서야 보름이는 자기 이야기를 하는 줄 알고 당황하며 고개를 수그렸다.

"아니, 가만있자…… 자네 아내가 저리 생겼던가?"

작은 몸피에 비해 눈째가 고약한 순사가 보름이를 유심히 쳐다보며 고개를 갸우뚱했다.

"아, 역시 계장님은 눈이 밝으십니다. 얼마 전에 첩을 하나 얻었습니다."

언젠가 역전에서 슬쩍 보고 지나친 마누라와 구별하는 계장의 기억력에 감탄하며 장칠문은 이렇게 말했다.

"하, 그래? 아주 미인 아닌가."

어조가 달라진 계장은 새삼스러운 눈길로 보름이를 훑었다.

"미인이긴요 뭐. 그저 그렇지요."

말은 이렇게 하면서도 장칠문은 더없이 만족스러웠다. 괜히 계장을 불러세웠던 것이 아니었다. 언제나 무시하고 깔보는 눈치인 계장에게 무엇이든지 색다른 것은 다 내보이고 싶었던 것이다.

"아니야, 아주 미인인데그래." 계장은 가늘게 뜬 눈으로 보름이를 다시 살펴보고는, "저런 미인을 골랐으니 자네가 한턱내야 되겠군. 어떤가?" 그는 장칠문에게 환한 웃음을 보냈다.

"아니, 정말이십니까? 계장님께서 원하시기만 하면 한상에 20원짜리 아니, 30원짜리도 차릴 수 있습니다."

계장의 갑작스러운 말에 장칠문은 좋아서 어쩔 줄을 몰라했다. 제아무리 비싼 기생집이라고 해도 20원짜리 이상의 요리술상은 없었다.

"이사람아, 누가 기생집에서 내랬나. 첩을 얻었으면 집도 새로 장만했을 테니 자네 집에서 한턱내라니까."

"아 예에, 집은 화식으로 장만했습니다만 매운 조선음식이 계장님 입에……."

"그건 염려 말게. 조선말처럼 조선음식도 입에 익히고 있으니까 말야."

"예, 그럼 알겠습니다. 며칠 새로 모시도록 하겠습니다. 무한 생광입니다."

장칠문은 황송한 몸짓을 지었다.

"좋아, 그럼 기다리도록 하지."

계장은 자전거를 출발시키며 다시 보름이를 빠르게 훑었다. 장칠문이는 계장의 등뒤에다 대고 힘차게 거수경례를 올려붙였다. 입이 헤벌어진 그의 얼굴에는 웃음이 넘쳐흐르고 있었다.

흐흐흐흐…… 요것이 복덩어리로시, 복덩어리여. 계장님 겉은 분얼 감히 언제라고 집에 청헐 수 있는 분이간디. 하먼, 계장님이야 하늘이제. 계장님헌티 신용만 얻음사 앞질이 훤허니 열리는 것 아니드라고. 나가 머리 한나는 팽글팽글 잘 돌아간다닝게.

장칠문이는 생각하지도 않았던 뜻밖의 성과에 맘껏 웃어대고 싶기도 하고 마구 소리를 지르고 싶기도 했다.

보름이는 사흘 뒤에 손님상을 차려야 했다. 장칠문이가 어찌나 잘 차려야 한다고 곱씹어대는 바람에 부안댁까지 불러와야 했다. 그런데 장칠문이는 그 전날 밤에 일본산 분과 연지를 사다 주었다. 더 곱게 단장을 하라는 것이었다. 보름이는 금값만큼 비싸다고 소문으로만 들은 그 분과 연지를 받아들고 망연해졌다. 그것들을 어떻게 쓰는지 알 수가 없었던 것이다.

"이거, 첩 살리기에는 집이 너무 좋구만. 자네 순사질하면서 사람들 등 어지간히 쳤군그래."

장칠문과 함께 대문을 들어선 계장이 집을 휘둘러보며 내뱉은 말이었다.

"천만의 말씀입니다, 계장님. 제 아버지가 돈이 많은 걸 계장님도 잘 아시지 않습니까."

장칠문은 펄쩍 뛰었다.

"아 참, 그렇지. 내가 깜빡했군."

계장이 웃으며 고개를 끄덕거렸다.

장칠문은 속으로 휴우 한숨을 내쉬고 있었다. 박하사탕 하나를 먹는 것도 아까워하는 아버지였던 것이다.

장칠문은 아버지가 죽기 전에는 아버지의 돈은 단 한푼도 손댈 수 없다는 것을 너무나 잘 알고 있었다. 어쩌다가 자신의 뒤를 봐주느라고 돈을 써도 아버지가 직접 썼지 자신에게 맡기는 일이라고는 없었다. 그리고 아버지가 입이 닳도록 곱씹어대는 말은 결국 권세를 잡는 것도 출세만 하자는 것이 아니라 돈까지 모아야 한다는 것이었다. 권세는 오래가지 못하고 돈은 평생 필요한 것인데, 돈 모으지 못하고 권세 떨어지면 그 꼴 거지만도 못하다는 것이었다. 똑같은 그 말을 너무 자주 해서 그렇지 아버지 말이 틀린 말이 아닌 것은 자신도 믿고 있었다. 그래서 그동안 말썽나지 않을 만큼 뒷구멍으로 돈을 모았던 것이다. 그러나 값비싼 일본집을 살 정도는 못되어 우선 세를 얻었던 것이다. 아버지는 그것마저 신통해하는 눈치였다.

"어허, 손님대접이 이래서 쓰나. 술은 응당 여자가 따르는 법 아닌가."

술주전자를 드는 장칠문을 꼬나보며 계장은 노골적으로 언짢아했다.

"예, 그렇습니다. 그렇지 않아도 곧 들어올 텐데 그동안에…… 예, 잠깐만 기다리십시오. 곧 불러오겠습니다."

장칠문은 얼떨결에 둘러붙이고는 허둥지둥 방을 나갔다.

보름이는 어찌하는 수가 없었다. 당장 죽일 것처럼 눈에 불을 켜는 장칠문 앞에서 빠져나갈 구멍이라고는 없었다. 장칠문이는 너희 두 연놈을 당장 감옥에 처넣고 말겠다는 말까지 하며 몰아댔다.

보름이는 외간남자에게, 그것도 일본사람에게 난생처음으로 술을 따랐다. 그러나 그건 한 번으로 끝나지 않았다. 계장이 작은 정종잔을 홀짝홀짝 비울 때마다 장칠문의 눈짓을 받아가며 술을 따라야 했다.

보름이는 술을 따르는 것이 곤욕스러운 것이 아니었다. 그거야 한 번 따르게 되었으면 열 번을 따르나 백 번을 따르나 마찬가지일 수도 있었다. 그런데 계장이 무슨 구경거리인 듯 얼굴을 자꾸만 쳐다보는 것이 견딜 수가 없었다. 계장은 술에 취해갈수록 눈빛이 이상야릇하게 변해가면서 얼굴 쳐다보는 것이 심해졌다. 술기운에 젖어 핏기 서린 그 눈길이 흉하기도 하고 징그럽기도 하여 피하려고 애를 썼지만 아무 소용이 없었다. 그런데 더 이상한 것은 장칠문이었다. 그는 계장이 따라주는 술을 감지덕지 받아마시면서 그저 싱글벙글할 뿐이었다. 장칠문이는 계장이라는 자가 자신을 그렇게 쳐다보는 것을 오히려 좋아하고 있는 것 같았다.

그러나 보름이는 그런 장칠문에게 전혀 서운해하지 않았다. 어차피 그와는 남남이었던 것이다.

계장을 만취하게 해서 보낸 장칠문이는 더 활기차게 칼집 울리는 소리를 내며 돌아다녔다. 그런데 한 열흘쯤 지났을까. 장칠문은 동료 순사한테서 뜻밖의 소식을 듣게 되었다.

"자네 장수군으로 전출된다면서?"

"뭐라고? 그게 무슨 소리야, 무슨 소리야?"

장칠문은 머리가 핑 도는 현기증을 느끼며 헛소리하듯 목소리가 들떴다.

"이사람 보게나, 아직 그것도 모르고 있었나?"

일본인 순사가 어이없어했다.

"자네 어디서 들었어? 누가 그래?"

얼굴이 창백하게 굳어진 장칠문이는 상대방에게 대들 듯이 눈을 부라렸다.

"이봐, 나한테 왜 이래? 내가 자넬 거기로 보내기라도 했나."

그 순사가 눈을 치떴다.

"아니야, 그게 아니고…… 미안하네. 헌데, 그 말 어디서 들었나?"

장칠문은 금방 풀이 꺾이며 목소리가 사정조로 변했다.

"그거야 경찰서 안에서 들었지 어디서 들어. 우리들 전출이야 언제든지 있는 일 아닌가? 뭘 그리 놀라고 그래?"

"모르는 소리 말어. 자넨 장수라는 곳이 어떤지 몰라서 하는 소리야."

장칠문은 꺼지라고 한숨을 내쉬었다.

"거기가 어떤데 그래?"

"거긴 말이야. 아니야, 말해도 자넨 몰라." 장칠문은 처져내린 감정을 돋워 설명을 하려다가 그만두며 다시 한숨을 내쉬고는, "이 일을 어쩌면 좋겠나." 상대방에게 불쑥 물었다.

"글쎄…… 자네한텐 아직 전출 명령이 떨어지진 않았단 말이지?"

"그래, 첨 듣는 이야기라니까."

"그럼 방법이 한 가지가 있네. 비밀리에 계장님을 찾아가 사정을 해보게."

일본인 순사가 귓속말로 속삭였다.

"계장님 찾아가서 무슨 효력이 있을까?"

장칠문이도 속삭이며 의문스러워했다.

"이사람아, 그게 무슨 소리야. 그럼 이런 일로 서장님 찾아가려는가? 아주 총독님을 찾아가지 그래." 그 순사는 입술이 씰그러지도록 비웃고는, "이봐, 관공서 일이란 실무담당자가 최고라는 걸 관공서물 먹고 살면서도 모르나? 담당 계장님 손끝에서 우리 같은 말단들 신세가 오락가락한다는 걸 똑똑히 기억해 두라구." 그는 어린애 일깨우듯 장칠문의 어깨를 툭툭 쳤다.

"그래, 자네 말이 맞네. 내가 마음이 급해서 그만……."

장칠문은 마음이 환히 밝아지면서 그 마음을 그대로 드러내 환하게 웃었다. 계장이면 문제없다는 자신감이 넘쳐 미처 속마음을 감출 겨를도 없었던 것이다.

"이사람아, 아무도 모르게 비밀리에 찾아가야 해. 인사문제는 소문나면 봐주려고 해도 못 봐주게 되니까 말야."

"그야 당연하지. 이런 중한 일 귀띔해 줘서 고맙네. 이 일이 잘 끝나면 기생집에서 떡 벌어지게 한턱내겠네."

"그거 좋지. 헌데 말이야, 우리 계장님이 아싸리하시니까 자네만 잘하면 일이 뜻대로 풀릴 거야. 계장님 눈치 잘 살피고 비위 잘 맞추라고."

"알겠어, 염려하지 말어."

장칠문은 서둘러 자리를 떴다. 일본인 순사는 자전거를 타고 허둥거리며 멀어져 가는 장칠문의 모습을 흡족한 듯 비웃는 듯 묘한 표정으로 바라보고 있었다.

"아부지, 뭉텡이돈 잠 줏씨요."

숨을 몰아쉬며 상점으로 들어선 장칠문이가 다짜고짜 토해낸 말이었다. 이제 장덕풍의 가게는 옛날의 가게가 아니었다. 그 규모가 몇 배로 넓어진 데다가 물건들도 고급스럽게 바뀌어 그야말로 손색없는 '신식상점'으로 변해 있었다.

"무신 넋빠진 소리여. 니가 나헌티 맽게논 돈 있디냐!"

장덕풍이 버럭 소리를 질렀다.

"나가 장수 산골로 쫓겨가게 생겼단 말이오!"

장칠문이도 맞고함을 질렀다. 자기가 군산에서 몰려나가면 아버지도 좋을 것 하나도 없다는 것을 빤히 알고 하는 짓이었다.

"머시여? 장수로!" 장덕풍은 놀라 벌떡 일어서더니, "죽어 송장이나 가는 무진장으로 쫓겨가서넌 안 되제." 그는 단호하게 잘라 말했다.

장덕풍이 말하는 무진장이란 무주·진안·장수 세 군(郡)을 가리키는 것이었다. 그곳들은 산만 많고 농토가 적어 사람이 살기 고달픈 데다가, 예로부터 무슨 변란이 일어났다 하면 종당에는 그 산골짜기들로 밀려들다가 사람들이 수없이 죽어갔다. 가까이로는 갑오년에 농민군들이 그랬고, 몇 년 전 의병전쟁 때도 마찬가지였다. 그래서 들녘에 사는 사람들은 무진장을 사람 살 곳이 못 된다고 일찌감치 접어두고 있었다.

장칠문은 어두워진 다음에 돈봉투를 가지고 계장을 찾아갔다.

"자네가 이 밤중에 어쩐 일인가?"

계장은 거만하고도 냉정했다. 술을 마실 때의 헤풀어진 모습이라고는 그 어디에서도 찾을 수가 없었다.

"예에…… 저어…… 저어……."

무릎을 꿇고 앉은 장칠문이는 너무 기가 질려 무슨 말부터 꺼내야 좋을지를 모르고 있었다.

"이봐, 찾아온 용건이 있을 게 아닌가. 나 피곤하니까 빨리빨리 말해."

자신이 던진 투망에 걸려든 장칠문을 눈 아래로 깔아보며 계장은 더 싸늘했다.

"계장님, 저를 장수로 보내지 말아주십시오."

"아니, 자네가 그걸 어찌 알지?"

"예에…… 소문을 들었습니다."

"나한테 그럴 힘이 있어야 말이지."

"아이고 계장님, 저 좀 살려주십시오. 계장님 손에 달렸지 않습니까."

장칠문은 얼른 돈봉투를 꺼내놓았다.

"이게 뭔가?"

"예에…… 약소하지만 성의껏……."

"이런 것 치우게. 난 물욕이 없어."

계장은 발끝으로 봉투를 밀어버렸다.

"계장님, 사, 살려주십시오, 살려주십시오."

"어허 이사람아, 정신 차려. 누가 살려주지 않겠다고 했나. 난 물욕이 없으니 성의를 보이려면 딴것을 생각해야지."

딴것? 딴것? 장칠문은 혼란에 빠지고 말았다. 머리가 흐리멍텅해졌다.

"또 술 한잔을 마셔야 생각나겠나?"

그때 보름이의 얼굴이 퍼뜩 떠올랐다. 그건 안 돼! 장칠문은 순간적으로 저항했다. 그러나 보름이를 놓치지 않으려면 장수 산골에 처박혀야 했다. 이 일을 어쩌면 좋단 말인가……. 장칠문은 앞뒤가 막혀 고개를 떨구었다.

"됐어, 장수로 가게."

계장이 니뽄도를 내려치듯 말했다.

"아, 아닙니다. 바치겠습니다."

18

두 조각 난 배

"우에 이리 오랜만인교?"

여자가 땀이 끈적한 몸으로 휘감고 들며 성감 는적이는 콧소리를 냈다.

온몸을 부린 채 반듯이 누운 방영근은 눈을 감고 깊은 숨만 쉬고 있었다.

"와 대답이 없는교?"

목소리에 교태가 더 진해지며 여자의 손이 방영근의 실한 가슴팍을 흔들었다. 그러나 여자의 손바닥은 미끈덕 미끄러졌다. 방영근의 온몸은 땀으로 맥질이 되어 있었다. 항시 더운 속에서 다시 무더위의 계절이 시작되고 있었다.

방영근은 이미 후회하고 있었다. 마음이 텅 빈 허망함과 함께 여기를 찾아온 것을 또 후회하고 있었다. 남는 것은 언제나 텅 빈 허망함과 후회였다. 미친 놈, 못난 놈, 속없는 놈…… 스스로에게 욕해 가며 다시는 찾아오지 않으리라 마음을 다지고는 했다. 그러나 이상하고도 알 수가 없는 일이었다. 닷새가 지나고 열흘이 지나면서 차츰차츰 차오르는 물이 그 허망함을 몰아내는 것처럼 몸이 쑤석거리고 근질거리고 비꼬이고 하는 것이었다. 그 허망한 후회를 떠올리며 몸을 다스리려고 해도 몸은 말을 듣지 않았다. 그렇게 애를 쓸수록 몸은 오히려 더 그쪽으로 쏠려갔다. 결국 보름을 다 참아내지 못하고 들뜨고 휘뚱거리는 마음으로 또 그곳을 찾아가고야 말았다.

그것은 삼신할매의 뜻이지 사람의 뜻이 아니라서 사람의 마음으로 이길 수 없다고 했다. 애당초 여자맛을 안 봤으면 몰라도 일단 여자맛이 어떤지 알아버렸으면 평생 못 고치는 병이라고도 했다. 그 마음을 이기려고 하는 것은 태산을 짊어지려고 하는 바보짓이니 어서 장가를 들라고도 했다.

"답답허구로, 대답 좀 하소. 돈이 없어서 그러능교?"

방영근은 여자의 는적거리는 콧소리도 싫고 끈적거리는 몸뚱이도 싫어서 몸을 약간 틀며 여자를 밀어냈다.

"사람이 어데 돈만 갖고 사는교. 돈 걱정 말고 아무때나 오이소."

여자가 더 찰싹 달라붙으며 팔다리를 감고 들었다. 방영근은 왈칵 징그러움과 역겨움을 느꼈다. 그와 동시에 여자를 떼밀며 윗몸을 벌떡 일으켰다.

"와 이라요, 같은 조선사람이라 생각해서 허는 소리구마는."

여자가 무색함을 감추려는지 조선사람을 앞세우며 눈을 흘겼다.

"조선사람 적선허덜 말고 돈이나 얼렁얼렁 모아 고향이나 찾어가 드라고."

담배를 뽑아무는 방영근의 말은 퉁명스러웠다. 그 여자가 자신을 대하는 색다른 마음을 아는 까닭이었다.

"누구 속터져 죽으라꼬 그런 소리 하능교? 처녀 몸으로 떠나와 갖고 이리 몸 망친 년이 우예 고향얼 찾어갈 기라꼬 그리 무정헌 소리럴 하고 그라요."

여자가 치마로 젖가슴을 가리며 목소리가 물기에 젖었다.

"그렇게 이 먼 디로 시집얼 왔으면 죽으나 사나 참고 살았어야제 요런 꼬라지 되자고 서방 차고 집 나온 것이여."

방영근은 짜증스럽게 담배연기를 내뿜으며 쏘아붙였다.

"누구 속 뒤비져 죽는 꼴 볼라꼬 그리 홧증나는 소리 하고 그라능교. 나도 배운 거넌 없스도 여필종부는 알고 서방이 하늘이라카는 것도 아는 기라요. 그래 서방이 아배맨크로 늙었어도 참고, 일 안 하고 빈둥빈둥허는 것도 참고, 술만 처묵는 것도 참고, 안 굶어 죽을라꼬 나 혼자 죽어라 허고 농장일얼 했능기라요. 여자가 쌔빠지게 일해서 지 믹에주고 술값 대고 하믄 고맙다꼬 절언 몬해도 얌전허게나 있어얄 것 아닝교. 그란데 그 문딩이자석이 우쨌는지 아능교? 술만 묵었다 카먼 사람얼 복날 개 패대끼 하는 기라요. 그 문딩이자석이 와 아무 잘못도 없는 사람얼 그리 패노 말이다. 그래도 부모님 생각해서 1년이 넘게 참았지러. 그 빌어묵을 손버릇은 안 고쳐지고, 내가 결국 맞어죽게 생겼능기라요. 너무 맞어 농장일도 몬 나가게 됐시니 우짜겠능교. 맞어죽느니 집 나와서 죽자 헌 기지. 내사 마 이래 개잡년으로 사는 기 좋소. 편히 돈벌이니께네 좋고, 오만 남자덜 맛보니께네 좋고, 요리 상팔자가 어데 또 있겄능교."

여자는 입으로 키들키들 웃으면서 눈으로는 울고 있었다. 방영근은 울화가 치밀어 담배를 더 세게 빨아댔다.

"참, 알다가도 몰를 일이여. 그 어무이, 어무이 불러대는 미친 여자도 경상도고 자네도 경상도고, 다 경상도 판이니."

"말도 마소, 그 미친년만 경상도가 아니라요. 열흘 전인강, 국민군단훈련소 앞바다에 빠져 죽은 년도 경상도 가스나 아닝교. 그기 다 경상도 가스나덜 팔잔 기라요."

여자는 한숨을 쉬며 눈물을 훔쳤다.

"긍게로 무신 살판 났다고 경상도 여자덜언 이 궂은 땅으로 몰려들여 그런 꼬라지덜 되냐 말이여. 열에 칠팔은 경상도 시악씨덜 아니라고."

방영근은 옷을 걸치며 혀를 찼다.

"우에 그리 답답헌 소리만 허능교. 누가 이 문딩이 겉은 땅에 오고 싶어 온 줄 아는교. 죽지 몬해 온 기지. 경상도 가스나덜이 그리 많이 몰려온 기야 너무 뻔헌 이치라요. 왜놈덜헌티 땅 뺏기서 묵고 살기넌 심드제, 우에 해서든 입언 하나라도 줄이야겠제, 그런 헹펜에 일본허고 질로 가차운 경상도 부산에 왜놈덜이 배럴 대놓고 사진겔혼헐 가스나덜얼 모집허고 댕기는 기라요. 돈 한푼 안 덜이고 천국 겉은 시상에서 배불리 묵고산다카는데 우찌 되겄능교. 그리 돼서 이 하와이땅에 경상도 가스나덜이 짜드락 퍼졌는 기라요."

옷을 다 챙겨입은 여자가 방영근을 힐끗 쳐다보며 웃었다. 그 웃음이 그지없이 허전하고 쓸쓸했다.

"그려, 그 말 듣고 봉게 그렇기도 허구마. 전라도 여자덜얼 찾기 에로운 것언 전라도가 일본서 멀어 그런 것이로구만."

방영근은 이마의 땀을 손등으로 밀며 더디게 몸을 일으켰다.

"잘 가이소."

여자의 인사에 방영근은 그저 고개를 끄덕이며 방을 나섰다.

방영근은 김칠성을 기다리지 않고 그냥 발걸음을 해변 쪽으로 돌렸다. 방영근은 마음이 칙칙하고 무거웠다. 그 여자의 사연을 듣지 않음만 못했던 것이다. 그 여자의 남편이란 작자가 더없이 괘씸했고, 몸 팔고 사는 것이 상팔자라고 억지소리를 하며 눈물을 떨구던 그 여자가 한없이 가엾었다.

그 매음가에는 그 여자 말고도 조선여자가 서너 명이 더 있었다. 조선여자들이 매음가에 생기기 시작한 것은 1년 남짓이었다. 그 여자들이 사진결혼으로 하와이에 건너왔다가 남편들과 뜻이 맞지 않아 그런 곳으로 흘러들었다는 것을 모르는 조선사람들은 아무도 없었다.

혼자 몸인 조선남자들이 매음가에 발길을 할 때면 약속이나 한 것처럼 조선여자들을 찾았다. 그러면서도 남자들은 그 여자들을 좋지 않게 생각했다. 남편에게 순종하지 않고 가정을 버린 못된 것들이라고 여겼던 것이다. 다만 조선여자들을 찾는 것은 말이 통하기 때문이었다.

방영근이는 오늘 그 여자의 사정을 듣기 전까지만 해도 몸을 파는 조선여자들을 그 누구보다도 나쁘게 생각했었다. 시건방지고 되바라지고 음기가 승한 못돼먹은 년들이라 집안을 박차고 나가 그리 산다고 단정했던 것이다. 그렇게 나쁘게 생각이 박인 것은 남용석의 아내 말녀 때문이었다. 그동안 말녀는 신식공부를 했다는 위세를 떨어가며 남용석의 속을 무던히도 썩이고 있었다. 어찌할 수 없이 그 여자들과 몸을 섞게 되면서도 으레 묻게 되는 이름 한 번 묻지 않았던 것도 그런 나쁜 감정 탓이었다.

그런데 오늘 그 여자의 이야기를 듣고 보니 사정은 영 딴판이었다. 제 놈은 빈둥거리면서 마누라를 땡볕 속으로 일을 내보내는 것은 뭐며, 그리 애써서 벌어온 돈으로 술타령을 해대는 것은 또 뭐고, 술을 처먹고는 마누라를 패대는 것은 또 어찌 된 노릇이란 말인가. 아무리 생각해도 이해할 수가 없는 인종이었다. 그간에 게으른 사람도 보았고, 술이라면 사족을 못쓰는 사람도 보았고, 노름이라 하면 눈에 불을 켜는 사람도 심심찮게 보아왔었다. 그러나 그리도 못된 인종의 이야기는 처음 듣는 것이었다.

사진결혼이 늘어나면서 떠도는 여자들도 자꾸 불어나고 있었다. 방영근은 그런 여자들을 무작정 나쁘게만 여겨왔던 자신의 생각이 잘못된 것임을 깨달았다.

방영근은 중국인 가게에서 술을 한 병 사들이었다. 중국 독주는 싸고 빨리 취하고, 남겼다가 다시 마시기에도 좋았다. 방영근은 농장으로 가는 어두운 길 쪽으로 발길을 돌리며 술병을 기울였다.

"어이, 영근이, 영근이!"

저쪽에서 누가 뛰어오며 외치고 있었다. 방영근은 술병을 얼른 입에서 뗐다.

"이사람, 이제 보니 영 못 믿을 사람이로군!"

김칠성이 하늘에다 주먹질을 해대며 마구 뛰어오고 있었다.

걸음을 멈춘 방영근은 다시 술병을 기울였다. 조금 전에 반 모금도 못 되게 술을 넘긴 것이 불만스러웠던 것이다.

"이사람아, 말도 없이 혼자 가버리는 법이 어딨어. 난 자넬 한참 기다렸잖은가. 웬 술인가. 무슨 기분 나쁜 일이라도 생겼나?"

"아니여, 하도 더와서 말이시……."

방영근은 얼버무리며 술병을 내밀었다

"더운 것이야 어디 하루이틀 겪은 것이라고……."

김칠성이 술병을 받아들며 방영근의 기색을 살폈다. 방영근은 담배를 빼들며 일부러 도라지 가락을 흥얼거렸다.

"아이쿠, 목에서 불난다. 이놈에 중국술은 아무리 마셔도 정이 안 붙어. 우리 입에야 막걸리가 젤이지."

김칠성은 독한 술기운으로 입을 불어대며 술병을 방영근에게 건넸다.

"막걸리…… 그것 좋제."

고향의 모습과 함께 고향냄새가 물큰 풍겨오는 걸 느끼며 방영근은 술병으로 입을 틀어막았다.

"용석이가 빠지고 우리 둘이만 이리 다니니 좀 썰렁하고 그렇지?"

김칠성은 언젠가 했었던 말을 또 했다.

"그려, 그적에가 재미있었제."

방영근은 김칠성이 마음이나 자기 마음이나 같아서 고개를 끄덕거렸다.

"헌데 용석이네도 걱정 아니라고? 왜 요새 그리 부부싸움이 부쩍 심해지고 그러지? 다들 걱정이던데."

"뻔헌 일 아니여. 암탉이 울어댄께 집구석이 지대로 될 리가 없제."

방영근이는 역정을 내는 것도 모자라 카악 가래를 돋우어 내뱉었다.

"그 여자를 누가 좀 버릇을 잡을 수 없을까? 그리 나가다가는……."

김칠성이는 그 다음 말을 삼켜버렸다.

"허! 그 유식허고 잘난 여자가 누구 말얼 듣겄어. 몰르제, 이승만 박사나 나스먼 그 여자 버릇 고칠란지."

방영근은 코웃음에다가 헛웃음까지 쳤다.

"여자 잘난 것이 우환이라는 어른들 말씀 그 여자 보니 알겠어."

"말 말어. 재수 드런 놈언 엎어져도 개똥에 코 박고, 헛발 디뎌도 독사럴 밟는다등마 용석이가 똑 그 짱이여."

방영근이는 이 말을 남용석이만을 두고 하는 것이 아니었다. 자칫 잘못했더라면 자신이 그 신세가 될 뻔했던 것을 뒤늦게 안도하는 것이기도 했다.

그들은 술병을 주고받으며 술을 홀짝거리다 보니 농장에 가까워지면서 술병은 바닥이 났다. 둘이는 술기운에 약간씩 흔들리며 농장으로 들어섰다. 그들은 어둠 속에서 달치근한 향기가 코끝을 스치는 것을 느꼈다. 파인애플이 익어가는 향내가 실바람처럼 어둠 속에 스며 있었던 것이다. 그 싱그러운 냄새는 흙냄새나 풀냄새처럼 언뜻 스쳐가면 그만이었다.

"자네 저 소리 들리지?"

김칠성이가 먼저 입을 열었다.

"또 난리판굿이 벌어졌구만그랴."

방영근이 역정을 내며 혀를 차댔다.

"저것 참 큰일이로군. 여자 목소리가 더 크게 울려대니 원."

"어허, 무식헌 소리 허덜 말어. 저 여자가 입에 달고 댕기는 소리가 만민평등에, 남녀평등 아니드라고."

어둠 저편 불빛들 나란히 밝혀진 쪽에서 남자와 여자가 싸우는 외침이 뒤엉켜 퍼지고 있었다.

"야 이년아, 니까진 지집년이 머신디 밤중꺼정 싸돌아댕기고 지랄험서 밥도 안 해놓고 염병이냐, 염병이."

"욕하지 말어. 왜 욕이야, 욕이."

"야 이년아, 니가 욕 얻어처묵게 개잡년짓얼 허고 댕긴게 욕허제 그냥 혀."

"내가 언제 개잡년짓을 해. 이승만 박사님이 일을 시키니까 늦었지."

"요런 씨부랄 년이 또 이승만 박사 타령이여. 야 이년아, 그 사람 이름만 대면 만사형통인지 아냐."

"당연하지, 당연하지. 그분이 아니었으면 누가 국민회 부정 사건을 밝혀냈겠어. 이승만 박사님은 우리 동포들 앞길을 열어나가는 제일 양심 바른 분이야."

"야 이년아, 주딩이 찢어지기 전에 새살까지 말어. 그 인종은 박용만 선생얼 욕해 대고 국민군단얼 없앨라고 허는 못된 종자여."

"무식하면 말이나 말지 이 박사님한테 왜 욕해, 왜 욕해!"

"머시여, 무식혀! 요런 개잡년 보소!"

"아야야야, 왜 때려 이놈아, 왜 때려……."

"어이 용석이, 문 따소. 나여, 영근이."

방영근은 더 두고 볼 수가 없게 되어 남용석의 방문을 흔들었다.

"냅두고 가서 자소. 나 이년 때래죽이고 나도 죽어불라네."

숨소리 거친 남용석의 대꾸였다.

"아, 자네 집서 요리 난리판굿얼 치는디 다른 집덜이 어찌 자겄어. 얼렁 문 따."

문을 연 것은 남용석이가 아니라 머리카락 헝클어진 말녀, 아니 선미였다. 그 여자는 이름을 바꾼 것처럼 머리도 진작 서양식으로 짧게 잘랐던 것이다.

"아, 어서 오세요. 글쎄 내가 이승만 박사님이 시키는 일을 하다가 좀 늦게 들어왔는데 저 사람이 이해심도 없이 또 시비를 붙고

야단 아니에요."

선미는 머리카락에 손가락빗질을 해서 넘기며 한달음에 쏟아놓았다. 남편의 편인 방영근의 말을 막자는 의도였다.

방영근은 자리를 잡고 앉으며, 급하고 억센 성깔만큼 창피스러움도 부끄러움도 모르는 그 여자는 쳐다보지도 않고 남용석에게 담배부터 권했다.

"안직도 밥 못 묵었능가?"

방영근은 성냥을 켜며 물었다.

"나 신세가 이리되았네."

남용석이 헛웃음을 치며 쓰게 웃었다.

"아니, 전 동포들을 위해 일하느라고 늦는 건데 배고프면 먼저 해먹으면 되잖아요. 밥 한 끼가 뭐가 그리 중해요."

선미는 파르르 성질을 부리며 표독스러울 만큼 싸늘하게 내쏘았다.

"아니, 저런 염병헐 년이 안직도!"

남용석이 눈을 부릅뜨며 재떨이를 치켜들었다.

"아서, 아서, 자네가 참소."

방영근은 두 팔을 벌렸다. 그러나 속으로는, 그려 그년 대가리럴 팍 쪼개뿌러라, 하고 있었다.

"나도 무식헌 놈이제만 용석이허고 한 고향 동무고 헝께 한마디만 허겄소. 남정네덜이 날마동 땡볕 속이서 일허는 기운이 어디서 나오는지 알겄소? 하로 세 끄니 밥 지대로 챙겨묵는 디서 나오는 것이요. 아까 밥 한 끄니가 머시가 그리 중허냐고 혔는디, 고것이야 우리겉이 몸뗑이 하나 부려감사 묵고사는 사람덜헌티넌 중허고말고라. 거그서 말허는 것 찬찬이 듣자닝게 이승만 박사가 허는 일언 중허고, 우리겉이 몸뗑이 굴리는 일언 아무것도 아니다 그런 말인디, 그 말언 앞뒤가 안 맞는 것이 잘못되야도 아조 잘못된 말이오. 이승만 박사가 핵교럴 세우고, 잡지럴 내고, 묵고살고 허는 돈언 다 어디서 나온 것입디여? 하늘서 떨어졌소 땅에서 솟았소? 그 한푼, 한푼이 다 우리 겉은 무식쟁이 농사꾼덜이 사시장철 땡볕 속에서 살가죽이 타들고 뼉다구가 녹아내리게 일혀서 아까운지 몰르고 성금으로 낸 돈이다 그것이오. 막말로 우리가 눈 딱 감고 성금 안 내불먼 판이 어찌 되는지 알기나 허요? 그놈에 핵교고 잡지고 머시고 다 문 닫아걸어야 된다 그것이오. 근디도 이승만 박사가 허는 일만 장허고 우리 겉은 사람이 허는 일언 쥐좆도 아닝게……."

방영근은 여기서 멈칫했다. 말을 하다 보니 성질이 돋아서 자신도 모르게 상소리가 튀어나왔던 것이다. 그러나 방영근은 에라 모르겠다 싶어 내처 말을 해나갔다.

"서방 밥얼 굶겨도 괜찮허다 그런 말인갑는디, 고것만언 어디다가 내놔도 편들 사람 하나또 없구만이라. 이승만 박사라고 편들어 주겄소?"

그때서야 방영근은 선미를 똑바로 쏘아보았다. 그 눈이 싸늘했다.

"누가 밥을 굶겨요, 굶기길. 좀 늦게 들어와서 하려고 하는데 저쪽에서 그새를 못 참고 싸움을 걸었지요."

선미는 또 파르르 성질을 내며 이렇게 내쏘고는 방문을 쾅 닫고 나갔다.

"아이고, 저년얼 그냥!"

남용석이 주먹을 부르쥐며 떨었다.

"속 끓이덜 말어. 자네 몸만 상허닝게. 지가 어찌 나대든지 간에 자네넌 세 끄니 밥얼 꼬박꼬박 시켜묵으면 되는 것이여. 글안허고 애간장 태우고 밥 굶고 허면 자네가 지는 것잉게."

방영근은 목소리를 낮추었다.

"말도 말소. 저년이 예배당으로 핵교로 싸돌기 시작헐 적에 다리몽댕이 뿐질러 주저앉히지 못혔응게 나가 진작에 져분 것이제."

남용석이 긴 한숨을 토해냈다.

"어째 아그도 안 생기는고. 아가 생기면 발목이 잽힐 것인디."

"아이고, 그런 징헌 소리 허덜 말어. 나 저년허고 더는 안 살 챔잉게."

남용석이 불쑥 내놓은 말이었다.

"에이, 그리 막가는 소리넌 말어. 어찌 질디레감서 살아야제."

"참말로 답답허시. 자네가 1년 넘게 똑똑허니 보고도 그런 소리헝가. 저년이 갈수록 배때지에 헛바람만 차서 질이 잡아질 년이 아니여. 저년이 지 말대로 필(筆) 놀림서 사는 놈덜이나 사람으로 알제 우리겉이 무식쟁이 농꾼덜언 사람으로 치덜 안혀. 그렁게 저년 눈에넌 이승만 박사고 목사덜이 하늘로 뵈는 것이제. 저런 싹수머리없고 느자구없는 년얼 나가 어찌서 뼛골 빠지게 일혀서 믹에살

리냔 말이여. 나가 그간에 사람 맨글어 살아볼라고 얼매나 참고 참었는지 아는가. 근디 나사지기넌새로 더 육갑지랄얼 허고 나댄단 말이시. 이승만이가 국민회 뒤집은 뒤로 저년이 더 기가 살아서 설레발 아니라고. 그 꼬라지도 더는 못 참겄네. 오만정 다 떨어진 판잉게 하로라도 빨르게 내몰아치는 것이 나 팔자 피는 것이여."

남용석의 작심은 그전과는 다르게 아주 단단해 보였다. 방영근은 뭐라고 할 말이 없었다. 남용석은 그동안에도 몇 차례나 그만 헤어지는 것이 어떨까 하는 뜻을 내비치고는 했었다.

방영근은 일부러 남용석이 늦은 저녁을 다 먹을 때까지 자리를 지키고 앉아 있었다. 반찬 없는 밥을 꾸역꾸역 먹고 있는 남용석을 바라보며 방영근은 은근히 울화가 치밀고 있었다. 그건 장가를 안 든 사람들의 밥상만도 못했던 것이다.

"요것이 또 무식허고 곰팽이 쓴 구식 말이 될란지넌 몰라도, 서방이 하늘이란 것얼 명념허는 것이 좋겄소."

방영근은 남용석의 집을 나서며 선미에게 힘주어 말했다. 그런데 선미는 입을 삐쭉하며 고개를 홱 돌려버렸다.

방영근은 찬물을 실컷 끼얹어대고 들어와 자리에 누워 생각해 보았다. 자신이 선미와 부부가 되었더라면 어찌할 것인가. 참 별나고 희한한 여자였다. 말이 헤프고 주책스러운 여자, 게으르고 너주레한 여자, 거짓말 잘하고 욕심 많은 여자, 밤마다 마을 안 돌면 못 사는 여자, 별의별 여자들을 어렸을 때부터 많이 보아왔지만 선미 같은 여자는 또 처음이었다. 남들이 못한 신식공부를 했다니까 말끝마다 영어를 섞어가며 끝없이 잘난 척하는 것이야 그렇다 치더라도 그 성질 급하기가 불길이었고, 성깔 억세기가 대꼬챙이였다. 그런 데다가 돈 한푼도 벌어오지 못하면서 학교일을 본다며 날이 날마다 밖으로 나돌았다. 그러면서도 농장일에 골빠지는 옆사람들은 말할 것도 없고 남편에게도 미안한 기색 하나도 없이 말은 번드르르했다. 조국의 독립을 위한 인재양성을 하는 거니까 무료봉사를 한다는 것이었다. 이승만 박사께서도 무료봉사를 하시는데 자기도 무료봉사를 하는 건 당연하지 않느냐는 말이었다. 그 그럴듯한 말을 아무도 탓하지 않았다. 그러나 이승만 박사가 학교에서 월급을 받지 않을 뿐이지 먹고사는 것은 다 동포들의 성금으로 해결하고 있다는 것쯤 모르는 사람이 없었다. 어쨌거나 선미는 여자다운 데도 없고, 마누라로서 쓸모도 거의 없었다. 자신이 남편이라고 해도 헤어지는 것이 상책일 수밖에 없었다.

농장일은 죽어도 할 수 없다며 선미가 필 놀리는 일자리를 구한 곳이 이승만 박사가 운영하는 여학교였다. 그 소식을 듣고 어떤 일을 하게 되었느냐고 묻기 전에 남편 남용석과 방영근은 물론이고 주변 사람들도 눈살부터 찌푸렸다. 왜 하필이면 이승만 박사가 하는 학교냐는 것이었다.

그즈음에 이승만은 자신이 펴내는 《태평양잡지》에 박용만이 이끌고 있는 국민군단을 맹렬히 비난해 대고 있었다. 그런 소수의 병력으로 일본세력을 물리친다는 것은 전혀 가망이 없는 철부지한 짓이며 허황된 망상에 지나지 않는다. 박용만은 불필요한 일을 시작해 동포들이 피땀 흘려 번 돈으로 비축한 국민회의 경비를 탕진하고 있다. 조선의 독립은 그런 가망 없는 짓으로 되는 것이 아니라 그보다 먼저 무식한 동포들을 교육시켜 독립할 준비를 해나가는 동시에 대국인 미국의 힘을 빌리지 않으면 안 된다. 그러므로 국민군단은 마땅히 해산시켜야 한다는 내용이었다.

이승만의 그 난데없는 비난 공격은 삽시간에 동포들 사이에 퍼져나갔다. 농장마다 잡지가 돌고, 여러 사람들을 모아놓고 글을 깨친 사람이 큰소리로 읽어 내려갔다. 농장마다 술렁거리고 사람들이 모이는 곳마다 뒤숭숭해졌다.

사람들은 우선 놀라고 당황했다. 국민군단이 창설되어 사람들은 어느 때 없이 힘이 솟고 고생한 보람을 느끼고 있었던 것이다. 2층의 병영막사와 연병장을 단 두 달 만에 완성시켜 낙성식을 올렸던 것도 서로 다투어 부역에 나섰기 때문이었다. 그리고 낙성식과 함께 후원부대원 200여 명을 모집하는데 600여 명이 몰려든 것도 국민군단이 나라를 되찾기를 바라고 믿는 마음들이 모아진 것이었다. 그런데 뜻밖에도 다른 사람도 아닌 이승만 박사가 국민군단의 군대양성을 철부지한 짓이라고 하며 없애야 한다고 하니 사람들은 어리둥절하고 어리벙벙해서 혼란에 빠질 수밖에 없었다.

그런 이승만의 공격을 받고 박용만은 가만히 있지 않았다. 박용만은 국민회에서 발간하는 《국민보》(《신한국보》의 후신)를 통해서 이승만의 비방에 맞서고 나섰다. 우리가 일본에게 나라를 빼앗긴 것이 조선백성들이 무식해서인가 아니면 나라의 무력이 약해서인가. 그건 재론의 여지도 없이 나라의 무력이 허약했기 때문이다. 나라의 힘은 왜 약해졌는가. 나라를 다스리는 벼슬아치들이 사리사욕에 눈이 멀어 층층이 부패하고 타락하면서 국고를 탕진하고 가렴주구를 일삼았기 때문이다. 이런 부동의 엄연한 사실을 두고 망국의 책임을 어찌하여 백성의 무식함으로 돌리려 하는가. 또한 나라를 되찾는 데 있어서 백성이 무식해서 안 된다는 말은 절대 용납되지 않는다. 저 치욕의 을사보호조약 직후부터 전국토에서 불길처럼 일어난 의병들을 보라. 그들 중에 유식한 양반들이 더 많았던가, 무식한 백성들이 더 많았던가. 무식한 백성들이 열 배가 더 많았다는 것은 세상이 다 아는 바이며, 끝까지 싸우다 죽어간 사람들도 무식한 백성이었음을 하늘이 다 아는 바이다. 사실이 이러함에도 불구하고 백성의 무식함을 탓할 것인가. 그리고 또 직시할 바가 있다. 무력을 휘두르는 자들은 무력이 아니고서는 물리칠 수가 없다는 만고의 진리를 명심해야 한다. 우리는 왜놈의 무력 앞에 무력으로 맞서지 않고는 나라를 되찾을 그 어떠한 방도도 없다. 무식한 동포들을 교육시켜 가면서 독립을 준비하자고 하나, 교육이란 하루 이틀에 되는 것이 아닐뿐더러, 우리가 교육으로 허송세월을 하고 있는 동안에 왜놈들은 우리 동포들의 피를 빨아 더욱 강대해질 뿐이며 우리 동포들은 핍박 속에서 갈수록 허약해질 뿐이다. 또한, 우리가 동포들을 교육시켜 모두가 유식해진 10년이고 20년 후에 그때 가서 왜놈들과 학식으로 겨루자고 할 것인가. 물론 교육은 중대하다. 그러나 교육이 조국의 독립을 위한 최선의 방책일 수는 없다. 무력을 양성하면서 동시에 교육을 실시해 나가면 되는 것이다. 그리고 미국의 힘을 빌려 독립을 하겠다 함인데, 이것이야말로 얼마나 허황된 망상인가. 우리와 일본은 원수지간이지만 미국과 일본은 원수지간이 아니며, 우리에게 독립은 발등에 떨어진 불이지만 미국에게 조선의 독립은 강 건너 불일 뿐인 것이다. 미국은 일본과 사이가 나빠지지 않는 범위 내에서 우리에게 약간은 협조를 할지 모르지만, 전적으로 미국의 힘을 빌려 독립을 하겠다 함은 어리석기 짝이 없는 몽상일 뿐이다. 그리고 끝으로 밝히는 바는, 국민군단은 훈련소 낙성식을 최종으로 하여 더 이상 동포들의 혈전(血錢)을 모금하지 않게 되었다. 모든 병사들이 이미 확보된 파인애플농장에서 낮에는 일하고 밤에는 훈련받는 노고 속에서 자립을 구축해 가고 있기 때문이다.

이런 박용만의 반박이 실린 신문이 다시 농장마다 퍼져나갔다. 사람들은 그 내용을 듣고서야 그동안의 혼란을 그런대로 가닥 잡을 수 있게 되었다. 그러나 그전 같지 않게 사람들은 서로 편을 가르듯 해서 입씨름을 벌이게 되었다.

두 사람의 주장을 요약하자면 이승만은 교육준비론을 겸한 외교점진론이었고, 박용만은 무력급진론이었다. 그런데 동포들 사이에서는 뒷소문이 무성하게 퍼져나가고 있었다.

"이 박사가 박 선생 자리를 탐내서 훼방 놓는 것이라면서?"

"그렇다는군. 태평양잡지를 따로 한 것도 박 선생의 신문사 자리를 탐내다가 안 되니까 그랬다지 않나."

"근디 말이여, 외골목에 몰린 이 박사럴 조선서 하와이로 구해온 사람이 바로 박 선상님이라는 것 아니여?"

"머시라? 이바구가 그리되나?"

"이사람, 웬 딴소리야? 할 일도 없는 데다 왜경한테 체포될 판이었다지 않아."

"그렇타가믄 이 박사가 앞뒤 안 맞는 얄궂은 사람 아이가?"

"고것이야 더 따지고 말고 헐 것도 없이 배은망덕 아니여, 배은망덕."

사람들의 말은 어느 대목까지는 사실 그대로였다. 미국에서 공부를 마친 이승만은 귀국해서 와이엠시에이에서 기숙하고 있었다. 마땅한 일자리가 없었던 것이다. 그런 데다 미국에서 벌인 반일 강연이나 집회 같은 것을 문제 삼아 일경에서는 그를 체포할 기미를 보이고 있었다. 그런 소식을 전해 들은 박용만은 이승만에게 초청장과 여비를 보내 하와이에 안주하게 했던 것이다. 그런데 만약 박용만이가 그의 《신한국보》 주필자리를 이승만에게 양보했더라면 형편은 어떻게 되었을 것인가? 그랬으면 월간 《태평양잡지》란 잡지는 생겨나지 않았을 확률이 많았다.

이승만이 뒤늦게 하와이에 자리잡게 되었을 때는 국민회는 이미 터가 잡혀 있었다. 모든 간부직도 자리가 다 채워져 그가 아무리 문학박사라 해도 비집고 들 틈이 없었다. 그는 결국 《태평양잡지》를 만들어내게 되었고, 국민회 운영의 이모저모를 비판하기 시작했다. 그러다가 마침내 국민군단의 불필요성을 통박하기에 이른 것이었다.

그 사건은 단순하지가 않았다. 서로 생각이 다른 두 독립운동가 박용만과 이승만의 정면충돌만이 아니었다. 그동안 단합되어 오던 동포사회에 동요를 일으켜 분열의 계기를 만들었다. 또한 독립운동의 방법에 대해 동포들의 혼란을 야기시켰다. 그리고 동포들이 국민회를 의심하고 불신하게 하는 싹을 심었다.

그런데 이승만은 또 난처한 일을 저지르고 나섰다. 국민회가 총회관 신축기금 모금을 시작하자 이승만은 하필 똑같은 시기에 학교 설립기금을 모금하고 나섰던 것이다. 이중 부담을 안게 된 동포들은 그런 이승만의 행위를 몹시 의아하게 생각했다.

회관 건축기금은 5천 달러가 넘게 모아졌지만 학교 설립기금은 거의 모아지지 않았다. 이중 부담이 버거운 동포들은 일을 순차적으로 하기를 바랐던 것이다. 그리고 이승만이가 세우려는 학교가 여자학교라서 더 호응이 없기도 했다.

이승만은 모금 실패로 일을 끝내지 않았다. 교육사업이란 명분과 필요성을 역설하며 국민회를 상대하고 나섰다. 국민회가 교회 부지로 매입해 둔 엠마 스트리트의 땅을 교육사업에 희사하라고 요구했다. 그가 내세우는 명분과 논리 앞에서 국민회 간부들은 학교부지로 희사할 것을 결정하게 되었다.

그러자 이승만이 말했다.

"여러분들의 현명한 결정에 감사드립니다. 그런데 이왕에 학교부지로 허용하셨으니 그 땅의 수락자를 이승만 명의로 해주실 것과 용지 처분권을 자유화시켜 주시기 바랍니다."

이승만의 이 요구는 당연히 거부되었다. 이승만은 그 땅을 처분하여 카이무키에 국민회와 연관되지 않는 독자적인 학교를 세울 속셈이었던 것이다.

그 계획에 실패한 이승만은 그가 속해 있는 감리교 감리사와도 갈등을 일으켰다. 새로 부임해 온 감리사가 이승만의 교회와 학교 업무 간여를 차단시켰던 것이다. 궁지에 몰린 이승만은《태평양잡지》를 통해 미국교회의 횡포를 폭로하는 한편 한인의 학교는 동포들의 협조와 지원으로 새로 세워 미국교회에서 자립하는 것이 또 하나 조선독립의 길이라고 절절히 호소했다. 동포들은 그 호소를 받아들여 교육특별성금을 모으게 되었다. 그 돈으로 이승만은 릴리하 스트리트에 여학교 겸 기숙사를 짓고 태극기를 게양했다. 마침내 이승만의 꿈이 이루어진 것이었다.

그런데 이승만은 학교운영에 골몰하는 것이 아니라 또 하나의 사건을 터뜨렸다. 신축된 국민회관의 건축비 부정 사건이었다. 그 소식은 삽시간에 동포들 사이에 퍼지면서 원성과 지탄의 소리가 일어났다. 국민회를 믿었던 만큼 배신감도 컸던 것이다.

국민회는 긴급히 조사를 하지 않을 수가 없었다. 조사 결과는 재정의원과 지출계원이 2,400달러 정도를 횡령한 것으로 드러났다.

이승만은 기회를 놓치지 않고《태평양잡지》에 국민회를 공격하고 동포들을 선동하는 장문의 성명서를 발표했다. 이에 맞서《국민보》가 이승만의 과장과 선동을 지탄했다. 그러나 이승만 지지자들은 날로 늘어났다. 그건 바로 동포사회의 뚜렷한 분열현상이었던 것이다.

"그기 말이나 되는 소리가. 그 돈이 우짠 돈이라꼬 즈놈덜이 묵어치노 말이다."

"거머리가 따로 있나. 국민회 놈들이 다 거머리지."

"우리가 한 달 내내 뼛골 빠지게 일해서 20달러 버는디, 2,400달러면 대체 얼매나 일해야 되는겨?"

"말도 말게. 20달러 번다고 다 모아지는 게 아니지 않나. 먹고 살고 남는 돈으로 따져야 하는데, 그러자면 우리 평생에 못 만져볼 돈이야."

"다, 다 죽일 놈들이야. 세상에 믿을 놈 하나도 없어."

"근디 말이여, 이승만 박사님이 안 기셨으면 요 일이 쥐도 새도 모르게 그냥 지내갔을 것 아니라고?"

"와 아이라. 이 박사님이 장한 일 허신 기제. 이 박사님이 양심가라."

사람들은 모이기만 하면 이런 식으로 분노를 터뜨렸다. 사람들은 국민회 간부들을 싸잡아 매도했고 이승만에게는 지지를 보냈다. 그건 당연한 현상이 아닐 수 없었다.

이런 분위기 속에서 국민회는 5월 1일에 긴급 대의원총회를 개최하지 않을 수 없게 되었다. 그런데 회의에 참석한 대의원들 중에는 이승만 지지세력이 더 많았다. 이승만은 그동안 세력을 확대해 나간 데다가 회의에 적극적으로 동원했던 것이다.

이승만 지지세력은 처음부터 강력하게 나왔다. 그들은 국민회 간부의 전원 교체와 부정 관련자 처벌을 주장했다. 양측은 공방에 공방을 거듭하면서 회의를 며칠째 계속했다. 그러던 어느 날 회의가 교착상태에 빠지자 의장은 정회를 선포했다. 의장도 퇴장을 하고 대의원들도 흩어졌다.

그런데 이승만 지지자들은 그 기회를 역이용했다. 자기네들끼리 회의를 속개하여 임원개선을 단행하고 말았다. 이 기습작전으로 이승만은 마침내 국민회를 장악하게 되었다.

이승만은 거기서 그치지 않았다. 해임된 총회장 김종학에게 그의 부하직원들이 착복한 회비를 당장 변상하라는 결정을 내렸다. 그뿐만 아니라 공금횡령으로 김종학을 법원에 고소했다. 김종학은 구속되었고, 미국법원은 벌써 3개월째 그 사건을 조사하고 있는 중이었다.

"이 박사님이 너무 과하신데. 김 회장님한테 쇠고랑까지 채우다니."

"무신 소리야. 뿌릴 뽑아야지."

"뿌리럴 뽑는 것이야 존디, 돈 돌라묵은 놈덜언 따로 있는디 어찌서 죄 없는 김 회장님얼 그 꼴 맨그냔 말이여."

"감독 잘못헌 죄도 죈 기라."

"그건 말이 안 돼. 김 회장님이 그간에 애쓰시고 공을 세운 것에 비하면 그런 잘못은 아무것도 아냐."

"그렇지도 않아. 이번 일을 야무지게 해야지 다시는 그런 일이 안 생기지."

"그려도 사람언 인정으로 사는 것인디, 회장자리 쫓겨나고 돈얼 물어내는 것으로 죄닦음이야 다 된 것 아니라고. 근디 또 징역살이꺼정 시킬라는 것언 너무 몰인정헌 것이제."

"맞다, 그 말도 그렇네."

"그것만이 아니야. 우리 조선사람들끼리 일어난 일을 미국재판소에다 넘겨 미국사람들한테 조사를 받으니 이 무슨 창피고 망신인가그래."

사람들의 입씨름은 계속되고 있었다.

그 사태가 변해감에 따라 이승만이가 세운 여학교에 나다니는 선미의 기세도 드세지고 있었던 것이다. 선미는 그전부터 말녀라는 촌스러운 이름을 이승만 박사가 선미로 바꾸어준 것이라며, 이승만과 가깝다는 것을 아무에게나 과시하려고 들었다. 그러나 주위 사람들은 그 이름을 이승만이 지어주었다는 것을 믿지 않았다. 왜냐하면 선미는 학교에서 사무를 본다고 으스댔지만 누군가가 알아보니 그저 허드렛일 정도를 자청해서 할 뿐이었던 것이다.

"참, 사람이 환장얼 헐 일이시."

다음날 아침 일터로 나가며 남용석이 분이 끓는 얼굴로 한숨을 토해냈다.

"머시가 또 그리 환장얼 혀?"

방영근이 눈총을 쏘았다.

"아 글씨, 그년이 사람 열 잡을 년이여. 나가 갈라스자니께 그 뻔뻔헌 년이 머시라는지 아능가? 지가 잘못헌 것이 머시가 있다고 갈라스냐고, 정 갈라스자면 갈라슬 수도 있는디, 그럴라면 평상 묵고살 위자료럴 다달이 내놓겄다는 서류럴 꾸미게 재판소로 가잔 것이여."

"머시여? 위자료가 머신디?"

"자네 무식이나 나 무식이나 똑같어. 미국법에 있는 것인디, 부부가 갈라슬 적에 남자가 물어줘야 허는 돈이랑마."

"아니, 자네가 잘못헌 것이 머시가 있다고 평상 묵고살 돈얼 물어줘!"

방영근이 버럭 소리를 질렀다.

"그 유식허고 잘난 년 말이, 미국법이 그리 딱 정해져 있응게 갈라슬라면 재판소에 가서 따지자는 것이여."

"허허, 이승만이헌티 배운 것이 재판소에 가서 따지는 것이로구만."

방영근은 하늘을 쳐다보며 헛웃음을 쳤다. 곧 욕이 쏟아지려는 것을 애써 참고 있었다.

며칠이 지났다. 새로운 소문이 농장마다 왁자하게 퍼졌다. 김종학 회장이 무죄 판결을 받고 석방되었다는 것이었다. 미국법정은 그 돈이 공금횡령이 아니라 회관 건축에 따른 교제비, 여러 가지 사고 해결비, 그리고 잡비로 쓰였음을 밝혀냈던 것이다.

그런데 또 며칠이 지나서 더 큰 소식이 사람들을 소스라치게 했다. 무죄로 석방된 김 회장이 억울하고 원통함을 견디지 못해 권총으로 자살해 버렸다는 것이었다. 그런데 그는, 이승만은 한인 동포사회를 이간질시키고 분열시키는 민족의 야비한 역적이라는 내용의 유서를 남겼던 것이다.

동포들은 그때서야 비로소 이승만이 무슨 일을 꾸며왔던 것인지 깨닫게 되었다. 사람들은 또다시 혼란을 겪으며 이승만에게 쏠렸던 마음을 되돌려야 했다. 그러나 이미 이승만 세력에게 장악되어 버린 국민회를 어찌할 수는 없었다.

이승만에게 또다른 배신감을 느끼며 허탈에 빠져 있는 사람들에게 그나마 다행한 소식이 전해졌다. 병원으로 옮겨진 김 회장이 가까스로 목숨을 건졌다는 것이었다. 총알은 볼과 턱뼈를 꿰뚫고 나갔던 것이다.

그런 사태들이 소용돌이치는 동안에도 국민군단 단장 박용만은 묵묵히 군사훈련에만 전념하고 있었다. 이승만이 기습적으로 국민회를 장악한 다음부터 박용만은《국민보》에 글을 쓰는 것을 중단하고 침묵으로 일관했던 것이다. 그는 안타까워하는 주변 사람들에게 조용히 말하곤 했다.

"너무 걱정들 하지 마시오. 진실은 꼭 밝혀지게 됩니다."

그런 박용만은 김 회장의 자살 미수 사건까지 목격하고 샌프란시스코로 떠나는 기선에 올랐다. 대한국민회 중앙총회 임원 취임식에 참석하기 위해서였다

대한국민회는 본회 아래 네 개의 지방총회로 구성되어 있었다. 하와이지역·샌프란시스코지역·시베리아지역·만주지역이 그것이었다. 그 네 조직을 총괄하는 것이 본회인 중앙총회였다. 박용만은 이 중앙총회의 부회장으로 선출되었던 것이다.

국민회에서 밀려난 간부들은 자신들의 결백이 입증된 데다가 박

용만까지 중앙총회 부회장으로 선출되자 새로운 활기를 찾게 되었다. 그리고 그 지지자들 중에서도 특히 국민군단의 훈련병들은 환호 속에서 지난날의 사기를 되찾았다. 그동안에 이승만의 영향력이 커져 국민군단이 해산당하게 될지도 모른다는 우려가 없지 않았던 것이다.

그런데 훈련병들 중에서도 가장 기가 펄펄 살아난 것이 후원부대원 남용석이었다. 김 회장이 무죄로 풀려났다는 소식을 듣고 그는 마치 어린애처럼 펄쩍펄쩍 뛰며 외쳤다.

"아이고메, 인자 나가 살았네. 그간에 나가 그년헌티 얼매나 기가 죽어 살었다고. 아이고, 속씨언헌거! 워메, 미치게 존거! 오늘보톰 그년얼 꼼지락달싹 못허게 죽일 것이여."

그런 남용석을 바라보며 방영근은 가슴이 찡 울리는 것을 느꼈다. 그동안 선미는 제가 마치 이승만이라도 되는 것처럼 콧대가 높아질 대로 높아져 치맛바람을 일으키며 멋대로 싸돌았던 것이다. 그러나 남용석은 말 한마디 제대로 못하고 그 꼴을 다 참아낸 것이었다.

"야 이년아, 이래도 이승만이 그 잡것이 옳고 국민회 사람덜이 다 도적놈덜이야! 죄 없는 사람덜 모함허고 못헐 일 시킨 이승만이넌 천하에 못된 물건이고, 니년도 가쟁이럴 찢어죽일 년이여!"

그날 밤 남용석은 기세등등해서 선미가 집에 돌아오자마자 이렇게 외쳐대며 선미의 머리채를 잡고 패대기를 쳤다.

"이놈아, 왜 때려. 말로 하지 왜 때려."

선미는 기가 꺾이는 기색이라고는 전혀 없이 그 목소리는 앙칼스러웠다.

"아얏, 이년이 인자 물어뜯고 뎀비네. 에라이 잡년, 어디 뒤져봐라!"

"아야야야…… 사람 죽이네에."

선미의 날카로운 비명이 어둠 속에 퍼지고 있었다. 그러나 방영근은 누워만 있었다.

"아이고 어무니, 나 죽네, 아야야야……."

여자의 비명은 더 숨넘어가고 있었다.

그려, 짐승 말 안 듣는 것허고 지집 못된 것허고넌 패서 질잡는 법이여. 이참에 아조 뼉따구가 노골노골허게 패서 야물딱지게 질잡어라.

방영근은 팔을 베고 누워 여자의 비명소리에 맞추어 힘을 쓰고 있었다.

그런데 방영근이만 그렇게 모르는 척하고 있는 것이 아니었다. 다른 사람들도 누구 하나 싸움을 말리려고 나서지 않았다. 결국 여자의 비명은 제물에 사그라들었다.

다음날 남용석은 장가들지 않은 방영근이네로 아침밥 좀 달라며 들어섰다.

"체, 또 아침밥 안 해주겠다는 건가?"

누군가의 떫은 목소리였다.

"궁금허면 가보소. 아조 아침밥얼 못허게 맨글어부렀응게."

남용석이 뚱하게 대꾸하며 자리잡았다.

"그리 심허게 해서 기얀켔노?"

"안 기얀으먼 지가 우짤 끼고?"

방영근이 경상도말을 흉내 냈다.

"그 여자 법 좋아 안 하나? 법으로 따지자 카믄 우짤라꼬?"

그들은 모두 와아 웃음을 터뜨렸다.

그러나 그 농담은 농담으로 끝나지 않았다. 언제 집에서 나갔는지 모를 선미는 그날 밤 끝내 돌아오지 않았다. 남용석이도 사람들도 불안해했다. 그 급하고 억센 성질에 혹시 무슨 흉한 일을 저질러버린 게 아닐까 해서였다. 가정불화로 바다에 뛰어들어 자살한 여자가 있었기 때문이었다.

"맘 독헌 년이 그리 쉽게 죽간디?"

남용석이 쓰게 웃으며 고개를 저었다.

"그 핵교로 찾어가 보는 것이 으쩐가?"

마뜩찮은 얼굴로 방영근이 말했다.

"보나마나 그년이 거그 틀고 앉었을 것인디, 나가 찾어가먼 그년이 바래는 대로 히주는 것 아니겄어. 그년 콧대만 높이고 나만 빙신 되는 것이제. 잘되았어, 이 질로 갈라서야제."

그러나 일은 그리 간단하지가 않았다. 점심나절이 되어 남용석은 일을 하다가 경찰에게 붙들려갔다. 선미가 남용석을 폭행범으로 고발했다는 것을 사람들은 다음날 알았다.

남용석은 풀려나지 못했고, 선미는 이혼을 제기했다. 방영근은 일도 작파하고 지난날 국민회 간부며 목사를 찾아다녔다. 결국 선미가 원하는 대로 평생 동안의 생활비를 위자료로 물기로 이혼서에 서명을 하고 남용석은 풀려났다.

"나가 철천지웬수럴 구해줬든 것이제."

남용석의 뒤늦은 후회였다.

"아니여, 불쌍헌 인종 하나 믹여살린다고 생각혀. 기부금얼 그리 돌리먼 그 돈이 그 돈잉게."

방영근은 선미에게 증오를 느끼면서도 이렇게 위로할 수밖에 없었다.

"아이고, 부처님 가운데토막 겉은 소리 허덜 말어. 나넌 인자 평상 술 한 방울 목구녕에 못 넴길 팔자가 되야부렀단 말이시. 그년 웬수럴 갚을라먼 나가 죽어부러야 혀."

남용석은 자신의 가슴을 퍽퍽 쳤다.

박용만이 샌프란시스코에서 돌아왔다. 그는 혼자가 아니라 일행이 있었다. 국민회 중앙총회 회장 안창호가 동행한 것이었다. 박용만은 중앙총회에서 하와이 국민회 사태를 보고했던 것이고, 안창호는 총회장으로서 지역회의 갈등과 분규를 해결해야 했던 것이다.

안창호는 이승만을 설득했다. 국민회 간부들의 결백이 법정에서 밝혀진 이상 모든 것을 환원시키고 서로 화목하게 단합해야 하지 않겠느냐는 것이었다. 그러나 이승만은 그 나름의 논리와 언변으로 안창호와 맞섰다. 며칠에 걸쳐 안창호와 이승만은 대좌했다. 그러나 이야기는 진전이 없이 제자리를 맴돌 뿐이었다.

결국 이승만의 꺾일 줄 모르는 주장 앞에 안창호는 설득을 포기하고 말았다. 안창호는 아무런 소득도 없이 하와이를 떠나야 했다. 아니, 한 가지 소득이 있었다면 석 달 동안 수시로 이곳저곳 농장들을 찾아다니며 동포들의 노고를 격려하고 단합을 호소한 것이었다. 그러나 지도부가 분열된 상태에서 단합을 호소한다는 것은 논리 모순이고 전혀 설득력이 없다는 것을 도산 자신이 잘 알고 있었다. 그러나 도산은 그 모순된 노력이나마 게을리하지 않았다.

세칭 이승만파와 박용만파로 분열된 하와이를 뒤로하고 안창호는 그지없이 쓸쓸하고 괴로운 모습으로 배에 올랐다. 나라 잃은 또 한 해가 저물어가고 있었다.

19

일본제 고무신

부두를 따라 일직선으로 뻗어나가고 있는 본정통은 왼쪽 부청에서부터 오른쪽 째보선창께에 이르러 명치정과 만나고 있었다. 명치정도 곧고 길기는 본정통에 비해 손색이 없었다. 그러나 중간 지점에서 약간 꺾이는 데다가 상가 중심의 거리여서 부청을 위시해서 관공서와 은행들이 밀집되어 있는 본정통의 권위에 눌려 제2의 거리일 수밖에 없었다.

부청은 해변 쪽으로 예쁜 젖무덤처럼 도도록하게 솟아오른 동산을 등지고 앉아 있었다. 그 동산이 어찌하여 뻘 밭 질펀한 해변에 바로 잇대어져 솟음한 것인지 신비스러웠다. 그 동산의 마루에 등대감시소가 높게 솟아 있었다. 그 자리는 일본사람들의 눈으로 새로 찾아낸 자리가 아니었다. 저 먼 옛날 군산진 시절부터 멀리 앞바다를 감시하고 뱃길을 알리던 자리였다. 그 자리에 이순신 장군이 통솔하던 삼도수군이 배치되었던 것은 더 말할 것이 없었다. 그런데 일본사람들은 그 자리에다 자기네들의 배 왕래를 위해 새 시설을 한 것이었다.

서양식 2층으로 치장한 부청은 그 동산의 남쪽 자락을 깎아내고 높직하게 자리잡고 있었다. 동산이 뒤편에서 여름의 갯바람과 겨울의 북서풍을 막아주는 부청에서는 군산 시가지가 훤히 바라다보였다. 조선양반들보다 명당이라면 더 사족을 못 쓰는 일본사람들은 부청을 명당에 앉히기 위해 동산자락쯤 가차없이 깎아냈던 것이다.

부청 자리는 군산에서 두 번째 가는 명당으로 소문나 있었다. 첫 번째 명당이야 으레껏 신사 자리였다. 신사는 부청이 차지한 동산보다 네댓 배는 더 큰 규모의 동산 중턱을 깔고 앉아 있었다. 신사는 그들의 철칙에 따라 동쪽을 향해 자리잡고 있었고, 어느 곳에서나 그렇듯 그 주변 일대는 공원으로 지정되어 있었다. 신사와 부청은 그 위치도 기묘해서 부청에서 신사가 대각선으로 바로 올려다보였다. 마치도 부청에서 충성을 맹세하는 것 같기도 했고, 신사에서 충성근무를 감시하는 것 같기도 한 형국이었다.

그 두 개의 동산에는 소나무라고는 볼 수 없이 남도 특유의 수목인 동백나무들이 빽빽하게 차 있었다. 그 사이사이로 참나무 같은 활엽수들이 손님인 양 끼여 있었다. 윤기 나는 두꺼운 잎들이 사철 푸르른 동백나무들은 아직 봄이 먼 설한풍 속에서 핏빛 붉은 꽃들을 피워냈다. 그럴 때면 잎새들은 다 떨구고 가지만 앙상한 활엽수들의 모습은 더없이 쓸쓸하고 초라해 보였다.

8월의 동백나무 잎들은 유독 짙은 초록빛으로 물들고 윤기마저 유난해 자르르 기름기가 흘렀다. 그 잎사귀들은 미루나무 이파리들과는 달리 바람이 불지 않아도 햇살을 눈부시게 되쏘며 반짝거렸다. 동백나무들이 무성하게 숲을 이룬 데서는 그 무수한 반짝거림은 차마 눈을 뜰 수 없을 지경으로 현란한 빛살의 난무를 이루었다.

여름철의 동백나무 잎들은 색깔과 윤기만 절정을 이루는 것이 아니었다. 물기가 오를 대로 오른 잎사귀들은 그 두께가 더 도톰하고 실팍해져 있었다. 그 정갈하고 단아한 생김들은 젖살 오른 갓난아이의 포동하고 앙증스러운 손 같은가 하면 빨간 댕기머리 처녀의 해맑고 동그래한 얼굴 같기도 했다.

그런 잎새들이 촘촘히 줄짓고 층층이 열지어 이룬 무성한 숲은 그 어떤 나무숲보다도 짙은 그늘을 드리웠다. 햇볕 따가운 여름이면 새들도 잎이 무성한 나무들을 찾게 마련이었다. 하물며 사람이야 더 말하여 무엇하겠는가.

부청이 자리잡은 동산의 뒤편 바다가 바라다보이는 동백나무숲 그늘에는 푸짐한 잔칫자리가 마련되고 있었다. 바닥에는 담양 특산 대나무돗자리가 깔리고, 그 위에는 봉황을 자개박이 한 통영 특산 교자상들이 잇대어져 있었다. 소문난 음식점에서 만들어온 가지가지 음식들을 상에 차리느라 사내들의 움직임이 분주하고, 한편에서는 기생들이 가야금이며 장구 등속으로 소리를 맞추느라고 바빴다.

"8월이 다 가는디도 영 덥네."

기생 하나가 얼굴을 찡그렸다.

"노염이 사람 잡는다는 말 못 들었간디."

다른 기생이 짜증스레 혀를 찼다.

"잔치럴 해도 똑 낮에 허니라고……."

또다른 기생이 결국 불만을 터뜨렸다.

"어허, 저 저 입방정들 보소. 해가 한 치도 못 남었는디 머시가 덥다고덜 그려. 이따가 부청 나리덜 앞이서 그리덜 혀라. 그나마 기생질도 잘해묵어질 것잉게."

부채를 할랑거리고 앉아 있던 좀 나이든 기생이 가시 돋친 말을 내쏘았다.

예닐곱 명의 기생들은 입을 삐죽거리고 눈을 흘기고 하면서도 더는 입을 놀리지 못했다. 어차피 돈 앞에서 아양 떨고 권세 앞에서 옷고름 풀어야 하는 것이 기생 신세였던 것이다. 그러나 일본세상이 되면서 조선기생들의 신세는 더 하잘것없이 변해버렸다. 기적(妓籍)과 함께 목숨이 일본관리들에게 틀어잡힌 것은 말할 것도 없었고, 그들은 일본기생들에게 앞자리를 내주고 이류 취급밖에 받지 못했다.

"저그 부청 나으리덜이 오시는구만이라."

일본식 상고머리에 잠방이를 걸친 사내가 나이든 기생에게 알렸다.

"다덜 맘 다잡고, 새타령얼 읊어라."

나이든 기생이 가비얍게 몸을 일으키며 부채끝으로 젊은 기생들에게 일렀다.

젊은 기생들은 언제 마땅찮은 입놀림을 했느냐 싶게 옷매무새들을 살피고 머리를 쓰다듬고 하며 민첩한 동작으로 줄을 맞춰 섰다. 그리고 장구 장단에 맞춰 〈새타령〉을 뽑기 시작했다.

"되았다, 되았어. 날 더운디 새타령이 머시냐. 다덜 물러서라."

관리 차림을 한 남자가 팔을 내저었다. 쓰지무라 뒤를 따르고 있는 그 남자는 바로 백종두였다.

"이쪽으로 좌정하시지요."

나이든 기생이 상글상글 웃으며 일본말로 쓰지무라에게 자리를 권했다.

"응, 그래. 백 회장님은 여기 앉으시오."

쓰지무라가 자리잡으며 자기 옆에 백종두의 자리를 지정했다.

"아 예에, 황송합니다."

허리를 굽실하는 백종두의 얼굴에 만족이 넘쳤다. 면장 때 옷차림을 그대로 하고 있는 그는 기세도 그때와 달라진 것이 없었다. 갑작스럽게 파면을 당하던 때의 그 참담하고 초라하던 모습은 찾을 수가 없었다. 조금 달라진 것이 있다면 흰 머리카락들이 드문드문 섞여 약간 더 늙어 보이는 것뿐이었다.

"에에 또, 오늘 자리의 뜻을 살려 한 사람씩 섞여앉는 것이 좋겠소."

쓰지무라가 일행을 둘러보며 말했다.

그 말에 따라 나머지 여덟 명은 쓰지무라와 백종두의 자리를 중심으로 일본사람 옆에 조선사람, 조선사람 옆에 일본사람 하는 식으로 둘러앉았다. 그들 일행은 일본관리가 다섯이었고, 조선사람이 다섯이었다.

그들이 자리를 잡자 기생들이 쓰지무라 맞은편에 줄지어 섰다. 기생들은 고개를 약간 수그린 듯해서 눈을 사르르 아래로 내려뜨고 있었다.

"과장님, 어서 고르시지요."

백종두는 쓰지무라에게 아첨기 넘치는 웃음을 지어 보이며 기생들을 가리켰다.

"눈들을 저리 내리뜨면 누가 예쁜지 어디 쉽게 알 수가 있나."

쓰지무라의 웃음 섞인 말이었다.

"여봐라, 다덜 눈얼 크게 뜨거라!"

백종두가 잽싸게 기생들에게 호령했다.

기생들이 눈을 바로 떴다. 눈이 바로 뜨이면서 얼굴도 자연히 바르게 자리잡혔다. 역시 쓰지무라는 기생방에서 많이 놀아본 가락을 발휘하고 있었다. 아까 눈을 내려뜨고 있을 때에 비해 눈을 바로 뜨는 순간 기생들의 얼굴은 제각기 달라 보이는 것이었다. 아까의 얼굴들이 엇비슷한 모습의 꽃망울이라면 눈을 바로 뜬 얼굴들은 그 모습이 완연히 다른 활짝 핀 꽃송이들이었다.

쓰지무라의 음기 서린 눈길은 그 꽃송이들을 왼쪽에서 오른쪽으로 천천히 훑어갔다. 그리고 다시 오른쪽에서 왼쪽으로 옮겨지고 있었다. 그러다가 그의 검지손가락이 기생 하나를 찍어냈다.

"향월아, 어여 뫼시거라."

나이든 기생이 쓰지무라가 점찍은 기생에게 일렀다.

중간쯤에서 기생 하나가 한 걸음 앞으로 나섰다. 미모보다는 색정이 더 야하게 드러나는 얼굴이었다.

쓰지무라에 뒤이어 다른 관리 네 명이 빠르게 기생들을 골랐다. 그리고 나머지 기생 셋은 조선사람들 사이에 적당히 끼여앉았다.

"짜아, 얼렁얼렁 술 따러라."

상기되어 있는 백종두가 기세를 올렸다.

오늘 술자리의 물주가 백종두라는 것을 알고 있는 기생들은 그의 말이 떨어질 때마다 민첩하게 움직였다.

"자아, 다들 한잔씩 듭시다. 호남친화회가 발족된 오늘은 아주 뜻깊고 기쁜 날입니다. 여러분들도 아까 발족식에서 보았다시피 부윤께서도 아주 흡족해하십니다. 이는 다 백 회장님의 공입니다."

쓰지무라를 따라 모두 술잔을 치켜들었다. 백종두의 얼굴은 더욱 벌겋게 상기되고 있었다.

"앞으로 백 회장님을 중심으로 호남친화회가 우리 일본사람들과 조선사람들이 명실공히 형제애로 화목하고 친목을 도모할 수 있도록 간부 여러분들이 혁혁하게 공을 세워주기 바랍니다. 우리 부청에서도 음으로 양으로 여러분들을 적극 도울 것입니다. 자아, 모두 쭈욱 한잔 마십시다."

그들은 모두 흡족한 얼굴로 첫 잔을 비웠다.

"자아, 한잔 받으시오."

쓰지무라가 백종두에게 잔을 내밀었다.

"아, 아닙니다. 제가 먼저 올려야지요."

백종두는 화들짝 놀라며 두 손을 모아 술잔을 사양했다. 그의 그런 태도가 겉치레 인사가 아닌 것은 울상이 되다시피 한 난감한 얼굴이 잘 말해 주고 있었다.

"아니오, 이번 일을 성사시키는 데 백 회장의 공이 너무 컸으니 내가 먼저 권하는 건 당연한 것이오. 이걸 안 받으면 내가 섭섭해 할 거요."

쓰지무라는 더없이 친근하게 웃으며 잔을 더 내밀었다. 그의 태도에서는 백종두를 파면시키던 때의 서슬이라고는 찾아볼 수가 없었다.

"예에, 그리 알아주시니 황송합니다."

백종두는 정말 황송스러운 몸짓으로 술잔을 받았다.

기생이 잔에 술을 남실남실 채우고, 그 술잔을 입술에 댄 백종두는 눈을 지그시 내려감았다. 그는 술잔을 천천히 기울이며 다시 쓰지무라와 관계가 좋아진 것이 꿈만 같아 그 황홀한 맛을 깊이 음미하고 있었다. 파면당한 충격을 이겨내지 못해 서너 달을 앓아눕고, 하시모토의 배신을 이가 갈리도록 증오하면서도 앙갚음할 길을 찾지 못해 애만 끓이고, 아침저녁으로 찾아오고 만나달라고 애걸복걸하던 사람들이 깨끗하게 발을 끊어버리고, 그 누구나 비웃는 눈초리를 보내고 코웃음을 쳐 바깥출입도 마음대로 할 수가 없었고, 정미소나 미선소 말고는 그 어느 곳도 찾아갈 데가 없었던 그 외롭고도 막막했던 나날, 그런 지난날의 분하고 쓰리고 비참했던 기억들을 그는 차근차근 더듬고 있었다.

백종두는 정미소와 미선소를 철저하게 감독하고 운영해 더 돈을 벌어들이고, 그 돈으로 죽산면의 농토를 사들여 하시모토에게 정면으로 보복을 가할까도 생각해 보았다. 그러나 그렇게 노골적으로 나갔다가는 하시모토에게 또 무슨 보복을 되받을지 모를 일이었다. 그렇다면 정미소와 미선소를 바탕으로 더 큰 돈벌이에 나설까도 생각해 보았다. 많은 재산은 또 하나 권세였던 것이다. 돈벌이로 나서면 큰돈을 벌 자신은 얼마든지 있었다. 그러나 어딘가 마음 한구석이 텅 빈 듯 허전했다. 그 허전감은 관의 권세에 대한 그리움이었다. 그건 평생을 관에 몸담아오면서 익혀진 고질병 같은 것이었다. 다시 관직을 얻지는 못하더라도 관직에 있는 사람들과 허물없이 맞통할 수 있고, 관청을 마음대로 드나들면서 그 권세를 업을 수만 있어도 체면회복은 될 수 있는 일이었다. 그런 위치를 확보하자면 돈만으로 되는 것이 아니었다. 그러자면 관이 필요로 하는 어떤 단체의 장이 되어야 했다. 그러나 몇 개의 단체는 다 일본 사람들로만 이루어져 있었다.

관이 필요로 하는 단체…… 그게 어떤 것이 있을까…… 무엇을 만들어야 관심을 끌까……. 고심에 고심을 해도 떠오르는 것이 없었다. 그렇다고 쓰지무라를 찾아가 물어볼 수도 없는 노릇이었다.

그러던 어느 날 아들 남일이한테 정미소 장부계산을 듣고 있다가 그 이야기가 나오게 되었다. 그것도 이야기를 하고 싶어 한 것이 아니라 아들이 또 미곡회사를 차리자고 했던 것이다. 일본식으로 회사를 차리면 당당한 사장님이고 어엿한 사업가라는 것이었다. 갓끈 떨어져 초라하게 된 애비를 위해 자꾸 권하는 것이라서 자연히 그 이야기를 꺼내게 되었던 것이다.

"관청서 원허는 단체라고라? 고것 생각해 내기야 에룹고 말고 헐 것도 없는디요. 관청서 질로 바래는 것이야 조선사람덜이 말썽 안 부리고 고분고분 말 잘 들음서 일본사람덜허고 화평허니 지내는 것이제라. 그렁게 그런 뜻얼 담은 단체럴 맨들면 아조 좋아라 헐 것 아니겄능게라."

아들은 그저 수월하게 말했다.

"그려, 그려, 고것 참말로 좋겄다!"

백종두는 자신도 모르게 무릎을 쳤다. 그때 비로소 떠오른 것이 일진회였다. 일진회장 이용구의 권세가 그 얼마나 컸었던가. 한때 이용구를 부러워하기도 했었던 것이다.

"니 어디서 그리 존 생각이 나디냐?"

저 구름에 비 들었으랴 싶은데 소나기 쏟아지더라고 백종두는 눈 하나가 휜창뿐인 아들을 신기하게 바라보았다.

"좋기넌 머시가 좋아라. 그냥 헌병대 있을 적에 항시 들은 이얘기구만요."

아들은 여전히 쉽게 대꾸했다. 아들은 헌병대에서 헛세월을 보낸 것이 아니었고, 백종두는 오랜만에 아들을 둔 보람을 느끼고 있었다.

백종두는 하룻밤 동안 생각을 다듬어 다음날로 바로 쓰지무라를 찾아갔다.

"무슨 용건이오?"

쓰지무라는 자리도 권하지 않고 냉랭하게 물었다. 면장자리에서 밀려나고 난 다음에 서너 번 얼굴을 대했는데 그때마다 쓰지무라는 찬바람을 일으켰다.

"예, 친화회를 결성할까 해서요."

백종두는 다른 때와는 다르게 목을 빳빳하게 세우고 말했다.

"친화회……?"

쓰지무라가 어리둥절해서 백종두를 쳐다보았다.

"친화회가 필요치 않습니까? 필요 없으면 그냥 가지요."

백종두는 돌아설 자세를 취했다.

"아니오, 아니오. 너무 갑작스러워서 무슨 말인가 했소. 우선 저리 앉읍시다."

마침내 쓰지무라가 의자에서 몸을 일으키며 손을 저었다. 그 얼굴에서도 찬바람이 가셔져 있었다.

백종두에 못지않게 눈치 빠른 쓰지무라는 친화회란 한마디로 모든 것을 알아차렸고, 백종두 또한 쓰지무라의 그런 기미를 예민하게 포착했던 것이다. 그래서 두 사람 사이에서는 긴 이야기가 필요 없이 바로 결론에 이르게 되었다.

"아주 좋은 생각이오. 적극 환영이니 단체를 결성하도록 하시오."

쓰지무라는 환하게 웃었다. 백종두로서는 참으로 오랜만에 대하는 웃음이었다.

"알겠습니다, 필요하다면 그리 해보지요."

백종두는 마침내 온몸에 힘이 뻗치는 걸 느끼며 느릿하게 대답했다.

"명칭은 뭐라고 하는 게 좋겠소? 그냥 친화회만으로는 곤란하고, 군산친화회? 어떻소, 괜찮을 것 같은데."

"군산친화회? 글쎄요, 군산이면 뜻이 좀 좁아지지 않겠습니까? 그보다 더 큰 뜻으로 호남친화회라 하는 것이 어떻겠습니까? 군산이 호남의 중심이라는 뜻도 되니까요."

백종두는 한술 더 뜨고 들었다. 기왕 회장을 하자면 명칭이 거창할수록 좋다는 생각이었다.

"아하, 그거 좋은 생각이오. 그리합시다."

백종두는 그날부터 기가 되살아나서 바쁘게 돌아쳤다. 부청 가까이에다 사무실을 장만하랴, 사람들을 끌어모으랴, 간부진을 구성하랴, 발족식을 준비하랴, 점심도 설쳐가며 열흘 가까이를 보냈다. 그런 준비로 날마다 적지 않은 돈이 깨져나갔지만 그는 전혀 아까워하지 않았다. 다시 권세를 잡는 일이었고, 권세를 잡은 다음 더 많이 벌어들이면 간단히 해결될 문제였다.

오늘 오전에 회원 200여 명을 모아놓고 발족식을 개최했다. 백종두는 정식으로 호남친화회 회장으로 취임했다. 그러나 그건 감격이 아니었다. 그보다 더 큰 감격 때문에 그 감격은 덮어지고 말았다. 그 발족식에 부윤이 행차할 줄은 상상조차 못했던 일이었다. 부윤이 행차했으니 경찰서장이며 헌병대장이 뒤따른 것은 너무나 당연한 일이었다. 백종두는 부윤과 자리를 나란히 하게 된 감격에 정신이 혼미해질 만큼 황홀함을 느꼈고, 자신이 벌인 일이 그토록 대단한 것인지 스스로 놀랐던 것이다. 그 감격을 주체할 수가 없어 예정하지도 않았던 자축연까지 벌이게 되었다.

그러나 백종두는 어떻게 해서 부윤이 발족식에 행차하게 되었는지 그 내막은 까맣게 모르고 있었다. 그건 쓰지무라가 꾸며낸 연극이었다. 쓰지무라는 친화회 발족을 전적으로 자신이 구상하고 추진시키는 일로 기안하고 결재를 받았던 것이다. 그렇게 되니 쓰지무라의 공은 공대로 인정이 되고, 친화회는 내용적으로 부청의 사업이면서 형식적으로만 조선민간인들이 주도하는 사업으로 규정되었다. 그러니까 백종두는 부청의 통제와 지시를 받는 하수인이고 허수아비인 셈이었다. 그 내용이 어찌 되었거나 간에 백종두는 다시 꿈을 이루게 된 것이었다.

"여기 계신 다섯 분들 중에서 경성 구경 못하신 분들은 없으시겠지요?"

술기운이 얼굴에 발그레하게 퍼진 쓰지무라가 친화회 간부들을 둘러보았다.

"자네허고, 자네허고넌 안직 경성 귀경 못헌 신세제?"

백종두가 경박할 지경으로 빠르게 두 사람을 손가락질했고, 그들은 무슨 죄라도 진 것처럼 기죽어 대답했다.

"하, 하아! 철도가 놓인 지 언젠데 우리 친화회 간부쯤 되는 분들이 두 분씩이나 아직까지 경성 구경을 못했대서야 말이 됩니까. 그래서야 우리 대일본제국이 조선사람들을 위해 막대한 경비를 투자해서 철도시설을 한 뜻이 살아날 수가 있겠습니까." 쓰지무라는 자못 힐난하는 것처럼 말하다가 허허대고 웃으며 "예, 마침 잘되었습니다. 이번에 내가 다섯 분을 전부 경성 구경을 시켜드리도록 하겠습니다." 그는 느닷없이 호기를 부렸다.

"아니, 그게 무슨 말씀입니까?"

백종두가 어리둥절해서 물었다. 놀란 것은 백종두나 친화회 간부들만이 아니었다. 나머지 부청 관리 네 사람도 쓰지무라만을 쳐다보았다.

"뭐, 그리들 놀랄 것 없어요. 이번 9월에 우리 총독부가 시정(施政) 5주년 기념으로 경복궁에서 조선물산공진회를 개최하는 것이야 다들 알고 있지요? 에에 또, 이번 친화회 발족 기념과 간부들의 노고를 치하하는 뜻으로 물산공진회가 열리는 것에 맞춰 내가 여러 분들을 경성 구경을 시켜드리겠다 그런 말입니다."

쓰지무라는 어떠냐는 듯 좌중을 휘둘러보며 거드름을 피웠다. 나뭇잎들을 피해 비쳐드는 석양햇살을 받은 그의 얼굴은 무척이나 거만스러워 보였다. 사람들은 잠시 조용해졌다.

"아이고 참, 무한 영광입니다. 과장님께서도 동행하실 겁니까?"

백종두가 침묵을 깨며 이마가 술잔에 닿도록 머리를 숙였다.

"허허허, 동행하면 좋겠지만 나야 워낙 공무에 매인 몸이니까 그러기가 어렵지 않겠소?"

감히 동행까지 원하는 주제넘음에 감정이 뒤틀렸지만 쓰지무라는 아주 부드럽게 대꾸했다.

"예, 예 그러시겠지요. 별로 한 일도 없는데 이런 영광을 베풀어 주시다니……."

백종두는 전혀 생각지도 못했던 호의가 너무 고마워 그저 굽실거렸고, 다른 네 사람도 백종두를 따라 머리를 조아리고 또 조아렸다.

요런 조선놈들아, 네놈들은 역시 쓸 만한 놈들이야. 너희들 같은 놈들이 없다면 우리가 얼마나 더 힘이 들겠느냐. 조선놈들이 다 너희들 같기만 하다면 우리가 좀 좋겠느냐…….

입꼬리 처지는 웃음을 머금은 쓰지무라는 그들을 눈 아래로 깔아보면서 이런 속말을 하고 있었다.

"거 참, 경치가 썩 괜찮군그래."

눈을 가늘게 뜬 쓰지무라가 눈길을 멀리 보내며 엄지와 중지로 콧수염을 쓰다듬어 올렸다. 사람들의 눈길이 일제히 바다 쪽으로 쏠렸다.

바다는 나무들 사이사이로 펼쳐져 있었다. 그 바다에 해가 빠져들고 있었다. 한아름으로 커진 해는 하늘과 바다를 온통 불지르고 있었다.

"어메 기맥힌 거!"

어떤 기생의 탄성이었다.

"참말로 환장허게 좋네!"

다른 기생이 맞장구를 쳤다.

"그냥 팍 빠져 죽었으면 좋겄다."

또다른 기생이 한숨을 내쉬었다.

해가 일렁이고 아른거리는 불덩이로 바다에 점점 잠겨들면서 바다의 불길은 스러져가고 하늘의 불길은 더 심해지고 있었다. 바다의 불길이 스러지면서 해는 일직선의 굵고 긴 불기둥을 바다에 새로 만들어내고 있었다. 바다에 누운 그 긴 불기둥은 뜨겁지는 않으나 눈부신 찬란함으로 빛나고 있었다. 해를 등지고 여기저기 떠 있는 크고 작은 섬들은 해가 지는 바다의 풍광을 더 아름답게 수놓고 있었다.

"그래, 조선의 쌀과 풍광은 쓸 만해."

쓰지무라가 고개를 끄덕이며 중얼거렸다.

"예에, 금과 인삼은 어떻습니까?"

백종두가 냉큼 말을 받았다.

"금과 인삼이라, 음, 그것도 쓸 만하지."

쓰지무라는 백종두의 말을 막으려는 듯 술잔을 들어 홀짝 비웠다.

"짜아, 맨날 보는 그까진 것 그만 보고 인자 풍악 잠 울리거라."

백종두는 노을지는 바다 풍광에 정신 팔려 있는 기생들을 다잡았다.

호남친화회가 생겨난 것에 그 누구보다도 충격을 받은 것은 장덕풍이었다. 좀더 정확하게 말하자면 그 단체의 회장이 바로 백종두라는 것에 장덕풍이 받은 충격은 이만저만이 아니었다.

"아아니, 송장 다 되았든 그놈이 또 살아났단 말이여? 그 염병헐 놈 조상이, 다 죽었다가도 이슬 맞고 되살아나는 비암이다냐 머시다냐. 대체 그놈얼 누가 회장인지 된장인지럴 시킨 것이냐?"

장덕풍은 놀라움과 울화와 후회로 뒤죽박죽된 감정을 어찌하지 못하고 그 소식을 전해준 아들에게 소리를 질렀다.

"누가 시키고 말고 혀라. 지가 자청히서 회럴 맨글고 지가 자청히서 감투럴 쓴 것이제."

"고것이 무신 소리다냐?"

"아, 말 그대로제 무신 소리넌 무신 소리어라. 못 알아묵을 말이 머시가 있소."

장칠문은 불퉁스럽게 내쏘았다. 언제나 백종두를 질시하면서도 머리는 백종두를 영 못 따라가는 아버지가 장칠문은 딱하기도 했고 답답하기도 했던 것이다.

"그놈이 자작으로 염병지랄헌 것언 알겄는디, 근디 고것이 머시가 장헌 일이라고 부윤에 경찰서장 헌병대장꺼지 줄줄이 식장에 나갔냔 말이여."

"아이고 아부지, 답답허기가 솜뭉텡이에다 대가리 찧고 죽을 일 아니요, 요거. 친화회럴 맨글고 나슨 사람도 있는디 아부지넌 친화회가 먼지도 몰르고 있응게 그런 생뚱헌 소리만 허는 것이제라. 친화회가 머시냐 허먼 말이요 이, 일본사람허고 조선사람이 서로 성제간맨치로 다정허고 친허니 살아가게 맨들어가는 단체다 그것이오. 즈그덜이 바래는 일얼 맡어서 허겄다고 나섰으니 부윤이고 경찰서장이고 얼씨구나 얼매나 좋고 반갑겄소."

"허! 고런 생각얼 어찌 해냈을끄나?"

장덕풍은 아들을 멍하니 쳐다보았다.

"빌어묵을, 나도 몰르겄소."

장칠문은 짜증스럽게 돌아서 버렸다.

"백종두 그놈이 여시 중에서도 백여시여. 그놈이 또 득세헌 꼬라지럴 눈꼴시러서 어쩌크름 보제……."

장덕풍은 담배를 뻑뻑 빨아대며 심란스럽게 중얼거리고 있었다.

장덕풍은 백종두가 다시 득세하게 된 것만을 질시하는 게 아니었다. 백종두에게 어떤 보복을 당하게 될지 모른다는 두려움도 적지 않았다. 그가 영영 산송장이 되어버린 줄 알고 쌓이고 쌓인 속풀이를 맘껏 했던 것이 그렇게 후회스러울 수가 없었다.

벼슬 떨어진 양반은 개도 안 무서워한다고 했다. 그러나 벼슬 떨어진 아전놈이니 개미도 무서워할 리 없었다.

"벼슬자리에 앉어서 재산꺼정 탐허면 갓끈 떨어지는 것이야 당연지사 아니겄소. 재산이 욕심남사 나겉이 장사럴 히야제라. 재산얼 더 늘쿨라면 나헌티 장사럴 배우는 것이 으쩌겄소?"

이것이 첫 번째 앙갚음이었다.

"인자 돈이 말허는 시상인디, 나허고 동업 안 헐라요?"

이것이 두 번째 놀림이었다.

그런 다음부터 어디서 마주치면 외면을 해버리는 것으로 무시했다. 그런데 백종두가 되살아나다니, 독하고도 질긴 놈이었다.

장덕풍은 또 하나의 사실에 놀라고 있었다. 친화회 발족식에 200여 명이 모였다는 점이었다. 백종두가 완전히 외톨이가 되어버린 줄 알았는데 실속은 그게 아니었던 모양이었다. 물론 역전의 건달패나 부두의 왈패들까지 일당 줘가며 어중이떠중이 끌어모았기가 십상이었다. 그렇다고 하더라도 200여 명이 다 그런 잡동사니는 아닐 것이었다. 백종두가 친화회란 그 희한한 생각을 해낸 것에 못지않게 그 점이 신경쓰이고 있었다.

"무고허신게라우, 성님. 봉구 왔구만이라."

등짐을 진 김봉구가 빈대코를 씰룩이며 들어섰다.

장덕풍은 김봉구를 힐끗 쳐다보고는 고개를 돌려버렸다. 장덕풍은 기분이 상해 있어서 그러는 것만이 아니었다. 이제 김봉구 정도는 별로 달가울 것 없는 거래선이었던 것이다.

"무신 손해난 일 생기셨소?"

김봉구가 등짐을 벗으며 조심스레 눈치를 살폈다. 그는 등짐 지기에는 어울리지 않을 정도로 늙고 초췌한 모습이었다. 김봉구를 뒤따라 들어온 나보길도 쭈뼛거리며 장덕풍의 눈치를 살폈다.

"벨일 없응께 자네 일이나 챙겨."

장덕풍이 퉁명스럽게 내질렀다.

"야아, 벨일 없으면 다행이고라."

김봉구는 눈치 빠르게 외상값부터 내밀었다. 돈냄새야 아이들의 코도 벌름거리게 하는데 장덕풍의 입이 단박에 벌어지게 하려면 그 방법밖에 없었던 것이다.

"요것이 남치기 다여?"

돈을 받아드는 장덕풍은 무뚝뚝했다. 그러나 눈에는 벌써 생기가 돌았다.

"하먼이라. 거래넌 깨끔해야제라."

김봉구는 또 외상을 깔아야 할 것을 생각해서 장덕풍의 비위를 맞추는 동시에 제 신용을 강조하고 들었다.

"거래가 깨끔헐라면 인자 요 짓거리럴 끝내야 허는 것 아니라고?"

장덕풍은 매정하게 내지르며 김봉구를 꼬나보았다. 김봉구의 속셈을 미리 치며 기를 꺾는 것이었다. 벌써 거래는 시작되고 있었던 것이다.

"와따 성님, 그 인심 한분 놀부 찜쪄묵고 변사또 회쳐묵게 후허요 이. 알겄소, 천지개벽얼 열 분 아니라 백 분 헌다고 히도 외상 없는 거래 없는 법이고, 에누리 없는 장사 없는 법잉게 성님이 알아서 허씨요."

김봉구도 당하고만 있지 않았다. 장돌뱅이 세월 헛보내지 않은 입심으로 너스레를 떨며 장덕풍의 공박을 맞받아쳤다.

"잡것, 물에 빠져 뒤지면 그놈에 주딩이만 동동 뜨겄다."

장덕풍이 비로소 픽 웃음을 흘렸다. 그건 필요한 물목을 대보라는 표시였다.

"성님, 요분참에 한양 귀경 가시제라?"

김봉구는 장덕풍의 옆에 찰싹 붙어앉으며 딴전을 피우고 들었다. 좀더 마음을 노골노골하니 풀어놓자는 심산이었다.

"사람, 촌시럽기넌. 한양이 머시여, 한양이. 경성이제."

장덕풍은 자신이 퍽 도회지 사람이라도 되는 것처럼 흉을 잡았다.

"촌놈 입맛에넌 경성보담 한양이 낫소. 좌우간에 물산공진회 귀경 가시제라?"

"안직 몰르겄어. 자네넌 갈랑가?"

"아이고, 무신 말씸이시다요. 그런 귀경이야 성님겉이 돈 많은 양반덜이나 댕기는 것이제 우리 겉은 봇짐 신세덜이야 꿈이나 꿀 수 있간디라. 근디, 그 소문으로 시상이 시끌시끌허고 들썩들썩헌디, 조선팔도 물산이 한자리에 다 모이면 귀경거리가 굉장허겄제라?"

"이사람아, 조선것이라고 히봐야 볼만헌 것이 머시가 있겄어. 그저 그 타령이 그 타령이제. 진짜배기 귀경거리야 일본물건들이겄제."

"일본물건이라고라?"

김봉구가 어리둥절해졌다.

"또 촌놈소리 허고 앉었네."

장덕풍이 코웃음을 쳤다.

"아니, 조선물산공진회람서 일본물건덜도 내놓는갑제라?"

"이사람아, 자네 시방 자다가 봉창 뚜둘기는 기여? 조선이 일본 된 지가 언제라고 조선, 조선 허고 앉었어. 이름이 그냥 겉보기 좋게 조선물산공진회제 속뜻언 일본물건덜 선뵈는 자리란 말이여.

알아들어?"

장덕풍은 그들과 내통되고 있는 사람답게 그 내막을 미리 다 알고 있었다.

"그것이 그리되는구만이라……."

김봉구는 빈대코를 문지르며 눈만 껌벅거렸다. 그 새로운 사실 앞에서 자신은 역시 촌놈이라는 것을 뚧게 느끼고 있었다. 그리고 일본물건들이 다 모이는 공진회를 꼭 구경가고 싶은 마음이 간절하게 동하고 있었다. 그건 단순한 호기심이 아니었다. 봇짐장사나마 장사를 하는 입장에서 일본물건들을 두루 살피고 싶은 욕구였다. 그러나 그건 이룰 수 없는 꿈이었다.

"그리 존 귀경거리럴 놓고 안직 갈지 안 갈지 몰른다는 소리넌 머시다요?"

장덕풍의 기분을 맞춰주려다가 오히려 제 기분을 잡쳐버린 김봉구는 맥빠지는 소리로 물었다.

"아, 잔치판이고 굿판 벌어졌다 허먼 10리 밖에서고 20리 밖에서고 거렁뱅이떼덜이 먼첨 설레발치는 법 아니여? 요분 경성 귀경이 딱 그 짱이여. 밥술이나 뜨는 놈덜언 이놈이고 저놈이고 다 귀경 나스겄다고 지끔보톰 저리 와글와글 시끄러운디 정작 공진회가 열리면 판이 어찌 되겄어. 우리겉이 큰 상점 허는 사람이 그런 오만 잡것덜허고 뒤죽박죽이 됨서 꼭 가야 헐란지 어쩔란지 궁리 중이로구만."

배부른 소리고, 호박나물에 이빨 자랑이었다. 김봉구는 너무 맥이 빠져 더 할 말을 잊어버렸다.

경복궁에서 열린다는 물산공진회는 전국을 휩쓸고 있는 물결이었다. 총독부에서는 행정력을 동원해 조직적인 준비와 대대적인 선전을 해대고 있었다.

물산공진회 개최는 그냥 들뜬 소문만이 아니었다. 지역마다 동네마다 사람마다 구체적으로 참여를 실감하게 만들고 있었다. 김제·만경 평야의 호남미가 출품되는 것이야 더 말할 것이 없었고, 어떤 농산물이고 크고 굵은 것이면 일단 면사무소에 접수시키라는 것이었다. 그건 강압만이 아니었다. 심사를 해서 출품이 결정되면 그 사람에게는 포상도 하고 물산공진회 구경도 시켜준다는 달콤한 유혹이 사람들을 살살 긁어대고 있었다.

찬물도 상이라면 좋은 데다가, 평생 살아보았자 한양 구경이라고는 꿈도 꿀 수 없는 서민들의 처지에서는 그 조건들에 가슴 설레지 않을 수 없었다. 농민들은 어떤 농산물이든 간에 큰 것을 찾아내려고 부산하게 돌아가고 있었다.

그런데 농민들보다 더 신바람이 난 사람들이 있었다. 손재주가 남달리 좋은 사람들이었다. 예로부터 조선팔도의 농공수산품으로 소문이 자자한 개성 인삼, 강화 돗자리, 안동 포(布), 나주 죽세공품, 통영 반(飯), 태백산 송이버섯, 상주 곶감, 영광 굴비, 해남 차, 제주 갓, 지리산 꿀 같은 것들은 이미 출품이 지정되어 있었다. 그런 것들 말고도 도처에서 손재주 좋은 사람들이 만들어내는 물건들은 헤아릴 수 없이 많았다. 대장장이 갓장이 고리백정을 대표로 해서 그 손재주 좋은 사람들은 예로부터 무던히도 천시를 당해온 사람들이었다. 그런데 그들이 만든 물건들을 가려뽑아 포상도 하고, 한양 하고도 경복궁에서 자랑거리로 전시도 하고, 한양 구경까지 시켜준다는 것이었다. 그것이야말로 대물림해 온 한과 서러움을 한바탕 풀어볼 수 있는 사람대접이었던 것이다. 온갖 손재주들을 지닌 사람들은 제각기 있는껏 솜씨를 발휘하느라고 손놀림에 신명이 오르고 있었다.

그런 뒷전에서 자리잡힌 장사를 하는 상인들이거나 소작인깨나 부리는 지주들은 끼리끼리 모여앉으면 물산공진회를 이야깃거리 삼았다. 그 기회에 기차도 타보고 신식으로 변해가는 경성 구경도 하고 다른 재미도 보자며 가슴들을 부풀리고 있었다.

이동만도 다리를 절름거리는 몸으로 경성 행차를 준비하느라고 바삐 돌아가고 있었다.

"이 주임도 물산공진회 구경을 가고 싶은 마음이 있겠지?"

어느 날 지배인 요시다가 먼 산을 바라본 채 마음을 떠보듯 물었다.

"아 예, 지배인님께서 허락하신다면 모시고 다녀오고 싶습니다만……."

이동만은 솔직하게 대답했다.

요시다 밑에서 10년이 넘게 살아오면서 이동만은 그의 성격은 물론이고 마음의 갈피갈피까지 샅샅이 살피고 알아차릴 수 있게 되어 있었다. 그의 눈짓 하나, 표정 하나로도 그가 무슨 생각을 하고 무엇을 바라는지 금방금방 눈치챌 수 있었다. 그러나 이동만은 자신만 그렇게 요시다를 잘 안다고 생각하지 않았다. 요시다도 자신을 너무나도 잘 알고 있기는 마찬가지였다. 요시다가 자신의 마음을 꿰뚫고 있다는 것은 그동안 생활해 오면서 이동만은 한두 번 느낀 것이 아니었다. 그래서 이동만은 요시다 앞에서 언제나 솔직하고 기민하고 철저하고 맹종하는 것을 신조로 삼고 있었다. 김제·만경 평야에서 제일 큰 농장의 주임자리는 단순히 지배인 다음가는 두 번째 자리만이 아니었다. 그 권세로나 실속으로나 그 어떤 면장도 부러울 것이 전혀 없었다. 농장의 면적부터가 몇 개의 면에 걸쳐 있었다. 그리고 거느리는 소작인들의 수도 어느 큰 면의 면민들보다 많았고, 휘하의 농감들이 시시때때로 눈치껏 바치는 돈이며 물품들은 제아무리 배불리는 면장이라 해도 하품 나올 뿐이었다.

요시다는 면장 정도는 아예 상대조차 하지 않았다. 요시다는 부윤이나 헌병대장과 술을 권커니 잣거니 하는 사이였다. 그러니 면장들은 자연히 자신의 차지가 되었다. 면장들이 아무리 다른 재주를 부려봐야 자신이 내주는 목돈이 제일 클 것은 보나마나였다. 갈수록 재산이 불어나면서 면장들도 마음대로 주무를 수 있는 주임이라는 자리, 그 자리를 지키기 위해서는 요시다의 발을 씻겨주는 정도가 아니라 발바닥을 핥으라면 핥을 각오까지 되어 있었다.

"그래, 날 모시겠다는 자네 마음은 잘 알겠네만 그게 하루이틀도 아니고……."

"예, 예, 알겠습니다. 제가 사무실을 지킬 테니 아무 염려 마시고 며칠이든 마음 푹 놓으시고 편히 다녀오십시오."

이동만은 요시다의 말이 미처 끝나기도 전에 이렇게 말했다.

"그럼 자넨 어쩔려고?"

요시다가 옆눈길로 물었다.

"예, 농장이 중하지 구경이 중하지 않습니다. 저는 안 가겠습니다."

이동만은 요시다를 똑바로 쳐다보며 분명하게 말했다. 그는 말만 그러는 것이 아니었다. 요시다의 말을 듣는 순간 그는 정말로 경성 구경을 깨끗하게 포기하고 말았다.

"그래, 내 말은 그런 말이 아니야. 하루이틀 걸릴 게 아니니까 내가 다녀온 다음에 자네도 다녀오라는 걸세."

이동만은 눈치가 너무 빨랐던 것이다.

"아닙니다, 아닙니다. 저는 정말 구경 안 해도 괜찮습니다."

그러나 이동만은 마음의 동요를 전혀 드러내지 않고 굳은 태도를 보였다. 혹시 요시다가 자신의 마음을 떠보는 것인지도 몰랐던 것이다.

"그럴 것 없어. 지금이 모내기철이라면 자네와 함께 가는 것이 나도 좋지. 허나 추수철이 얼마 안 남았으니까 사무실을 비우지 말자는 거야. 물산공진회는 자주 열리는 것도 아니니까 자네도 구경해 두는 게 좋아. 그건 그냥 눈요기만이 아니라 사람의 식견을 넓힐 수 있는 좋은 기회니까 내 말대로 해. 허고, 자네가 나를 꼭 따라가는 것만이 위하는 건 아니지."

"예, 예, 알겠습니다. 분부대로 따르도록 하겠습니다."

이동만은 두 번 세 번 허리를 굽혔다. 그러면서 여운 담긴 요시다의 마지막 말을 재빨리 움켜잡고 있었다.

"그런데 한 가지 엄명할 게 있네."

"예, 말씀하십시오."

"농감들이 주제넘게 구경가겠다고 나설 거네. 단 한 놈도 움직이지 못하게 엄명을 내리란 말야. 이번에 집을 비우는 놈들은 당장 잘라버릴 테니까. 마음들 들뜨지 말고 작인들이 새떼 잘 지키도록 감독하라고 지시하게. 지금부터 소출을 축내지 않는 건 새떼들에 뜯기지 않는 것뿐이니까."

"예, 지당하신 말씀이십니다. 엄명대로 차질 없이 시행하겠습니다."

이동만은 그날부터 그의 전용마차를 타고 농감들을 찾아 농장 일대 순시에 나섰다. 그는 긴 싸리회초리로 뚝심 좋은 조랑말의 볼기짝을 갈겨대며 기세등등하게 큰길이고 좁은 논두렁길이고 거침없이 달렸다. 소작인들은 그를 보면 길에서고 논에서고 깊이 인사들을 했다.

그러나 그는 인사하는 사람들을 거들떠보지도 않았다. 그렇다고 아예 인사를 하지 않았다간 날벼락을 맞는 판이었다.

그가 거들떠보지도 않는 것은 사또가 평교자 가마에 올라앉아 거드름을 피우는 것처럼 거만을 떠는 것이었지 절을 올리지 않는 것을 묵과하는 것이 아니었다. 벌써 사오 년 전에 인사를 하지 않았다가 날벼락을 맞고 소작을 떼인 사람이 몇몇 있었다. 인사를 하지 않는 작인을 찾아낸 그는 곧바로 말을 세우고 그 작인에게 사정없이 회초리질을 해댔다. 그리고 그날로 소작을 뺏어버렸다. 그런 일을 당한 소작인들은 어찌할 수 없이 다른 살길을 찾아 마을을 떠나야 했다. 그 소문이 퍼진 다음부터 그가 나타났다 하면 작인들은 피를 뽑다가도 절을 했고, 물을 푸다가도 절을 했고, 물꼬를 트고 막다가도 절을 해야 했다. 그러나 그가 멀어지면 그 누구나 어김없이 한마디씩 내뱉었다.

"참, 빙신 맘 고른 디 없드라고 쩔뚝발이가 빙신육갑이여."

"개잡녀러 새끼, 발통이나 한나 팍 빠져 논바닥에 칵 처백혀뿌러라."

"염병얼 앓다가 땀 못 내고 뒤질 놈, 대대로 왜놈 좆물이나 뽈아라."

이동만의 1인용 마차는 그가 다리를 절룩이게 되면서 맞춘 것이었다. 절룩이는 다리로는 그가 애지중지하던 자전거도 무용지물이 되고 말았다. 말은 더구나 오르내릴 수 없는 몸이었다. 그렇게 되니 금방 난감한 일이 벌어졌다. 말을 타고 다니는 요시다를 수행할 수 없게 된 것이었다. 그거야말로 위기가 아닐 수 없었다. 그런데 아들이 기막힌 꾀를 짜냈던 것이다. 자전거의 두 바퀴를 이용해서 마차를 만들라는 것이었다.

당장 아들에게 자전거를 끌게 해 부둣가를 찾아갔다. 째보선창 옆의 뒷길에는 고장난 일본배들을 수리하는 기계공장들이 줄지어 있었다. 거기서 자전거바퀴를 양쪽에다 붙여 마차의 뼈대를 얽어 짰다. 그리고 목수솜씨로 앉을깨를 그럴듯하게 짜달고, 바퀴의 높이와 어울리면서 뚝심 좋은 제주도 조랑말이 끌게 했다.

"하이고, 저 꼬라지 참말로 가관이여. 저것이 이 도령 뒤에서 촐랑대는 방자놈 꼬라지도 아니고, 저것이 멋이까?"

"머시기넌 머시여. 왜놈 상전이 탄 말방구럴 배터지게 맡은 기운으로 심뽀 고약허니 쓰는 조선놈 마당쇠제."

"허허, 조선놈 양반 꼬라지 참 싸다. 저 꼬라지 헐람사 양반이라고 족보 자랑이나 말든지. 속창아리없는 놈!"

적토마 위에 높직하게 올라앉은 요시다의 뒤를 조랑말이 끄는 조그만 마차를 타고 뒤떨어질세라 부산스럽게 따라가고 있는 이동만의 모습을 먼발치로 바라보며 사람들이 내뱉는 말이었다.

이동만을 맞이하는 농감들의 태도는 이동만이 요시다를 대하는 것보다 더 굽실거렸으면 굽실거렸지 덜한 사람들은 아무도 없었다. 그들의 목이 이동만의 손아귀에 잡혀 있기 때문만이 아니었다. 이동만은 농감들이 허리를 반 이상 굽히지 않는 절은 용납하지 않았다. 허리를 반의반쯤만 굽히는 절을 했다가는 그 허리를 펴기도 전에 등줄기에 회초리질을 당했고, 그날로 농감자리는 날아갔다. 이동만은 자신이 요시다에게 굽실거리는 만큼 아랫사람들에게 대접받기를 원하고 있었다.

"지배인님께서 요분 물산공진회에 행차허시게 되았네. 어러신 행차에 그냥 넘어가서야 아랫것덜 예절이 아니겄제."

농감들을 상대하는 이동만의 말은 요시다가 여운을 남긴 것과는 달리 아주 노골적이었다.

"하면이라, 그리허능 것이 당연지사제라."

농감들은 이동만의 말이 떨어지기 바쁘게 동의하고 나섰다.

"그려, 고것이 사람 사는 도린게로."

이동만은 흡족하게 고개를 끄덕였다.

"근디 저어…… 얼매나……."

"어험, 험, 너무 많으면 그 어러신헌티 욕이 되고, 너무 적으면 그 어러신 체면얼 깎는 것이고……. 그저 똑겉이 돌아감서 20원으로 허면 세지도 모지래지도 안컸는디, 어찐가?"

"야아, 아조 좋구만이라. 그리허제라."

어느 농감이고 흔쾌할 뿐이었다.

"허고, 지배인님이 내리신 엄명인디, 농감덜 중에 단 한 사람이라도 물산공진회 귀경 나슬 생각 말란 것이여. 추수가 얼매 안 남었응게 집집마동 새 보는 것 단단허니 감독허라는 분부시구만!"

"하면이라, 그러고말고라."

돈 뜯기고 구경도 못 가게 되고, 그러나 쓰린 속을 드러내는 농감은 하나도 없었다. 신선놀음인 농감자리를 지켜야 했던 것이다. 그리고 또 눈치 빠르게 굴어야 했다.

"주임님께서도 경성에 행차허시제라?"

만약 이 사실을 확인하지 않고 그냥 넘어가는 농감은 스스로의 목을 스스로 치는 미련하고 어리석은 자였다.

"이, 가기넌 가는디, 지배인님 엄명으로 지배인님이 댕게오신 담에 따로, 나 혼자 따로 뜨게 정해졌구마."

그 물음을 기다리고 있었던 이동만은 '혼자 따로 간다'는 것을 강조했다.

"글먼, 주임님 노자도 20원으로 장만허면 되겄능게라?"

"머, 나야 머…… 그것이야 글씨…… 나가 머시라고 허기넌 머시 허고……."

이동만은 그의 특유한 어물거림을 이용해서 좋다는 대답을 대신하고 있었다.

농감들은 자기네가 요시다의 몫으로 내놓을 20원 중에서 아무리 못해도 5원씩은 이동만의 차지가 될 거라는 건 빤히 알고 있었다. 그들은 이래저래 속이 쓰리고 배가 아팠다. 그러나 그들은 곧 마음을 수습하고 다잡았다. 경성 구경을 못 가는 것이야 어쩔 수 없었지만 억울하게 뜯기게 된 거금 40원까지 손해볼 수는 없었던 것이다. 그들은 이번 추수 때와 내년 소작을 정할 때 벌충하기로 작정했다. 소작인들을 볶아치고 닦달해 대고 엄포를 놓아대면 그만한 돈을 벌충하기는 어렵지 않았던 것이다.

9월로 접어들어 요시다는 양복에 중절모자를 쓰고 지팡이까지 든 서양멋쟁이가 되어 기차에 올랐다. 그는 조센징들이 떼거리로 몰리는 것이 꼴보기 싫다며 한발 앞서 떠난 것이었다.

요시다가 떠나자 이동만의 마음도 완전히 들떠올랐다. 무슨 옷을 입고 갈 것인지, 누구와 동행을 할 것인지, 돈은 얼마나 가지고 가야 할 것인지, 그는 온몸이 근질근질하기도 하고 간질간질하기도 하는 쑤석거림으로 사무실에 붙어 있지를 못하고 사방으로 싸돌아다녔다.

그런데 갑작스러운 사고가 생겨났다. 측량기술자가 되어 타지로 나가 있던 큰아들이 몸을 다쳐 실려온 것이었다.

아들은 측량을 하다 어디서 구르거나 떨어져 다친 것이 아니었다. 도처에서 측량반들이 입고 있는 집단폭행을 당한 것이었다. 그런데 하필이면 자기 아들이 심하게 다쳐 이동만은 열이 올랐다.

"모지랜 놈, 그리 눈치싸게 허라고 일렀는디도 질로 많이 다치다니 원!"

병원에서 돌아온 이동만은 혀끝이 떨어져 나갈 지경으로 혀를 차댔다.

"갸가 모지래기넌 머시가 모지랜다고 그리 말씸허시요. 왜놈순사가 왜놈덜만 감싸고 돌고 우리 경재넌 몰라라 해부렀다고 허는 말 다 듣고도 그러시요."

이동만의 아내 박씨가 고까워하며 아들을 편역들고 나섰다.

"아, 왜놈 왜놈 허덜 말어!" 이동만은 버럭 소리를 지르고는 "사정이 그렁게로 더 눈치싸게 피허고 내빼고 헐지 알어야 된다 그 말 아니냔 말이여." 그는 말을 걸고 드는 아내를 마땅찮게 노려보았다.

"아니, 어찌 그리 경재헌티만 쉽게 말허고 그런다요? 눈치싸게 허는 것 그리도 잘 암스로 당신언 어찌 그리 오지게 당혔습디여?"

박씨는 여지없이 오금을 박고 들었다.

"아니, 머시가 어찌고 워쩌! 요런 빌어묵을 예펜네가 그냥!"

정통으로 가슴팍을 찔린 이동만은 곧 아내를 칠 것처럼 주먹을 치켜들었다.

"더 크게 욕허씨요. 그런 언사가 그리 좋아허는 양반 체통인갑소 이."

박씨의 싸늘한 말이었다. 이동만은 연거푸 가슴팍을 찔리고 있었다.

"에잇, 빙신 팔푼이 겉은 놈. 타지 중에서도 전남 곡성땅으로 들어가는 판이면 정신얼 곱쟁이로 빠짝 채렸어야제. 예전보톰 독허기로 전라도서도 남도고, 남도서도 삼성인 것이야 소문이 뜨르르헌 것 아니여. 보성 장성 곡성, 삼성놈덜이야 숨 안 쉬고 물밑으로 50리 기고, 밥 한술 안 묵고도 뻴 밭 100리 걷는다는 소문난 독헌 인종덜 아니여. 그런 곡성땅으로 측량깃대 꽂으로 들어갔음사 지한 몸 피헐 구녕보톰 찾아놓고 무신 사단이 났다 허먼 내뻴 채비럴 단단허니 혔어야제, 모지래는 놈!"

이동만은 양반 체통이라는 공박에 그나마 감정을 억누르느라고 담배 한 대를 빨아대며 이렇게 화풀이를 하고 있었다.

"경성 걸음 작파된 것이야 너무 서운해허지 마씨요. 물산공진회야 언제라도 또 열 것 아니겄능가요."

남편이 수그러드는 기색을 보이자 박씨는 괜히 켕기기도 하고 미안스럽기도 해서 이렇게 말했다.

"아니, 경성 걸음얼 누가 작파혔는디? 경재 그놈이 시방 당장 죽을벵 들었간디 경성 걸음 작파허고 말고 혀?"

이동만은 가당찮다는 듯 눈을 치떴다.

"워메, 자석이 저리 상해 있는디도 귀경 나스겄다는 말이다요?"

"어허, 무신 잔말이 그리 많혀. 그놈이 다친 것이야 여러 날 잡아묵을 만치 잡아묵어야 낫는 것잉게 나가 집에 붙어 있어도 아무 소양이 없어."

이동만은 방문을 박차고 나가버렸다.

한편, 정재규는 경성으로 발길할 동행이 마땅찮아 이럴까 저럴까 망설이고 있었다. 그냥 한바탕 놀기로 마음먹자면 평소에 어울리는 노름벗이고 술벗이 얼마든지 많았다. 그러나 경성에 가서 막내동생을 만나자면 그런 표나는 난봉꾼들과 패를 짠다는 것이 영 내키지 않았다. 보나마나 성질 깔끔하고 천한 것 싫어하는 도규에게 큰형으로서의 체면이 서지 않을 것은 너무나 빤한 일이었다. 그렇다고 경성까지 올라가서 도규를 만나지 않을 수도 없는 노릇이었다. 그랬다가는 한집에 거처하고 있는 도규의 아내를 대할 면목이 완전히 없어지고 말 터였다. 그건 부모님 안 계신 집안의 맏잡이로서 차마 할 수 없는 짓이었다.

정재규는 경성에서 한바탕 놀아볼 것을 포기하지 않을 수 없었다. 그러고 보니 동행할 사람을 찾기가 더 난감해졌다. 정재규는 이리저리 궁리하다가 어차피 놀이판을 포기한 마당에 동생 상규와 동행하는 것이 어떨까 싶었다. 상규와 함께 경성에서 도규를 만나면 썩 괜찮을 것 같은 생각이 들기도 했다. 삼형제가 자연스럽게 한자리에 모여앉으면 그간에 틈이 생겼던 형제간의 우애가 다시 맞붙게 될 것 같기도 했던 것이다. 정재규는 자신의 욕심을 채우려고 재산분배를 그렇게 하고 나서 서로의 사이에 금이 가게 된 것이 늘 마음 찜찜하기도 했던 것이다.

정재규는 그것이 좋겠다 싶어 상규를 찾아가기로 마음 정했다.

"나야 가난히서 그런 디다 쓸 돈 없응게 성님이나 귀경 많이 허고 오씨오."

정상규는 냉정하게 잘라 말했다.

"니 나허고 동행허는 것이 싫어서 그러지야?"

정재규는 무참하고 불쾌한 것을 참아내며 부드럽게 물었다.

"그 무신 섭헌 소리다요? 나야 만석꾼 되기 전에넌 그런 헛돈 한 푼도 안 쓸 참잉게라."

정색을 한 정상규의 말이었다.

"만석꾼?"

정재규는 어이없는 얼굴로 동생을 쳐다보았다. 헛웃음이 나오려는 것을 애써 참아내고 있었다.

"어째, 헛소리겉이 딛기요? 지끔 여러 말 헐 것 없이 두고 보기나 허시요."

정상규는 야무지게 입을 훔쳤다. 정재규는 동생의 그 모습에서 서늘한 기운을 느꼈다. 그와 동시에 몇 가지의 기억이 스치고 지나갔다. 세뱃돈을 1년이 다 되도록 아껴 썼던 것도 상규였고, 서당에서 돈따먹기 놀이에 이골난 것도 상규였고, 손버릇 나쁜 하인들을 곧잘 잡아냈던 것도 상규였다.

"큰놈언 헤퍼서 탈이고, 작은놈은 마뎌서 탈이여. 두 놈이 지대로 될라면 서로 뒤섞어서 반반씩 노놔야 되는디."

아버지가 어머니한테 가끔 한 말이었다.

"돈언 걱정 마라. 나가 다 댈 것잉게."

정재규는 동생이 경성을 안 가겠다는 것이 당황스럽기도 하고 그냥 돌아서기가 민망하기도 해서 이렇게 말했다.

"아니, 그럴 것 없소. 빚지고 살 맘도 없고, 왜놈덜 잔치 귀경헐 맘도 없응게."

정상규는 싸늘하게 고개를 돌려버렸다.

빚……? 정재규는 그 한마디에서 동생이 자신에게 품고 있는 감정을 여실하게 느낄 수 있었다. 만석꾼이 될 꿈을 가지고 있었던 동생에게 재산을 3등분해 주지 않은 자신이 얼마나 큰 감정을 샀을 것인지 새삼스럽게 깨달아지는 것이었다. 정재규는 더 할 말이 없어 그냥 돌아서지 않을 수 없었다.

또한, 서무룡이도 턱없이 경성 구경에 들뜬 사람들 중의 하나였다.

"이사람아, 정신 채려. 잠자리꺼정 돈 내고 사야 허는 물가 비싼 한양서 메칠 묵자면 큰돈이 깨질 판인디, 자네가 그런 돈 있능가? 뱁새가 황새 따라갈라다가넌 가랭이 찢어진게."

손판석은 또 간곡하게 만류했다.

"아따, 걱정도 팔자요 이. 사람이 살면 얼매나 산다고 평상얼 뱁새로만 살 것이오. 외상이면 소도 잡아묵드라고 모지래는 돈언 빚얼 냈응게 나가 요분참에 요렇타께 황새놀음 한분 혀볼 참이오."

서무룡은 기세 좋게 손바닥을 탁탁 털며 어깨를 번갈아 으쓱거렸다.

"발써 빚얼 냈어?"

"허 참, 아재도. 낼모래 뜰 참인디 발써가 무신 소리다요?"

"그려…… 나가 백지 헛소리헌 것이로구마……." 손판석은 맥이 빠지는 걸 느끼며 중얼거리고는, "그나저나 이 등짐 져서 그 무서운 빚돈얼 어느 세월에 끌 참이제?" 그는 근심스럽기도 하고 한심스럽기도 한 얼굴로 서무룡이를 물끄러미 바라보았다.

"빚돈이 머시가 무섭소. 갚다가 못 갚으면 떼묵는 것이 빚돈인디. 빚돈 떼묵는 재미가 얼매나 오진지 몰르제라?"

"허, 그사람 참……."

손판석은 어이없어하며 쌈지를 꺼냈다.

"그라고 말이요 이, 경성 귀경 갔다 와서 요놈에 빌어묵을 짓 때래엎을라요."

"뜸금없이 무신 소리여?"

손판석의 눈이 휘둥그래졌다.

"머 그리 놀랠 것 없소. 세세헌 이애기야 담에 허고, 나도 인자 심쓰고 살 때가 되았소. 나가 그간에 보름이 놓고 두 번썩이나 천불 일어나는 분헌 꼴 당헌 것도 다 심이 없어서 그런 것인디, 나도 인자 뼉따구 실해지게 나이 묵었고, 그간에 발판도 다질 만치 다져놨응게 새판으로 살게 될 것이구만이라. 아재넌 나가 보름이럴 차지허는 것이나 귀경허고 있으씨요."

서무룡이의 차분한 말이었다. 그는 무슨 일을 단단히 작정한 듯 냉기 서린 얼굴에는 어느 때 없이 잔인기가 질게 드러나고 있었다.

"그리 뜸만 딜이지 말고 탁 까내놓소. 나가 자네 일 망칠 사람도 아니겄고."

손판석은 궁금해서가 아니라 불안해서 그가 하려는 일을 알고 싶었다.

"미리 알아서 아재헌티 좋을 것이 없소. 나가 허는 일이 잘되면 아재헌티도 해로울 것이 하나또 없응게 아재넌 그냥 귀경만 허고 있으씨요."

그 완강한 태도로 보아 서무룡이는 속내를 드러내 보일 것 같지 않았다.

"그려, 자네도 나이로나 기운으로나 장정 노릇 질로 실허게 헐 때제. 근디 말이시, 원체로 무서운 시상잉게 기운 쓰는 것맨치 생각도 짚이 해야 될 것잉마. 자네가 보름이헌티 일편단심인 것언 참 존디, 못헐 말로 히서 보름이넌 인자 헌지집이여. 여자넌 미색만 갖고 되는 것이 아닝게 헌지집 보고 자네 전정 망칠 무신 일 저질르지넌 말란 말이여. 존 일 헌다고 보름이넌 인자 잊어불란 말이시."

손판석이는 또 그 이야기를 했다. 말은 헌계집이라고 했지만 보름이를 위해서였다. 보름이가 느닷없이 순사 계장 세키야에게 넘겨진 것은 기가 막힐 노릇이었다. 그러나 막상 어찌할 도리가 없는 일이기도 했다. 보름이는 자신의 기박한 팔자에 눈물지으면서도 자식을 키우기 위해 견뎌낼 작정을 하고 있었다. 그나마 보름이에게 무슨 피해가 가지 않게 하려고 서무룡이의 마음을 돌리기에 애써 왔던 것이다.

"또 그 소리요? 아재 입만 아플 것잉게 똑겉은 소리 얼매든지 해댔씨요. 아재 눈에넌 헌지집이고 헌걸레짝으로 뵈는지 몰라도 나 눈에넌 빠닥빠닥헌 새시악씨고 까실까실헌 새옷이단 말이오."

화가 난 서무룡이는 불량기를 그대로 드러냈다.

"그려, 자네 알어서 혀. 세키야가 장칠문이도 아니고 혀서 자네 신세 생각히서 헌 소린게."

손판석은 한숨을 내쉬었다.

"그 개녀러 세키얀지 지 에미 붙어묵을 씨부랄 놈에 세키얀지 어찌 되는가 두고 보기나 허씨요."

서무룡이는 불량기 는적이는 얼굴로 침을 내뱉었다.

손판석은 독기를 풀풀 날리며 멀어져 가는 서무룡이를 바라보며 보름이가 더 험한 꼴 당하는 것이 아닌가 하는 불안을 떼치지 못하고 있었다.

장칠문이가 보름이를 세키야에게 넘기자 서무룡이는 한동안 술만 마셔대며 날뛰었다. 술에 취해 아무에게나 시비를 걸어 날마다 싸움판을 벌였다. 그게 다 제힘으로는 어쩔 수 없는 세키야에 대한 분풀이였다. 손판석은 여러 말로 타이르고 말렸지만 서무룡은 들은 척도 하지 않았다. 그나마 다행인 것은 워낙 싸움질에는 이골이 나서 술에 취해 싸우는데도 별로 얻어맞지는 않는 것이었다. 한

동안 그러던 서무룡이는 차츰 술을 덜 마시게 되었다. 그래서 보름이를 잊어가는 것으로 생각했었다. 그런데 보름이를 잊기는커녕 오히려 무언가 엉뚱한 일을 꾸미고 있었던 것이다. 그 일이 무엇인지 손판석은 전혀 낌새를 알 수도 없었고 짐작이 되지도 않았다.

손판석은 보름이의 처지가 딱해 만주에서 돌아온 공허에게 의논하지 않을 수 없었다. 어떻게 몰래 빼내 만주의 어머니 곁으로 보내자는 것이었다.

"그것 참 고약허니 되았소 이. 그 기맥힌 처지도 알겄고, 손샌 말도 잘 알아듣겄소. 근디…… 만주로 간다고 팔자가 피기가 에롭소. 만주살이도 갈수록 각박허고 위태로와져서 하로하로가 근심이고 걱정인 형편이오. 에린 아그 딸린 몸으로 만주로 갔다가넌 에린것 안 굶기고 지대로 키울란지나 몰르겄소. 출가외인이 자석꺼정 딜고 타국땅서 떠도는 가난헌 친정 찾어가면 몸고상에 맘고상이 얼매나 크겄소. 여그서넌 맘고상이야 커도 몸고상이야 없을 것 아니겄소. 야박헌 말인지넌 몰라도 기왕지사 그리 꾀인 팔잔께 여그서 그냥 맘고상 참어감서 자석이나 지대로 키우는 것이 어쩔랑가 몰르겄소. 손샌이 삼봉이 엄니 맘얼 잡아앉히기 에로우면 언제 나가 삼봉이 엄니럴 만내 알아듣게 이얘기헐 수도 있겄소."

공허의 말은 부드러웠으나 만주로 갈 수 없다는 것은 분명히 하고 있었다.

"아니구만이라, 삼봉이 엄니가 만주로 가겄다는 것이 아니고 지가 옆이서 보기가 맘 아파서 그냥 헌 말이구만요."

사소한 인정에 흔들림이 없는 공허의 태도에서 의병투쟁 때의 공허를 떠올리며 손판석은 서둘러 그 이야기를 끝냈다.

이틀 뒤에 서무룡은 일본식 활동복을 새것으로 입고 나타났다.

"아재, 나 시방 경성에 가느만이라. 멀 사다디릴게라? 말만 허씨요."

"그려? 경복궁얼 떠오소. 아니여, 노자도 못 보탰는디 자네나 귀경 많이 혀."

소슬한 바람결에서도 해맑아진 하늘빛에서도 가을의 자취는 역연했다. 한성의 9월은 가을이 한걸음 더 빨라 북으로 북악산 줄기로부터 남으로 관악산까지 커다란 동그라미를 그리고 있는 산줄기의 봉우리 봉우리 들의 자태가 더욱 선명해지고 있었다.

고요와 함께 스미는 가을의 정취에 어울리지 않게 경성역은 날마다 사람들로 북적거리고 있었다. 기차가 도착할 때마다 사람들이 역에서 꾸역꾸역 밀려나오고는 했다. 경부선 호남선 경의선을 타고 물산공진회를 구경하러 오는 사람들이었다. 그들은 거의가 테 큰 갓에 비단두루마기 차림이었다. 그들이 자기네 고장에서 이래저래 행세깨나 하는 사람들이라는 것은 금방 표가 났다. 그들 사이에 관리복을 입거나 활동복을 입은 사람들이 섞여 있었다.

그들을 맨 먼저 환영하는 것은 역 근처의 여러 여관에서 나온 심부름꾼들이었다. 눈 반들거리는 상고머리 젊은이들은 서로 먼저 손님들을 끌어가려고 목쉰 소리를 외쳐가며 이리 뛰고 저리 뛰었다. 거기다가 마중 나온 사람들까지 뒤엉클어져 역 앞의 넓은 마당은 장터보다 더 시끌덤벙하고 와글거렸다.

"형님, 여깁니다, 여기!"

정도규는 사람들을 헤치며 체면 불구하고 목소리를 높였다.

"이, 도규 니 나왔구나. 니 못 찾는지 알고 걱정했다."

정재규는 반색을 하며 이마를 훔쳤다.

"아이고 도규야, 니 오랜만이다."

"아, 어서 오세요. 형님도 오셨군요."

정도규는 사촌형에게 인사를 했다. 그리고 주변을 두리번거렸다.

"니 멀 찾냐?"

정재규가 동생에게 물었다.

"작은형님은요?"

"안 오겄다드라."

정재규는 무뚝뚝하게 대꾸하며 발걸음을 떼어놓았다.

"아니, 왜요?"

정도규의 얼굴이 일그러졌다.

"말도 마라. 느그 큰성님이 찾어가서 동행허잔게 만석꾼 될 때꺼정 그런 헛돈 안 쓴다고 허드란다. 그려서 큰성님이 비용얼 다 댈 것잉게 가자고 혀도 빚지기 싫담서 돌아서 부렀단다."

사촌이 들은 대로 옮겼다.

"형님, 그게 사실인가요?"

정도규는 큰형에게 다시 물었다.

"나넌 더 말도 허기 귀찮은게 안 믿기면 니가 직접 상규헌티 물어봐라."

정도규는 얼굴이 쓸쓸해지며 가는 한숨을 쉬었다. 그는 그 말을 의심하지 않았다. 작은형이 만석꾼 될 욕심을 이미 실행에 옮긴 것을 알고 있었고, 큰형을 평생 상대하지 않겠다는 말도 여러 번 들은 터였다. 정도규는 이번에 큰형과 작은형이 함께 상경하기를 고대하고 있었다. 그래서 며칠 지내며 재산다툼으로 상한 감정이 응어리 없이 풀어지기를 바랐던 것이다. 그 좋은 계기가 틀어져 버린 것이 정도규는 못내 아쉽고 마음 허전했던 것이다.

"전차는 길을 건너가서 타야 합니다."

"전차? 그것이야 진작 타봤응게 더 멋진 것 있덜 않냐. 하이얀지 닥구신지."

정재규는 발길을 멈추고 말했다.

"닥구시는 굉장히 비싼데요?"

정도규의 얼굴이 약간 찡그려졌다.

"아, 지까진 것이 비싸면 얼매나 비싸겄냐. 그것도 다 경성 귀경 아니여?"

"그러지요, 그럼."

정도규는 마땅찮았지만 어쩔 수가 없었다. 큰형의 헤픈 씀씀이가 어느덧 시작되고 있었다. 천리 밖에 살면서도 경성에 삯전을 내고 타는 자동차가 굴러다닌다는 것을 용케 알고 있는 큰형이 한심스럽고도 어처구니없었다.

"그 닥구시라는 것이 인력거넌 댈 것도 아니게 빠르고 호시가 좋담스로?"

사촌형이 들뜬 소리로 물었다.

"모르겠어요, 난 아직 안 타봤으니까."

"거 무신 소리여? 만석꾼 집안 막둥이가."

자기는 이제 만석꾼 집안 막내아들이 아니라 2천 석도 못 된다고 내쏘려다가 정도규는 그냥 참아버렸다.

"닥구시가 생긴 지 얼매나 되았냐?"

정재규는 사촌의 말을 막으려고 생각나는 대로 불쑥 물었다.

"글쎄요, 한 이삼 년…… 예, 내가 경성에 올라온 다음해니까 3년 됐군요."

"잠자리넌 거 머시라디냐…… 아이고, 그놈으 서양말언 당최…… 거그 정했지야?"

"형님이 말한 호떼루에는 못 정했어요."

"머시여? 나가 그리 당부혔는디?"

정재규는 다시 걸음을 멈추며 사람들의 눈길도 아랑곳하지 않고 소리쳤다.

"참, 사람들이 흉봅니다." 정도규는 민망한 얼굴로 큰형의 등을 밀며, "그리 화내지 말아요. 백방으로 알아봤는데도 조선사람은 투숙을 안 시켜요. 물산공진회 관계로 일본사람들이 워낙 많이 건너와서 일본사람도 미처 투숙을 못 시킬 형편이라는 겁니다. 반도호떼루, 조선호떼루 다 알아봤고, 지난달에 새로 생긴 금강호떼루까지 알아봤어요." 그는 속상한 것을 참아내며 경위를 설명했다.

"왜놈으 새끼덜, 즈그덜이 먼디 그리 시건방구지게 나대!"

정재규는 신식호텔에 투숙하지 못하는 것이 못내 화가 나는 모양이었다.

"허, 성님 입에서 왜놈덜 욕허는 소리 나오는 것 첨 듣겄소 이. 왜놈덜이 머시기넌 머시겄소. 우리 상전이제."

그의 사촌이 갓전을 밀어올리면서 키들키들 웃었다.

"호떼루 못지않은 일류급 여관을 잡아놨으니 너무 서운해하지 마세요."

정도규는 큰형의 그 겉멋 든 허황함이 못마땅하면서도 경성에서는 자신이 주인턱이라 손님대접을 잘못하는 것 같은 미안함도 없지 않아 이렇게 위로의 말을 하지 않을 수 없었다.

"화아, 요것이 그 자동차라는 것이여? 이름 그대로 지절로 막 궁굴러가는구만 이. 허어, 너무 빠르고 너무 호시가 존게 어질어질허고 아실아실허구마. 참말로 개명시상이 된게 좋기넌 좋구마."

정도규의 사촌형은 택시가 달리기 시작하자 겁이 실린 들뜬 목소리로 두서없이 떠들었다. 운전수 옆자리에 때 전 도리우치를 삐딱하게 쓰고 앉아 있는 조수는 그런 촌스러움을 비웃기라도 하듯 일본노래를 휘파람으로 불어대고 있었다.

다음날 정도규는 두 형을 길잡이해서 물산공진회가 열리고 있는 경복궁으로 갔다. 종로가 시작되는 큰길에서부터 경복궁 앞까지 사람들이 가득 차서 그야말로 사람의 바다를 이루고 있었다. 사람들은 밀고 밀리면서도 마냥 즐겁고 흥겨운 얼굴들로 소리 높여

이야기하고 웃어대고 했다.

"우리 조선사람덜이 귀경얼 좋아허기넌 좋아허는 사람덜이다. 어찌 이리 사람덜이 많이 몰렸을끄나."

정도규의 사촌형은 상기된 얼굴로 연상 벙글거렸다.

"이것이 다 잘못 생각하고 저지르는 추태들이지요."

정도규의 차가운 말이었다.

"추태라니, 무신 소리다냐?"

"추태지요. 이 공진회가 뭡니까? 총독부 시정 5주년 기념으로 열리는 것 아닙니까. 그건 다시 말해 왜놈들이 조선을 5년 동안 다스린 것을 자축하려고 벌인 잔치란 말입니다. 그런 잔치에 조선사람들은 아무 생각 없이 그저 구경거리 생겼다고 이렇게 몰려드니 총독부에서나 다른 왜놈들이 뭐라고 하겠어요. 무서워하고 어려워하겠어요, 무시하고 깔보겠어요?"

"그 말 듣고 봉게 그러시."

경복궁 동쪽 빈터에 마련된 물산공진회는 역시 일본의 온갖 신식물건들이 조선의 농공수산물들을 압도하고 있었다. 가지가지 일본물건들 중에서도 특히 조선사람들의 눈길을 사로잡는 것이 있었다. 그건 바로 검정고무신이었다. 그런데 남자것보다는 여자것이 더 사람들의 눈길을 끌고 감탄을 자아내게 했다. 그 앞부분 생김이 버선코를 그대로 빼박았던 것이다.

"자아, 짚신 열 속, 백 켤레보다 더 질기고 질긴 고무신. 질긴 고무로 만들어 고무신이라. 비가 와도 눈이 와도 물이 못 들어와 고무신, 발이 안 젖어 고무신. 질기고 발이 안 젖는 개명한 신고무신, 신식 신고무신!"

조선남자가 침버캐 낀 입으로 신들린 무당처럼 끝없이 떠벌리고 있었고, 그 전시대 앞을 겹겹으로 에워싼 사람들은 앞다투어 고무신을 사고 있었다.

정도규도 아내에게 보내려고 고무신을 샀다. 그러나 조선사람들을 상대로 고무신을 만들어낸 일본사람들의 그 예리한 관찰력과 적확한 상술에 가슴이 서늘해지는 것을 느끼고 있었다.

"공진회 귀경에다 궁궐 귀경꺼정 헌께 아조 제참인디."

경복궁을 나서며 사촌형이 말했다.

"똑똑히 봐두시오. 마지막일 것이니."

"마지막? 누가 죽간디?"

"형님이 아니라 경복궁이 죽게 생겼소. 남산에 있는 총독부가 저 궁궐을 헐고 그 자리에 들어앉는다는 소문이오."

20

책바람 서당바람

소슬바람이 싸늘바람으로 바뀌면서 들녘에서는 가을걷이가 한창 이루어지고 있었다. 그런데 그 일손 바쁜 계절에 듣도 보도 못했던 얄궂은 바람이 동네마다 불고 있었다. 물산공진회바람이 잠잠해지는가 했더니 그 바람 끝에서 다시 일어난 고무신바람이었다.

고무신바람에 들린 것은 특히 여자들이었고, 여자들 중에서도 처녀들이었다. 한 마을에서 고무신을 신은 사람은 한둘에 지나지 않았다. 그 새로 나온 희한한 물건은 값이 너무 비싸 부자가 아니고서는 가질 엄두를 낼 수가 없었다. 그 귀한 물건은 그야말로 남자 여자 어른 아이 할 것 없이 모든 사람들의 관심거리였고 구경거리였다. 그 누구나 고무신을 손에 쥐었다 하면 이리저리 매만져보고, 엎어서 밑바닥을 보고, 고개를 돌려가며 코 안을 들여다보고, 주인의 눈길을 피해 잡아늘여 보고 하는 것이었다. 그 말랑말랑하고 보들보들하고 매끈하게 생긴 고무신을 신고 싶어하지 않는 사람은 아무도 없었다.

특히나 처녀들로서는 고무신바람에 들릴 만도 했다. 누가 시키는 것도 아닌데 손가락마다 봉선화물을 들이는 처녀들에게 고무신은 너무 욕심나는 물건일 수밖에 없었다. 고무신은 우선 그 매끈하고 맵시 고운 생김만으로도 짚신하고는 비교가 되지 않았다. 그건 비단과 무명의 차이나 마찬가지였다. 그런데 그 겉맵시만이 처녀들의 마음을 사로잡는 것이 아니었다. 고무신의 말랑말랑하고 보들보들한 부드러움은 억세고 뻣뻣한 짚신에 비해 발 매듭매듭을 흉잡히게 하거나 군살이 박이게 하지 않을 것이 자명했던 것이다. 거기다가 발도 편하고, 물도 스며들지 않으니 탐을 내지 않을래야 않을 수가 없는 일이기도 했다.

일본세상이 된 다음에 그런 바람은 여러 차례 불어왔었다. 석유와 함께 불어닥친 호롱바람, 무명을 똥값으로 만든 광목바람, 엿을 천한 먹거리로 몰아붙인 눈깔사탕바람, 가마를 조롱거리로 삼은 인력거바람, 윷놀이를 싱겁고 맥빠지게 만든 화투바람, 걷는 것을 한없이 따분하게 만든 자전거바람 같은 것들이 그것이었다. 그러나 그 바람들은 그래도 고무신바람처럼 거세지는 않았다. 고무신바람은 여자들이 가세하면서 걷잡을 수 없이 세차게 휘몰아치고 있었다.

"갑순이 혼인날 받았담서?"

"그런갑데."

"고무신 받게 된디야?"

"피이, 지 팔자에 그런 호강 어찌혀."

어느덧 처녀들 사이에서는 그런 말이 오가게 되었다. 고무신은 어느새 채단의 곁다리 물목으로 올라 있었고, 고무신을 받는 것이 시집 잘 가는 호강으로 여겨지고 있었다. 처녀들은 친정에서 얻어신지 못한 고무신을 시집가면서나 얻어신기를 바라고 있었던 것이다.

고무신바람이 추수철과 맞물려 더욱 거세질수록 살판이 나서 덩실거리는 건 장사꾼들이었다. 그런데 이상하게도 장덕풍은 손님들이 고무신을 찾을 때마다 우거지상을 해가지고 돈 버는 것을 전혀 달가워하지 않았다. 그가 일본상품이 많이 팔려 조선사람들의 돈이 일본기업을 살찌우게 되는 것을 못마땅해해서 그러는 것은 물론 아니었다. 거기에는 아무에게나 털어놓을 수 없는 그럴 만한 까닭이 있었다.

장덕풍은 물산공진회에서 고무신을 보자마자 눈에 불이 환하게 켜지는 것을 느꼈다. 앞을 훤하게 비춰주는 그 불빛은 등잔불빛은 물론 아니었고 그렇다고 심지 돋운 호롱불빛도 아니었다. 그 밝은 불빛은 바로 경성에서 보게 된 대낮같이 밝은 전등불빛이었다.

저것을 잡으면 떼부자가 되겠다!

사람들이 한두 켤레를 사느라고 법석을 피우는 속에서 그의 장사꾼 촉수는 순간적으로 떼돈을 벌 수 있는 기회를 포착하고 있었다. 그가 일순간에 내린 판단은 군산지역 도매상 독점권을 갖는 것이었다. 그 생각은 다음 순간 전북지역 전체를 장악하는 것으로 확

대되었다. 그 부푼 꿈의 확대에 따라 그는 가슴이 벌떡거려 숨을 쉴 수조차 없을 지경이 되었다. 전북지역 독점도매권만 따내게 된다면 거부가 될 길은 훤히 내다보였던 것이다.

그래, 돈 놓고 돈 먹기다!

그는 선돈은 얼마를 내든지 간에 기어이 도매권을 차지할 작정을 하고 그날로 고무신회사를 찾아갔다. 그러나 그의 설레고 부푼 꿈은 일본사람의 단 한마디로 산산조각이 나고 말았다.

"도매상은 조센징에겐 안 맡긴다."

물론 장덕풍은 그 한마디를 듣고 그냥 물러난 것이 아니었다. 돈은 얼마든지 내겠으니 자기 하나만 어찌 봐달라고 사정했다. 전북 전역이 안 되면 그럼 군산만이라도 허락해 달라고 애걸했다. 그래도 안 되어 뒷돈을 주겠다고 유혹했다. 그러나 꿈은 끝내 깨지고 말았다.

"요런 날강도 겉은 왜놈에 새끼덜아, 느그놈덜만 똘똘 뭉쳐 수월케 돈 묵겄다 그것이제. 요런 순 개좆겉은 쪽바리새끼덜, 날베락이나 맞어 다 꼬드라져라!"

열이 오를 대로 오른 장덕풍은 오가는 사람들의 눈길은 아랑곳하지 않은 채 마구 소리를 질러대며 그 건물을 향해 에엑 퉤! 카악 퉤! 침을 뱉어대고 있었다.

장덕풍은 일본인 도매상에서 고무신을 받아다가 팔기는 하면서도 고무신바람이 잦아들 줄 모르고 거세질수록 남모르게 배알이 배배 뒤틀리고 있었다.

"우선 신기 편허다고 고무신덜 너무 좋아허지 마시오. 우선 묵기넌 꼬감이 달드라고 없는 돈에 과허니 고무신덜 사신으면 누구 부자 맨들어주는지 아시오? 일본사람덜만 배불리는 것이오."

아는 사람들을 만날 때마다 신세호가 간곡하게 하는 말이었다. 그러나 신세호의 그 말은 한낱 강풍에 휩쓸려 날아가는 하나의 나뭇이파리에 지나지 않았다. 그는 지치지 않고 그 말을 하고 또 했다. 공허의 말마따나 총을 들고 싸우는 것만이 독립투쟁이 아니었던 것이다. 한 사람, 한 사람이 정신을 똑바르게 차리고 꿋꿋하게 살아가는 힘이 곧 독립투쟁이고 나라 찾는 지름길이라고 믿었다. 신세호는 생활 속에서 그런 정신을 일깨워 나아가는 것이 자신이 해내야 할 몫이라고 생각하고 있었다. 그렇게라도 해야만 만주에서 고생하고 있는 송수익에게 면목이 서고, 최소한이나마 사람 노릇이 될 것 같았던 것이다.

그러나 신세호가 아무도 모르게 비밀리에 하고 있는 큰일은 따로 있었다. 그는 낮에 가을걷이를 하느라 상일꾼의 일을 해내면서도 밤에는 또 늦게까지 불을 밝혀놓고 있었다. 그는 벌써 몇 개월째 밤잠을 줄이고 있었다.

"요것이 이번 걸음에 챙개온 책덜 중에 한나요. 송 장군님이 특히 신 선생님께 일독얼 권허신 책이구만요. 헌디, 아조 에로운 부탁얼 디레야 허겄는디 어쩨실란지……. 다른 것이 아니라, 이 책덜얼 산지사방에 널리 퍼쳐야 되겄는디 왜놈덜 감시가 심해 많이 갖고 들어올 수가 없는 처지 아닌게라. 요 한 권얼 널리 퍼치는 방도야 딱 한 가지, 필사본얼 맨드는 것뿐인디요. 어치께, 신 선생님께서 도와주실 수가 있으실랑가 어쩔랑가……."

만주를 다녀온 공허가 책 한 권을 내놓고 몹시 어려워하며 꺼낸 말이었다.

"그래야지요, 허고말고요."

신세호는 흔쾌하게 대답했다. 그리고, 종이에 싸인 책을 풀어보았다. 책의 제목은 『신한독립사』였다.

"만주서 이런 책도 맨드는구만요. 이런 책얼 누가 짓고, 어디서 맨드는가요?"

신세호는 책장을 조심스럽게 넘기며 물었다. 그 제목과 함께 손끝에서 전율이 일어나는 것을 느끼고 있었다.

"야아, 신채호 박은식 겉은 여러 지사덜이 짓고, 대종교서 비용얼 댄다드만요. 대종교서 대는 비용이야 다 만주서 고상허는 동포덜이 한 푼, 두 푼 낸 돈덜이 모타진 것이제라."

"아, 그렇구만요. 참말로 이 책언 예사 책이 아니로구만요." 신세호는 책을 두 손으로 감싸잡아 감회 어린 얼굴로 내려다보다가는, "이런 책얼 스님 아닌 딴사람덜도 딜여오고 있는가요?" 그는 조심스럽게 물었다.

"야아, 각지에 골고로 퍼지게 허고 있다드만이라. 압록강이고 두만강 넘나드는 사람들 중에선 왜놈 앞잽이에 밀정도 많제만 나라 찾겄다고 나슨 사람덜도 수두룩헝게요."

공허는 언제나처럼 두둑하고 넉넉하게 웃어 보였다.

그날 이후로 신세호는 밤마다 책을 베끼기에 심혈을 기울이고 있었다. 한 글자, 한 글자를 또박또박 써내려가며 정성을 다했다. 그 필사본으로 학교에서 가르치지 못하고 있는 조선의 역사를 젊은이들에게 가르치게 된다는 것이었다.

총독부가 모든 학교에서 조선의 역사를 일체 가르치지 못하게 강압하고, 일본말을 국어라 해서 조선말보다 두 배 이상 교육시킨 지는 이미 5년이 넘은 일이었다. 그 까닭은 어디에 있는가.

그건 두말할 것 없이 조선사람으로서의 넋을 말살하여 독립의지를 갖지 못하게 하려는 것이었다. 모든 조선사람의 얼을 빼버리고 그 대신 일본것들을 주입시켜 저희들에게 순종하는 종을 만들려 하고 있었다. 총독부는 겉으로는 총칼을 휘둘러 조선사람들을 위협하고 속으로는 교육을 통해서 조선의 정신을 말살시켜 나가고 있었던 것이다.

그런데 자신은 역사책의 필사본을 은밀하게 만들고 있었다. 신세호는 농사일로 쌓인 피곤과 졸음에 시달리면서도 자신이 하는 일에 더없는 보람과 긍지를 느끼고 있었다.

신세호는 만일에 대비해서 날마다 쓴 것을 철저하게 간수했다. 헛간 잿더미 뒤에 상자를 숨겨놓고 그날그날 쓴 것을 거기다 감추었다. 그리고 밤마다 필사할 때는 방문을 잠그는 것을 잊지 않았다. 그뿐만 아니라 책상에는 한문책을 펼쳐놓고, 방바닥에는 한문을 반쯤 써내린 한지를 펼쳐놓았다. 언제 누가 들이닥치더라도 아무 흔적을 남기지 않게 되어 있었다.

추수가 거의 끝나가고 있었다. 석류들이 무슨 절박한 소리라도 지르듯 쩍쩍 벌어져 있었고, 감나무 높은 가지에 매달린 감들이 농익어 있었다. 낙엽과 함께 지푸라기들을 날리는 바람결에 겨울이 묻어나고 있었다.

신세호는 추수를 마무리하며 딸 하엽이의 혼인을 생각하고 있었다. 이번 가을걷이를 마치고 혼인을 시키자고 양쪽 집안에서 합의를 보았던 것이다. 그 정혼을 하는 데 또 문중 어른한테 싫은 소리를 들어야 했다. 너는 왜 순탄한 길을 다 두고 꼭 험하고 비뚤어진 길만 골라서 살려고 하느냐고 꾸중이었다. 그 어른들은 서당을 하다 잡혀 들어갔던 일이며, 굶주리는 것도 아닌데 양반 체통에 손수 농사를 짓고 나선 것 같은 것을 영 마땅찮아했던 것이다. 그런데 또 의병대장으로 나서서 주목받고 있는 집, 굳이 애비가 없는 집안과 사돈을 맺을 까닭이 무어냐고 따지는 것이었다. 신세호는 언제나 그랬던 것처럼 또 아무 대꾸도 하지 않는 것으로 해결책을 삼았다.

신세호는 딸을 혼인시키기 전에 세 권째의 필사를 끝내려고 밤 깊어가는 줄을 모르고 있었다. 신세호는 똑같은 일을 세 번째 하면서도 전혀 지루한 것을 느끼지 않았다. 그는 '안광이 지배(紙背)를 철(徹)한다'는 말의 의미를 깊이 실감하고 있었다. 필사를 해갈수록 역사에 대한 이해가 넓어지고 깊어지며, 미처 깨닫지 못한 사실들을 다시 발견하게 되면서 역사를 조망하는 눈이 자꾸 높아지는 것을 느낄 수 있었다. 그것이야말로 독서의 즐거움이고 참맛이 아닐 수 없었다.

천 번 써서 익히지 못할 글자가 없고, 백 번 읽어 해득이 안 될 책이 없다는 말은 어렸을 때부터 귀에 못이 박이도록 들은 말이었다. 그 훈계에 따라 천자문을 익히고 『논어』며 『맹자』를 읽었던 것이다. 그러나 그 책들을 읽는 것은 지고한 말씀들의 암기일 뿐이었지 스스로가 쑥쑥 자라나는 즐거움이나 눈이 환히 열리는 기쁨은 맛볼 수 없었던 것이다. 그리고 송수익이가 왜 자신에게 그 책을 읽으라고 했는지도 신세호는 깊이 깨닫고 있었다.

"신 선생님, 신 선생님……."

봉창이 둔하게 울리면서 억누른 소리가 들려왔다.

"누, 누구시오?"

신세호는 공허라고 생각하면서도 입에서는 이런 소리가 나갔다. 책의 행간을 따라가며 넓게 펼쳐져 있던 생각을 수습하는 사이에 입버릇이 먼저 나갔던 것이다.

"지 공허구만요."

"예에, 어여 드시지요."

신세호는 문고리를 벗기며 오늘이 그믐께이거나 초순께일 거라고 무심히 지내고 있는 날짜를 되짚어보았다. 공허는 언제나 달빛마저 피해 다니는 사람이었다. 그리고 그 실한 몸으로 먹물 같은 어둠을 밟으면서도 발소리도 내는 일이라곤 없었다. 호랑이가 하룻밤에 200리를 뛰면서도 나뭇잎 하나 스치지 않는다더니, 신세호는 공허에게서 그런 경이를 느끼고 있었다.

"이 밤중에…… 진지넌 어찌셨는가요."

신세호는 공허를 맞아들이며 밥 걱정부터 했다. 남의 눈을 피해야 하는 사람들은 으레 끼니를 거르기가 예사였다.

"그간에 무고허신게라? 아무리 땡초라도 밤중 예절언 갖추고 댕기능마요."

공허는 배를 약간 내밀어 보이며 빙그레 웃었다.

"예에, 어여 자리허시지요."

신세호는 방바닥에 펼쳐놓은 한지를 치우며 자리를 권했다.

"아이고, 이 야심헌 시각꺼정 저걸 쓰시니라고. 지가 선생님헌티 너무 과중헌 일얼 부탁혀 갖고 원……."

공허는 자리를 잡고 앉으며 돌덩어리 같은 느낌의 빡빡머리를 송구스럽다는 듯 문질렀다.

"무신 말씀얼 그리…… 추수철이 업히지만 안 했음사 네다섯 권언 막음했을 것인디, 추수에 몰리니라고 인자 제우 세 권얼 끝내가고 있으니 스님 뵐 면목이 없구만요."

"아니, 시방 무신 말씸이시다요? 세 권이나 끝내가고 있다고라?"

바랑을 벗던 공허의 동작이 멎으며 눈이 휘둥그레졌다.

"예, 이삼 일이면 세 권째가 막음되느만요."

"아이고 신 선생님, 요것이 어쩌크름 된 일이시당가요. 한 권만 부탁디린 것인디 세 권썩이나 허셨으니 그간에 얼매나 많이 밤잠 못 지무시고 고상허셨는게라. 이 땡초가 필얼 잡았드라면 한 권도 못했을 것인디, 참말로 기맥히구만요. 신 선생님언 독립군이 압록강변 수비대 초소 불질른 것보담도 큰일얼 허셨고, 총 수십 자리럴 구해온 것보담도 더 큰일얼 허셨구만이라. 너무 놀래서 통 믿기덜 않는구만요."

목소리를 크게 내지 못한 채 상기된 공허의 얼굴에는 감격이 넘치고 있었다.

"너무 과찬이시구만요."

신세호는 공허의 그 감격스러워하는 모습을 보면서 그간에 고생해 온 보람을 확인하는 동시에 가슴이 찡 울리는 감동을 느끼고 있었다.

저 승려는 어찌 저리도 감격하는가……. 자기의 잇속이라고는 털끝만큼도 없는 일에 진정으로 감격하는 그 모습에서 신세호는 난생처음으로 가을하늘처럼 맑고 신새벽의 바람결처럼 신선한 인간의 순수를 느끼고 있었다. 그 감동과 함께 떠오르는 또 하나의 얼굴이 송수익이었다. 송수익이 떠오르는 순간 신세호는 어김없이 죄스러움과 부끄러움을 느꼈다.

"이 일얼 송 장군님이 아시면 얼매나 좋아라 허시고 고마와허시겄능게라."

공허는 아직 감정을 추스르지 못하고 있었다.

"아니구만요. 목심 내걸고 나슨 분덜 앞이서 지가 옹색시러우니 그만 과찬얼 거두시지요."

신세호는 죄스러움과 부끄러움으로 차 있는 자신의 마음을 꼬집히는 것 같아 고개를 저었다.

"야아…… 근디, 슬픈 소식이 있구만이라." 공허는 앉음새를 고치고는, "채응언 장군이 결국 그저께 사형얼 당했구만요." 그의 목소리가 침통했다.

"결국 그리됐구만요……."

신세호의 어깨도 처져내렸다.

신세호가 놀라지 않는 건 채응언 장군이 지난 7월에 성천에서 체포된 것을 알고 있었던 것이다. 의병장의 체포는 곧 사형이었다. 국내에 남았던 마지막 의병장 채응언 장군은 7월에 체포되어 11월 4일에 세상을 떠나야 했다.

"참 그 양반 속얼 알 수가 없는 일이제라. 방이 나붙었을 적에 압록강얼 건넜어야 헐 일인디, 무신 생각얼 허다가 이리되는 것인지……."

공허는 채응언 장군이 체포되었을 때 했던 말을 또 중얼거리고 있었다.

신세호도 공허의 생각에 동감이었다. 그러나 말을 입 밖에 내지는 않았다. 그분이 현상금 걸린 방이 나붙은 것을 몰랐을 리 없고, 목숨이 내걸린 문제 앞에서 그분이 압록강 건너가는 것을 몰랐을 리 없었을 것이다. 체포의 위기를 피하지 않은 그분의 깊은 속뜻을 헤아릴 길이 없었다.

"요것 보시게라."

공허가 바랑에서 책을 꺼내 신세호 앞에 내밀었다.

"예, 한국통사(韓國痛史)……?"

책을 받아든 신세호는 제목을 읽으며 공허를 쳐다보았다.

"야아, 박은식 선생께서 작년에 지으신 것이 금년에 상해서 찍혀 나온 것이라는디, 메칠 전에 거그서 배 타고 숨어든 사람헌티 받었구만요."

"이 책도 필사허능가요?"

"아니구만이라. 우선 신 선생님보톰 읽으시고 딴 디로 돌릴 참이구만요."

"이리 귀헌 책얼 구해다 주셔서 지 눈얼 크게 뜨게 혀주시니 고맙기 한량없구만요."

신세호는 '한국의 아픈 역사'라는 제목을 다시 음미하며 인사를 갖추었다.

"아이고, 고맙기넌 무신…… 지가 당연허니 헐 일인디요. 근디, 다 쓰신 필사본언 오늘 밤에 가지갈 수 있겄는게라?"

"이리 오실지 모르고 안직 책으로 매지럴 못혔는디요."

신세호는 당황하고 미안쩍어했다.

"아, 그것이야 걱정 마시게라. 책 매는 것이야 절밥 얻어묵은 이 땡초가 잘허는구만요. 글씨야 선생님보담 어림없어도 기운이야 지가 더 씨고라."

공허는 또 넉넉하게 웃음지었다.

"예에, 그러시면 아조 잘되았구만요. 헌디, 그 책얼 젊은 사람덜헌티 어찌 갤칠라는지……."

신세호는 걱정스럽게 말했다.

"야아, 근년에 서당도 온 나라 안에 엄청시리 생개나고, 야학이란 것도 생기기 시작허덜 않는게라. 그 선생덜 중에 젊고 뜻이 굳은 사람덜이 연줄로 째여 있구만요. 서당도 겉보기만 서당이제 속이야 옛날 서당이 아닝게 그런 사람덜이 잘 갤칠 것이구만이라."

"예에…… 학교로야 손얼 뻗칠 수 없응게 천상 그 방도럴 택해야 는디……. 그것이 얼매나 비밀이 유지될라는지……."

신세호는 자신의 경우를 생각하며 근심이 깊어지고 있었다.

"고것이 질로 에로운 일이라 선생덜이 수완얼 잘 부리게 혀야제라. 사랑방서 옛날이얘기 허디끼 표 안 나게 살살 풀어서 갤치는 방도가 생기겄지요. 그러다가 들키먼 잽혀 들어가고, 또 담 사람이 이어받아서 갤치는 것이고라."

공허의 목소리는 나직했지만 꿋꿋한 투지가 넘치고 있었다.

"그나저나 왜놈덜 기세넌 날이 갈수록 사나와지고, 생각 짜른 사람덜언 편히 살겄다고 왜놈 편으로 돌아스니 앞잽이덜언 불어나고, 뜻 굳은 사람덜 앞날이 그저 가시밭길이지요."

신세호는 가늘게 한숨을 쉬었다.

"왜놈덜이 아무리 가시밭길 아니라 훨훨 타는 불길얼 맨글어도 조선얼 아조 죽이지넌 못허는구만이라. 시방 죽어 있는 조선이야 껍데기 조선이제 알갱이 조선언 펄펄 살아 있덜 않은감요. 조선사람덜이 두 눈 똑바라지게 뜨고 살아 있응게 조선이야 죽은 것이 아니제라. 왜놈덜이 친일배 빼놓고 조선사람덜얼 다 죽여야 조선얼 영영 죽이는 것인디, 고것이야 참말로 영영 안 되는 일 아니겄능가요?"

신세호는 문득 긴장했다. 조선사람이 다 죽어야 조선이 죽는다! 그 말은 무쇠보다 굳은 의지인 동시에 근원이 확고한 투쟁사상이었던 것이다.

"스님 말씀이 백번 옳구만요. 지넌 그리넌 생각지 못허고 있었구만요."

신세호는 가망보다는 절망 쪽으로 기울어져 있던 자신의 심정을 솔직하게 토로했다. 그건 스스로의 생각이 잘못되었음을 시인하는 것인 동시에 그 생각을 바꾸고자 하는 욕구이기도 했다.

"그 생각이야 지 혼자서 똑별나게 해낸 생각이 아니구만이라."

공허는 겸손하려는 것이 아니었다. 다만 솔직하게 말하고 있었다.

"글먼 독립투쟁에 나슨 분덜언 다 그리 생각허시는가요?"

"야아, 거지반 그리 생각허제라. 그래야 심이 솟고 믿을 디가 생기니께요."

신세호는 보일 듯 말 듯 고개를 끄덕였다. 사실 그런 확고한 믿음이 없이는 하나뿐인 목숨을 내걸 수 없을 것이었다. 그러나…… 그 믿음은 또 어디서 발원하는 것인가……. 그는 다시 스스로에게 묻고 있었다.

"이만 떠야겄구만요."

공허는 바랑을 집어들었다.

"예에, 필사본언 헛간에다 모셔놔서……."

신세호는 바삐 일어나며 공허에게 앉아 있으라는 손짓을 하고는 방을 나갔다.

신세호는 곧 큼직한 나무상자를 안고 들어왔다. 상자 안에는 잔글씨 적힌 종이들이 가득 쌓여 있었다. 신세호는 그 종이들을 세 덩어리로 해서 하나씩 공허에게 넘겼다. 공허는 그것을 받아 바랑에 눌러넣었다. 세 덩어리는 바랑이 팽팽해지도록 가득 찼다. 공허가 그렇게 배부른 바랑을 진 것은 드문 일이었다. 공허는 바랑에서 밀려나온 목탁과 목탁채를 집어들었다.

공허는 어디로 간다는 말도 없이 사립을 나섰고, 신세호도 어디로 가냐고 묻지 않았다. 언제나 그랬던 것처럼.

공허는 한달음에 김제 포교당으로 갔다. 자정이 넘은 어둠 속에 포교당의 풍경만 청아한 울림을 내며 깨어 있었다. 공허는 거침없이 담을 넘었다.

"도림, 도림!"

공허는 승방문을 질벅거렸다. 풍경소리만 맑고 가녀리게 달그랑거릴 뿐 방 안에서는 아무 기척이 없었다.

"이런, 어떤 과부꿈얼 꾸는가 어찌능가……." 공허는 투덜거리고는, "어이 도림, 도림!" 그는 목소리를 약간 높이며 방문도 좀더 세게 흔들었다.

"누구여, 누구시오?"

"이 야심헌 밤중에 여그 찾어든 말허는 즘생이 누구겄어."

"이, 공허 아니라고!"

잠 걷힌 소리에 반가움이 묻어났다. 곧이어 문고리가 벗겨졌다.

"염불도적질얼 얼매나 허고 살면 중놈이 이리 문고리 걸어야 잠이 오는고."

어두운 방으로 들어서며 공허는 걸쭉하게 쏟아놓고 있었다.

"아이고, 저놈에 입. 시상이 자꼬 험해간게 도적놈덜이 절담이고 여염집담이고 구별얼 안 헌단 말이시."

어둠 속에서 부스럭거리는 소리를 내며 대꾸하는 말이었다.

"허, 도적도 중생이여. 그런 맘 갖고 중생제도허겄다고 포교당에 나앉어 있는 것이여? 자네도 갈 디 없는 땡초시."

"하이고, 득도대사 공허 시님 하산이시구만이라. 이 땡초 죽비 곤장으로 벌허시옵소서."

방 안에 불이 확 밝아졌다. 그 성냥불꽃 앞에서 승려의 얼굴이 웃고 있었다.

"그간에 무고헌가?"

공허가 배부른 바랑을 벗으며 방바닥에 주저앉았다.

"어느 넋나간 여자헌티 무신 객소리럴 혔간디 바랑이 그리 애럴 뱄당가?"

공허와는 다르게 몸집이 가는 편이고 얼굴이 잔잔해 보이는 도림이 등잔에 불을 당겼다.

"이, 어떤 부잣집 맏메누리가 시집온 지 3년이 넘도록 아럴 못 밴다고 걱정이 태산이라 목탁 한바탕 쳐주고 쌀얼 반 섬이나 받았네."

공허는 능청스럽게 받아넘기며 바랑 아가리를 열었다.

"그려, 배만 불렀제 무겁게 뵈덜 안혀 그것인지 알었구만."

도림은 바랑을 끌어당기며 고개를 끄덕거렸다.

"고것얼 얼렁 책으로 매야 쓰겄네."

"아이고, 명필인디, 누구여?"

바랑에서 종이 한 장을 꺼내본 도림은 놀란 눈으로 공허를 쳐다보았다.

"그런 것 묻는 것 아니라닝게."

공허는 매정하다 싶게 잘라 말했다.

"그려, 아는 것이 병이라고 혔제." 도림은 머쓱해져 다시 글씨를 들여다보면서, "요런 명필도 인자 소양없이 되았구마." 마치 잘 쓴 글씨를 시샘이라도 하는 것처럼 말했다.

"무신 소리여?"

"무신 소리기넌. 공허 자네가 원허는 등사기 살 목돈이 생겼단 것이제."

"머시여? 그런 목돈이 어디서 생겨?"

공허가 화들짝 반가워했다.

"자네 말대로 아그 못 낳는 부잣집 맏메누리 백일불공 들어왔네."

도림이 씨익 웃었다.

"이사람 보소, 날 탁해가능가 싱건 소리 살살 잘허네. 영험 있다고 소문난 바우뎅이도 없고, 몸 크신 부처님 뫼신 큰절도 아닌 요런 손바닥만헌 포교당에 무신 생남 백일기도여?"

"체, 절 등진 지 언젠디도 눈치 한나넌 빨라갖고……." 도림은 친근한 눈흘김을 보내고는, "일이 될라고 부잣집 사십구재가 둘이나 들었단 말이시. 등사기 살 욕심으로 돈얼 짱짱허니 불렀제. 극락왕

생 비는 자손 정성이야 돈 안 애끼고 불공 올리는 것 아니겄냐고 살살 겁믹여 감서 말이시."

"옳여, 허든 중에 아조 잘헌 일이네그려. 자네도 인자 중질 지대로 허네."

공허는 무릎을 치며 웃었다.

"이사람아, 그것이 바로 더 볼 것 없는 땡초질이제 잘허기넌 머시가 잘혀. 부처님이 내래다보시고 지옥 보낼 점 한나 또 찍으셨제."

"어허 이사람아, 그 정반대시. 도림이 저놈이 나라 위허고 동포 위허니라고 애 많이 쓴다고 허는 부처님 말씸이 나 귀에넌 다 딛기는디?"

"그리 좋아라 헐 일만이 아니여. 고약시런 일이 생겼응게."

"고약시런 일!"

공허는 아주 민감하게 반응했다.

"불교핵교가 한양에 생길 것이란 소문 자네도 들었제?"

"그것이야 지랄 겉은 소문이제."

공허는 도림을 쏘아보듯 하고 있었다.

"그 핵교가 불교중앙핵교란 이름으로 인가가 났다네."

"근디……?"

"헌디 말이시, 본사서 나보고 그 핵교에 가서 공부허라고 지목혔당게."

"머시여? 그려서 머시라고 혔능가?"

공허는 벌컥 화를 냈다.

"무신 소리여 시방? 우리 겉은 말짜 처지에 본사에 대고 찍소리나 헐 수 있게 되야 있능가?"

도림은 어이없어하며 반문했다.

"참말로 고약시럽게 되았네, 그거. 불교진흥횐지 불교망쪼횐지가 결국 다 된 우리 잔치에 코 빠치고 나스네. 빌어묵을, 중질 엎어뿔 수도 없고, 이 일얼 어찌야 쓸랑고?"

공허는 점점 더 화가 끓어올라 숨을 씩씩거렸다.

"안직 여유가 있응게 더 두고 봄서 어찌 빠져나오는 방도럴 찾어 보드라고. 근디 말이시, 빠질라고 애럴 써도 안 될 수가 있응게 자네넌 딴 도반얼 새로 찾아보도록 허고."

"차암, 요것이 다 자네가 너무 착실허니 공부 열성으로 히서 생긴 탈이시. 자네가 나 반만 나대고 껄렁기렸어도 그런 디 뽑힐 리가 있겄능가." 공허는 어깨를 부리며 한숨을 쉬고는, "몰르겄네, 자네가 맘에도 없는 그 핵교럴 댕김서 꼭 중옷얼 걸치고 있어야 헐란지. 그놈에 핵교서 왜놈식 불교럴 갤칠라고 들면 어쩰 것이여." 그는 도림에게 따지듯이 물었다.

"그것이야 안직 몰릉게 그때 가서 보드라고. 나도 우리 불교가 왜놈식으로 변해가는 것언 죽어도 싫은게."

"그것이야 보나마나 뻔헌 일 아니여. 왜놈덜이 즈그덜 절 여그저그 지어대는 것이야 때래뿌시지 못헌다고 허드라도 사찰령얼 공포했을 적에 중덜이 한덩어리로 뭉쳐갖고 들고일어나얄 것 아니겄어. 근디 찍소리도 안 허고 총독부가 시키는 대로 따라감서 토지조사사업으로 절마동 땅부자가 되지 안했냐 말이여. 돈 받아묵은 놈 큰소리 못 치드라고 그리 뒷다리 잽혀서 큰절 주지덜이 맨글어낸 것이 불교진흥회니 그것이 일진회허고 머시가 달를 것이 있어. 그 것으로 볼장 다 본 것이제. 거그서 돈 모아갖고 세운 핵교서 배일얼 갤치겄어, 친일얼 갤치겄어? 나라 망허고 인자 불교꺼정 망허는 판이시."

공허는 또 짙은 안개 같은 느낌의 한숨을 토해냈다.

"아서, 아서, 불교진흥회가 총독부 놀음인 것이야 자명해도 그것얼 일진회허고 똑같이 말허는 것언 과헌 일이시. 불교진흥회가 어찌 돌아간다고 히도 중덜 전부가 친일배로 놀아나는 것언 아닝게. 두고 봄서 우리 헐 일얼 해나가면 될 것잉마. 어찌 보면 진흥회가 생겨나서 먹물옷 걸치고 우리 겉은 일 허기가 더 쉴허고 안전헐란지도 모를 일 아니겄어?"

"그려, 그건 그러기도 허겄제."

공허는 무겁게 고개를 끄덕거렸다.

"인자 한숨 자소."

도림이 목침을 공허 앞으로 밀었다.

"등사기넌 언제 구허제?"

공허는 아직 잘 생각이 없다는 듯 목침을 허벅지 밑에 받치며 물었다.

"돈이야 있응게 낼이라도 사딜이면 되제. 자네 오기럴 기둘린 것잉게 낼이라도 나가 나가서 사오면 안 되겄능가. 전주고 군산 나가면 있을 것 아니라고."

"거 무신 태평헌 소리여? 전주고 군산서 구했다가넌 큰탈나네."

공허가 펄쩍 뛰었다.

"무신 큰탈이 나?"

도림이 어리둥절해서 공허를 쳐다보았다.

"허어 이사람, 항시 말혀도 목탁 치는 기분에 취해 있단 말이여. 전주고 군산에 등사기가 있어봤자 한두 대일 것이고, 그 비싼 등사기럴 사먼 금세 표가 나고 의심 살 것 아니냔 말이시."

"장사꾼덜이야 비싼 물건 팔아묵어 이문 크게 냄기먼 됐제 그렇게꺼정 머리가 돌란가?"

"딴소리 말어. 이 시상에 믿을 놈 하나또 없응게. 등사기깨나 갖춘 놈이면 왜놈이고 조선놈이고 거상에 들 것인디, 그런 놈덜언 싹다 왜놈 앞잽이로 생각허먼 실수가 없네."

"글먼 어디서 구허제?"

"어디넌 어디여, 그 잘난 경성이제."

"경성? 누가 가제?"

"돈만 내놓소. 그 덕에 이 땡초가 총독부 귀경 한분 더 헐랑게."

공허는 목소리에 가락을 넣으며 방바닥에 벌렁 드러누웠다.

"장삼이나 벗고 자소."

"어허, 저사람 상시럽기넌. 요 안 깔고 이불 안 덮고 자는 잠도 있등가."

"어이, 알겄네. 장삼으로 양반치레 많이 험서 푹허니 자드라고."

도림은 픽 웃으며 공허의 바랑을 끌어당겼다. 그는 종이뭉치 세 개를 조심스럽게 꺼냈다. 한 뭉치가 책 한 권 분량이라는 것을 그는 금방 알아챘다.

도림은 등잔을 가까이 끌어당겨 종이를 한 장, 한 장 넘겨갔다. 세필로 쓴 잔글씨 하나하나에는 더할 수 없는 정성이 깃들어 있었다. 잔글씨인데도 획 하나 흐트러진 데가 없었고, 선 하나 뭉개진 것이 없었다.

도림은 전신이 찌르르 울리는 전율을 느꼈다. 그 순간 그의 눈앞에는 수없이 많은 목판이 떠올랐다. 합천 해인사에 봉안된 팔만대장경의 목판들이었다. 칠팔 년 전 행각을 나서서 팔만대장경의 목판을 볼 수 있었던 것이다. 그때 전신을 휩싸고 돌던 전율은 잊을 수가 없었다. 그 글씨들의 균형 잡힌 미려함도 놀라웠고, 그 글씨들을 어느 한 군데 흠내지 않고 나무판에 새긴 그 정교한 솜씨야말로 경탄하지 않을 수가 없었다.

글자를 모두 양각한 것에 탄복하는 것이 아니었다. 양각을 하되 그냥 나무판을 파내기만 한 것이 아니었다. 글자들의 행간과 행간 사이사이를 마치 밭고랑 치듯 양쪽 글자에서 행간의 중간지점으로 비탈지게 깎아내고 있었다. 그러나 유심히 들여다보면 행간만 그런 것이 아니라 위아래 자간은 물론이고 한 글자의 획간까지 빠짐없이 비탈깎기를 하고 있었다. 그러니까 바탕을 직각으로 깎아낸 보통 인장과는 그 모양이 전혀 달랐다.

그 어려운 비탈깎기를 한 연유가 기막혔다. 목판이 서로 씻기거나 부딪쳐도 비탈진 바탕의 힘을 받아 글자의 획들이 금가거나 깨져나가는 것을 막고, 또 판본을 찍어낼 때마다 글자들이 받게 되는 압력을 비탈진 바탕이 떠받치게 해서 글자들의 획 하나하나가 누르는 힘을 고루 받고, 쉽게 마모되지 않도록 하기 위함이라는 것이었다.

그 지혜도 놀라운 데다가 한층 더 놀라운 것은 비탈깎기를 한 솜씨였다. 칼질을 직각으로 한 다음 나머지 바탕을 파내버리는 것보다 행간·자간·획간의 중간지점을 잡아 양쪽에서 비탈지게 깎아내는 것이 훨씬 더 어려운 것은 더 말할 것이 없었다. 그런데 그 비탈의 어느 한 군데에도 나무부스러기가 붙어 있거나 흠집이 나 있지 않았다. 두 번 손대지 않고 단 한 번의 칼질로 끝낸 것처럼 매끈하고 말끔한 비탈을 이루고 있었다. 그래서 행간과 행간의 양쪽 비탈들은 매끈한 칼자국들이 마치 잔물결치듯 하며 나뭇결과 함께 고아한 무늬로 드러나고 있었다.

글씨에서부터 새김까지 그건 단순히 기술이거나 솜씨라고만 할 수가 없었다. 기술이라면 신기요, 솜씨라면 신술이라고 해야 옳았다. 그러나 그건 엄연히 사람의 손으로, 그것도 수많은 사람들의 손으로 만들어진 것이었다. 그건 다름 아니라 사람의 온 정성을 다 바친 정성의 덩어리였다. 수많은 필생들과 각수들이 한마음 한뜻으로 있는 정성을 다 쏟아부은 모습이 700년의 세월을 넘어 글자 한 자, 한 자에 생생히 살아 있었다. 그 세월을 뛰어넘은 정성의 생동감이 섬뜩섬뜩 전율을 일으켰다.

그들이 목판에 쏟은 정성은 바로 나라를 되찾고자 하는 염원이었다. 도림은 바랑에서 꺼낸 필사본에서 똑같은 염원을 느꼈던 것이다. 조선의 역사를 적어 내려간 그 글씨들에는 너무나 진한 정성이 배어 있었다.

지금이 어떤 시대인가. 기계인쇄로 책들이 찍혀나오고, 간편한 등사기로도 같은 내용을 손쉽게 수백 장씩 밀어낼 수 있었다. 그런데 필사를 한 것이었다. 그것도 똑같은 내용을 세 차례씩이나 쓴 것이 아닌가. 그 미련할 만큼 독한 정성에 도림은 눈물이 나려고 했다. 나라 되찾기를 바라고 또 바라는 어느 선비가 수많은 밤을 지새우며 바친 정성을 도림은 절절히 느끼고 있었다.

도림은 필사본 뭉치들을 정성스럽게 안아 벽장으로 옮겼다. 그리고 말코지에 걸린 수건을 내렸다. 새벽예불 시각이었다. 공허는 코를 드렁드렁 골고 있었다.

공허는 느직하게 일어나 아침밥을 두 그릇이나 먹었다.

"자네 저녁밥 굶었든갑제?"

도림은 신세호가 필사한 것을 책으로 매면서 공허에게 눈길을 돌렸다.

"실답잖기넌, 나가 예불언 걸러도 끄니 걸르는 것 봤능가?"

공허는 태연스럽게 대꾸하며 끄윽 트림을 했다.

"저 징헌 놈에 배통. 절밥 그리 축내먼 결국 허리 휘는 것언 누구여?"

"누구넌 누구여, 중생이제."

공허는 씨익 웃으며 단 입맛을 다셨다.

"몰르먼 밉지나 않제."

"아니제, 그리 다 암서 옳은 일에 기운 쓴게 이쁘고 또 이쁘제."

"허 참, 자네 입얼 누가 당혀." 도림은 헛웃음을 흘리고는, "근디, 사람덜 살기넌 날로 달로 에로와져 가는디 무신 가망이 있기넌 있는겨?" 그는 손놀림을 멈추며 진지하게 물었다.

"어째, 자네 맘이 바람얼 탄가?"

공허의 얼굴이 순간적으로 냉엄해졌다.

"무신 소리여, 답답헝게 묻는 것이제."

도림이 공허를 쏘아보았다.

"답답헐 것 없는 일이구만. 큰 강이 얼어붙었다고 그 밑으로 물이 안 흘르등가? 이치가 다 그런 것이여. 거죽만 얼어붙은 것이제 속으로야 다 살어서 움직기리고 있단 말이여. 왜놈덜이 어찌서 자꼬 경찰주재소고 헌병파견소럴 늘궈나가고 있겄능가? 조선사람덜이 다 순종허는디도 그러겄어? 방방곡곡에서 자네나 나겉이 표 안나게 싸우고 있는 사람덜이 수도 없이 많다는 것얼 한시도 잊어불지 말어. 그 심이 터져 올라올 날이 있응게 답답해허덜 말란 말이여. 답답해허먼 맘이 급해지고, 맘이 급해지먼 일얼 망치는 법잉게."

"그려, 자네 말이 맞기넌 헌디……. 근디 말이여, 자네넌 항시 아실아실허고 위태위태헌 일얼 허고 댕김스로도 어찌 그리 유들유들허고 태평시러운지 알 도리가 없단 말이여."

도림은 공허를 두고 신세호와 다름없는 생각을 가지고 있었다.

"어허, 참새가 어이 대붕에 뜻얼 알며, 땡초가 어이 득도승에 경지럴 알랴." 공허는 헛기침을 하며 수염을 쓰다듬는 시늉을 하고는, "보소, 퇴깽이럴 잡을 때허고 호랭이럴 잡을 때허고가 달른 법이고, 뒷간에 가는 것허고 천릿길얼 가는 것허고가 달른 법 아니드라고. 호랭이럴 잡으로 나슨 포수가 느긋허니 맘묵고 숨죽이고 소리죽임서 찔기게 참덜 못허고 퇴깽이몰이 허디끼 성질 급허게 소리질름서 방정맞게 나대면 어찌 되제. 지 성질에 지 심만 파허고 호랭이헌티 지가 어디 있는지 갤차줘서 호랭이 밥이 되고 만단 말이시. 천릿길얼 나슨 사람도 매일반이여. 급허니 뒷간 가디끼 설레발쳤다가넌 10리도 못 가서 발병나는 것이네." 그의 말은 그저 담담했다.

"체, 도사가 따로 없네. 근디, 만주 쪽에서넌 무신 일이 되기넌 되는가?"

"글씨, 고상덜이 말로 다 헐 수가 없제. 싸울 만헌 사람덜언 의병으로 나서서 태반이 죽었응게 남은 사람덜 모아 한편 짝에서 싸우고, 또 한편 짝으로넌 군대럴 길러내고 있는디, 그러잔께 질로 다급헌 것이 군자금 아니겄어. 천상 이짝에서 돈얼 구해야 허는디, 부자놈덜이 선선히 내놔야 말이제. 원체로 욕심 많으닝게 부자 된 놈덜인 디다가, 토지조사 통에 다 친일파로 돌아섰으니."

도림은 고개를 무겁게 주억거렸다.

공허는 점심을 먹기 전까지 도림과 함께 책을 맸다. 그리고 점심을 뚝딱 먹어치우고는 곧 네활개를 펴고는 잠이 들었다. 도림이 깨워서야 눈을 뜬 공허는 저녁밥을 또 맛있게 먹어댔다.

"인자 살살 움직기려 볼끄나……."

밥상을 물리며 공허는 중얼거렸다.

"돈 여그 있네."

도림이 돈을 꺼내놓았다.

"요 돈으로 경성 진고개 왜년 기생집 찾어가서 한바탕 회포나 풀어야 쓰겄다."

공허는 돈을 덥석 집으며 씨부렁거렸다.

"하먼, 좋제. 하로밤 득도허는 맛 보기로야 톡톡헐 것잉마."

도림이 공허를 마주 보며 웃었다.

공허는 두 권의 두툼한 필사본을 바랑에 챙겨가지고 일어섰다. 밖은 어둠이 짙어져 있었다. 밤바람이 썰렁한 속에 풍경소리가 애잔했다.

"일이 잘 안 풀려 자네가 뜨게 되면 뒤에 올 당주승얼 뜻 맞는 사람으로 골르는 것에 맘써야 되덜 안컸어?"

공허는 포교당을 나서기 전에 도림에게 낮고 묵직한 소리로 말했다.

"그려, 나도 그리 생각허고 있네. 가먼 언제나 보게 될랑고?"

"요분에야 금세 와야제. 돈 안 떠묵은 것 물건으로 딱 봬야 쓴게."

"그려, 항시 조심허고 이."

도림은 공허의 어깨를 툭 쳤다.

공허는 전주 쪽으로 길을 잡았다. 신작로를 따라가지 않고 용지

면과 이서면을 가로지르는 달구지길을 택했다. 공허는 밤에도 신작로를 이용하는 법이 없었다. 어떤 위험이든지 미리 막고 피하자는 것이었다. 경찰주재소나 헌병파견대는 신작로 가까이에 많았다. 더구나 오늘 전주로 나가는 데 달구지길은 신작로보다 절반이나 가까운 지름길이었다.

공허는 내일 전주에서 한양행 기차를 타기 전까지 해야 할 일들을 이미 정리해 놓고 있었다. 그러면서도 그의 마음은 반대쪽 죽산면으로 끌려가고 있었다. 그의 눈앞에는 또 하시모토가 떠올라 있었다. 그 사건이 있은 다음부터 그는 하시모토를 없애버릴 작정을 했던 것이다. 자신의 일행을 함정에 빠뜨린 그 교활한 놈을 그대로 살려둘 수가 없었다. 그놈은 온갖 수단을 다 동원해서 농토를 차지하고, 조선사람들을 못살게 구는 왜놈지주만이 아니었다. 그놈의 흉계로 그날 밤 동지 하나가 죽어갔던 것이다. 그놈이 동지 하나를 죽였으니 그놈도 마땅히 죽어가야 했다. 그러나 그동안 기회가 맞아떨어지지 않았던 것이다. 그놈은 송아지만한 개를 집 앞뒤에다 키우고 있었다. 제놈이 한 짓을 잊지 않고 있는 모양이었다.

용지면으로 들어선 공허는 부교리의 최유강을 찾아갔다. 공허는 최유강의 사랑채에 불이 밝혀진 것을 확인하고는 고샅 양쪽을 살폈다. 아무런 인기척이 느껴지지 않자 토담을 넘어갔다.

"최 선생 기신가요? 공허 왔구만요."

공허는 마루를 손가락으로 톡톡 쳤다. 이내 방문이 열렸다.

"시님, 오셨구만요. 어여 오르시지요."

반가움이 넘치는 낮은 소리였다.

"그간 무고허신가요? 갈 질이 멀어 그냥 이대로 가야겄구만요."

공허는 빠른 동작으로 바랑을 벗었다.

"아이고 시님, 이런 법이 있능가요. 오래 안 기시게 헐 것이니 잠시만 올랐다 가셔야제, 이거 서운히서……."

최유강이 무작정 바랑을 끌어당겼다.

"오늘 질이 아조 먼디 이거……."

공허는 중얼거리면서도 바랑을 따라 마루로 올라설 수밖에 없었다.

공허는 호롱불이 밝혀진 방 안으로 들어서며 향기로운 냄새를 맡았다. 언제나 그윽하고 은은하게 번져 있는 차향기였다. 그러나 모든 미약한 향내가 그렇듯 차향기도 방으로 들어설 때 언뜻 스칠 뿐 다시 맡으려고 하면 이미 자취가 없었다. 최유강은 차를 무척이나 즐겼다. 담배가 차맛을 해친다 하여 담배를 입에 대지 않을 정도였다.

"가실 질이 멀수록 차나 한잔허셔야 갈증도 안 생기고, 노독도 덜허시지요."

탕건을 단정하게 쓴 최유강이 보료 위에 자리잡고 앉으며 잔잔하게 웃었다.

"노시님덜허고넌 달르게 소승언 차맛얼 잘 몰르는구만요."

공허는 방석에 앉으며 방 안을 둘러보았다. 최유강의 단정한 모습처럼 언제나 말끔하게 정돈된 방이었다.

"시님께서넌 일찍허니 고난에 길로 나스셨으니…… 이 에로운 시절에 차나 마시고 있는 지 겉은 사람이 죄인이기도 허지요."

최유강이 놋쇠화로 위에 올려놓은 무쇠주전자를 내리며 중얼거리듯 말했다.

"아이고 원, 무신 말씸이신게라. 최 선생님겉이만 허시면야……."

잘못했다가는 덜된 양반들을 싸잡아 욕을 하게 될 것 같아 공허는 말을 얼버무리며 바랑을 풀었다. 그리고 필사본 한 권을 꺼냈다.

"시님, 차가 따끈허구만요."

최유강이 찻잔을 공허 앞으로 옮겼다.

"아이고, 황송시럽게……." 공허는 찻잔을 받아 앞에 놓고는, "요것이 만주서 새로 들어온 역사책이구만요. 아그덜헌티 갤차주시라고……." 필사본을 내밀었다.

"예에, 이 귀헌 책얼…… 열성으로 읽어 아그덜헌티 전허겄구만요."

정중하게 책을 받아든 최유강은 천천히 한 장씩 넘겼다. 그의 입이 차츰 굳게 다물리면서 평소에도 단단해 보이는 얼굴에 강단기가 드러났고, 미간이 좁혀지면서 유독 짙은 눈썹이 꼬리를 세우며 꿈틀거리고 있었다.

양반들 절반만 저 사람 같았어도…… 공허는 그를 바라보며 생각하고 있었다.

"시님, 차 식는구만요."

최유강은 책을 문갑 서랍에 조심스럽게 넣고는 공허에게 차를 권했다.

공허는 찻잔을 들어 한 모금 입에 머금었다. 찻잔을 기울일 때 벌써 코끝에 스민 향기가 입 속에서 번지는 향기와 어우러지고 있었다. 떠름한 듯 쌉싸래하고 달큼하면서 풋풋한 향그러움이 그윽하고 은은하고 아슴하게 퍼지면서 정신을 아늑하게 가라앉히고 있었다.

"요것도 해남 대흥사 것인가요?"

다산의 책을 탐독하고 다산을 높게 받드는 최유강은 차도 다산이 즐겨 마신 해남 대흥사 것을 제일로 쳤던 것이다.

"예, 대흥사 차도 인자 왜놈덜 등쌀에 다 망쳐지고 있구만요. 왜놈덜언 대흥사만이 아니고 지리산 연변 대찰(大刹)덜이 가꾸던 차밭얼 다 훑어대고 있으니, 이 땅에 쓸 만헌 것언 남아나는 것이 아무것도 없지요."

최유강은 침통한 얼굴로 고개를 저었다.

"그렇제라, 들판서 쌀 훑어가고, 산중서 큰 나무덜 찍어가고, 산속 파헤쳐 금 캐내가고, 개성 인삼에 남도 차꺼정 다 즈그덜 맘대로 아니겄능가요."

공허는 찻잔을 비웠다. 최유강이 차를 따르며 중얼거리듯 말했다.

"왜놈덜이 천시럽게 녹차, 녹차 해댐서 우리 차에 환장헐 만도 허지요. 조선허고 일본허고넌 애초에 기후가 달른 디다가, 짐에 쪄내는 일본 차허고 불에 덖어내는 조선차허고넌 그 맛이 천양지차닝게요. 왜놈덜, 상시럽게 녹차라니……."

최유강은 차를 일본사람들이 '녹차'라고 부르는 것이 못내 마땅찮은 모양이었다.

"예에…… 서당에 아그덜언 많이 모여드는가요?"

"예, 한문만 억지로 갤치는 것이 아니라 그런지 아그덜이 자꼬 늘고, 언문도 산술도 잘덜 깨치는 디다가, 역사 이얘기럴 질로 좋아허는구만요."

근년에 새로 생기는 많은 서당들은 옛날의 서당이 아니었다. 젊은 선생들이 한글은 물론이고 산술과 역사까지 가르치고 있었다. 그런 신식서당이 도처에서 생겨나고 있는 것은 새로 일어나고 있는 물결이었다. 공허는 그 물결을 따라 믿을 만한 선생들에게 역사책을 공급하고 있었다.

"소승 이만…… 또 뵙겄구만요."

공허는 양반의 격식에 맞추어 꾸며진 최유강의 사랑을 나섰다. 문갑 위의 필통이며 난초, 사방탁자의 책들이며 귀풍스러운 백자기, 비단 보료와 방석 같은 것들이 신세호의 사랑과는 너무 대조적이었다. 그 현격한 차이는 바로 재산의 차이였다. 그러나 최유강은 소작인들에게 인심을 얻을 만큼 후한 지주였다.

"시님, 요거 얼매 안 되는디 노자에……."

최유강이 공허의 손에 돈을 쥐여주었다.

"아니, 올 때마동 이러시면……."

"시님이 어디 사사로이 쓰시는가요."

발 빠른 공허는 바로 이서면으로 접어들었다. 텅 빈 들녘의 어둠 속에 찬바람만 가득했다. 모둠모둠한 먼 불빛들이 별들처럼 깜박거리고 있었다.

공허는 금평리 안재한의 집을 찾아들었다. 안재한의 집은 최유강의 집에 못지않게 규모가 컸지만 지붕은 기와가 아니라 초가였다.

"시님, 아무리 가실 질이 멀어도 담배 한대짬만 들었다가 가셔야지요. 손님얼 슨 자리서 뜨게 허는 인정이 어딨능가요."

안재한은 공허를 막무가내로 잡아끌었다. 정 많은 성품 그대로였다. 공허는 또 마음이 허물어지며 마루로 올라섰다.

"시님 오시기럴 기둘리고 있었구만요."

안재한은 둥글넓적하고 편안하게 생긴 얼굴에 웃음을 담으며 문갑 서랍을 열었다. 최유강과는 다른 인상이었다.

"지 발로 얼추 맞친 것인디 시님 발에 어쩔랑가 몰르겄구만요."

안재한이 내놓은 것은 고무신이었다.

"아니, 이 비싼 것얼!"

너무 뜻밖이라 공허는 깜짝 놀랐다.

"요것이 왜놈덜 물건이라 시님이 싫어허실지 암스로도 샀구만요. 요것언 호사허자는 것이 아니고, 삼동언 닥치고 시님언 많이 걸으시는디 물 새고 발 시린 짚세기로 발에 얼음 백히고 히서 발병이 나면 어찌 되겄는가요. 아무리 왜놈물건이라 해도 유용허게 잘만 써서 우리가 목적허는 바럴 성취해 나가는 것이 더 현명헌 처사가 아닌가 하는 생각으로 저질른 일이구만요."

안재한은 공허가 고무신을 받지 않을 수 없도록 그 나름의 명분을 내세우고 있었다. 공허는 좌선이라도 하는 것처럼 눈을 내려뜬 채 묵묵히 앉아 있었다.

공허는 그 말에서 미처 생각하지 못했던 것을 깨닫고 있었다. 그건 일본군 수비대나 주재소를 습격해 탈취한 총으로 일본놈들을 다시 죽이고 있는 것이나 별로 다를 것 없는 수단이었던 것이다.

"야아…… 생각 짚으신 말씀이구만요."

공허는 안재한에게 웃음을 보내며 고무신을 끌어당겼다.

공허는 때 전 버선발을 고무신에 밀어넣었다. 고무신은 낙낙하게 잘 맞았다.

"똑 잰 것맨치로 잘 맞는구만요."

공허는 안재한의 세심한 마음씀에 가슴 뭉클한 정을 느끼고 있었다.

"아이고, 천만다행허니 잘되았구만요."

안재한은 너무 좋아하며 안도의 숨을 푹 내쉬었다. 잘 맞지 않을까 봐 그동안 마음 졸였음이 그 숨결에 역력히 드러나고 있었다.

"새로 온 책이구만요."

공허는 안재한에게 필사본을 내밀었다.

"예에, 기둘리고 있었구만요."

"소승 염치없이 이 고무신 신고 떠날랑마요."

고무신을 들고 일어나며 공허가 한 말이었다.

"그래 주시먼 더 고마울 것이 없구만요."

안재한이 더없이 흡족하게 웃었다.

고무신을 신은 공허는 다시 밤길을 걷기 시작했다. 여전히 빨리 걸으면서도 공허의 신경은 두 발에 쏠려 있었다. 무엇을 자꾸 헛딛는 것도 같고, 발이 계속 휘뚝거리는 것도 같고, 제자리걸음만 하고 있는 것 같기도 했던 것이다.

그런 낯선 어색함과 함께 새롭게 느껴지는 기분도 있었다. 짚신에 비해 가뿐하고, 맺히는 매듭매듭이 없고, 발이 한결 편했던 것이다. 그러나 그것만이 아니었다. 고무신은 짚신보다 모양새가 더 멋지고 예뻤다. 그리고 물이 안 새들면서 질기기도 훨씬 질기다는 게 아닌가.

이거 참 큰일났구나!

공허는 새로운 절망감을 느꼈다. 모양만이 아니라 이런저런 실용성까지 겸비하고 있으니 고무신은 날이 갈수록 더욱 걷잡을 수 없이 퍼져나가게 되어 있었다. 그 파장은 인력으로 가로막을 수 있는 일이 아니었다. 그런데 더 문제는 고무신이 무쇠가 아니라는 점이었다. 한번 고무신에 길들여진 발이 다시 짚신을 신을 리 없는 일이었다. 결국 조선사람들의 돈이 끝도 없이 일본사람들의 손아귀로 빨려 들어가게 되어 있었다. 조선사람들이 고무신 만드는 기술을 터득하지 못하는 한 가격도 일본사람들 멋대로 매길 판이었다. 아니, 조선사람들이 그 기술을 터득한들 무엇하겠는가! 회사령이 이미 공포되어 있었다. 조선사람들이 아무리 회사를 차리려고 해도 총독부에서 허가를 내주지 않으면 공염불이었다.

그런데 고무신 한 가지만이 문제가 아니었다. 앞으로 고무신처럼 희한한 물건들이 얼마나 많이 생겨날지 모를 일이었다. 조선사람들은 스스로 느끼지 못하는 사이에 속까지 파먹히며 일본을 부강하게 만들어주게 되어 있었다.

공허는 암담한 심정으로 한숨을 토해냈다. 조선사람들아, 정신 차리고 일본물건들을 사지 마라! 그의 가슴속에서 울려 퍼지고 있는 부르짖음이었다.

공허는 전주를 휘돌아 지나쳤다. 내일 전주에서 기차를 탈 작정이었다. 이리는 일부러 피해다녔다. 이리는 호남선 철도공사를 하면서 만들어낸 도회지라 군산과 똑같이 일본사람들 판이었다. 그리고 교통의 중심지가 되어 그런지 경찰과 헌병들의 검문도 심했다.

전주를 지나자 동쪽으로 나타나는 산들이 나지막하면서도 줄기를 이루기 시작했다. 소백산맥 큰 줄기에서 가지 쳐 뻗어 내려온 실가지들이었다. 공허는 검게 웅크린 낮춤낮춤한 산들을 벗삼으며 20여 리 남짓 걸어 죽절리에 당도했다. 자정이 가까워져 있었다.

그 시각에 불이 밝혀져 있을 리 없었다. 공허는 발소리 죽이며 걸어 마루에 무릎을 대고 지게문을 가만가만 흔들었다. 잠이 깊은지 안에서는 아무 기척이 없었다. 다시 문틀을 똑똑 두들겼다.

"누구요? 오시었소?"

조심스러운 목소리였다.

"나요, 나 왔소."

언제부터인지 모르게 서로 그렇게 주고받게 된 말이었다.

공허는 고무신을 들고 방으로 들어갔다. 그 순간 방 안의 온기와 함께 비릿푸푸한 살내음이 물큰 풍겨왔다.

어둠 속에서 부스럭거리는 소리가 났다.

"불쓸 것 없소."

공허는 바랑과 함께 옷을 벗어댔다.

금방 알몸이 된 공허는 어둠 속에 웅크리고 앉아 있는 홍씨를 싸안았다. 바르르 떨리는 홍씨의 몸도 달라져 있었다. 공허는 홍씨의 잠자리 옷을 벗기기 시작했다. 홍씨도 거드는 몸짓을 했다.

오목조목한 홍씨의 알몸을 끌어안았다. 뜨거워지기 시작하는 여자의 몸에서 살내음이 진하게 풍겨났다. 공허는 부르르 떨며 여자를 뉘었다. 공허의 성급한 몸짓을 받아안으며 여자의 몸은 뜨거운 꽃으로 벙그러졌다.

"아으…… 으응……."

무슨 진액이 묻어나는 것 같은 여자의 뜨겁고 끈끈한 소리와 여자의 속살에서 휘도는 현란한 바람에 실리며 공허는 하늘로 떠오르고 있었다.

여자가 공허를 끌어안았다.

"인자 가지 말어요, 가지 말어요……."

여자의 숨가쁜 소리였다.

"그려, 그려……."

공허의 헉헉거리는 소리가 화답했다.

"참말로 가지 말어요, 가지 말어요……."

여자의 목소리에 울음이 섞여 있었다.

"그려, 그려……."

그 울음에 공허의 몸은 더욱 타오르고 있었다. 타오르다가 마침내 폭발했다. 공허의 몸은 여자 위에 재로 부서져내렸다.

공허는 찬물 한 사발을 들이켜고 알몸인 채로 자리에 누웠다. 옆에 눕는 홍씨는 물을 떠오느라 잠자리옷을 입고 있었다. 공허는 그 옷을 벗겨버렸다. 그리고 홍씨를 감싸안았다. 잠시잠시 머물렀다 떠나는 자리라서 그런지 그때마다 목마르고 아쉬웠다. 홍씨는 몸을 작게 오그리며 공허의 가슴으로 파고들었다. 공허는 귀엽고 작은 새가 보듬기는 느낌을 받으며 팔로는 부족해 다리로도 홍씨의 포동한 몸을 정겨웁게 싸안았다.

"저어…… 지가 시조럴 한 수 지었는디…… 들어보실랑가요?"

홍씨가 주저하며 속삭인 말이었다.

"시조? 그려, 재주가 어쩐가 더디 읊어보드라고."

공허는 문득 놀랐다가 다음 순간 장난스런 기분으로 대꾸했다.

바람이 머문 자리 민들레꽃 피어나네
무심탄 바람도 인연의 씨 심었는데
임 머문 이불자리야 일러 무삼하리오

몸이 나른하게 녹아내리면서 마음도 아슴하게 풀려가고 있던 공허는 정신이 번쩍 드는 것을 느꼈다.

"고것이 무신 소리요?"

불현듯 공허가 토해낸 말이었다. 그러나 그건 물음이 아니었다.

그 말과 함께 공허의 가슴은 쿵 내려앉고 있었다.

홍씨는 아무 대꾸가 없었다. 공허가 놀라서 홍씨의 어깨를 젖히는 바람에 두 사람 사이는 약간 벌어져 있었다. 홍씨는 공허의 등을 감싸안으며 자신의 몸을 꼭 붙여왔다. 공허는 그것이 대답이라는 것을 느꼈다.

그리고 공허는 그때서야 퍼뜩 깨달았다. 아까 몸을 섞으면서 자꾸 가지 말라고 되뇌었던 말이었다. 그때 무심결에 들어넘겼던 말이 또 헤어져야 할 정이 아쉬워 한 말이 아니었던 것이다.

아, 이 일을 어찌해야 좋은가……. 공허는 암벽에 가로막힌 기분이었다.

"이사럴 해야 되겄구만요……."

홍씨의 가느다란 소리였다.

"무신 소리여?"

"이 동네서넌 몸얼 못 푸닝게요."

"……."

"아무도 몰르는 동네로 가면 유복자가 되는구만요."

"……."

"아무 말씸 안 디리고 그냥 뜰라고도 생각혔었는디…… 그리되면 시님 맘 질정없어 허시는 일에 해럴 입힐랑가도 모르고……. 영영 생이별얼 허기 싫은 욕심도 동허고……."

"……."

홍씨의 말을 따라 공허는 홍씨를 점점 더 세게 끌어안고 있었다.

"이 일에 아무 맘도 쓰시지 않어도 되는구만요. 지가 바래는 것언 그저 지끔꺼지 뵌 것맨치로 앞으로도 뵙는 욕심뿐이닝게요."

"……."

"시님언 업보럴 맨들었다 생각허덜 마시고, 지헌티 큰 보시 허신 것잉게 맘 훌훌 털으시씨요. 지넌 평상얼 의지허고 살 핏줄을 얻어 부처님 가피럴 입었응게요."

"어디, 이사 갈 동네넌 물색혔소?"

공허는 목이 메어 말이 제대로 나오지 않았다. 공허는 자신을 송두리째 주고 싶은 충동에 사로잡히고 있었다.

"야아, 말씸디리겄구만요."

홍씨의 눈에서는 눈물이 흐르고 있었다.

21

만주벌에 뜨는 샛별들

장닭이 홰를 치며 우렁차게 목청을 뽑기 시작했다. 감골댁은 그나마 설핏 들었던 잠을 깼다. 간밤에 잠을 이루지 못하게 했던 온갖 생각들이 그대로 머릿속에 가득 차 있었다. 그 생각들은 마음대로 털어낼 수도 없고 잊어버릴 수도 없는 근심의 샘으로 가슴 깊이 고여 있는 것이었다. 그러나 평소에는 잊은 듯 지냈지만 어젯밤에는 두레박질을 안 할래야 안 할 수가 없었다. 오늘 길 떠날 일을 앞두고 지난날들의 온갖 맺히고 엉킨 일들이 줄지어 엮어졌던 것이다.

감골댁은 수국이의 잠을 깨우지 않으려고 가만가만 이불 속에서 빠져나왔다.

"엄니, 더 자제 멀라고 발써 일어나고 그렁가. 채비넌 나가 다 헐 것잉마."

수국이가 일어나 앉으며 말했다. 그 목소리에 잠기운이라고는 전혀 없었다.

"음마, 니 깨 있었디냐?"

감골댁은 얼결에 이렇게 말하며, 수국이도 잠을 설칠 수밖에 없었을 거라고 생각했다. 수국이는 동생 대근이가 군관학교에 다니는 것을 더없이 자랑스러워해 왔었다. 그런데 오늘이 바로 대근이가 군관학교를 졸업하는 날이니 잠을 제대로 잤을 리가 없었다.

"엄니, 더 눠 있으소. 나가 다 알아서 챙길 것잉게."

수국이는 어머니를 눕히려고 했다.

"아니다, 아니여. 딴 집서덜 먼첨 나스먼 그것이 무신 염치다냐. 필녀가 당장 들이닥칠란지도 모른다."

"이, 그럴란지도 몰르겄네. 필녀넌 대근이가 군관 되는 것얼 나보담도 더 좋아라 허넝게."

수국이는 어머니의 어깨를 감싸잡고 있던 손을 풀었다.

"몰르겄다, 그 일이 좋아허기만 허게 잘헌 일일란지 어쩔란지……."

감골댁은 관솔에 불을 당기며 하르르 한숨을 쉬었다.

"엄니, 이적지 그 맘 못 없애고 지니고 있능가. 송 장군님이 들으시면 엄니 아조 이뻐라 허시겄는디."

수국이의 목소리는 싸늘했다.

"아니, 아니여. 입에 나 몰르는 구녕이 뚫렸다냐 어쩐다냐. 어찌 그리 헛말이 새고 그런지 몰르겄다……."

감골댁은 자신도 모르게 흘러나간 말에 놀라며 이렇게 얼버무렸다. 그러나 그건 마음에 없는 헛말이 아니었다. 간밤에 지나간 여러 가지 일들과 함께 제일 마음쓰며 되작거렸던 생각이었다. 그 근심스러운 생각이 마음에 가득 차 있다가 자신도 모르게 넘쳐났던 것이다.

감골댁은 딸 보기에 민망해서 얼른 방을 나섰다. 새벽냉기가 선뜩하게 목을 감았다. 감골댁은 얼른 팔짱을 끼고 부르르 떨며 만주냄새를 물큰 맡았다. 만주냄새는 끈적한 노린내 같기도 했고 느끼한 기름내 같기도 했다.

그 비위 거슬리는 이상야릇한 냄새를 처음에는 누구나 다 맡았다. 그 냄새를 좋아하는 사람은 아무도 없었다. 그런데 반년이 가고 1년이 넘고 하면서 사람들은 그 냄새를 맡지 못하게 변해갔다. 나이가 젊을수록 더 빨리 변했다. 그러나 감골댁은 3년이 되도록 그 냄새를 처음과 다름없이 맡고 있었다. 감골댁은 4월이 되어도 봄을 느낄 수 없이 진눈깨비가 내리는 만주땅이 싫었고, 그 역겨운 냄새는 더욱이나 싫었다.

감골댁은 찬물에 머리를 감았다. 땔감을 아끼느라고 등골 서늘해지는 차가움을 참아냈다. 남들까지 경사 났다고 좋아하는 일에 에미가 머리를 안 감을 수는 없었다.

막내 대근이가 어느덧 장성해서 군관학교를 졸업하는 것이 경사는 경사였다. 그러나 왜놈들하고 맞대거리하며 싸워야 하는 독립군 군관이라는 것이 마음 무거웠다. 큰아들하고 생이별이 된 마당에 대근이는 막내이면서 장자였다. 남편을 그리 잃고, 큰아들도 그렇게 빼앗겼는데 막내아들마저 왜놈들 앞에 내세우고 싶지 않았던 것이다. 그저 장가들어 농사나 지으면서 집안 지켜나가는 것이 소원이었다. 그러나 그런 속마음은 드러낼 수가 없었다. 돌아가는 형편이 여자의 좁은 소견머리라고 흉이나 잡히기 십상이었던 것이다. 장본인도 군관학교에 들어가기로 딱 작정을 했고, 송 장군부터 시작해서 옆에 있는 모든 사람들이 당연한 것으로 생각하며 손뼉을 쳐댔다. 여자들도 그보다 더 장한 일은 없다며 입을 모았고, 심지어 수국이까지도 대근이의 기를 돋우고 나섰던 것이다.

어젯밤까지도 그 일이 잘된 것인지 어쩐지 남편에게 수없이 물었지만 남편은 아무런 응답이 없는 채 닭이 울었다.

감골댁은 머리를 빗질하며 또 한숨을 지었다. 자신의 팔자가 생각할수록 시름겨울 뿐이었다. 남편이 제명대로 살지 못한 것은 어쩔 수 없다 하더라도 자식들마저 제대로 풀리지 않는 것이 가슴 아렸다.

큰아들 생이별에, 큰딸 보름이는 과부가 되었고, 막내딸 수국이는 몸을 망쳐버린 처녀 아닌 처녀였다. 거기다가 막내아들까지 장가 같은 것은 생각지도 않고 총을 들고 나서게 생겼으니 마음은 조마조마하고 위태위태했다. 다섯 자식들 중에 궁하나마 그저 모양 갖추고 사는 것은 둘째딸 정분이뿐이었다.

감골댁은 막내아들 대근이의 일은 또 그러려니 하며 접어둘 수도 있었다. 만주땅으로 떼밀려온 조선사람들은 한 가지 생각만은 다 똑같았다. 어서 왜놈들을 몰아내고 나라를 되찾아야 한다는 것이었다. 젊은 사내들은 그 일에 앞장서 나서야 한다는 게 만주땅에 퍼져 있는 기운이었다. 내 자식 보존할 욕심으로 그 물결을 가로막고 나설 염치는 없었다. 또 한편으로 생각하면 대근이가 남편의 원수를 갚는 것이기도 했다.

그런데 수국이를 생각하면 앞날이 암담할 뿐이었다. 너나없이 봇짐 지고 떠도는 신세들이라 마땅한 혼처도 없었지만 수국이는 아예 혼인 말을 비치지도 못하게 했다. 몸을 망친 것을 큰 죄로 생각하고 있었고, 남자라면 겁부터 내면서 진저리를 쳤다. 얼마나 험하게 당했으면 저러랴 싶어 감골댁은 딸이 한없이 가엾고 안쓰러웠다. 그렇다고 언제까지나 홀몸으로 둘 수도 없는 일이었다. 제대로 시집을 보냈으면 아이 셋은 낳았을 스물세 살 나이가 되어 있었다. 이만저만 쉰 죽순이 아니었다. 이대로 일이 년을 보내면 총각한테 시집가기는 영 틀릴 판이었다.

감골댁은 빗질을 멈추며 손바닥으로 가슴을 눌렀다. 그 생각을 하자 또 가슴이 벌떡거리기 시작했던 것이다.

수국이가 밥상을 들고 들어왔다. 감골댁은 그런 심란한 생각을 털어내며 서둘러 쪽을 쪘다.

"수국아, 인자사 서러지여?"

언제나 목청 높은 필녀가 어두운 마당으로 들어서고 있었다.

"이, 니넌 다 끝낸 것이여?"

수국이는 관솔불빛 아래서 반색했다.

"끝내기넌 머시가 끝내라. 선머시매맨치로 그냥 방구석에 처박

아뒀제."

아내 필녀의 뒤를 따르고 있는 배두성이가 마땅찮은 어조로 흉잡듯 했다.

"하이고 참, 벨 꼬라지 다 보겄네. 남정네 못난 것이 지 예편네 넘헌티 숭보는 것이라등마 그 말이 딱 들어맞네그랴. 나가 헐 일 그러그나 말그나 무신 간섭이여, 간섭이."

필녀는 카랑카랑한 소리로 한달음에 말을 해치웠다. 좀 늘어지는 것 같은 배두성의 말과는 아주 대조적이었다.

조심성 전혀 없는 필녀의 그런 말을 듣고도 배두성은 더 이상 아무 반응이 없었다. 말로 이길 재간이 없는 데다가 필녀의 기분이 꼬여 있어서 배두성은 미리 알아서 피하고 있었다.

"아짐, 얼매나 좋으시요, 맘이 둥둥 뜨제라?"

방으로 들어선 필녀는 감골댁에게 인사를 차렸다.

"몰르겄네, 존지 어쩐지. 요리덜 앉소."

감골댁은 웃음지으며 자리를 권했다.

"그것이 얼매나 장헌 일인디요. 에롭기로 소문난 고초 다 이겨내고 당당허니 군관이 된 것인디. 중도에 작파헌 못난 물건에 비허먼 대근이야 장허고 장헌 남자제라."

필녀는 대근이만을 칭찬하는 것이 아니었다. 또다른 사람 누군가를 흉잡고 있었다.

"말 그리 고약시리 허덜 말어. 그 골머리 아픈 공부 안 허고도 총만 잘 맞히고 밀정놈덜 잘만 잡아낸게."

배두성이의 불뚱스러운 말이었다. 그 말이 미처 끝나기도 전에 필녀가 바락 내쏘았다.

"그런 멍청헌 소리 허덜 말어, 모지래게!"

배두성이는 대근이와 함께 신흥중학교에 들어갔었다. 그러나 배두성이는 중도에 공부를 작파하고 말았다. 나이들어 공부에 흥미도 없는 데다가 내용이 너무 어려워 도저히 따라갈 수가 없었던 것이다. 남편의 그 못난 짓이 주위 사람들에게 너무 창피스럽고 면목없어 필녀는 한동안 병을 앓듯 했었다. 그 일로 필녀는 남편을 더욱 싸늘하게 대하게 되었다.

"필녀야……."

수국이가 필녀를 나직하게 부르며 눈짓했다. 수국이와 눈길이 마주친 필녀는 배두성이 쪽으로 눈을 흘기며 무슨 욕을 하는지 입술을 달싹거리고 있었다.

"두성이네가 발써 왔능갑네?"

지삼출이가 방문을 열고 들어섰다.

"얼렁 가드라고, 대장님 기둘리신다."

필녀가 발딱 몸을 일으켰다. 언제나 송수익을 끔찍하게 받드는 필녀다운 행동이었다.

"그려, 그것이 좋겄구만……."

곰방대를 빼들고 앉으려다 말고 지삼출은 엉거주춤 다시 허리를 폈다.

그들은 모두 일어섰다. 흐린 불빛 속에서도 그들의 차림은 모두

말쑥했다. 입던 옷이나마 다 새로 빨아입었던 것이다. 만주로 건너와서 송수익이 변한 것을 보고 따라서 상투를 잘라버린 지삼출은 어엿하게 무명두루마기까지 차려입고 있었다.

"지샌언 두루매기 있었습디여?"

그냥 조끼 바람인 자기 차림이 마음에 걸리는지 배두성이가 뚜벅 물었다.

"어디가, 거 평안도 박샌헌티 빌래입은 것 아니라고."

"헹, 그런 이견이 나와야 말이제."

앞서 방을 나서고 있는 필녀의 옹이 박힌 말이었다.

"지기럴, 살짝 잠 갤차줄 일이제."

배두성이는 혀를 차며 구시렁거렸다.

"아니시, 자네야 젊응게 이대로가 더 좋구만 그러네. 맘쓰지 말소."

감골댁은 일부러 이렇게 말하며 배두성의 넓은 등짝을 두어 번 쳐주었다.

그들을 기다리고 있던 송수익은 곧 길을 나섰다. 아직도 목청을 뽑고 있는 장닭들이 있는데 어둠이 묽어지면서 먼동이 터오고 있었다. 밤이 아득하도록 긴 겨울을 지나 날이 빨리 새는 계절로 바뀌고 있었다.

그들은 모두가 방대근이의 졸업식에 가고 싶어했다. 그러나 송수익이 그들을 만류하고 이해시켰다. 그러지 않아도 왜놈들의 사주를 받은 중국 관헌들의 감시가 심해지고 있으니 너무 표를 내지 말자는 것이었다. 그런 형편을 누구나 잘 알고 있어서 사람들은 대근이가 집으로 돌아오면 만나기로 하고 아쉬움을 달랬다.

지삼출은 대근이네와 한집안처럼 절친해서 뽑혔고, 배두성이는 대근이와 함께 입학했었던 연고로 뽑히게 되니 송수익과 감골댁, 수국이를 합해서 다섯 사람이 되었다. 6인승 마차를 타기로 했는데 한 자리가 남았을 뿐이었다. 그 자리를 차지하려고 나선 것이 필녀였다. 자기가 대장님을 모시고 가야 한다는 것이었다.

필녀의 그 당당함에 다른 사람들은 두말없이 물러서고 말았다. 필녀가 대장님을 위하겠다고 나서면 그 고집은 누구도 꺾을 수 없다는 것을 사람들은 잘 알고 있었던 것이다. 송수익은 또 난처하고 쑥스럽게 웃으며 마지막 남은 한 자리를 필녀에게 넘겨주었다.

통화에서 동북쪽으로 합니하 물줄기를 따라 학교가 있는 황림까지는 100여 리였다. 그 길을 걷자면 꼬박 왕복 이틀에 여관비도 써야 했다. 그 돈에 좀더 보태서 마차를 타게 되면 날짜도 하루 줄이고 걷는 고생 없이 모처럼 호강도 한번 할 수 있었던 것이다. 송수익은 감골댁을 위해서 그렇게 마음을 썼다. 그러나 그건 아들을 독립군으로 내놓은 감골댁의 마음에 비하면 너무 작고 하잘것없는 성의일 뿐이었다. 그것을 너무나 잘 알고 있는 송수익은 감골댁에게 더없는 고마움을 느끼고 있었다. 방대근이가 아무리 신흥중학에 가겠다고 나서도 어머니인 감골댁이 사생결단 가로막았더라면 일이 어려웠을 터였다. 그런데 감골댁은 평소에 말수 적은 대로 별다른 말이 없이 아들을 학교로 떠나보냈던 것이다.

신흥중학은 이름 그대로 겉보기로는 그저 흔한 조선인 학교일 뿐이었다. 그러나 이름을 그렇게 평범하게 붙인 것은 일본밀정들이나 중국관청의 주목을 피하기 위한 것이었고, 속으로는 독립군을 양성해 내고 있는 '무관학교'라는 것을 알 만한 조선사람들은 말없는 속에서 다 알고 있었다. 그러니까 신흥중학의 숨겨져 있는 진짜 이름은 '신흥무관학교'였던 것이다.

그 내막을 알고 있는 어떤 부모들은 신흥중학에 가겠다는 자식들의 뜻을 완강하게 꺾고 나서기도 했다. 신흥중학에 간다는 것은 바로 독립군으로 나선다는 것이었고, 독립군이 되는 것은 곧 하나뿐인 목숨을 내건다는 뜻이었던 것이다.

그들은 서로 다투듯 걸음이 빨랐다. 희끄무레한 어둠살이 안개발 스러지듯 사라져가면서 푸릇푸릇 봄기운 돋는 들과 산이 선명하게 드러나고 있었다. 들녘에 드문드문 사람들의 모습이 보였다. 어스름도 미처 걷히지 않은 이른 아침에 들에 나선 사람들은 보나마나 조선사람들이었다. 논갈이를 하려고 나온 것일 터였다. 밭농사를 지을 줄밖에 모르는 만주 사람들은 그렇게 일찍 들에 나서는 법이 없었다. 나무들은 아직 꽃도 잎도 피울 기색이라고는 없는데 풀들이 먼저 봄인 것을 알고 돋아나고 있었다.

감골댁은 나이가 제일 많으면서도 팔을 휘둘러대며 앞장서서 걸어가고 있었다. 감골댁의 걸음이 빠르기도 했지만 그 누구도 감골댁을 앞지르려고 하지 않았던 것이다.

"엄니 참 기운 좋다. 백 살꺼정언 식은 죽 묵기겄다."

필녀가 감골댁을 턱짓하며 히히 웃었다.

"그것도 아니여. 만주 온 뒤로 기운이 많이 떨어져부렀어. 밤이면 얼매나 앓는 소리럴 헌다고. 농새일도 심들고 근심도 많고 히서 그럴 것이여. 시방 저것이야 아덜 만내로 간당게 헛기운이 솟는 것 아니겄냐."

수국이는 슬픈 기색의 한숨을 가늘게 내쉬었다. 필녀는 그만 더 말을 못하고 들녘 멀리 눈길을 보냈다.

그들은 해가 뜨기 직전에 통화에 당도했다. 송수익이 나서서 마차삯을 흥정했다. 편도가 아니라 왕복을 한다는 조건으로 송수익은 돈을 마구 깎아댔고, 마부는 하루벌이가 톡톡하게 된 판이라 밀리고 있었다.

"좋소, 그리합시다. 중국말을 잘해서 깎아주는 줄이나 아시오."

이렇게 토를 단 마부는 누런 이를 드러내고 꼭 말처럼 헤벌쭉하게 웃었다.

송수익도 마주 보고 웃으며 고맙다고 했다. 만주에 오자마자 중국말과 일본말을 배우기로 작정하고 나섰던 송수익의 중국말 실력은 이제 의사소통에 아무런 불편이 없도록 되어 있었다. 그러나 일본말은 말상대가 없어서 별로 진전이 되지 않았다.

마차는 합니하와 가까워졌다 멀어졌다 하면서 줄기차게 달리고 있었다. 유하현 동쪽 지역을 북에서 남으로 흘러내리고 있는 합니하는 한사코 논농사를 지으려고 하는 조선사람들을 유하현에 묶어두는 한몫을 하는 강이었다.

마차는 한나절을 달려 황림에 도착했다. 초원에 넓게 자리잡은 학교에는 벌써 사람들이 많이 모여 있었다. 모두가 한복 차림인 조선사람들이었다.

졸업식은 정오에 시작되었다. 먼 길을 와야 하는 학부형들을 생각해서 정한 시간이었다. 졸업생 40여 명에 학부형들은 200명도 넘었다. 교실 두 개를 터서 만든 강당이 넘쳐 사람들은 복도에까지 빽빽하게 들어찼다. 식단 위에는 태극기가 걸려 있었다.

제일 먼저 연단에 오른 사람은 교장 여준이었다. 그는 오늘이 신흥중학 제5회 졸업식인 것을 환기시키면서 먼저, 귀한 자식들을 신흥중학에 보내준 부모들에게 감사의 인사를 했다. 그리고 신흥중학의 운영을 위해 어려운 생활 속에서도 교육회비를 내준 만주의 모든 동포들에게 고마움을 표했다. 그런 다음, 졸업생들에게 자립자강을 강조하면서 민족을 위해 헌신할 것을 당부했다.

일찍이 오산학교와 북간도 용정의 서전의숙 교사를 거쳐 여기까지 온 교장 여준이 졸업생들에게 하는 말은 별다른 생각 없이 들으면 그저 평범한 훈화일 뿐이었다. 그러나 장차 독립군 군관들에게 하는 말이라고 생각하고 들으면 그 한마디 한마디에 가시가 돋쳐 있었고 칼날이 번뜩이고 있었다.

두 사람이 축사를 했다. 그들의 말에도 무관학교니 독립군이니 하는 말은 한마디도 섞이지 않았다. 그러나 그들의 말도 유심히 들으면 날이 서 있었고, 피냄새가 묻어나고 있었다.

교가합창으로 졸업식이 끝났다. 유별나게 꾸민 것 없이 조촐하면서도 숙연한 졸업식이었다.

졸업생들을 따라 학부형들은 운동장으로 몰려나갔다. 졸업생들이 해산을 하자 마침내 야단법석이 일어났다. 기다리고 기다렸던 학부형들이 자기네 자식이며 형제를 찾아 얽히고설키며 이름들을 외쳐부르기 시작했던 것이다.

그 기쁨에 넘친 소란은 오래가지 않고 잔잔하게 가라앉았다. 졸업생들은 가족에게 이끌려 제각기 점심 먹을 자리를 찾아 흩어져 가고 있었다.

방대근이는 감골댁의 차지가 되었다. 감골댁은 자신의 왼손으로 아들의 왼손을 잡고 오른팔로는 아들의 등을 싸안듯 해서 걷고 있었다. 그런데 방대근이의 몸피며 키가 감골댁에 비해 곱절 가까이나 커서 감골댁의 걸음걸이는 꽤나 어색하고 불편스러워 보였다. 그러면서도 감골댁은 고개를 젖혀 그저 아들을 쳐다보느라고 정신이 없었다. 그런 감골댁의 상기된 얼굴에는 웃음 반, 울음 반인 감격이 넘쳐흐르고 있었고, 눈시울은 눈물로 젖어 있었다. 다른 사람들은 그 뒤를 묵묵히 따라가고 있었다.

"아짐, 인자 맺혔든 정 다 풀렸소?"

넓은 운동장가에 자리잡고 앉으며 지삼출이가 감골댁 앞으로 고개를 쑥 빼며 물었다.

"이…… 그려……."

감골댁은 어물거리며 멋쩍은 듯 부끄러운 듯 웃었다.

"아따, 니가 인자 장부가 되야부렀다 이. 인자 공허 시님도 만만허겄는디?"

지삼출이가 방대근이의 넓은 등짝을 철퍽 쳤다.

"그리될랑가? 공허 시님이 기셨으면 존 귀경거리가 생길 판이었는디."

필녀가 생글거리며 말을 받았고, 방대근이는 턱을 쓸며 씨익 웃고 있었다.

"주딩이 놀리덜 말고 일이나 거들어!"

배두성이가 필녀에게 불쑥 내질렀다.

감골댁과 수국이는 밥보퉁이를 끌러 새싹 움터오르는 마른풀밭에다 밥상을 차리고 있었던 것이다. 필녀는 남편에게 눈을 째지게 흘겨대며 수국이 쪽으로 몸을 돌렸다.

방대근이는 공허 스님을 생각하고 있었다. 2년 전에 반팔을 잡히고도 팔씨름에 졌던 것이다. 그때의 창피스러움은 아직까지도 선하게 남아 있었다. 공허 스님의 기운이 놀랍기도 했었다. 공허 스님이 이 자리에 없는 것이 못내 서운했다. 이제 반팔이 아니라 맞잡고도 겨룰 자신이 있었고, 그보다는 인정 많고 마음 넓은 스님을 보고 싶었던 것이다.

"자아, 배고픈디 얼렁덜 묵제." 감골댁은 사람들을 둘러보다가는, "아니, 선상님언 어디 기신겨?" 그때서야 송수익이 없는 걸 알아차리고 있었다.

"아이고, 일찍허니도 찾소 이. 교장 선상님 만내로 가셨구만이라."

지삼출이 다가앉으며 대꾸했다.

"글먼 진지넌?"

"거그서 드신다등만이라."

"아이고, 으쩌까! 선상님 디릴라고 닭얼 한 마리 따로 잡어왔는디."

신분을 감추기 위해 송수익의 호칭은 '선생님'이었다. 사실 그는 대종교에서 운영하는 소학교 선생이었다. 그러나 그 직업마저도 신분 위장의 목적이 포함되어 있었다.

"잘되았소. 대근이나 많이 믹이씨요. 그간에 배곯코 살았고, 백두산 바우뎅이가 들어가도 삭힐 나잉게."

"섭허시……, 식기 전에 얼렁덜 묵어."

"더 식으먼 얼음뎅이 되라고라."

배두성이가 뚱하게 내놓은 말이었다.

그 말에 사람들이 와아 웃음을 터뜨렸다. 음식들은 식을 대로 다 식어 있었고, 감골댁의 말은 그저 입에 붙은 말습관이었던 것이다. 감골댁까지 웃어대는 가운데 필녀만은 싸늘한 얼굴로 배두성이에게 눈총을 쏘고 있었다.

그들은 밥을 먹기 시작했다. 밥은 조밥도 수수밥도 아니고 하얀 쌀밥이었다. 모두들 참으로 오랜만에 구경하는 쌀밥이었다. 감골댁은 남편의 제삿날에나 짓는 쌀밥을 오늘 지어왔던 것이다.

감골댁은 자기는 먹을 생각도 하지 않고 아들에게 닭고기를 뜯어주랴, 아들이 좋아하는 반찬을 숟가락 위에 놓아주랴, 바삐 돌아가고 있었다. 수국이는 그런 어머니와, 밥을 탐스럽게 먹고 있는 동생을 물끄러미 바라보며 잔잔하게 웃고 있었다. 수국이는 오래간만에 마음이 푸근해지고 따스해지는 행복감을 느끼며 동생이 그런 어머니의 시중을 창피해하거나 성가시게 생각하지 않고 달갑게 받아들이는 것을 고맙게 생각하고 있었다. 나이들고 남들 앞이라고 해서 동생이 어머니의 시중을 퇴하거나 면박이라도 주었다면 어머니는 얼마나 서운해하고 서러워했을 것인가.

그들이 밥을 다 먹었을 즈음에 송수익이 돌아왔다.

"아이고, 선상님 진지넌……."

감골댁이 치마를 털며 황급히 일어났다. 감골댁은 송수익 같은 귀한 양반님네가 자기 아들을 위해 먼 길을 와준 것이 그저 고맙고 고마울 따름이었다.

"예, 교장 선생님하고 먹었구만요."

송수익은 방대근이 옆에 자리잡고 앉으며 일어서 있는 모두에게 앉으라고 손짓했다. 모두 동그랗게 자리잡았다.

"교장 선생님께서 우리 대근이 치하가 자자하시드구나. 학과공부도 열성이지만 특히나 군사, 아니 체조실기가 타에 모범이 된다고 기꺼워하시더라."

송수익은 '군사훈련'이라고 나오려는 말을 재빨리 체조실기로 바꾸며 방대근의 어깨를 두들겨주었다.

"아이고메, 교장 선상님이 다 우리 대근이럴 아시등게라?"

눈이 휘둥그레진 감골댁은 곧 손바닥이라도 칠 것처럼 반색했다. 어머니와 송수익 사이에 앉아 있는 방대근은 벌겋게 달아오른 얼굴로 어찌할 줄을 모르고 있었다. 그러나 속으로는 더할 수 없이 기쁘고 떳떳했다. 교장 선생님과 송 선생님에게 칭찬을 듣고 인정

받는다는 것은 더없는 영광이고 자랑이었던 것이다.

"자가 체조실기럴 남보담 똑별나게 잘헌 것언 공허 시님 도술 덕얼 톡톡허니 본 것인갑구만."

지삼출이 환하게 웃으며 말했다.

"체에, 수싯대 폴딱폴딱 뛰어넘고 돌뎅이 요리저리 들어날르는 것이 머시가 도술이다요. 고런 것이 도술임사 나야 도사 열 번도 되았겄소."

필녀의 입을 삐죽거리는 말이었다.

그 말에 사람들은 모두 웃었다. 그 말이 우스운 것이 아니라 억지소리를 하는 필녀가 우스웠던 것이다. 공허와 잘못 사귄 필녀는 공허의 이야기만 나오면 트집을 잡거나 시비를 걸었다. 필녀가 송수익에게 너무 지나칠 만큼 마음을 쓰는 것을 마땅찮아하면서도 그것을 정면으로 막을 수 없으니까 공허는 엉뚱한 것을 찌르고 들었다. 여자답지 못하게 덜렁댄다느니, 수국이를 본받아 좀 얌전해지라느니 하는 식이었다. 그런 말을 듣고 감정을 꾸밀 줄 모르는 필녀 아니더라도 그 어떤 여자든 좋아할 까닭이 없는 일이었다.

"사람이 미와도 말언 바로 히야제. 공허 시님이 갤차준 그것이야 참말로 지대로 된 신체단련술이고 무술인 것이여."

배두성이는 기회를 놓치지 않고 아내를 공격하고 들었다.

"에계계, 저 문자 쓰는 것 잠 보소."

필녀는 남편에게 비웃음을 뿌렸다. 그러나 필녀는 더 응대할 다른 말이 없기도 했다. 공허가 가르쳐준 수숫대넘기와 돌옮기기의 효과를 직접 보았기 때문이었다.

방대근이는 만주로 오자마자 스님처럼 기운이 세고 몸이 날래게 되는 방법을 가르쳐달라고 졸랐던 것이다. 방대근이는 군산에서 중국노동자들과 패싸움을 벌이다가 서무룡이는 멀쩡한데 자신만 다친 것이 마음에서 지워지지 않았고, 남자로서 서무룡이처럼 기운차게 싸움을 잘하고 싶은데 왠지 자신이 없었다. 그런데 기운 무섭고 한 길이 넘는 담을 예사로 뛰어넘는 공허 스님을 알게 되었던 것이다. 그리고 독립운동을 한다는 만주로 오게 되었다. 방대근이는 꼭 공허 스님처럼 되고 싶었다.

공허가 가르쳐준 것은 수수가 싹이 돋을 때부터 키가 다 자라 수수알을 달고 고개를 숙일 때까지 하루도 빼지 말고 날마다 100번씩 넘으라고 했다. 그리고 목침 크기의 돌이 한 섬 크기의 돌이 될 때까지 날마다 돌을 키워가며 50보 이쪽에서 저쪽으로 하루에 100번씩 옮기라는 것이었다.

그 말을 듣고 방대근이는 물론이고 다른 사람들도 다 웃어버렸다. 너무 하찮고 미련스럽게 여겨졌던 것이다. 그 비웃음에 아랑곳하지 않고 공허는 껄껄 웃으며 떠나가 버렸다. 그런데 웃지 않은 사람이 있었다. 송수익이었다. 송수익은 공허가 떠난 다음 방대근이를 불러앉혔다.

"니가 진정 기운을 키우고 몸이 날래지기를 바라면 스님의 가르침대로 따라라. 그 깊은 뜻을 몰라서 웃는 것이지 스님 말씀대로 어김없이 열성으로 하기만 하면 너도 반년 만에 스님처럼 되는 것이다. 내가 아침저녁으로 지켜볼 것이니 그리하겠느냐!"

송수익의 말은 엄하기 이를 데 없었다.

그 다음날부터 방대근은 송수익이가 지켜보는 앞에서 아침에는 한 뼘 높이의 수숫대를 넘고, 저녁에는 목침 크기의 돌을 옮기기 시작했다.

그 답답하고 미련한 짓을 보고 누구도 웃지 않을 수가 없었다. 그런데 여름이 되자 수숫대는 키 큰 남자가 팔을 뻗어올린 높이로 자라났다. 방대근이는 그것을 날 듯이 뛰어넘고 있었던 것이다.

그리고 방대근이가 들어 옮기고 있는 돌도 보통 장정 둘이서 들어야 할 만큼의 크기로 변해 있었다. 그 변화에 굳어진 얼굴을 떨군 것이 처음 웃었던 사람들인 것은 더 말할 것도 없었다. 그런데 먼 하늘을 바라보며 더없이 흡족하게 웃고 있는 사람은 송수익이었다.

"사람이 기운만으로 되는 것이 아니니라. 힘을 기른 열성으로 공부도 해야만 문무를 겸비한 쓸모 있는 사람이 되는 법이다. 그리할 수 있겠느냐?"

가을도 겨워 수수깡을 뽑고 나서 송수익이 방대근이를 다시 불러앉히고 한 말이었다. 방대근이는 신식공부를 하고 싶은 마음이 간절했지만 집안형편 때문에 엄두를 내지 못하고 있던 참이었다. 송수익은 손수 방대근이를 데리고 신흥중학을 찾아갔다.

"이 기쁜 날을 맞아 내가 대근이한테 선사헐 것이 하나 있다."

송수익이 자리를 고쳐앉으며 말했다. 방대근이가 긴장하며 앉음새를 고쳤고, 다른 사람들의 눈길이 송수익에게로 쏠렸다.

"자아, 이것을 펴보거라."

송수익은 손바닥만하게 접은 한지를 방대근에게 내밀었다.

그것을 두 손으로 공손하게 받은 방대근이는 조심조심 펴기 시작했다. 세 마디를 펴고, 다시 반으로 접힌 것을 펼쳤다. 하얀 종이 위에 큼직한 붓글씨 두 자가 드러났다. 한문으로 쓰인 그 글자는 '白虎'였다. 그 글자를 보는 순간 방대근은 전신이 찌르르 울리는 전율과 함께 현기증 같은 것을 느꼈다.

"무슨 뜻인지 알겠느냐?"

낮으면서도 무거운 송수익의 물음이었다.

"예에…… 백두산 호랭이맨치로……."

"그래, 백두산 호랑이같이 용맹스럽고 지혜롭게 살아가라는 뜻이다. 그 이름을 하나 더 지니고 있으면 앞으로 요긴하게 쓸 때가 있을 것이다."

감골댁은 소리 없이 긴 숨을 내쉬며 가슴을 가라앉히고 있었다. 아들의 대답이 틀릴까 봐 마음이 조마조마했던 것이다.

"선생님, 이리 과헌 이름얼……." 상기된 얼굴로 말끝을 맺지 못한 방대근은 몸을 벌떡 일으키더니, "선생님, 절받으시게라우" 하더니 송수익에게 넙죽 큰절을 올렸다.

"그래, 그래, 우리 대근이 장허다."

송수익은 감회 깊은 얼굴로 고개를 끄덕이고 있었다.

감골댁과 수국이는 눈시울이 젖고 있었다. 감골댁은 선생님이 그리 큰뜻의 이름을 지어주신 것이 그지없이 고마운 데다가 아들이 제가 알아서 인사를 차리는 것이 그렇게 대견할 수가 없었고, 수국이는 동생의 당당하고 어엿한 모습이 꼭 아버지가 살아 돌아온 것만 같아 지향 없이 눈물겨웠던 것이다.

지삼출은 기분이 좋아 연상 벙글거렸지만 배두성은 시무룩해져 고개를 떨구고 있었다.

"아이고, 나넌 대근이가 부러바죽겄다. 어찌서 이 핵교넌 여자럴 안 받는가 몰르겄어. 입으로넌 만민평등이라고 해댐스로 말이여."

필녀의 느닷없는 말이었다.

"차암, 바랠 것이 따로 있제. 자네도 총 들고 나스겄다는 것이여?"

지삼출이 어이없어하며 헛웃음을 쳤다.

"못헐 것도 없제라. 시켜만 줌사 션찮은 남자 두 모가치 허겄소."

필녀는 정색을 하며 응대하고 나섰다. 수국이는 계면쩍은 얼굴로 사람들의 눈치를 살피며 필녀의 허벅지를 찔벅이고 있었다.

송수익은 곰방대를 빨며 빙긋이 미소짓고 있었다. 그 옆에서 방대근이는 웃음을 참아내는 얼굴로 필녀를 손가락질하고 있었고, 감골댁은 찡그린 얼굴로 나무라는 손짓을 해대고 있었다. 그런데 정작 배두성이는 여전히 고개를 떨군 채 아무 반응도 없었다. 아내 필녀가 그러거나 말거나 아무 관심이 없는 것 같기도 했고, 어쩌면 그런 말을 처음 듣는 것이 아니라는 태도 같기도 했다.

"어허, 여자넌 여자가 헐 일이 따로 있제. 어서 땡글땡글헌 아덜이나 한나 낳아갖고 대근이맨치로 장허게 키울 생각이나 혀."

지삼출의 웃음기 가신 말이었다.

"허, 그것언 다 글러분 일이구만이라. 멍석이 있어야 나락얼 널고, 뽕밭이 있어야 임얼 딸 것 아니겄어라우?"

그때까지 잠자코 있던 배두성이가 화난 목소리로 한 말이었다.

"하이고, 씨 부실혀 낳아봤자 또 뒤질 것인디 멀라고 낳고 말고 혀!"

필녀가 눈을 부릅뜨며 소리쳤다. 배두성이를 노려보고 있는 필녀의 눈에서는 독이 뚝뚝 떨어지고 있었다. 필녀는 잠자리의 일을 여러 사람들 앞에서 까발리는 배두성이를 와득와득 쥐어뜯고 싶었던 것이다.

사람들은 하나같이 어색하고 민망해져 말을 잃고 있었다. 그들은 그때서야 배탈 설사 지독한 만주병이 작년 가뭄에 크게 번져 아이를 잃은 뒤로 필녀가 고의로 잠자리를 피해온 것을 알게 되었다.

"선생님, 저그 지허고 친헌 동무덜이 오는구만요. 아까보톰 선생님께 인사디리겄다고 준비했었는디요."

마침 방대근이가 새 말거리를 찾아냈다.

"음, 그런가. 어서 오라 이르게."

송수익이 반가운 기색으로 대꾸했다. 송수익은 젊은이들에게 인사를 받는 것보다는 옹색한 자리에서 벗어나는 것이 더 반가웠던 것이다.

방대근이는 몸을 일으켜 이쪽으로 오고 있는 네 동무들에게 손을 흔들었다. 그들은 손을 마주 흔들며 뛰어오기 시작했다.

"선생님, 그간 무고하신지요. 연전에 한번 뵈었던 윤주협입니다."

넷 중에 한 학생이 송수익에게 인사했다. 둥그레한 얼굴에 코가 큼직했다.

"어서 오게, 윤군. 축하하네."

송수익은 일어서서 학생과 악수를 했다.

"안녕하신교, 선생님. 지도 인사디렸는데 기억허실란지 모리겠심더. 김시국임더."

키가 큼직하고 검스레한 얼굴에 광대뼈가 불거진 학생이었다.

"알고말고, 김시국 군. 졸업 축하하네."

"선생님, 첨 뵙겠습니다. 권혁도라고 합니다."

두상이 커 보이는 학생이 평안도 어조로 인사하며 고개를 깊이 숙였다.

"권혁도라, 반갑네. 자네도 축하하네."

송수익은 악수를 하며 얼굴을 잊지 않으려는 듯 학생을 유심히 쳐다보았다.

"저는 노병갑이라고 합니다."

키가 약간 작으면서도 몸집이 단단해 보이는 학생이 끝으로 인사했다.

"노병갑 군, 자네도 평안도 아닌가. 그래, 졸업을 축하하는 바일세."

송수익은 그 학생도 찬찬히 쳐다보았다.

그려, 인물덜언 다 고만고만헌디, 근디, 우리 대근이 당헐 인물언 없덜 안혀? 나 자석이라 그런 것이 아니고 방대근이가 질이로구만.

그려, 우리 선상님이 인물 딱 알아보시고 '백호'라고 이름 지어주신 것 아니겄냐!

학생들을 하나하나 뜯어보며 감골댁은 이렇게 속으로 큰소리를 치고 있었다.

학생들이 끼어들면서 둘러앉은 동그라미가 커졌다. 학생들과 마주 보게 된 수국이는 자신도 모르게 몸을 반쯤 돌려앉게 되었다. 그런데 필녀는 오히려 동그란 눈을 반들거리며 학생들을 살피기에 여념이 없었다.

"저어…… 마침 자네들 생각을 들어볼 일이 한 가지 있네." 송수익은 학생들을 한눈길로 훑고는, "다름이 아니고 말이네, 요새 북경 쪽에 있는 지사들 중에 몇 분이 황제폐하를 북경으로 모셔다가 나라의 법통을 세우자는 발의를 시작한 모양인데, 자네들은 이 문제를 어찌 생각하는지, 어디 허심탄회하게 의견들을 말해 보게나." 그의 눈길은 다시 학생들을 훑고 지나갔다.

당연지사제, 상감얼 뫼실 수만 있음사 당연허니 뫼셔야제.

감골댁은 이렇게 생각하며 몸이 달고 있었다. 대근이가 남들 먼저 그렇게 답하기를 바라고 있었다.

"그건 말이 안 되는 일입니다. 나라는 모든 백성의 나라지 임금이나 왕족의 나라가 아닙니다. 나라의 법통은 없어진 게 아니라 모든 백성들이 보존하고 있습니다."

제일 먼저 입을 연 것은 노병갑이었다. 송수익은 속으로 옳거니! 했다.

"제 생각도 마찬가집니다. 우리가 나라를 망친 왕조를 다시 받들어야 할 까닭이 없습니다. 독립된 새 나라는 조선도 대한제국도 아니어야 합니다."

경기도 말씨인 윤주협의 대답이었다.

"맞심더, 우리가 독립투쟁하는 기 나라 잃은 동포덜 위해서 하는 기지 임금자리 찾아줄라고 하는 기 아이라요."

김시국이 얼굴을 찡그리며 말했다.

"그렇습니다, 이제 상감이고 폐하고 다 소용없습니다. 그런 얼빠진 사람들이 지사연(志士然)하는 것이 한심스럽습니다."

권혁도의 단호한 말이었다.

"예, 중국사람덜언 청나라 왕조럴 자력으로 없애고 중화민국을 세운 지가 3년인디, 우리는 또 나라 망친 왕얼 그 북경에다 모신다는 것언 말이 안 되느만요."

인사를 차리느라고 방대근이는 맨 끝으로 의견을 내놓았다.

아이고, 아이고, 어쩌끄나. 쟈가 지 생각대로 안 허고 즈그 동무덜 따라서 생뚱헌 소리를 허고 앉었네.

감골댁은 그만 가슴이 내려앉고 있었다.

"여러분, 대답들 아주 잘했소. 내 가슴이 다 후련하오. 여러분들이 자신만만하게 임금을 배척하고 부인해 버릴 수 있는 그 정신이야말로 잃어버린 나라를 되찾을 수 있는 원천적인 힘이고, 그 어떤 것보다도 강한 무기인 것이오. 헌데, 임금을 배척하고 부인해 버린 자리가 비어 있소. 그 빈자리를 무엇으로 채워야 되겠소? 그건 두

말할 것 없이 바로 우리 동포들인 것이오. 우리 동포가 나라의 주인이고, 나라를 구하는 것은 곧 동포들을 구하는 것이오. 오늘 여러분에게 졸업의 영광을 안겨준 것은 누구요? 바로 타국땅 만주에서 온갖 역경을 참고 견디며 어렵게 살아가고 있는 동포들입니다. 우리 동포들이 이 만주땅에서 얼마나 힘겹고 눈물겹게 살아가고 있는지는 여러분들도 너무나 잘 알고 있을 것이오. 그 피땀 흘려 번 돈을 왜 동포들이 여러분의 교육비로 아낌없이 내놓겠소? 그건 오로지 하나, 나라를 되찾아 다시 고국땅으로 돌아가게 해달라는 소원 때문입니다. 여러분은 동포들이 베풀어준 그 은혜와 부탁을 어느 한시라도 잊어서는 안 될 것이오. 여러분은 기필코 독립을 쟁취하겠다는 투철한 정신과 뜨거운 동포애로 그 부탁을 실행에 옮김으로써 동포들의 은혜에 보답해야 합니다. 앞으로도 동포들은 피눈물 나는 돈들을 모아 여러분들을 끝없이 도울 것이오. 그러니까 여러분들의 짐은 갈수록 무거워진다는 사실을 명심해야 합니다. 동포들 없이 여러분은 있을 수 없고, 여러분들은 언제, 어느 때나 동포들과 함께 투쟁하고 있다는 사실도 잊어서는 안 됩니다. 끝으로 여러분에게 당부할 말은 자중·겸양·용맹입니다. 말이 너무 길어진 것 같소."

송수익의 목소리는 시종 담담했다. 그러나 그 말에는 신념과 열의가 넘치고 있었다.

송수익의 말이 끝났는데도 학생들은 긴장되고 숙연한 모습으로 앉아 있었다. 학생들이 그러니까 다른 사람들도 굳어진 모습이었다.

"자아, 편안하게들 얘기 나누게. 내가 괜한 소릴 한 것 같구먼."

송수익이 곰방대를 물며 학생들에게 손짓했다. 그러나 송수익은 학생들의 그 순수하고 진지한 모습이 마음 뿌듯하고 믿음직스러워 좋았다. 그들을 바라보는 것이 마치 싱그러운 햇과일이 주렁주렁 달린 것을 보는 것처럼 기분 상쾌하고 마음 흡족했던 것이다. 사실 그들은 동포들이 정성들여 키워낸 과일이기도 했다. 만주동포들이 거의 빠짐없이 돈을 내서 운영하는 학교로서 군왕주의나 복벽주의를 배격하고 공화주의를 교육함과 아울러 동포애를 고양시켜 왔다는 것은 이미 알고 있었다. 그러나 학생들이 그토록 확고하게 생각이 잡혀 있는 것을 확인하면서 송수익은 기쁘고 만족스럽기 그지없었다. 그건 만주의 세월이 헛되지 않고 새로운 힘으로 크게 확장되어 나가고 있는 너무 확실한 증거였던 것이다. 이제 만주에서 형성되고 있는 독립군 세력은 지난날의 의병이 아니었다.

감골댁은 정신이 하나도 없었다. 상감을 그렇게 마구잡이로 몰아쳐도 괜찮은 것인지, 송 선생은 왜 그러는 학생들을 옳다고 하는 것인지, 무어가 무언지 알 수가 없는 채로 머리가 혼란스럽기만 했다. 만주에 온 뒤로 임금을 함부로 생각하고 양반을 우습게 아는 사람들을 꽤나 자주 보게 되었다. 그러나 남대문에서 뺨 맞고 한강 건너서 눈 흘기더라고 만주땅에 멀찍이 떨어져 있으니 그러려니 했었다. 그런데 송 선생이 학생들에게 그럴 줄은 생각도 못한 일이었다. 학생들은 하나같이 너무 당당하게 임금을 모셔서는 안 된다고 했다. 그렇다면 학교에서 그리 가르친 것인가……? 감골댁은 더 어지러워지기만 했다.

“자네덜언 집덜이 다 요 근방으로, 통화니 유화니 그렇겄제?”

지삼출이가 학생들에게 말을 걸었다.

“아닙니다. 저는 길림입니다.”

윤주협이 웃으며 대답했다.

“길림? 이, 쬐깨 멀리서 왔구마. 거그, 김시국이 자네넌 집이 어디여?”

“아, 예에. 지 말인교?”

김시국은 당황해서 말을 더듬었다. 그가 자꾸 수국이 쪽을 힐끔거리는 것을 보고 지삼출은 느닷없이 물었던 것이다.

“이, 자네 말이시.”

“예, 통화현 소만구라요.”

진땀이라도 나는지 김시국은 손등으로 이마를 훔치며 대답했다.

그 모습을 건너다보며 필녀는 입을 가리고 키득키득 웃고 있었다. 그런데 필녀의 다른 손은 수국이의 발목을 아프지 않을 만큼 꼬집고 있었다.

“야 이 가시네야, 나 말이 으쩌냐. 니헌티 정신없이 눈질허다가 삼출이 아재헌티 들켜갖고 시방 쌩똥 싸고 있는 꼴 잠 봐라. 꺼무끄름허니 생긴 얼굴대로 아조 음큼허다 이.”

필녀는 재미있어 죽겠다는 듯 수국이의 귀에다 대고 속삭였고, 얼굴이 꽃빛으로 붉어진 수국이는 팔꿈치로 필녀의 옆구리를 박아대고 있었다.

수국이는 작년 일까지 겹쳐져 더 몸달고 있었다. 작년 여름방학이 되어 동생은 집에 돌아오면서 두 학생을 데리고 왔었다. 집에 가는 길목이라 들렀다는 두 학생은 바로 김시국하고 윤주협이었다. 그들은 하룻밤을 자고 떠났다. 그런데 김시국은 윤주협하고는 다르게 첫 눈길부터 이상했던 것이다. 그 이상한 눈길을 느끼는 순간 수국이는 가슴이 섬뜩해졌다. 그리고 퍼뜩 떠오른 것이 정미소집 아들 백남일이었다. 자신을 덮치고 들었던 백남일의 눈빛과 김시국의 눈빛은 너무나 흡사했던 것이다.

수국이는 자신이 잘못 생각하는 거라고 마음먹으며 그 느낌을 지우려고 했다. 동생의 동무들은 동생인데 설마 누나뻘인 여자한테 그런 마음을 품으랴 싶었던 것이다. 그러나 자신이 잘못 생각한 것이 아니었다. 밥상을 들여갔을 때도, 물동이를 이고 들어오다가도, 장독대에서 간장을 떠가지고 돌아서다가도 자신을 쳐다보고 있는 그 눈길과 마주쳤던 것이다. 윤주협은 정말 누나를 대하듯 선하게 웃으며 마음 편하게 하는데 김시국은 웃음기라고는 없이 무뚝뚝한 것 같기도 하고 찌푸린 것 같기도 한 얼굴로 징그럽게 자신을 훔쳐보고 있었던 것이다.

그러나 그것뿐만이 아니었다. 방학이 끝나 학교로 돌아가는 길에 김시국은 혼자서 또 들렀던 것이다. 하룻밤을 자고 가는 동안에 그는 더 심하게 쳐다보는 것이었다. 그런데 답답하게도 어머니나 동생은 전혀 그 눈치를 채지 못하고 있었다. 아니, 김시국이가 어머니와 동생 모르게 그 짓을 하고 있었던 것이다. 김시국이가 떠난 다음에도 어머니에게 아무 말도 하지 않고 덮어버리고 말았다.

"야 이 가시네야, 의뭉 떨지 말어. 니헌티 홀딱 반헌 눈치여. 사람 저만허면 안 괜찮허냐? 본다, 본다, 또 본다!"

신바람이 나서 목소리가 커지던 필녀는 갑자기 신음소리를 내며 옆구리를 싸안았다. 수국이가 사정없이 옆구리를 내질러버렸던 것이다.

"아재, 야럴 깔아보다가넌 큰코다칭마요. 야가 몸집언 작은 것 겉애도 박치기가 번개치기로 무섭고, 기운 씨기가 황소랑게라. 야 우섭게 보다가 당헌 아그덜이 한둘이 아니구만요."

"이, 평안도 박치기! 고거 명났제. 그려, 몸집 크다고 강단 있는 것 아닌디, 노병갑이가 한 가닥 야물게 허게 생겼어."

쑥스러워하는 노병갑에게 지삼출은 눈웃음을 보내며 고개를 끄덕거렸다.

학생들은 다시 모여야 할 시간이 되었다며 다같이 자리를 떴다.

"무신 일이 또 남은겨?"

감골댁이 대근이를 붙들고 물었다.

"야아, 앞으로 헐 일얼 정허는 것이 남었구만요. 시방 소학교 선생으로 모셔가겄다고 사방에서 와 있구만이라."

"소핵교 선상님? 글먼 니도 선상님이 되는 것이여?"

감골댁이 화들짝 반색했다.

"아매 지넌 아닐 것이구만이라."

"어찌서 그려?"

"지넌 선생에 안 어울렁게라."

감골댁은 그만 시무룩해졌다.

당장 독립군으로 투입되지 않는 졸업생들은 만주 각처에서 생겨나고 있는 동포들의 학교에서 최소한 2년 동안 근무하도록 되어 있었다. 그래서 졸업식날에는 가까운 봉천 근방이나 길림은 물론이고 멀리 북간도의 훈춘이며 왕청현 같은 데서도 선생님을 모셔가려고 사람들이 모여들었다.

"글먼 집에넌 은제 온다냐?"

"모레 갈 것이구만이라."

"그려, 모레넌 꼭 오니라 이."

감골댁은 아들의 손을 놓아주었다.

그들은 다시 돌아가야 할 시각이었다.

22

난데없는 지주들

총독부에서는 사립학교에서도 일본국가를 부를 것을 명령하는 가운데 한 해가 저물었다. 그런데 그에 응답이라도 하듯이 비밀결사 자립단 사건이 세상을 흔들었다. 함경도 단천에서 조직되어 활동하던 19명이 검거된 것이었다. 그것만이 아니었다. 또다른 결사체에서 독립군 자금을 모으다가 박제준 권영목 유명수 등 6명이 체포되는 사건이 연이어 발생했다. 그 독립군 자금이 만주로 건너갈 것은 더 말할 것도 없었다.

총독부에서는 그런 사건이 터질 때마다 그들의 기관지인 《매일신보》에다 대서특필했다. 일망타진이니 완전색출이니 하는 말들이 동원되는 그 보도의 의도는 어디선가 또 활동하고 있을지 모르는 다른 비밀결사체에 대한 협박이고 모든 조선사람들에게 겁을 주려는 것이 분명했다. 그러나 조선사람들은 그런 소문을 들을 때마다 서로서로 수군대며 오히려 숨통이 트이는 것을 느끼고는 했다. 그건 아직도 왜놈들과 싸우는 사람들이 있다는 위안인 동시에 어떤 보복감을 느끼는 것이었다.

논밭을 빼앗기고 소작인 신세가 되어 개떡은 고사하고 시래기죽으로도 세끼를 때우지 못하면서 춘궁기를 맞고 있는 사람들에게 그런 소식은 분명 힘이 되었다. 그러나 그런 소식을 뒤덮으며 농민들에게 몰아쳐오는 거친 바람이 있었다. 그 바람은 허기진 농민들을 밭으로 내몰았다.

이장을 앞세운 면직원들이 동네마다 쓸고 다녔다.

"자아, 잘덜 들으시오. 요것얼 논허고 평지밭만 빼놓고넌 비탈밭이란 비탈밭에넌 다 심구고, 또 아무리 손바닥만헌 빈터라도 싹 다 찾아내서 심궈야 허요. 요것언 총독부서 내린 엄중헌 지신께 만에 한 사람이라도 명얼 어기는 사람이 있으먼 엄벌을 받을 것잉게 그리덜 아시오. 허고 심군 낭구가 못살고 죽어도 명얼 어긴 것이 된게 이장 책임하에 벌받지 안케끔 잘덜 허란 말이오. 사흘 뒤에 조사 나올 것잉게."

동네사람들을 당산나무 아래 모아놓고 면서기가 으름장을 놓았다.

면서기가 떨어뜨려 놓고 간 것은 뽕나무 묘목들이었다. 그러나 거의 두 자 가까이 되는 그 외줄기 뽕나무들은 묘목이라고 할 수도 없었다. 속성수인 뽕나무를 그 길이가 되도록 어디서 본격적으로 재배하는 데가 있는 모양이었다. 벌써 사오 년 전부터 날만 풀리면 그만한 길이의 뽕나무를 가져와 심으라고 사람들을 몰아댔던 것이다.

면서기가 바삐 딴 동네로 사라지자 사람들은 웅성거리기 시작했다.

"아 이장님, 요것이 말이요 머시요. 밭이란 밭에넌 다 요 잘난 뽕나무럴 심궈불면 우리넌 인자 굶어죽으란 말 아니겄소? 원 시상에 이런 법도 있소?"

성질 칼칼한 하봉수가 더는 참아내지 못하고 소리쳤다.

"아니, 그 무신 돼지 멱따는 억지소리여? 뽕잎 따먼 다 돈계산해주는디."

"아니, 고것도 말이라고 허요? 작년 재작년에 즈그덜 맘대로 묘목값 제허고 아그덜 엿값도 못 되게 돈 쳐주는 것 뻰허니 보고도 그런 낯 뚜꺼운 소리 허고 앉었소."

박건식이가 말을 받고 나섰다.

뽕나무를 강제로 심게 하면서도 그 묘목은 공짜가 아니었다. 면사무소에서는 뒤늦게 뽕잎을 따는 인건비를 지불하면서 그 값을 멋대로 제해버렸던 것이다.

"아니시, 나 시방 서 있네."

대꾸할 말이 궁색해진 이장은 제 나름으로 농담을 해서 화살을 피하려고 했다. 그러나 그 말에 웃어주는 사람은 아무도 없었다.

"해마동 억지 춘향이로 뽕나무 심구게 히서 밭농새 못 지묵게 된 땅이 발써 얼매요. 또, 그리했으면 돈이나 농새짓는 것맨치로 쳐줘야 사람이 목구녕에 풀칠험서 살 것 아니냔 말이오. 근디, 그리도 안 해서 우리덜 배곯케 맨글어놓고 금년에넌 한수 더 떠서 온 밭에다가 요 잡것얼 심구라니, 요것이 다 굶어죽으라는 것이 아니고 머시요?"

"어허, 자네 참말로 똑똑허시. 그리 잘난 사람이 아까 똑 뿌러지게 따질 일이제 어찌서 아무 심도 없는 나럴 잡고 뒷북치고 긍가?"

"이장이면 동네사람덜 편도 잠 들어보라 그것이오. 우리가 다 굶어죽어 불면 이장자리도 날라가분게라."

"나 이장 못해묵는 것 걱정헐라 말고 따질 것이 있으면 자네가 가서 따지소."

"참말로 요런 환장헐 일이 있당가. 팍 죽어서 누에로 환생헐 수도 없는 일이고, 굶어죽기 전에 요 빌어묵을 고장얼 인자 떠야 되겄구마."

어느 여자가 진저리치며 외쳤다.

"그려, 그 말도 맞는 말이여. 이리 조여갖고야 여그서 어찌 더 살겄어."

다른 여자가 맞장구를 쳤다.

"허, 안직도 시상이 어찌 돌아가는지 캄캄허구마. 그려, 말기는 사람 없응게 맘대로 딴 고장으로 떠보드라고. 어디 간다고 뽕나무 안 심구는 디가 있능가. 이, 저 아래 남도땅으로 가면 되겄구마. 거그넌 뽕나무 안 심궁게."

이장은 느물느물 웃었다.

"아니 시방 불난 집에 부채질허고 있소. 여그보담 더 더운 남도 땅에서 뽕나무 대신 목화씨 뿌리라고 볶아친다는 것이야 시상이 다 아는 일인디. 무신 말얼 해도 잠 골라감서 허씨요."

어느 남자가 벌컥 화를 냈다.

"그려, 아조 잘 아는구만그랴. 긍게로 어디로 뜨니 마니 허는 씨잘디없는 소리 꺼내덜 말고 시키는 일이나 얌전허니 허라 그것이여."

이장은 헛기침을 하며 염소수염을 쓰다듬었다.

"참, 알다가도 몰를 일이여. 일본사람덜언 문딩이고 동냥아치 새끼덜헌티도 비단옷얼 입힐랑가 어찌서 갈수록 뽕나무만 심구라고 사람얼 이리 들볶음서 환장허게 맨드는지 몰르겄어."

어느 여자가 한숨을 내뿜었다. 그 여자는 이장 앞이라서 입에 붙은 말인 '왜놈'을 쓰지 않고 '일본사람들'이라고 고쳐서 말하고 있었다. 조선에서 살고 있는 일본사람들은 관리고 일반인이고 할 것 없이 왜놈이라는 말을 제일 싫어했고, 또 왜놈이라는 말을 제일 잘 알아들었다.

"좌우간에 그것덜언 눈치 한나넌 백여시여. 조선뽕에서 존 비단실이 나오는지넌 어찌 그리 알고, 땅짐 후끈후끈헌 남도땅서 목화가 걸게 잘되는 것얼 어찌 그리 귀신같이 아냔 말이여."

다른 여자의 맥빠진 소리였다.

"자아, 다덜 한바탕 사설 풀었으면 맥힌 속도 터졌을 것잉게 얼렁 일덜 시작허드라고. 삐대봐야 넘 동네로 넘어가질 일도 아닝게."

이장은 능란하게 사람들을 다루고 있었다. 사람들은 하나같이 어깨가 처져내리고 시름겨운 얼굴들로 한숨을 쉬거나 혀를 차고 있었다.

"이장님, 한나 물어볼 것이 있구만이라."

과부인 금산댁이 다급하게 소리쳤다.

"어허, 또 머시여! 이러다가 해 서산에 빠져불겄구만."

이장이 상을 찡그리며 짜증을 부렸다.

"견사공장서넌 어찌서 사람얼 몇 달썩이나 가둬놓고 안 내보내고 그런다요?"

"그것이야 첨보톰 거그서 묵고 자고 허기로 안 혔소."

"그적에 열흘 간격으로 하로썩 내보내준다고 히놓고 발써 멫 달인디 얼굴 귀경얼 헐 수가 없단 말이어라."

"그야 일이 바쁜게 안 그러겄소. 근디 나헌티 그런 소리 멀라고 허요?"

"아, 이장님이 가운데서 다리 논 일잉게 어찌 된 것인지 잠 알아봐 돌라는 것이제라."

"나가 그런 일꺼정 챙기고 나스자면 몸얼 열 개로 쪼개도 모질르요. 성헌 두 다리 뒀다가 어디 쓸라요? 하로 날 잡아 금산댁이 공장 찾어가서 속씨언허게 알아보면 될 일 아니겄소."

"누가 그것얼 몰르요. 그런 디 찾어가 봤자 우리 겉은 것언 사람으로 대허지럴 않은게 허는 소리제라."

"금산댁 가정산께 나넌 몰르겄소."

이장은 매정하게 잘라버렸다.

기름기라고는 없이 얼굴이 비쩍 마른 금산댁은 어깨를 늘어뜨리며 발을 굴렀다. 옆에서 서너 여자들이 뭐라고 수군수군했다.

"아, 몸덜 후딱후딱 놀려! 주재소에 끌려가 쇠좆매 맞고 정신 들지 말고."

이장이 목청껏 소리치고 있었다.

"아이고, 염병헌다 저놈."

한 여자가 중얼거리며 돌아섰다.

"잡것이 주딩이 놀리는 것허고넌."

다른 여자가 혀를 차며 걸음을 옮겼다.

"어이 금산댁, 너무 걱정 말소. 달막이 혼자가 아닝게 벨일 없을 것이네."

한 여자가 넋이 빠져 서 있는 금산댁의 팔을 끌었다.

"나도 그리 생각헐라고 허는디 원체로 소문이 사나운게 맘얼 놀 수가 있어야제."

금산댁이 무거운 걸음을 옮기며 눈물을 훔쳤다.

"소문이 어디 다 맞간디. 그러고 달막이야 지가 똑똑허고 야무진게 지 몸 간수야 탈 없이 잘헐 것이네."

"나가 미친년이여. 굶거나 묵거나 간에 옆에 끼고 있어야 허는 것인디. 동상덜 생각히서 지가 돈벌이 나스겄다고 하도 발싸심혀서 못 이기는 척 말 들은 나가 미친년이여. 딸 팔아묵은 미친년이여."

손으로 입을 막았는데도 금산댁이 흐느끼는 소리는 흘러나왔다.

"이사람아, 어찌 이러능가. 달막이가 그리 나스고, 자네가 달막이럴 보내고 헌 것이야 남정네 없는 집안 헹편에 누구라도 그리허게 돼 있었든 것이여. 글고 그때야 초장이라 견사공장이 어쩐지 누가 알았간디. 자네가 넘덜 보는디 이러면 달막이가 참말로 무신 일 당헌 것으로 소문나네 이."

금산댁은 정신이 번쩍 들었다. 말 많은 세상에 그럴 수도 있는 일이었다. 금산댁은 손등으로 번갈아가며 눈물을 훔치고 자꾸 솟는 울음을 되삼켰다.

"허고 말이시, 이장 저것헌티 의지허지 말고 자네가 공장얼 한분 찾어가 보소. 견사공장이야 밤샘으로 일얼 해도 다 못허게 바쁘다는 소문잉게 집으로 딜고 와서 재워보낼 수는 없어도 잠시 만내보는 것이야 안 되겄능가. 잠시라도 얼굴 맞대허고 무사헌 것 알면 맘걱정 풀리는 것 아니여?"

"왜놈덜이 그리라도 만내게 해줄랑가?"

금산댁의 얼굴이 약간 밝아졌다.

"하먼, 그것이야 허겄제. 지아무리 숭악헌 왜놈덜이라고 혀도 자석얼 부모가 찾어갔는디 잠시럴 안 만내주게 허겄능가. 자네가 찾어가는 것이 상수시."

"이, 그리혀야 되겄구마."

금산댁은 마음을 다잡으며 양쪽 손으로 치마말기를 힘지게 끌어올렸다.

해마다 뽕나무를 많이 심게 되면서 누에고치에서 실을 뽑아내는 견사공장도 큰 도시 가까이에 생겨나게 되었다. 그 공장들은 돈을 앞세워 여직공들을 모집했다. 20원 정도의 목돈으로 유혹하며 그들이 모으는 것은 열다섯에서부터 스무 살까지의 처녀들이었다. 그건 합숙을 시킬 수 있고, 젊어서 작업능률을 올릴 수 있기 때문이었다.

잘살든 못살든 상관없이, 지체가 높든 낮든 상관없이 여자의 순결과 정절은 곧 여자의 생명으로 결정지어진 땅에서 처녀의 외박이란 아예 용납되지가 않았다. 그런데 일본인 견사공장들은 터무니없게도 처녀들만 고르고, 그것도 집을 떠나 합숙까지 시키려 하고 있었다. 그 어려운 장벽을 깨는 데 그들이 동원한 무기가 돈이었다.

죽을 끓이는 끼니마저 걸러야 하는 처지에서 목돈 20원이면 어마어마한 거금이었다. 줄잡아 쌀 다섯 가마 값이었다. 그리고 먹여주기까지 한다는 것이었다. 일본사람들은 '합숙'이라는 악조건을 가난한 사람들을 상대로 '세끼를 먹여준다'는 것으로 은폐시키고 있었다.

가난한 사람들은 입을 하나라도 줄이려고 별로 내키지 않고 그리 탐탁지 않은 경우에도 딸을 시집보내는 삶을 오랜 세월에 걸쳐 살아왔던 것이다. 그런 사람들에게 '세끼를 먹여준다'는 것은 또 하나의 유혹이 아닐 수 없었다. 병앓이로 아버지를 잃고 세 동생들이 배고파서 허덕이는 형편에서 달막이는 그 두 가지 유혹을 횡재라 생각하고 잡으러 나섰던 것이다. 금산댁은 정말 내키지 않으면서도 나머지 세 자식을 위해 딸을 보내지 않을 수 없었다.

그러나 열흘에 한 번씩 집에 다녀가게 한다는 약속이 지켜지지 않았다. 그건 그래도 일이 바쁘겠거니 하면서 참아넘길 수 있었다. 그런데 흉흉한 소문이 떠돌기 시작했다. 공장 안의 처녀들은 모두 일본인 감독이며 작업반장들의 밥이라는 것이었다. 미선소와 다를 바 없는 소문이었다.

금산댁은 그 소문을 듣고는 안달이 나기 시작했다. 딸이 꼭 무슨 일을 당한 것만 같은 걱정으로 밥맛도 없었고 잠도 제대로 잘 수가 없었다. 그렇다고 공장을 찾아가 볼 생각은 하지 못했다. 말도 안 통하는 일본사람을 상대한다는 것이 엄두가 나지 않았던 것이다.

이제 공장을 찾아가기로 작정한 금산댁은 달막이가 아무 일 없기만을 빌고 있었다. 그런데 금산댁은 한 대목 안심하는 데는 있었다. 달막이가 눈치 빠르고 야무지기도 하지만, 남자들 눈을 끌게 잘생기지 않았다는 것이었다. 그러나 그 생각을 밀어내는 걱정이 있었다. 달막이는 몸이 실했던 것이다. 그 생각을 하자 금산댁은 새로 불안해지기 시작했다.

동네사람들은 이장이 시키는 대로 네 명씩 패를 짜서 흩어졌다.

"하이고, 이놈으 시상이 갈수록 태산이여. 요런 드런 놈에 시상이 어찌 잠 팍 안 엎어질랑가."

"시장시런 소리 허덜 말소. 하늘이 무너지기럴 바래는 것이 낫제."

"글먼 요런 빌어묵을 시상얼 언제꺼정 살어야 헌다는 것이여?"

남상명과 한기팔의 기운 없는 한숨을 밀치며 하봉수가 목소리를 높였다.

"그것얼 자네가 알겄능가 나가 알겄능가. 저 하늘이나 아실 일이제."
남상명이 또 한숨을 쉬었다.
"참말이제 이래 갖고넌 더는 못살겄는디. 어쩌 무신 수가 없을랑가?"
박건식이 괭이를 내던지며 밭두렁에 주저앉았다. 그를 따라 나머지 세 사람도 밭두렁에 몸들을 부렸다.
"아이고, 이장놈 멀어졌응게 담배나 한 대썩 꼬실리고 보세."
"그려, 우리가 무신 왜놈덜 충신이라고."
박건식이 부싯돌을 치고 다른 사람들은 곰방대에 담배를 재었다.
"그나저나 이놈덜이 왜 이리 뽕나무럴 심구라고 지랄발광이여?"
부싯돌 불똥이 옮겨붙은 쑥에 입김을 불어 불씨를 키우던 박건식이가 갑자기 화가 솟는 듯 말했다.
"자네 그 소문 못 들었능가? 비단 짜서 저그 저 서양에다 팔아묵어 큰 돈벌이헌다는 거."
"나도 그 소문이야 귓등으로 들었는디, 그것이 참말일게라?"
박건식은 가느다란 연기가 푸르스름하게 피어오르는 쑥을 옆사람에게 건네며 고개를 갸웃했다. 향긋한 쑥냄새가 봄기운 속에 퍼지고 있었다.
"헛말이 아니겄제. 돈벌이가 얼매나 좋으면 갈수록 이 난리굿이겄능가."
"왜놈덜 참 징허고 무선 놈덜이여. 어찌 그리 이문 날 일언 하나 또 안 빼놓고 골골이 파고드는고."

“헤에! 그래도 목포로 실어내는 목화에 비허면 비단 짜서 서양돈 벌이허는 것이야 양반이시. 조선서 똥값으로 실어간 목화로 광목 맨글어 도로 조선에다 금값으로 팔아묵는 것 생각덜 히보드라고. 그놈덜이 얼매나 백여신가.”

“이, 그 말 듣고 봉게 그러시. 긍게로 재주넌 곰이 넘고 돈언 왕 서방이 묵는 꼴이 딱 요런 것 아니라고?”

“어허, 곰이 들으면 서운해헐 소리 허덜 말어. 곰이야 재주넘으면 밥이야 배불리 얻어묵는 신세게.”

“허 참! 그도 그렇네.”

아무도 더 말을 잇지 않았다. 그들은 담배만 뻑뻑 빨아대고 있었다. 시름 깊은 한숨처럼 그들의 입에서 뿜어져 나오는 짙은 담배연기만 창공으로 흩어지고 있었다.

연분홍 진달래꽃들이 활짝 피어 있었다. 춘궁의 배고픈 아이들을 부르기라도 하듯, 작은 새들이 또르르 굴러가는 해맑은 소리로 지저귀고, 어디선가 풀꾹새의 구성진 가락이 울려오고 있었다.

“근디 말이여, 시상이 어찌 뒤집어지기럴 바래는 것언 꿈만 같은 일이고, 이대로넌 더 못살겄는디, 돈벌이 될 만헌 디로 떠보는 것이 으쩌까?”

한기팔이가 무겁게 입을 열었다.

“글씨, 가난헌 사람치고 그런 생각 안 드는 사람이 없을 것인디, 아까 이장 말대로 어디럴 가나 왜놈시상잉게 달를 것이 머시가 있겄어.”

"그것이야 또 땅만 파묵을라고 헝게 그렇제. 소문 듣기로넌 강원도 쪽으로 가먼 산판도 있고, 그 우로 함경도 쪽으로 가먼 광산도 있다든디."

"그려, 그런 디 가먼 돈벌이가 이놈으 땅에 목매는 것보담 휠썩 낫다등마."

"그런 것 다 헛소문이여. 산판이고 광산이고 다 품 팔아묵는 것이고, 그 임자라는 인종덜도 다 왜놈덜인디 낫기넌 머시가 낫겄어. 아랫말 한 서방 보소. 군산이 돈벌이 좋다고 쌀짐 지로 갔다가 거그서 재미 못 본게 목포로 가서 목화짐 지다가 어찌 되았어. 돈언 한푼도 못 벌고 병만 얻어갖고 오덜 안혔어."

"그려, 자네 말도 맞네."

"그렇다고 만주로 뜰 수도 없는 일이고. 앞뒤가 콱콱 맥혔네그랴."

"아니, 거그 멋덜 허고 앉었어. 당장 끌려가 쇠좆매 맞을 챔이여!"

이장이 소리치며 달려오고 있었다.

그들이 듣고 있는 소문은 사실 그대로였다. 일본은 뽕나무를 심고, 그것으로 누에를 치고, 누에고치에서 생사를 뽑는 일까지만 조선에서 했다. 질 좋은 원료를 값싸게 확보한 그들은 일본에서 비단을 짜가지고 서양과의 무역을 통해 막대한 이익을 남기고 있었다.

군산항에서 주로 쌀을 실어내는 것처럼 목포항에 집결시켜 실어가는 목화도 이익 많이 남기는 장사인 것은 마찬가지였다. 그런데 총독부에서는 뽕나무 심기와 목화씨 뿌리기를 해가 갈수록 더 다그치고 있었다.

뽕나무 심기는 며칠에 걸쳐서 매듭이 되었다. 그러나 노동비는 단 한푼도 지급되지 않았다. 그렇다고 그걸 요구하고 나서는 사람도 없었다. 아예 주지 않을 돈을 달라고 나선다고 줄 리가 없었고, 되지도 않을 일에 나섰다가 괜히 미운털만 박혀 언제 해코지를 당할지 모를 일이었던 것이다.

뽕나무 심기가 끝나자마자 금산댁은 이리 근처에 있는 견사공장을 찾아갔다. 금산댁은 공장 앞에서 기부터 죽었다. 높은 굴뚝이 치솟은 공장은 엄청나게 컸고, 공장 둘레로는 키보다 훨씬 높은 담이 둘러쳐져 있었던 것이다.

금산댁은 굳게 닫혀진 큰 대문 앞을 서성거리며 문틈 사이로 공장 안을 기웃기웃하고 있었다.

"어이, 어이, 당신 누구여!"

느닷없는 고함에 금산댁은 소스라쳐 고개를 돌렸다. 그러나 그 고함이 조선말이라서 금산댁은 우선 반가움을 느꼈다.

"저어, 여그서 일허시는게라우?"

금산댁은 먼저 입을 열었다.

"근디, 어찌 긍가?"

뒷짐을 진 젊은 사람은 금산댁을 눈 아래로 깔아보면서 반말질을 했다. 아들뻘밖에 안 되는 것이……. 금산댁은 그 말투에 비위가 상했다. 그러나 목마른 것은 이쪽이었다.

"여그 달막이라고…… 김달막이가 우리 딸인디, 잠 만내볼라고 왔는디요 이."

금산댁은 벌써 애원조가 되고 있었다.

"안 돼야, 일헐 적에넌 천하없는 사람이 와도 못 만내. 여러 말 허덜 말어."

젊은 사람은 샛문 앞에 버티고 서서 거만스럽게 반말지거리였다.

"그저 후딱 얼굴만 보고 갈랑게 어찌 만내게 히주씨요. 50리 질이 넘게 멀리서 왔응게 소원풀이 잠 히주시게라."

금산댁은 10리를 더 보태며 이제 완연히 애원하고 있었다.

"어허, 안 된다닝게 그려!"

젊은 사람은 버럭 소리질렀다.

"보시게라, 질게도 안 바래고 딱 얼굴만 보고 갈랑게 사정 잠 봐주씨요."

금산댁은 두 손을 합장하듯 해가지고 울상으로 애걸하고 있었다.

"참말로 성가시게 헐껴."

젊은 사람은 눈을 부릅떴다.

"알겄소, 소리질르지 마씨요. 일이 언제 끝나든지 간에 그때꺼정 기둘리겄소."

금산댁의 얼굴은 금방 냉정해졌다.

"무신 미친 소리여, 시방. 천하없는 사람도 면회가 안 된다닝게."

"그것이야 일헐 적에만 그런다고 아까 말허덜 안혔소."

금산댁의 눈초리가 매서웠다.

"요런 말귀도 못 알아묵는 무식헌 예펜네 보소. 여그넌 직공덜 면회시키는 법이 애초에 없다 그것이여. 알아들어?"

젊은 사람은 곧 후려치기라도 할 것처럼 기세가 사나워졌다.

"나야 죽으나 사나 우리 딸 만내고 갈 것잉게 어디 누가 이기나 보드라고."

금산댁은 공장 대문 앞에 주저앉았다.

"아이고, 사람 환장허겄네 요거. 저리 못 나가? 끌어내기 전에 나가!"

젊은 사람이 주먹을 치켜들었다. 그러나 금산댁은 끄떡도 하지 않았다.

"하, 요것 보소. 에라이 잡것!"

젊은 사람이 금산댁의 어깨를 잡아챘다. 그때 금산댁은 대문 밑 부분을 틀어잡으며 소리치기 시작했다.

"아이고메 사람 죽이네에. 아이고메 사람 죽이네에……."

"아니, 요런 미친년 잠 보소!"

금산댁을 잡아끌던 젊은 사람은 침을 내뱉더니 정말 주먹을 휘둘렀다. 그러자 금산댁의 비명은 그야말로 쨍쨍하게 울려 퍼지기 시작했다.

얼마 지나지 않아 안에서 사람이 나오더니 소리질렀다. 그건 일본말이었다. 금산댁은 이때다 싶어 벌떡 일어나 그 일본사람을 향해 소리지르기 시작했다.

"우리 달막이, 김달막이 못 만내게 허면 나 여그서 죽을겨. 당장에 김달막이 불러와. 어찌서 열흘에 한 분썩 내보낸다고 허고넌 거짓말이여. 김달막이 안 불러오면 여그서 죽는단 말이여!"

왜놈이 딸 이름이라도 알아들으라고 연상 김달막이를 외치는 것이었고, 문지기놈이 자기 말을 왜놈한테 옮기라고 금산댁은 죽는다는 말을 되풀이하고 있었다.

상을 찡그린 채 젊은 사람의 말을 듣고 난 일본사람이 짤막하게 뭐라고 하고는 돌아섰다.

"되았응게 그만 발광혀, 이 예펜네야."

젊은 사람이 침을 내뱉으며 말했다.

"머, 머시라고라? 머시라고 혔소?"

금산댁은 분명히 들었으면서도 잘못 들었나 싶어 이렇게 물었다.

"빌어묵을, 보기보담 독헌 예펜네시."

젊은 사람이 궐련을 꺼내 물며 들은 척도 하지 않았다.

"아, 귀먹었소!"

당당해진 금산댁은 바락 소리쳤다.

"일 끝낼 때꺼정 기둘려!"

금산댁은 가슴을 쓸어내리며 긴 숨을 내쉬었다. 일이 언제 끝나는지는 묻지 않았다. 일이 언제 끝나든 기다리는 거야 아무렇지도 않았던 것이다.

딸은 의외로 빨리 나왔다. 점심시간에 내보내준 것이었다. 금산댁은 대문 옆에 붙어 있는 좁은 문지기방에서 딸을 얼싸안았다.

"면회시간언 10분이여."

젊은 사람이 옆에 서서 말했다.

"10분이먼 어찌 된다냐?"

금산댁이 걱정스레 딸에게 물었다.

"아, 그것이 긍게…… 얼추 담배 한 대 필 짬이여."

어머니 손을 잡은 채 달막이가 대답했다. 그 눈에 눈물이 번져 있었다.

"이, 그만허면 아순 대로 되았다."

금산댁의 얼굴이 밝아졌다.

"엄니 아픈 디는 없고? 동상덜언?"

"아이고, 집에넌 아무 탈 없웅게 니넌 암 말도 말어." 금산댁은 딸을 나무라는 손짓을 하고는, "니 혹여 무신 일 당헌 것 아니지야?" 목소리가 낮아지며 눈길이 딸의 아랫배로 갔다.

"아이, 엄니넌. 아니여."

달막이는 얼굴이 붉어지며 고개를 저었다.

"그런 소문이 짜아헌디, 참말이여?"

"아니랑게. 다 헛소문이여."

달막이는 또 완강하게 고개를 저었다. 그러나 그건 거짓말이었다. 자신은 당하지 않았을 뿐 얼굴 예쁘장한 아이들은 여럿이 몸을 망쳤던 것이다. 그러나 문지기가 옆에서 지키고 있었다.

"어디 아픈 디넌 없냐?"

"하먼, 나야 언제 아픈 때가 있었간디."

"그려도 안색이 벨라 안 좋은디?"

"아니여, 일허다 나와서 그런겨."

"일이 많이 심들지야?"

"아니여, 심써서 허는 일이 아닝게."

"근디, 일언 무작시리 많이 시키는 것 아니다냐? 집에 안 내보내주는 것 보면 말이여."

"아니여, 일이 많이 밀렸응게 조럴 짜서 돌아감서 허니라고 집에 나갈 새가 없는 것이제."

이것도 적당히 얼버무리는 거짓말이었다. 하루 2교대 12시간씩 일에 시달리고 있었다. 그뿐만이 아니었다. 돌아가면서 식사당번도 해야 했다. 그러다 보면 자기 빨래 해입을 짬이 없을 지경이었다.

"묵는 것언 으쩌냐?"

"이, 배불르게 묵어."

"반찬언 지대로 히주고?"

"하먼, 집에서보담 잘 묵어."

이것도 거짓말이었다. 중국산 조에다가 보리를 섞은 잡곡밥은 12시간의 노동을 견디기에는 너무나 적은 양이었다. 모두 배가 고파서 쩔쩔맸다. 반찬도 언제나 된장국에 일본 다꾸앙이라는 것이 전부였다. 다꾸앙도 많이 먹을 수도 없이 밥 위에 딱 세 쪽씩 놓여졌다.

"잠자리넌 으쩌냐?"

"이, 일본 다다미방인디 아조 좋아."

"이불도 안 모지래게 있고?"

"하먼, 넉넉허니 있어."

이것도 거짓말이었다. 나무로 지은 집단숙소는 군대막사와 똑같은 형태로 나무침상일 뿐이었다. 그리고 이불이라는 것도 손바닥만한 것 하나로 두 사람씩 덮게 되어 있었다.

"아이고, 그냥저냥 살 만허당게 인자 잠 안심이 된다. 니럴 못 만내볼 적에넌 니가 무신 숭헌 일 당헌 것 겉고 똑 죽겄드라. 그나저나 존 일 헌다고 한 달에 한 분만이라도 내보내주먼 좋겄다."

"차차 그리되겄제. 엄니, 나 걱정언 말어. 인자 쬐깐 더 일허먼 선돈 받은 것 다 까고 새로 벌게 된게 살림에 또 보탤 수 있구만. 엄니 신수가 너무 안 존디, 돈 애끼지 말고……."

"십부운! 시간 다 되았어."

헌 벽시계를 보며 젊은 사람이 팔을 번쩍 치켜들었다.

"그려, 몸 성허게 잘 있거라 이."

"엄니이…… 편히 가시씨요 이."

달막이의 목이 메었다.

"자아, 얼렁얼렁 들어가드라고."

젊은 사람이 달막이의 등을 떼밀었다.

"엄니이……."

달막이는 기어이 울음을 터뜨렸다.

뽕나무 심기 소란이 가라앉으면서 사람들은 논농사일을 시작하고 있었다. 야산자락을 연분홍으로 물들였던 진달래꽃들이 지고, 개울가의 개나리들이 샛노랗게 피어나고 있었다. 이름마저 '사쿠라'로 바뀌어 '왜놈들꽃'으로 구박덩이가 된 벚꽃들도 그 환한 모습으로 낭자하게 피어나고 있었다.

이즈음이면 붉은빛 선연한 객토더미가 논바닥에 모둠모둠 놓이거나, 거름더미가 쌓이기도 했다. 소가 없는 사람들은 조금이라도 한가할 때 소 차지를 하려고 빠른 논갈이를 하기도 했다.

"아부지, 아부지! 누가 우리 논얼 쟁기질허고 있는디, 쟁기질."

동화가 마당으로 뛰어들며 외쳤다. 숨을 할딱거리는 아이의 손에는 샛노란 꽃들이 촘촘히 달린 긴 개나리꽃 가지가 들려 있었다.

"니 시방 무신 소리여?"

쇠스랑으로 두엄더미를 파헤치고 있던 박건식은 허리를 펴며 아들을 멀뚱한 눈길로 바라보았다.

"참말이여, 누가 우리 논에 쟁기질허고 있단 말이여."

아버지가 자기 말을 믿지 않는 것을 눈치챈 동화는 말에 힘을 넣었다.

"니가 잘못 본 것인갑는디?"

박건식은 쇠스랑을 두엄더미에 찌르며 고개를 갸웃거렸다.

"나가 바보간디? 우리 논도 몰르게."

동화는 울상이 되며 발을 굴렀다. 마음이 급하기도 했고, 자기 말을 믿지 않아 분하기도 했던 것이다.

"맞소, 동화가 우리 논얼 모르간디라?"

마루에 걸터앉아 채소 씨앗을 고르다가 남편과 아들의 이야기를 듣고 있던 반월댁이 아들의 편을 들었다.

"그려, 그냥 있을 일이 아니구마."

박건식은 손바닥을 털며 나섰다.

동화는 아버지의 뒤를 쪼르륵 따랐다. 반월댁은 아들을 부를까 하다가 그냥 두었다. 제가 알아온 일인 데다가, 사내아이들은 아버지의 뒤를 따라다니며 무엇이든 보고 배워야 했던 것이다.

당산나무를 지나며 박건식의 발걸음은 점점 빨라지고 있었다. 아버지의 빠른 걸음을 따라가느라고 깡충거리며 뛰던 동화는 돌부리에 발이 걸려 몸이 앞으로 쏠렸다. 곧 넘어질 듯 넘어질 듯하다가 동화는 가까스로 몸을 바로 세웠다.

동화는 뒤를 돌아보며 욕을 한마디 내뱉고는 그때까지 손에 들고 있던 개나리꽃 가지를 새삼스럽게 쳐다보았다. 동화는 약간 망설이는 기색이더니 꽃가지를 내던져버렸다. 그러고는 두 팔을 가볍게 내두르며 뛰기 시작했다.

박건식은 멀찍이에서도 자기네 논에 누가 쟁기질을 하고 있는 것을 알아보았다. 설마가 아니었던 것이다. 그 순간 박건식은 머리가 핑 돌고 눈앞이 캄캄해지는 충격을 받았다.

무슨 병통이 생겼구나!

그의 머리를 친 생각이었다. 자기의 논도 결국 어느 일본사람의 손에 넘어가고 말았다는 충격이었다.

"아부지, 아부지, 어찌 그려!"

뒤쫓아온 동화는 두 손으로 머리를 싸잡고 서 있는 아버지를 올려다보며 옷깃을 잡아흔들었다.

"이, 아니여, 아니여……."

박건식은 정신을 다잡으며 깊은 숨을 내쉬었다. 가슴에서 뜨거운 기운이 넘어왔다. 앞이 막막함과 함께 주체할 수 없는 분이 끓어오르고 있었다. 아버지까지 돌아가시게 한 땅이었다. 그 땅이 동척에서 어떤 개인에게로 넘어가 버렸다면 그만큼 되찾을 가망은 없어지는 것이었다. 그러나 그건 안 될 말이었다. 박건식은 이를 뿌드득 갈며 다시 걷기 시작했다.

"땅언 목심에 근본이여. 땅이 있어야 사람이 있고 사람이 있어야 나라가 있는 법이다. 나라 뺏기고 땅꺼정 뺏기면 무신 수로 목심얼 보존하고, 무신 수로 나라럴 되찾을 것이냐. 나가 죽고 없드라도 니 평상얼 걸고 땅얼 찾어야 헌다. 땅 잃으면 다 잃는 것잉게."

박건식은 아버지의 말을 쟁쟁하게 듣고 있었다.

"당신 누군디 넘 논에 쟁기질이여."

박건식의 뜨거운 감정이 폭발하고 있었다.

"야아, 전에 이 논 임자셨소?"

소를 멈추게 하고 쟁기질하던 사람은 아주 공손하게 물었다.

"그러요, 우리 논이오."

박건식은 '전에 임자'였느냐는 말에 묘한 기분을 느끼며 이렇게 대답했다.

"참 미안시럽게 됐구만이라 이."

그 남자는 옹색스러운 얼굴로 이마에 두른 수건을 풀어 땀을 닦았다.

미안시러……? 박건식은 순간적으로 이상한 생각이 들었다. 그때까지만 해도 어떤 왜놈이 시키는 대로 논갈이 품을 파는 사람이

겠거니 했던 것이다. 그런데 그 공손한 태도며 예를 갖추는 말씨며 가 이상했던 것이다.

"저어, 올해보톰 여그 논 몇 마지기럴 나가 소작 부치기로 됐구만이라."

"머, 머, 멋이라고!"

박건식의 입에서 터져나간 소리는 고함도 외침도 아니었다. 너무 놀란 나머지 부르짖는 비명 같은 것이었다.

"그간에 달라진 사정얼 안직 몰르고 있는갑제라?"

그 남자가 옆눈길로 박건식의 눈치를 살피며 무척 난처해했다.

"대체 요것이 무신 소리요?"

박건식은 사태의 내막을 알기 위해 애써 감정을 누르며 묻지 않을 수 없었다.

"야아, 세세헌 것언 잘 몰르겄고, 동척에 잽혀 있든 여그 논덜이 하시모토란 사람헌트로 넘어갔다드만이라. 그려서 거그서 소작얼 얻어부친 것이구만요. 묵고살자고 소작얼 얻어부치기넌 혔넌디, 전에 임자럴 만낸게 영판 미안시럽고 죄진 것 겉고 맘이 얄궂구만이라."

박건식은 가슴이 무너지는 것을 느꼈다. 그대로 논두렁에 주저앉았다.

자신이 생각했던 것과는 영 딴판이었다. 으레 하는 것처럼 일본에서 이주해 온 어떤 농민에게 자신의 논이 넘겨진 줄 알았던 것이다. 그런데 땅부자로 소문난 하시모토에게 넘어간 것이었다. 그리고 하시모토란 자는 소작까지 딴사람으로 바꾸고 말았다. 땅을 찾기는커녕 동척의 소작인 신세에서 그나마 소작까지 떼인 신세가 되고 만 것이었다.

어찌 이럴 수가 있는가, 어찌 이리 쥐도 새도 모르게 이런 짓을 저지를 수 있는가, 이놈들을 다 어째야 하는가, 당장 칼을 들고 가서 토지조사국 다나카 놈이고 하시모토고 다 찔러 죽여야 하는 것 아닌가…….

이를 앙다문 박건식은 주먹을 부르쥐며 부들부들 떨고 있었다. 그의 손아귀에는 마른풀들이 뜯겨 쥐어져 있었다.

"요것 참 미안시럽구만요. 묵고살라다 봉게…… 요것이 그냥……."

그 남자는 연상 옹색스러워하고 난처해했다.

음머어—.

소가 논갈이를 독촉하는 듯 쿠렁한 소리로 길게 울었다. 봄기운 가득한 들녘으로 그 소리가 정답고 한가로운 느낌으로 퍼져나가고 있었다.

박건식은 무겁게 몸을 일으켰다. 그 남자에게는 아무 할 말이 없었다. 그 남자가 계속 미안해하니까 어떻게 감정풀이를 할 수도 없었다. 사실 따지고 보면 그 남자가 잘못한 것은 아무것도 없었다.

터덕터덕 걷고 있는 박건식의 뒤를 아들 동화가 종종거리며 따르고 있었다. 동화는 아버지가 왜 저렇게 기운이 빠져서 그냥 돌아가는지 알 수가 없었다. 아버지가 그 쟁기질하는 사람을 기운차게 몰아낼 줄 알았던 것이다.

아버지는 왜 그 사람을 몰아내지 않았을까? 아버지가 기운이 달린 것인가? 아닌데, 그 사람이 더 기운 없어 보였는데. 이제 그 논은 우리 논이 아닌가? 아니야, 할아버지 때부터 우리 논이었다. 할아버지가 업고 다니면서 메뚜기를 잡아주던 우리 논이었다. 그런데 왜 그 사람이 논을 갈까…….

동화는 알고 싶은 것이 너무나 많았다.

"아부지, 어찌서 그 사람얼 안 몰아내고 그냥 가아?"

동화는 아무리 참으려고 해도 참을 수가 없어서 입을 열었다.

"……."

"아부지, 인자 그 논언 우리 논이 아니여?"

"……."

"아부지, 인자 그 논언 그 사람 논이 된 기여?"

"시끄럽다, 이놈아!"

박건식은 고개를 획 돌리며 소리쳤다.

동화는 소스라치며 걸음을 뚝 멈추었다. 그리고 빼액 울음을 터뜨렸다. 화난 아버지의 얼굴이며 눈이 너무 무서웠던 것이다. 울음을 터뜨리면서 떠오른 것이 할아버지의 정다운 얼굴이었다.

"애앵…… 할아부지헌티 일를겨……."

울음 섞인 아들의 이 말을 듣자 박건식은 가슴이 찡해졌다. 그는 아버지를 생각하며 아들의 손을 꼭 잡았다.

"동화야, 니가 더 크면 다 알게 돼야."

박건식은 아들을 집으로 가게 하고 자기는 남상명의 집 쪽으로 고샅을 돌았다. 혼자 생각해서 될 일이 아니었던 것이다.

남상명은 헛간 옆에서 쟁기를 손질하고 있었다. 그는 육자배기 가락을 흥얼거리면서 박건식이 들어서는 것도 모르고 있었다.

"그것 손질헐 것 없소, 쓸디없응게."

박건식의 퉁명스러운 말이었다.

"이? 이이, 자네 거 먼 소리여?"

박건식을 알아본 남상명의 얼굴이 의아스럽게 변했다.

"큰탈나부렀소."

박건식이 그대로 땅바닥에 주저앉았다.

"또 무신 큰탈이 나?"

"우리덜 논이 하시모토 앞으로 넘어가고 작인도 새로 붙였소."

"머, 머시여!"

남상명은 튕기듯 몸을 일으켰다. 그리고는 선 자리에서 한 바퀴를 돌았다. 마치 실성한 것 같았다. 그는 도로 털퍽 주저앉으며 무엇인가를 울컥 토해내듯 말했다.

"인자 다 틀렸네. 우리넌 망헌 기여."

박건식은 문득 후회했다. 남상명의 논이 어찌 되었는지는 아직 모르는 것이었다. 다만 빨리 힘을 모으려고 짐작으로 그렇게 말한 것뿐이었다. 그러나…… 되짚어 생각해 보아도 남상명의 논이라고 무사할 것 같지는 않았다. 그저 남상명이 생각보다 심하게 놀라는 바람에 혹시나 하는 생각이 순간적으로 든 것뿐이었다.

"이 일얼 어째야 쓰겄소?"

"어쩌기넌…… 다 글렀당게. 인자 다 굶어죽을 일만 남은 것 아니라고."

남상명은 멍한 눈길로 중얼거리며 고개를 젓고 있었다.

박건식은 혼자 있을 때보다 낙담이 더 커졌다. 남상명이 이처럼 심하게 충격을 받을 줄은 몰랐던 것이다. 그가 줄줄이 딸린 식구들이 많기는 했다. 무슨 의논은 고사하고 자신이 오히려 위로를 해야 할 판이었다.

"호랭이헌티 열두 번 물려가도 정신만 채리면 살아난다고 안 그럽디여. 맘 갈앉히고 있으씨요. 나 내촌 춘배 아재헌티 가보고 올랑게."

그 말은 자기 자신에게 하는 것이기도 했다. 박건식은 마음을 다잡으며 몸을 일으켰다. 내촌 대표인 김춘배를 만나보면 그쪽 사정도 알게 되고, 무슨 방도도 생길지 모른다 싶었던 것이다.

"어이, 어이, 나도 갈라네."

박건식은 사립을 나서다가 고개를 돌렸다. 남상명이 허겁지겁 달려나오고 있었다. 그 뒤를 노란 햇병아리가 쪼르륵 따르다가 멈춰서며 두리번거렸다.

들마을은 빤히 바라다보이면서도 멀었다. 들판을 가로지르면서 두 사람은 묵묵히 걷기만 했다. 박건식은 드넓은 들녘을 새삼스럽게 이쪽저쪽 살피며 걷고 있었다. 그런데 그 들녘이 그렇게 낯설 수가 없었다. 어렸을 때부터 뛰어다니고 동네에서 사방 20리 안쪽은 어디가 누구네 논인지도 알 정도였다. 그런데 이 넓고 넓은 들판에 자기네 논이라고는 한 치도 없다고 생각하자 갑자기 가슴에서 찬 바람이 일며 들녘이 낯설어지는 것이었다.

아부님, 요 일얼 어찌해야 좋당가요.

박건식은 벌써 몇 번째 아버지를 부르고 있었다.

"글안해도 자네덜얼 보로 갈라든 참이었구마. 일이 짐작허든 대로여."

김춘배의 첫마디였다.

"요 일얼 어찌해야 좋당가요?"

박건식의 입에서는 속으로 곱씹었던 말이 그대로 나왔다.

"나도 어지께 늦게사 알고 밤샘서 생각해 봤는디도 묘수가 없네. 그렇다고 그냥 앉어서 당헐 수만도 없는 일이고. 인자보톰 의중얼 모아보세."

김춘배는 곰방대로 마루끝을 내리쳤다. 나이는 50이 다 되었지만 그 눈빛이며 어조에서는 남다른 담력이 묻어나고 있었다.

박건식은 역시 춘배 아저씨를 찾아오기 잘했다고 생각하고 있었다. 안 될 때 안 되더라도 그렇게 힘있게 말하는 춘배 아저씨를 대하니 숨통이 좀 트이는 것 같았던 것이다.

"근디, 하시모토란 사람언 어찌서 우리헌티 말 한마디 없이 소작꺼정 딴사람덜로 갈아부렀을게라?"

남상명의 기운 없는 물음이었다.

"그것이야 당연지사 아니겄어. 그놈이 볼 적에넌 우리가 다 땅 찾겄다고 뎀비는 말썽꾼덜 아니여. 자네가 그놈이라면 그리 안 허겄능가?"

김춘배의 말은 냉정했다. 남상명의 얼굴이 더 일그러졌다.

"요런 일언 다 토지조사국서 허는 것이제라?"

박건식은 일을 해결해야 할 방도를 찾으려고 매듭을 짚어내고 있었다.

"그것이 꼭 거그만이 아니여. 총독부 법이란 것얼 앞세와놓고 토지조사국에다 동척에다 관청꺼지 얼키설키 짜고 돌아가는 것이제."

"근디, 조사국놈덜언 맨날 토지심사럴 허닝게 기둘리라고 혀놓고 인자 와서 엉뚱헌 놈헌테 땅얼 넴게준 것언 그것으로 토지심사럴 끝냈다는 것인게라?"

"아니시, 꼭 그런 것만이 아니여. 이주헌 즈그 농민덜헌티 노놔준 땅얼 보면 알제. 그 땅 임자덜이, 어찌서 심사중인 땅얼 일본사람덜헌티 넴기냐 허고 따지고 나슨게 조사국놈덜 허는 말이, 심사넌 허는 중인디 심사가 끝날 때꺼정언 총독부 땅이라 총독부 법대로 이주민헌티 농사짓게 허는 것잉게 잔말 말고 기둘려라, 허는 것이제."

"글먼, 칼자리 쥔 놈덜언 그놈덜인디, 심산지 지랄인지럴 부지하세월로 질질 끌어갈 것 아니겄소?"

"그것이야 뻔허제. 지끔꺼정 그리 해온 것 아니드라고."

"글먼 땅 찾기넌 글른 것이제라."

"아니제. 왜놈덜이 끌어가는 대목언 딱 한 가지여. 느그 땅인 것이 확실헌 서류럴 내노라는 것 아니드라고? 그 서류럴 찾고 또 찾어댕김서 누가 이기는지 보자 허고 싸와나가야제."

"언제꺼정 그래야 헌디요?"

그때까지 담배만 빨고 있던 남상명이 불쑥 물었다.

"4년이고 5년이고!"

"소작도 다 띠인 판에 그간에넌 흙 파묵고 살고라?"

"어허 이사람아, 남자 심지가 어찌 그리 수양버들이여. 소작질 해묵을 땅이 어디 그뿐이여? 무신 짓얼 히서라도 목구녕에 풀칠해 나감스로 5년 아니라 10년이 걸려도 땅얼 찾어야제 왜놈덜헌티 이기는 것이제."

힘진 김춘배의 말에서 박건식은 생전의 아버지를 느끼고 있었다.

"소작 못 얻어 고향 뜨는 사람덜 봄서도 그리 말씸허시요?"

남상명은 그만 울상을 지었다.

"이사람아, 왜놈덜 집구석에 머심살이럴 히서라도 참아내야 혀!"

김춘배는 버럭 소리를 질렀다.

일본 이주농민들은 농사철 일이 한창 바쁠 때는 조선사람들을 날품팔이로 불러다 쓴 지는 이미 오래된 일이었다. 그런데 붙박이로 머슴을 두는 집들이 차츰 늘어나고 있었다. 그건 더 말할 것 없이 그들이 차지한 농토가 그만큼 많다는 것이었다.

그런데 사람들 사이에서는 '똥뺵 대주는 놈들'이라는 점잖지 못한 말이 심심치 않게 오가고 있었다. 그건 바로 일본농민들의 집에서 머슴살이를 하는 사람들에게 하는 욕이었다. 그러나 붙박이 머슴이라고 해서 일본농민들은 한집에 재우는 일은 절대 없었다. 낮에 일만 부려먹을 뿐이지 속을 믿지 않는다는 뜻도 되었고, 한집에 재울 만큼 사람대접을 하지 않는다는 뜻도 되었다. 인력거꾼에서부터 시작해서 일본사람들을 상대로 돈벌이하는 사람들이 적지 않은데도 유독 머슴살이하는 사람들에게 그렇게 심한 욕을 하는 건 그 욕 속에 땅을 빼앗긴 원한이 들어 있었던 것이다.

"듣자 허니 토지조사사업이란 것도 얼추 끝나가는 모냥이여. 그렇게 그간에 마구잽이로 몰아잡었든 땅덜얼 관청놈덜 맘에 드는 놈덜헌티 노놔믹이고 있는 판인 것이제. 긍게로 하시모토 겉은 크고 작은 왜놈지주덜이 여그저그서 불거질 것이로구만. 용지면에서도 그간에 열댓 마지기 짓든 놈이 느닷없이 100마지기가 넘게 차지허고 지주로 둔갑했다는 것이여. 헹펜이 요리 고약시럽게 꾀여 돌아갈 적에 정신 채려야 허는 것이여."

김춘배는 남상명에게 소리지른 것을 미안해하듯 차분하게 말하고 있었다.

"참말로, 속타는 사람덜이 수도 없이 많겄구만이라."

"자작농이 하로아칙에 소작농으로 처백히고, 인자 그도 못해 쪽박 신세가 되게 생겼제. 참 기맥힐 일이여."

김춘배의 한숨이 먹구름처럼 짙었다.

"글먼 우선에 사람덜얼 봐야겄제라?"

"그래야제. 당장 오늘 저녁에 우리 집서 만내기로 허세. 오래 끌 일이 아닝게."

"야아, 그리 알리겄구만이라."

김춘배의 집에서 열린 회의에서 결정한 것은 두 가지였다. 첫째, 모두가 토지조사국에 찾아가서 원상회복을 요구한다. 둘째, 그것이 효과가 없으면 하시모토를 찾아가 동척과 같은 조건의 소작권 반환을 요구한다.

그들은 다음날 아침 일찍 내촌과 외리 중간 지점에서 만나 토지조사국으로 출발했다. 그들의 움직임은 그전에 땅을 빼앗겼을 때와 다름이 없었다. 그러나 겉보기만 같을 뿐 속은 많이 달라져 있었다. 우선, 대표였던 박병진이 세상을 떠나고 없었다. 그리고 몽둥이질을 잘못 당해 성불구가 되어 딴 남자와 도망간 아내를 찾아 헤매다가 죽어간 김용철의 모습도 보이지 않았다. 그뿐만 아니라 가혹한 몽둥이질로 몸을 상한 네댓 사람들이 다리를 절룩이며 걷고 있었다.

그들이 토지조사국에 도착했지만 다나카는 아예 문을 걸어 잠그고 얼굴도 보이지 않았다. 그런데 조금 있다가 나타난 것은 총을 겨눈 주재소 순사들이었다. 다나카가 주재소에 연락한 것이 뻔했다. 순사들이 나타나서야 다나카는 모습을 드러냈다.

"그런 일은 나도 모르는 것이오. 그건 상부에서 하는 일이지 내 소관이 아니니까 딴 데로 찾아가시오."

순사들의 호위를 받으며 다나카가 한 말이었다. 이 한마디를 던지고 다나카는 다시 사무실로 자취를 감추어버렸다.

"알았으면 다들 해산해, 해산!"

"다 잡아넣기 전에 빨리 해산해!"

순사들이 총대를 휘둘러대며 그들을 몰아붙이기 시작했다.

"갑시다, 일단 돌아습시다."

김춘배의 말에 따라 그들은 순순히 돌아서서 흩어졌다. 순사들은 서로 웃음을 나누며 흩어지고 있는 그들을 지켜보고 있었다.

그러나 그들은 미리 계획한 대로 순사들의 눈이 미치지 않는 곳에서 다시 모였다. 그들은 하시모토의 집을 향해 발길을 옮겼다. 다나카가 말한 상부를 찾아가기 전에 하시모토와 소작권을 해결하는 것이 급선무였던 것이다.

하시모토 역시 대문을 열지 않았다. 개 짖는 소리만 컹컹 울려나왔다. 그런데 그 짖어대는 소리로 보아 개는 한두 마리가 아니었다.

한동안 극성스레 짖어대던 개들이 잠잠해졌다.

"이, 하시모토가 나오는갑다."

반색을 하는 누군가의 말이었다.

"그려, 지가 안 나오고 어찔 것이여."

다른 사람이 느긋한 어조로 장단을 맞추었다.

그때 대문이 열렸다. 그리고 쏟아져 나온 것은 시커먼 개들이었다. 개들은 그대로 사람들을 덮치고 들었다.

"으악!"

"아이고메!"

"아야야야……."

대문 앞에 섰던 사람들이 비명을 토하며 쓰러지고 나둥그러지고 있었다. 송아지만큼씩 큰 개들은 으르릉거리며 넘어진 사람들을 물어뜯고 있었다.

"저, 저, 저……."

"몽딩이, 몽딩이 찾어!"

엉겁결에 흩어졌던 사람들은 어찌할 줄을 몰라 서로 소리지르며 우왕좌왕 소란을 피우고 있었다.

따앙!

그때 총소리가 진동했다. 순사들이 들이닥친 것이었다.

"베쓰, 톰, 메리! 베쓰, 톰, 메리! 잘했다, 이리 와, 이리 와!"

대문 안쪽에서 이렇게 목청을 돋우고 있는 것은 하시모토였다. 양쪽 손을 허리에 받쳐올린 채 버티고 선 그는 여유만만하게 개들을 부르고 있었다.

그런데 그리도 사납던 세 마리의 개는 꼭 거짓말처럼 사람들을 물어뜯던 것을 멈추고 뒷걸음질을 하며 하시모토에게로 가고 있었다. 그놈들은 몸집 큰 셰퍼드였다.

"그놈들 말야, 다시는 이따위 짓 못하게 다 잡아넣어 버르장머리를 고쳐주라구. 내가 소장한테 단단히 말해 놨으니까!"

하시모토가 대문을 닫기 전에 순사들에게 내쏜 말이었다.

사람들은 개에게 물어뜯겨 옷이 찢기고 피투성이가 되어 있는 세 사람을 에워싸고 어찌해야 좋을지를 몰라 웅성거리고 있었다.

"이새끼들, 해산하라니까 우릴 속이고 이쪽으로 와! 한 놈도 빠짐없이 주재소로 이동한다. 빨리 해, 빨리!"

순사들의 위협 속에 그들은 개에게 물린 세 사람을 업고 받치고 했다.

주재소로 떼밀려 들어간 그들은 차례로 이름을 대고 손도장을 눌렀다. 개에게 물린 사람들도 부축을 받아가며 손도장을 눌러야 했다. 다시는 그런 집단난동을 부리지 않겠다는 각서였다.

"모두 태형감이지만 개한테 물린 사람들이 있어서 특별히 훈방 조처한다. 다시 또 이따위 집단난동을 부릴 시에는 그때는 전원 가차없이 징역을 살릴 테니 모두 정신 똑똑히 차려라. 알겠나!"

주재소장은 마룻장을 구르며 소리쳤다.

그들은 개에게 물린 김춘배, 박건식, 하봉수를 몇 사람씩 번갈아 업어가며 마을로 돌아왔다. 김춘배와 박건식은 양쪽 마을 대표로 앞에 나서 있었으니까 개한테 물리는 것은 피할 수 없었던 일이기도 했다. 그런데 하필이면 또 하봉수가 횡액을 당한 것이었다. 하봉수는 그전에 당한 몽둥이질로 절름발이에 성불구까지 된 몸이었다. 그는 결기 강한 성질에 앞으로 나가 있었던 모양이었다. 그는 몸이 불편해서 그랬는지 어쩐지 셋 중에 제일 심하게 상처가 나 있었다.

세 사람을 뺀 나머지 열아홉은 동네에 당도하자 죄인이 된 심정으로 개에게 물린 데 신효한 약을 구하려고 허둥거렸다. 그런 때는 으레껏 온갖 풍상 다 겪은 노인네들이 한몫을 하고 나섰다. 노인네들은 신효한 처방을 이것저것 다 내놓았다.

생지황즙을 내서 하루에 세 차례 공복에 한 숟가락씩 먹고, 그걸 짓찧어 물린 데 갈아붙이면 미친개병도 말끔하게 막아낼 수 있다.

생칡뿌리를 틉지게 달여서 하루 세 차례 공복에 반 사발씩 마시고, 그걸 짓찧어 붙이면 신효하게 낫는다.

두꺼비 뒷다리를 회를 치거나 구워서 먹이면 한 번으로 직효다.

호랑이뼈를 갈아 가루를 한 숟가락 물에 타서 마시고, 물린 자리에 붙인다. 그리고 호랑이고기를 태워 재를 만든 다음 식초에 개어 붙이면 더욱 좋다.

그외에도 여러 가지가 더 있었지만 구하기 손쉬운 생칡뿌리로 결정을 보았다. 그런데 무슨 약을 쓰거나 간에 당장 끓인 소금물로 물린 자리를 씻어내야 한다는 것이었다. 그건 다름 아닌 소독이었다. 그러나 생살을 물어뜯긴 상처를 소금물로 씻어내면 그 아픔이 어떨 것인가.

세 사람은 칡즙을 마셔가며 며칠째 앓아누워 있었다. 물린 상처도 상처였지만 놀라움도 커서 그들은 쉽게 일어나지 못했다. 특히 하봉수는 밤마다 헛소리를 하며 식은땀을 쏟는다는 소문이 돌았다.

그런데 나머지 사람들 사이에서는 여러 가지 이야기가 오가고 있었다. 그 이야기들을 간추리면 두 가지였다. 어차피 땅 찾기는 틀렸으니 더 늦기 전에 딴 살길을 찾아나서야 한다는 쪽과, 땅을 찾을 때까지 무슨 수를 써서든 버텨야 한다는 쪽으로 나뉘었다. 그런데 땅찾기를 포기한 쪽이 서너 명이 더 많았다. 그들의 말은, 소작까지 빼앗기고 당장 처자식을 굶길 판인데 무슨 수로 버티느냐는 것이었다. 그러나 그들도 어디로 살길을 찾아가야 할 것인지는 난감해했다.

남상명은 땅을 찾는 쪽에 서 있기는 했지만 속마음은 오락가락하고 있었다. 버티자니 살아갈 일이 막막했고, 떠나자니 갈 곳이 막막했던 것이다.

그러던 어느 날 저녁밥상머리에서 큰아들이 불쑥 말을 꺼냈다.

"아부지, 나 동상허고 돈벌이 떠날라요."

"뜸금없이 무신 소리여?"

이렇게 말하면서도 남상명은 놀라지 않았다. 큰아들 만표가 벌써 서너 달 전부터 그런 냄새를 풍겨왔던 것이다.

"뜸금없는 것이 아니제라. 인자 소작도 띠이고, 땅 찾을 가망도 없응게 우리가 돈벌이 나슬라는 것 아닌감요."

"야아, 넘 집 머심살이보담 낫제라."

작은아들 만기가 덩달아 나섰다.

"돈벌이헐 디가 어디 마땅허니 있는 것도 아니고, 느그덜이 안직 타관으로 돈벌이 떠날 나이도 아니다."

정곡을 찌르고 드는 두 아들의 말에 마땅히 대꾸할 말이 없어 남상명은 이렇게 말막음을 하려고 했다.

"아부지, 시상이 개명험서 농사 말고도 묵고살 돈벌이가 쌔고 쌨다는 그 흔헌 소문 들어보도 못허셨는게라?"

만표는 답답해 죽겠다는 표정이었다.

"그러고, 나허고 나이가 똑겉은 양반집 자석덜이 다 장개들어 요렇타께 아그덜 애비가 되야부렀구만요."

그러니 돈벌이 떠나기에 뭐가 어리냐는 열여덟 살짜리 만기의 공박이었다.

남상명은 할 말이 없었다. 위로 두 딸을 시집보내고 큰아들은 스무 살이 꽉 차도록 장가보낼 엄두도 내지 못하고 있었다. 논을 빼앗기면서 일어난 병통이었다. 그런데 어느덧 작은아들마저 장가들일 나이가 넘어가고 있었던 것이다.

"느그 생각에넌 나이가 다 든 것 같애도 배움 없는 사람덜 돈벌이란 것이 몸뗑이 험허게 궁굴려 기운 팔아묵는 것인디, 그러기에넌 안직 설익은 몸뗑이여."

"아이고 아부지, 농새 지묵을 기운이면 천하에 못헐 일이 머시가 있간디요."

"나도 쟁기질도 헐지 아는디요."

남상명은 또 말문이 막혔다. 벌써 이삼 년 동안 농사일은 두 아들이 도맡다시피 해왔던 것이다. 나락 두 섬을 지거나 쟁기질을 할 수 있으면 상일꾼대접을 받는다는 사실을 작은아들은 일깨우고 있었다.

"아부지넌 동상덜 키움서 편헌 맘으로 땅 찾는 일이나 끈허니 허시씨요."

"하먼이라, 아부지넌 인자 늙었응게 호강만 허시면 되는구만이라."

남상명은 더욱 할 말이 없어졌다. 자식은 딸 둘에 아들 하나가 더 있었다. 그런데 자신의 나이는 어느덧 마흔고개를 넘어 절반에 이르고 있었다. 사실 서른다섯만 되었더라도 왜놈들이 판치는 세상 박차고 만주로든 어디로든 떠날 작정을 했을지도 몰랐다. 그러나 열다섯 살 때부터 농사일을 익혀서 30여 년간 부려먹은 몸은 늙었다는 말을 들어도 서러울 것 없을 만큼 기운 쓰기가 마음 같지 않았던 것이다.

"더 두고 생각혀 보자."

남상명의 입에서 더디게 나온 말이었다.

얼굴이 밝아진 만표와 만기는 서로 마주 보며 눈이 반짝 빛났다.

남상명은 다음날도 박건식이에게 문병을 갔다. 박건식은 여전히 침울해 있었다. 땅찾기를 포기하고 어딘가로 떠나려는 사람들이 생겨나면서부터 박건식의 얼굴에는 그늘이 서렸던 것이다.

"저어…… 한 가지 의논헐 일이 있는디 말이시. 우리 만표허고 만기가 돈벌이럴 떠나겄다고 저리 발싸심인디……."

"글먼 아재도 뜨시게라?"

박건식이의 다급한 물음이었다.

"아니여, 나넌 나이가 안 있능가. 여그 앉어서 끝꺼정 땅얼 찾어야제."

"갸덜도 장개들 나이가 다 찼는디 어찌 생각이 없겄소. 시상언 시시각각 변허고, 소작도 띠인 판이니 무신 수로 잡아앉혀 두겄소. 즈그덜 맘만 강단지면야 보내는 것도 괜찮허겄제라."

남상명이 뜨는 것이 아니라는 말에 안도하며 박건식은 이렇게 응답했다.

"몰르겄네, 즈그덜이 무신 돈얼 벌지."

이렇게 말하면서도 남상명은 두 아들의 말을 들어주기로 마음 굳히고 있었다.

"근디, 뜰라고 맘 정헌 사람덜언 어찌 되고 있소?"

"글씨 오가는 말덜이 분분헌디, 만주로 뜨겄다는 사람덜이 예닐곱 되고, 화전 일구로 들어가겄다는 사람이 두엇에, 식구덜언 여그 두고 타지로 돈벌이럴 나스겄다는 사람이 두엇이고 그렇구마."

"그려도 만주로 뜨겄다는 사람덜이 질로 많구만이라 이. 어쩌겄소, 우리덜 심이 준다고 못 뜨게 말길 수도 없는 일이고. 그나저나 우리맨치로 당헌 사람덜이 수도 없이 많을 것인디, 사방서 그리 만주로 뜨다 보면 만주땅도 인심이 사나와지고 그러겄구만이라……."

박건식이 팔뚝의 상처부위를 긁으면서 한숨을 내쉬었다.

"어이, 긁지 말소. 긁으면 덧나네." 남상명은 박건식의 손을 떼내고는, "어쩌겄능가, 땅파묵든 사람덜이 땅 찾아가야제. 좌우간에 왜놈덜 지주 새로 불거지는 판에 동네마동 만주로 안 뜨는 집이 없는 헹펜인디, 만주땅이 아무리 넓다 해도 사람덜이 그리 몰켜가면 인심이 안 변헐 수가 없겄제. 사람이고 물건이고 많고 흔해지면 천해지는 법잉게."

"그 사람덜언 언제 뜬다등게라?"

"안직 똑똑허니넌 몰르겄구만. 인자 채비덜 시작혔응게 보름이야 걸리덜 안컸다고. 옆동네로 이사허는 것도 아닝게."

"농사 절기로 보면 영 고약시럽소. 기왕 뜰람사 하로라도 앞댕기는 것이 좋제. 근디, 그 사람덜 뜨기 전에 이별자리라도 맨글어야 허지 안컸소?"

"하먼 그래야제. 그간에 살아온 정리가 있는디 막걸리 한잔썩이라도 나눠야제."

"참 기맥힌 시상 되야부렀소."

박건식은 고개를 젖히며 한숨을 토했다.

신세호네 동네에서도 똑같은 사건으로 네 가구가 중국으로 떠날 준비를 다 끝내놓고 있었다. 다만 새로 생겨난 일본인 지주가 다를 뿐이었다.

그들 네 가구 사람들은 벌써 열흘이 넘게 떠나지 못하고 있었다. 다른 동네 사람들은 그들이 계속 떠날 준비를 하고 있는 것으로 알았지만 실은 신세호가 은밀하게 붙들어놓고 있었던 것이다.

신세호는 그들이 당한 일이 너무 안타까운 데다가 아무런 연고도 없는 만주로 떠난다고 하자 더 가슴이 아파 무언가 도와주고 싶었던 것이다. 그래서 생각해 낸 것이 송수익에게 소개를 해주자는 것이었다. 너무 고마워하는 그들을 붙들어놓고 신세호가 기다리고 있는 것은 공허였다.

그러나 공허는 이쪽에서 만나고 싶다고 해서 만나지는 사람이 아니었다. 언제나 바람이듯 왔다가 뜬구름이듯 떠나는 사람이었다. 다만 올 때가 머지않았다는 육감만으로 그런 결정을 내린 신세호는 하루하루가 그냥 지나갈 때마다 애가 타들고 있었다. 자신만 바라보고 있는 사람들에게 날마다 할 말이 없어 궁색하기 짝이 없고, 그럴수록 초조와 조바심만 뜨거워지고 있었다. 그간에 송수익에게 가는 길목길목을 세세하게 알아놓지 않은 것이 그렇게 후회스러울 수가 없었다.

공허는 열나흘 만에 나타났다. 신세호는 너무 반가워 아이고, 부처님! 소리가 절로 나올 지경이었다.

"좋고말고요. 그리허제라."

공허의 시원한 응답이었다.

그러나 공허는 소개장 같은 것은 쓰지 않았다. 말로만 자세히 가르쳐주라고 했고, 송수익의 이름도 감춘 채 지삼출이란 사람을 찾으라고 했다. 그 주도면밀함에 신세호는 다시 한 번 놀라지 않을 수 없었다.

"그것이야 왜놈덜이 토지조사사업얼 시작헐 적보톰 다 작정되었든 일 아니겄는가요. 분허고 원통해도 어쩌겄는게라. 허나 많은 사람덜얼 그리 분허고 원통허게 맨글수록 결국 우리헌테 좋 것이구만요. 그 분허고 원통한 맘덜이 쌓이고 쌓이면 왜놈덜한테 원수갚음 헐라는 뜻으로 뭉쳐져 터질 날이 올 것잉게라."

공허가 남기고 떠난 말이었다.

동네사람들은 이별잔치할 돈을 추렴했다. 신세호는 그 돈을 네 가구의 노자에 보태게 했다. 그리고 이별잔치는 자신의 집에서 차리기로 했다.

잔치준비에 동네여자들이 거의 다 모여들어 거들었다. 지난해 초겨울에 올렸던 딸 하엽이의 혼례준비 때보다도 한결 많은 여자들이었다. 물론 그때는 아내가 음식솜씨 가진 사람을 골랐을 수도 있었다. 어쨌거나 그 많은 여자들을 보면서 신세호는 이별이 얼마나 가슴 아픈 것인가를 새삼스럽게 느끼고 있었다.

아침부터 준비한 잔치는 해질녘에 시작되었다. 마당에 덕석을 넓게 깔고 떠나는 사람들 보내는 사람들이 둘러앉은 잔칫자리는 침통하기만 했다.

"저어…… 지가 못허는 말이라도 한마디만 허겠구만요. 긍게 머시냐, 즈그덜 겉은 상것덜이 동네럴 뜨는디도 선상님 겉으신 양반 어러신이 이리 잔치상얼 채래주신께 황송허고도 아픔찮허고도 또 아픔찮히서 무신 말얼 디래야 헐란지 가심만 답답허구만이라우. 이 은혜 평상 안 잊어불고 맘속에 짚이짚이 간수험서 은혜 갚을 날 오기럴 기둘리고, 이승서 못 갚으면 저승에 가서라도 꼭 갚도록 허겄구만이라우. 양반님네헌티 요런 대접 받아보는 것언 즈그덜 평상에 첨잉게요. 선상님, 아픔찮이 아픔찮이 또 아픔찮이구만이라우."

넷 중에 연장자인 문 서방이 목이 메며 신세호 앞에 허리를 깊이 숙였다. 문득 자리가 조용해지며 착 가라앉는 기분이 밀려들었다. 그때 누군가가 불쑥 입을 열었다.

"아따 저 사람, 말 못헌다디만 말만 청산유수고, 한마디만 헌다등마 치렁치렁 열두 발이시. 참 쑹헌 사람이네 잉?"

무거운 분위기를 깨려는 그 재치를 눈치채고 사람들은 기다렸다는 듯이 와아 웃음을 터뜨렸다. 그 기회를 이용해 신세호는 몸을 일으켰다.

"나가 변변찮은 자리럴 맨들었응게 먼첨 술얼 한잔씩 따러야 도리가 지대로 되는 것 겉은디, 어이, 말 잘 못허는 쑹헌 사람, 문 서방보톰 한잔씩 받소."

"아이고, 참말로 좋구만이라우."

"우리 선상님이 질이시여."

사람들이 뜨겁게 손뼉을 쳐댔다.

신세호는 한 사람, 한 사람 돌아가면서 조롱박으로 술잔을 채웠다. 송수익이 개화꾼으로 주변 양반들의 비웃음과 손가락질을 당해가면서도 신분 낮은 사람들과 더불어 살아가려고 굳이 자신을 낮추었던 뜻을 신세호는 다시금 생각하고 있었다. 그 인간관계에는 자기를 낮춘 만큼 진정한 믿음이 오가고 도타운 정을 나누는 기쁨과 보람이 있었던 것이다. 그것을 일찍이 깨닫고 실천한 송수익은 역시 한발 먼저 가는 선각이었다. 그런 정신을 가진 그는 만주에서도 남다른 독립군 대장으로 자리잡고 있으리라 믿었다. 그에게 사람을 보낸다고 생각하니 그가 더 그리워졌다. 그는 이제 벗만이 아니라 사돈지간이었고, 장자의 혼인을 보지 못한 그의 심정을 생각하면 죄스러운 마음이 자꾸 커질 뿐이었다.

술잔이 쉴새없이 돌고 어둠살이 퍼지면서 사람들은 술기운이 거나해져 가고 있었다. 마당 양쪽에는 어둠도 밝히고 밤중 냉기도 가시게 할 겸해서 모닥불이 지펴졌다. 그즈음부터 여자들도 한쪽에다가 살살 자리를 잡기 시작했다.

"어이, 자네덜 말이여, 거그 만주땅에 가서 살 만허면 우리도 불러야 혀. 자네덜만 오지게 재미보덜 말고."

누군가가 혀 꼬부라진 소리를 했다.

"하이고, 그 심뽀 한분 드러우네. 먼첨 고상 안 허고 그저 넘 덕만 볼라고."

"냅둬, 저 사람언 만주가 극락이라도 못 가 살어. 여그서도 삼동이면 웅신얼 못허는 빙신인디, 만주야 오짐발이 바로 고드름 된담시로."

술취한 웃음들이 걸판지게 엉클어졌다.

서운함과 슬픔을 농담인 양 감추며 이런 이야기들이 무성해지는 가운데 어둠이 점점 짙어지고 있었다. 여자들도 어둠을 방패 삼고 핑계 삼아 술을 홀짝거리고 있었다.

"술에 취허면 가무가 따라야 지맛이 나는 것 아니드라고? 나가 노래 한 자락 허겄는디, 워떠여?"

한 사람이 비틀거리며 일어섰다.

"그려, 그려, 공자님 말씸이여."

"어이, 아조 틉지고 서럽게 불러야 혀."

여자들까지 합세해서 손뼉을 쳤다.

서산에 지는 해는 지고 싶어 지느냐
날 두고 가시는 임 가고 싶어 가느냐

아리랑 가락이 설움으로 휘늘어지고 사무침으로 휘감기면서 한스러움으로 애간장을 녹이고 있었다.

아리아리랑 쓰리쓰리랑 아라리가 났네
아아리랑 끙끙끙 아라리가 났네

이 대목의 가락이야 더 말할 것도 없이 자연스럽게 남녀 합창으로 이루어졌다. 그런데 어떤 남자가 외쳤다.
"여자덜 소리가 어찌 저리 매가리 없는고. 심 잠 돋과!"

만주로 가는 것이 좋아서 가나
전답얼 뺏갰응게 울면서 가제

"얼씨구 조오타, 자알헌다."

아리아리랑 쓰리쓰리랑 아라리가 났네
아아리랑 끙끙끙 아라리가 났네

"인자 여자덜이 받으소!"
한 사람이 춤을 벌렁거리며 외쳤다.

물 좋고 산 좋은 데 일본놈 살고
논 좋고 밭 좋은 데 신작로 난다

"얼씨구나, 그 소리 한분 맵다."

눈물길 만주길 언제나 오려나
부자 돼서 온다고 약조럴 허세

"그려, 그려, 서럽고 눈물난다."

아리아리랑 쓰리쓰리랑 아라리가 났네
아아리랑 끙끙끙 아라리가 났네

그들은 어느덧 거의 모두가 일어나 서러운 가락에 맞추어 괴로움을 삭이는 춤을 추고 있었다.

그들이 가락에 지치고 춤에 겨웠을 때 모닥불도 사위어가고 있었다. 그들은 밤 깊은 어둠을 밟고 흩어져 갔다.

동네사람들은 다음날 아침 해가 떠오를 즈음 당산나무 아래에 모였다. 네 가구 사람들은 크고 작은 짐들을 이고 지고 있었다.

문 서방이 당산나무 앞에 무릎 꿇고 호리병에 든 술을 사발에 가득 따랐다. 네 가구 21명이 짐들을 내려놓고 다같이 절을 올렸다. 고향땅에 올리는 작별인사였다. 그들이 다시 짐들을 이고 지고 떠날 채비를 했다.

"가만, 가만있어 보드라고."

그때 신세호가 허둥거리는 몸짓으로 나뭇가지 하나를 주워들었다. 그리고 그는 당산나무 아래 가장자리 땅을 헤집기 시작했다. 그 뜻을 알아차린 서너 사람이 함께 땅을 파헤쳤다.

신세호는 네 사람의 가장에게 흙을 한 주먹씩 건넸고, 그들은 머리에 동인 수건을 풀어 흙을 받아 감쌌다.

23

민심의 노래

"이놈아! 다리빙신맨치로 그리 삐딱허니 스덜 말고 똑바라지게 서!"

늙은 거지가 버럭 소리치며 싸리회초리로 방바닥을 내리쳤다. 짚깔개가 다 낡아 흙이 드러나는 방바닥에서 먼지가 풀썩 일어났다.

"나넌 동냥아치가 아니랑게라. 우리 동상 찾으로 댕긴단 말이오."

꾀죄죄하게 때 절고 남루한 차림은 천상 거지일 뿐인 소년이 울상이 되어 발을 굴렀다. 그 아이는 여동생 옥녀를 찾아 헤매다니는 득보였다.

"알어, 이놈아. 그 소리 발써 열 분도 더 혀서 귀에 못이 백였다."

늙은 거지가 회초리끝을 까딱거리며 똑바로 설 것을 지시하고 있었다.

"긍게로 장타령 갤칠라 허덜 말고 그냥 보내도란 말이오."

득보는 회초리가 무서워 똑바로 선 채로 말은 당차게 하고 있었다. 득보는 내빼고 싶어서 죽겠으면서도 그 생각은 단념하고 있었다. 아까 잡혀오면서 늙은 생김과는 다르게 거지아범이 몸이 빠르고 기운이 센 것을 겪어보았던 것이다.

"요놈으 자석아, 쌔넌 짤라도 침언 질게 뱉고 잡구나. 니 맘만 동냥아치가 아니제 니 꼬라지넌 숭악헌 거렁뱅이새끼여. 니가 느그 동상 찾을 때꺼정언 천상 동냥질허서 묵고살어야 헐 것잉께 그 쬐깐헌 주딩이 놀리덜 말고 시키는 대로 장타령이나 자알 배와갖고 떠나도록 혀."

때가 낀 것이며 검댕이 덕지덕지한 주름진 얼굴로 늙은 거지는 득보를 달래듯 히죽이 웃어 보였다.

"장타령 안 불르고도 그간에 밥만 잘 얻어묵었단 말이오."

"아, 시끄럿!"

늙은 거지가 소리치며 득보의 바로 발 옆을 내리쳤다. 득보는 질겁을 해서 팔딱 뛰었다.

"저놈으 새끼가 주딩이만 살아서 따곡따곡 말대답이여, 말대답이. 야 이놈으 새끼야, 니놈얼 딱 봉께 솔찬이 똑똑헌 것 겉은디, 그렁께 나가 허는 말 똑똑허니 잘 들어. 이놈아, 나가 니헌티 역부러 장타령 갤칠라는 것언 니가 수월코 편허니 밥 빌어묵으라고 그러는 것이 아니여. 글먼 어찌 그런지 아냐? 동냥 주는 사람덜헌티 고마와허라고 그러는 것이여. 니 이 말이 무신 소린지 알아묵겄어!"

늙은 거지는 끝대목 말을 갑자기 소리치듯 하며 회초리끝으로 득보의 눈을 겨누었다.

득보는 흠칫 놀라 뒤로 물러서며 고개를 가로저었다.

"그 보랑게, 아무것도 몰르는 놈이 시건방구지게 나대, 나대기럴 이놈아! 고것이 무신 말이고 허먼 말이여, 장타령언 나 배고파 죽겄응게 밥 한술 보태줏씨요 허는 뜻으로 불러대는 것이 아니고 말이여, 아이고 어러신네들, 심지게 농새짓고 애써서 버신 돈인디 지가 못 불르는 노래라도 한 자락 불러올릴 것잉께 퇴허지 마시고 들어주시고 귀헌 밥 한술 보태주시면 고맙게 묵겄구만이라우, 요런 뜻이다 그것이여, 알아듣겄어!"

다문 입을 쑥 내민 득보는 눈만 꿈벅꿈벅하고 서 있었다.

"야 이놈아, 대답얼 혀! 고런 뜻얼 알고 있었어, 몰랐어!"

"모, 몰랐구만이라우……."

득보는 고개까지 저으며 대답했다.

장타령이 그저 동냥 달라고 거지떼들이 떼쓰는 소린 줄 알았지 그런 뜻이 있는지는 처음 듣는 이야기였다.

"이놈아, 잘 들어라. 장타령 한 자락도 안 험스로 지금꺼정 얻어묵고 산 니놈언 순전허니 도적놈 심뽀로 산 거이다. 도적놈하고 동냥아치하고 머시가 달른지 아냐? 도적놈덜언 넘덜 귀헌 물건이고 돈얼 억지로 뺏는 놈덜이여. 그러다가 들키먼 사람얼 마구잽이로 죽이기도 허고. 근디, 동냥아치덜언 그것이 아니여. 장타령을 험스로 한술 주기럴 기둘리고, 밥얼 다 묵어불고 없다먼 담에 또 오기로 허고 그냥 돌아스고 그러는 것이란 말이여. 그렁께 넘덜 물건얼 돌르도 않고, 사람 목심얼 해칠 일도 없고 그렇제. 그러고, 장타령으로 사람덜 맘얼 풀어주고 밥얼 얻어묵는 것만이 아니고 잔칫집이나 상갓집서넌 잡일 궂은일 다 히주고 배불르게 얻어묵는 것이 도리여. 니넌 그리 안 허고 순전허니 꽁짜배기로 얻어묵고 살었응께 도적놈허고 머시가 달르냐? 그럼스로도 머시여? 나넌 동냥아치가 아니라고? 에레기 순 속 씨커먼 도적놈아, 나 손에 맞어죽어라!"

늙은 거지는 벌떡 일어나더니 곧 목을 조를 것처럼 두 손을 펴가지고 득보에게로 달려들었다.

"아니구만요, 아니구만요, 장타령 배울랑마요."

뒤로 쫓기다가 벽에 막힌 득보가 다급하게 외쳤다.

"니, 참말이여?"

"야아, 참말이구만이라우."

득보는 늙은 거지를 치켜올려다 보며 고개를 마구 끄덕였다.

"니, 아까 육자배기 허디끼 그리 정신 써서 잘허겄냔 말이여!"

"야아, 아까넌 그냥 나오는 대로……, 아부지가 허든 것 들은 대로 헌……."

"되았어. 그런 맘으로 허라 그것이여."

"야아, 알겄구만이라우."

"니, 거그 편허니 앉거라."

늙은 거지는 다시 뒤로 물러섰다.

득보는 슬슬 눈치보며 아까 서 있었던 자리를 어림해서 주저앉았다.

"아나, 요것 묵어라."

늙은 거지가 주머니에서 무엇인가를 꺼내 득보 앞에 던졌다. 득보의 눈에 들어온 것은 곶감이었다. 득보는 신 침을 꼴깍 삼키며 얼른 곶감을 집어들었다.

"니 허는 말 봉께로 느그 아부지가 소리럴 잘했는갑제?"

"야아, 동네서 질로 잘했구만요."

"이, 니가 아부지 재주 탁했는갑다."

"아닌디요. 아부지 탁해서 소리 기맥히게 잘허는 것언 동상 옥녀고, 아부지가 나보고넌 재주가 없다고 혔는디요."

"쥐꼬리재주도 재주넌 재주여."

"……?"

득보는 곶감을 우물거리며 치켜뜬 눈길로 늙은 거지를 빠끔하게 쳐다보고 있었다.

"소리 잘허는 아부지가 어찌 돼서 니가 이 꼬라지럴 허고 댕기냐?"

"……."

"소리에 미쳐서 새끼덜 내불고 바람 따라 어디로 가부렀냐?"

"……."

"야 이눔아, 어런이 물으면 얼렁얼렁 답얼 혀!" 늙은 거지는 또 회초리를 내려치고는, "못된 자석이 대꾸 안 헐 말에넌 따곡따곡 말대답이고 대답헐 말에넌 꿀 묵은 벙어리여." 그는 득보를 꼬나보며 어서 대답하라고 또 회초리끝을 까딱거렸다.

"왜놈덜헌티 총 맞어 죽었구만이라."

"머시여? 워째서?"

늙은 거지의 윗몸이 빳빳해졌다.

"우리 논 뺏을라는 지주총대를 아부지가 홧짐에 패대기쳤는디 지주총대가 꼼지락 못허게 다쳐갖고……."

"어허, 그려서 환장헐 일 당혔고나. 근디, 엄니넌?"

"……."

득보는 고개를 떨구며 손등으로 눈을 훔쳤다.

"그려, 슬프고 서러우면 울어야 가심이 풀린다. 억울허니 당헌 이야그도 자꼬 해야 속병이 안 되는 것이여. 그려서, 엄니넌 어찌 되았다냐?"

"정신이 나가서 밤이고 낮이고 아부지 뮛등 찾아댕기다가 저수지에 빠져……."

"아이고메 어쩌끄나, 줄초상이 나부렀네. 왜놈덜이 느그 집안 철천지 웬수로고나. 그려서 어찌 되았냐?"

늙은 거지는 이야기를 독촉하느라고 회초리로 방바닥을 톡톡톡톡 쳐댔다.

"동상이 소리 잘허는 것 듣고 낯몰르는 주막집 아줌니가 배불르게 믹에살려 주겄다고 히서 따라갔는디, 메칠 있다가 동상얼 놀이패덜이 억지로 딜고 가부러서 동상 찾을라고……."

"하이고, 고런 가쟁이럴 쫙 찢어놀 호로 개잡년이 느그 동상얼 소리값 받고 폴아묵어 부렀구나. 근디 거그가 어디냐?"

"우리 집서 얼매 안 먼디요."

"느그 집이 어딘디?"

"김제 죽산면인디요."

"머시여, 김제?" 늙은 거지는 눈을 휘둥그렇게 뜨더니, "참말로 기맥힐 일이다. 니 시방 여그가 어딘지나 알고 앉었냐? 여그넌 같은 전라도라도 남도 허고도 끝인 장흥땅이여. 니가 동상 찾겄다고 그 쪼깐헌 발로 여그꺼정 걸어서 왔단 말이제? 니가 대체 멫백 리럴 걸었겄냐? 아니여, 아니여, 니가 신작로 따라 쫘악허니 온 것도 아니고 그냥 아무 질이나 따라 흘러흘러 왔을 것이니 멫백 리가 아니라 멫천 리럴 걸었는지 모르덜 안컸냐. 아이고, 아이고 요놈아, 장타령 한 자락도 못험스로도 용허니 얻어묵어 감서 여그꺼정 왔다이. 왜놈덜 땀시 아무리 살기 에로와졌어도 안직도 시상 인심언 따숩구나."

늙은 거지는 득보를 측은하게 바라보며 가까이 오라고 손짓했다. 곶감을 얻어먹은 데다가 자기의 속사정을 다 털어놓고 나자 득보는 슬그머니 친근감이 생기는 걸 느꼈다. 더구나 왜놈들과 주막집 여자를 미워하고 자신의 편을 들어 분해하는 것이 고맙기까지 했다.

"이리 오니라. 니 이야그럴 듣고 봉께 나가 니럴 억지로 끌고 온 것이 참말이제 잘했다는 생각이 든다. 나가 니럴 억지로 끌고 온 것언 니가 육자배기 가락얼 솔찬이 잘허길래 새로 생긴 장타령을 듣기 좋게 갤쳐볼라고 그런 것이여. 근디 니가 그리 가심에 맺힌 사연꺼정 지녔응께 아조 더 잘되았다. 시방 나가 허는 소리가 무신 말인지 잘 못 알아묵겄지야?"

늙은 거지는 득보의 머리를 쓰다듬으면서 정답게 물었다.

득보는 고개를 끄덕거렸다.

"그려, 그럴 것이여. 근디, 먼첨 한 가지 묻자. 니, 왜놈덜이 니 웬수겄제?"

"야아."

득보는 꼬옹 힘을 쓰며 대답했다.

"후제 커서 어쩔 것이여?"

"아부지 엄니 웬수 갚아야제라."

"그려, 고런 맘 없음사 자석새끼도 아니고, 붕알 달고 있을 것도 없제. 글먼 나가 지끔보톰 허는 말 잘 들어야 써."

늙은 거지는 궐련 꽁초를 서너 개 까서 종이에 말았다. 그리고 귀한 성냥으로 불을 붙여 담배를 맛있게 빨았다.

득보는 아까 개울가에서 끌려오던 때를 생각했다. 배도 고프고 목도 마르고 해서 개울로 내려가 물을 실컷 마셨다. 언제나 배가 고플 때 물을 많이 마시면 당장은 기운이 더 까라지면서 바로 일어날 수가 없었다. 동생을 생각하며 하늘을 바라보고 있다가 하도 답답하여 흘러나오는 대로 노래를 불렀다. 말 물어보자, 말 물어보자, 저기 가는 저 기러기야……. 옛날에 아버지가 구성지게 부르던 노래였고, 동생을 찾을 길이 막막하고 답답할 때면 부르고는 하는 노래였다. 그런데 누군가가 뒤에서 장단을 맞추는 것이었다. 놀라서 돌아다보니 늙은 거지가 헤벌레 웃고 서 있었다. 거지 주제에 그러는 것이 같잖아서 고개를 되돌려버렸다. 그런데 그 거지가 갑자기

팔을 낚아채며 잡아끌었다. 자기네 구역에 들어와서 동냥질한다고 또 끌려가서 얻어맞게 될까 봐 팔을 뿌리치고 내뛰었다. 그동안 떠돌아다니면서 그런 일을 심심찮게 당했던 것이다. 그러나 얼마 달아나지 못하고 잡혀 이 오두막집으로 끌려오게 되었던 것이다.

"머시냐, 동냥아치덜이 워째 장타령얼 허는지넌 아까 다 말했응께 똑똑허니 알아들었지야?"

"야아."

"허먼 지끔보톰언 장타령이 머신지럴 일러줄팅께 똑똑허니 들어. 긍께, 장타령언 그저 밥 한술 도라고 지 맘대로 되나케나 씨부려대는 소리가 아니여. 넘덜이 귀헌 밥 귀헌 돈이 아까운 생각 안 들고 적선허게 헐라먼 그 속에 짚은 뜻이 있는 말로 엮어져야 된다 그것이여. 그 짚은 뜻이 머시냐! 바로 사람덜 맘속에 들어 있는 아프고 씨림서도 내놓고 말로는 못허는 사연덜얼 담어야 된다 그런 말이다. 우리가 그런 사연얼 잘 엮어서 장타령으로 한바탕 읊어대먼 사람덜언 가심에 맺힌 것이 확 풀림서 속이 씨언해지는 기분으로 밥도 돈도 안 아까와라 허고 적선허는 것이여. 긍께로 사람덜이 말로 못허는 것얼 우리가 대신해서 속 풀어주는 것이 장타령이다 그런 말이다. 알아듣겄냐?"

"사람덜이 말로 못허는 것이 머신디요?"

득보는 의아스러운 얼굴이었다.

"그려, 요새 조선사람덜이 질로 미와험스로도 내놓고 욕 못허는 인종덜이 누구제?"

"고것이야 왜놈덜이제라."

"아이고, 똑똑타!" 늙은 거지는 득보의 등을 토닥거려 주고는, "바로 고것이단 말다. 요새 시상에서 왜놈덜헌티 당헌 사람덜이 얼매나 많고, 그 분헌 맘덜이 얼매나 속에서 끓겄냐. 근디도 차마 말로넌 못허고 모다 끙끙 앓고만 안 있냐. 고 분헌 맘 원통헌 사연얼 장타령으로 엮어 틉지고 한시런 소리로 읊어대면 사람덜이 얼매나 속이 씨언해허겄냐!" 그는 제풀에 신명이 오르고 있었다.

"글먼 왜놈덜 욕허는 말도 들었고 그런게라?"

"하먼, 못된 짓 헌 것이 다 들었제."

"글먼 나도 배울랑마요."

득보는 눈이 또릿또릿해져 말했다.

"오냐, 오냐, 니넌 더군다나 왜놈덜헌테 웬수 갚는 맘으로, 아부지 엄니 가심에 맺힌 한얼 풀어디린다는 맘으로 잘 배와야 써. 담배 한 대 더 꼬실리고 나서 시작허자 잉."

늙은 거지는 담배를 말려다 말고 주머니 속을 뒤적거리더니 무언가를 꺼냈다. 득보 앞에 불쑥 내민 손바닥 위에는 쪼골쪼골한 대추 두 개가 놓여 있었다. 아까는 곶감에 이번에는 대추, 득보는 이상해서 늙은 거지를 쳐다보았다.

"묵어, 이놈아. 인심 그닥잖은 2천석꾼 상갓집서 얻어온 것이여."

득보는 대추를 얼른 집어들었다.

"느그 동상이 소리럴 잘했는갑제?"

종이에 만 담배에 침을 흠뻑 바르며 늙은 거지가 중얼거리듯 물었다.

"야아, 아부지가 큰 소리꾼 맨근다고 험서 동네에 소리꾼 오먼 델고 댕기고 그랬구만이라. 무신 소리고 한분 들으먼 잘히서 아부지가 영판 이뻐라 혔고라."

득보의 눈앞에는 아버지와 옥녀의 모습이 삼삼하게 떠오르고 있었다.

"이, 전라도땅서 태어난 목심에, 한분 들으먼 무신 소리고 숭내럴 낸다먼 고것이 아조 지대로 타고난 재준갑다."

늙은 거지는 담배를 맛있게 빨아대며 혼잣말하듯 하고 있었다.

"근디, 놀이패넌 이 시상 어디고 안 댕기는 디가 없담서요?"

"그렇제. 바람 따러 구름 따러 떠돌아댕기는 것이 놀이패 한평상잉께."

늙은 거지의 무심한 말에 득보는 어깨를 늘어뜨리며 한숨을 쉬었다.

"쬐깐헌 놈이 무신 한숨이여? 이, 느그 동상 못 찾는 걱정에? 아무 걱정 말그라. 동상이야 찾아질 것잉께."

"야아? 고것 참말인게라? 은제 찾아지는디요? 할아부지가 어찌 아시요?"

좋아서 어쩔 줄을 모르며 득보는 연거푸 묻고 있었다.

"니가 시방 몇 살이다냐?"

"야아, 열시 살인디요."

"그려? 급허니 생각허덜 말어. 다 클 맨치 커야 헝께." 늙은 거지는 손가락으로 잡을 수도 없을 지경으로 타들어간 꽁초를 빨며 얼굴을 타고 오르는 연기에 한쪽 눈을 찡그려붙이고 있다가는, "니가 재수가 좋음사 이리 떠돌다가 낼모레라도 만낼 것이고, 정 재수가 없음사 늦어도 열칠팔 살에넌 만내게 될 거이다."

"열칠팔 살? 할아부지가 점도 보요?"

"에이, 점얼 보기넌. 무신 말인고 허니, 니가 어서 완력이 씨져야 헌다 그것이여. 열칠팔 살얼 묵어 완력이 씨지면 그 못된 주막집 예펜네럴 찾어가서 그 놀이패 대가리가 누군지, 그 놀이패가 댕기는 질목이 어딘지 대라고 목얼 졸르란 말이여. 그년이야 환히 알고 있을 것잉께. 지끔이야 찾아가도 그 못된 썩을 년이 니할라 폴아묵을라고 들 것 아니겄냐?"

득보는 그때서야 눈앞이 환히 열리는 것을 느꼈다. 그러나 이내 맥이 빠지고 말았다. 열칠팔 살…… 앞으로도 사오 년을 더 있어야 했다.

"이놈아, 금방 웃다가 워찌 또 금세 울상이여?"

"열칠팔 살이면 당아당아 멀었는디요……."

득보는 시름겹게 중얼거렸다.

"긍께 아까 나가 머시라디냐? 재수가 좋음사 낼모레, 한 달 안에도 만낼 것이고, 열칠팔 살이야 재수가 아조 드러울 때럴 말허는 것이여. 허고, 재수가 아조 옴붙어서 사오 년 후에나 만낸다고 쳐. 그것도 죽을 나이 아니고 커나는 나잉께 암것도 아녀. 그렁께 맘 넉넉허니 묵고 장타령이나 잘 배와갖고 쬐깐 쉽게 얻어묵음서 동상 찾아댕기라 그것이여. 알어듣겄냐?"

늙은 거지는 빽 소리를 질렀다.

"야아, 알겄구만이라우."

득보는 이제 놀라지 않고 늙은 거지를 바라보며 고개를 끄덕였다.

"짜아, 글먼 시작혀 보자. 쩌어그 가서 똑바라지게 스는디, 스는 것만 똑바라지게 스는 것이 아니고 맘도 깨금허니 잡생각얼 허먼 안 되는 것이여. 나가 시방 부처님 앞에 합장허고 서 있다 허는 맘으로, 나가 시방 신령님 앞에 절허고 있다 허는 깨끔헌 맘얼 지니라 그것이여. 그리 정신이 똑바라지게 들어야 가락이 귀에 지대로 잽히고, 그래야 입으로 소리가 지대로 나오는 것이다. 알아듣겄지야?"

"야아!"

득보가 몸을 꼿꼿하게 세우고 앞을 똑바로 보며 야무지게 대답했다.

"옳제 잘헌다. 글먼 니가 먼첨 사설이 무신 뜻인지 알어야 헝께로 듣기 수월허게 나가 찬찬히 읊을 것이다. 니넌 겉귀 속귀 싹 다 활짝 열고 자알 들어."

늙은 거지는 깨진 바가지를 끌어다가 발 굵은 소금을 손가락끝으로 집어 입에 털어넣고는 어험 큼큼 목청을 다듬었다.

짜아 시구시구 들어가는디이, 어얼 시구시구 들어간다아 저얼 시구시구 들어간다아, 어절시구 들어간다아 저절시구 들어간다아, 푼파바푼파바 자리헌다아 푸부품파 자리헌다아, 어허어 작년에 왔든 각설이가 죽지도 않고 또 왔네, 어절 시구시구 들어간다아 저리절 시구시구 들어간다아, 일자나 한자나 들고나 봐아 일본놈에 시상 되어 10년 세월 다 돼가니, 이자나 한자나 들고나 보니 이 시상이 지옥살이 2천만이 통곡헌다, 삼자나 한자나 들고나 봐아 3천리라 금수강산 토지조사로 묶어놓고, 사자나 한자나 들고나 보니 4년이고 5년이고 땅뺏기에 혈안이라, 오자나 한자나 들고나 봐아, 오지겄다 왜놈덜아 그 맛이 꿀맛이겄다, 푼파바 푼파바 자리헌다아 푸부품파 자리헌다아, 어얼 시구시구 들어간다아 저얼 시구시구 들어간다아, 품바 품바 들어간다아, 육자나 한자나 들고나 봐아 육십 영감 분통터져 감나무에 목얼 매고, 칠자나 한자나 들고나 보니 칠십 할멈 절통혀서 저수지에 뛰어드네, 팔자나 한자나 들고나 봐아 팔자에 없는 만주살이 떠나는 이 그 누군가, 구자나 한자나 들고나 보니 구만리 장천에 기러기도 슬피 우네, 십자나 한자나 들고나 보세 10년이야 넘겄느냐 왜놈덜아 두고 보자, 어허 품바 자리헌다.

방바닥을 토닥거리며 장단을 맞추던 회초리를 크게 끊어치며 늙은 거지는 장타령을 끝냈다.

"으쩌냐?"

타령을 할 때와는 다르게 허리가 구부정해진 늙은 거지는 흐릿하게 웃으며 가늘게 뜬 눈으로 득보를 올려다보았다.

"할아부지! 그것 허다가넌 잽혀가서 죽기 똑 좋겄구만이라."

득보는 겁도 나고 불만스럽기도 한 얼굴로 뿌루퉁해져 있었다.

"잉, 되았어 되았어. 니놈이 귓구녕얼 지대로 열어놓고 있었구만 그려." 늙은 거지는 좋아서 어깨를 들썩이며 키들키들 웃어대더니, "그려, 목심이 천하라는디 장타령 한분으로 죽을 수야 있간디? 그려서 다 방비책얼 세와놓고 있덜 안컸냐. 자아, 어떤 장터서 사람덜도 좋아라 허고, 여그저그서 어얼싸 잘 넘어간다 험서 장단도 맞치고, 그 바람에 얼씨구나 신바람이 나서 타령이 날개럴 달고 날르는 판인디 저짝서 순사고 헌병놈이 온다 허면 그때넌 겁묵덜 말고 숨 한분 넉넉허니 쉬고 사설얼 바꾸는디, 춘삼월 호시절에 춘향이허고 이 도령이 광한루서 눈맞추고, 공양미 삼백 석에 심청이넌 몸얼 폴아 아부님께 효도허니, 요로크름 사리살짝 바꿀 것이 얼매든지 있는겨. 고것이야 이따가 시 놈이 밥 얻어갖고 오면 어찌허는지 들어보면 알제."

"할아부지, 그 사설언 할아부지가 지셨는게라?"

"하이고 요런 이쁜 자석아, 나가 고런 기맥힌 사설얼 질지 알먼 요런 꼬라지로 여그 앉었겄냐." 늙은 거지는 또 키들거리고 웃더니, "그것언 딱 누구 한 사람이 진 것이 아니여. 이 사람, 저 사람, 수많은 사람덜 맘이 모타져 지어낸 것이제. 니 민심이란 말 아냐? 이, 똑똑타, 그 민심이란 것이 이리 궁굴고 저리 궁굴고 험서 한매디씩 맨글어낸 거이다."

"글먼 왜놈덜이 다 없어지먼 새 장타령이 맨글어지는감요?"

"아이고, 아이고, 저, 저 영특헌 것이 딱 내 손지새끼시! 하먼, 새 장타령이 맨글어지고말고. 고것이 민심이여."

"나넌 그리 새로 생긴 아리랑얼 불를지 아는디요."

"그려어? 어디 한분 불러봐라."

아아리랑 아아리라앙 아아라리요오
아아리랑 고오개로오 너머어간다아
밭은 털려서 신작로 되고요
집은 털려서 정거장 되네에
아아리랑 아아리라앙 아아라리요오

이 대목에서 목소리가 합쳐졌다.

아아리랑 고오개로오 날 넘겨주소오

"또 한 자락이 있다아, 나가 불를란다."

문전옥답 털려서 신작로 되고오
말깨나 허는 놈 감옥소 간다아
아아리랑 아아리라앙 아아라리요오
아아리랑 고오개로오 날 넘겨주소오

늙은 거지와 득보는 얼싸안았다.

득보는 제 또래의 세 아이가 얻어오는 밥을 먹어가며 날마다 장타령을 배웠다. 아침나절에 열 번이 넘게, 점심나절에 열 번이 넘게 불러야 했다. 그리고 밤에는 세 아이들하고 맞추어 네댓 번을 불렀다.

너무 지루해 어쩌다가 정신을 팔면 여지없이 회초리가 날아와 종아리를 쳤다.

"이놈아, 정신 채려! 명창덜이 불르는 춘향가나 적벽가만 소린지 아냐. 요것도 뜬뜬허고 냉랭헌 사람덜 맘얼 흔들고 울리고 웃기고 그려서 가심에 맺힌 것얼 풀어줘야 허는 소리여. 그리 한눈폴아 갖고 목구녕서 그런 소리가 나오겄냐."

늙은 거지의 사정없는 호통이었다.

사흘이 지나고 닷새가 되자 쉰 목이 잠겨버렸다. 그때쯤에 득보는 어깨춤과 바가지를 두들기는 장단과 가락을 한덩어리로 어우러지게 하는 묘미를 깨닫고 있었다.

"그려, 겉소리가 쉬어터져 차악 가라앉고, 그것얼 뚫고 속소리가 터져올라야 지대로 되는 거이다. 짜아, 똑바라지게 서서 새로 불러라!"

목이 잠겨도 늙은 거지는 사정을 보아주지 않았다. 깨진 바가지에 담긴 발 굵은 소금을 입에 찍어넣게 하고는 회초리를 꼬나들었다.

득보는 너무 힘들고 지겨워 도망가고 싶은 생각이 한두 번 난 것이 아니었다. 그러나 거지할아버지가 따뜻하게 잘해주는 것을 생각하면 그럴 수가 없었다. 그리고 할아버지의 말대로 지금부터 아버지 어머니의 원수를 갚는 건 왜놈들을 욕해 대는 장타령을 많은 사람들에게 퍼치는 것이기도 했다.

“배가 고프다고 도적질언 허덜 말어. 도적질이 손에 익으면 결국 지명대로 못사는 법잉께.”

“애써서 장타령얼 다 혔는디도 동냥얼 안 준다고 욕허덜 말어. 그것언 사람 도리가 아니고 지 발등 지가 찍는 것잉께.”

“나가 장타령 갤차줬다고 니보고 평상 동냥아치질허란 것이 아니여 이. 이 말언 안 해도 될 말이겄지야?”

늙은 거지는 장타령을 가르치지 않을 때는 득보에게 이런 말들을 하기도 했다.

“느그 동상이 이쁘다냐?”

어느 날 늙은 거지가 불쑥 물었다.

“아부지넌 이뻐서 죽었구만이라.”

“그것이 아니고 넘덜 보기에 어쩌냐 그것이제. 넘덜이 머시라고 혔냐?”

“긍게로…… 다덜 소리넌 기맥히게 잘헌다, 타고났다, 혔는디 얼굴이 이쁘단 말언 벨로 안 했구만이라.”

“그려? 그것 다행헌 일이다.”

“어찌서 다행헌디요?”

“이놈아, 말해 줘도 니넌 안직 몰라.”

“아니구만이라, 머시고 다 안께 얼렁 말허씨요. 어찌서 다행헌게라?”

득보는 할아버지의 팔을 마구 흔들며 매달렸다.

"이놈아, 소리 타고난 디다가 인물꺼정 이뻐봐라. 돈푼깨나 있는 오만 잡놈덜이 다 크기도 전에 어찌 혀불 것 아니냐. 그리되면 니허고 다시 만내지기가 에롭제. 근디 인물이 그저 그럼사 그런 걱정이야 던다는 말 아니냐. 헌디, 동상 맘언 어쩌냐? 순허고 겁 많고 잘 울고 그러냐?"

"아니구만이라. 고집이 씨고, 아그덜허고 쌈허먼 안 지고, 밤에도 안 무서와허고 그런디요."

"아이고, 고것 참 잘되았다. 니가 꼭 동상얼 만내기넌 만내겄다."

"야아……?"

"니가 아무리 찾아댕게도 동상이 원체로 맘 약허고 물르면 온갖 풍상 못 이기고 낙심혀서 무신 일 저질를 수도 있는 일이제. 근디 니 말 들어봉께 동상도 맘 강단져서 니럴 찾을라고 애쓰고 있을 것잉께 걱정 없다 그 말이다."

"야아, 동상언 나보담도 더 나럴 찾을라고 애쓰고 있을 것잉마요."

여동생의 성질을 잘 아는 득보는 이 말을 자신 있게 했다.

"그려, 꼭 만내야겄제. 에리디에린 느그덜이 무신 죄가 있냐."

늙은 거지는 득보를 물끄러미 쳐다보았다. 득보는 또 그 말을 물어볼까 하다가 그만 눈길을 돌렸다. 그동안 몇 번이고 할아버지는 왜 이렇게 사는지를 물어보고 싶었던 것이다. 아버지가 육자배기를 잘했던 것처럼 그 할아버지는 타령만이 아니라 다른 소리도 너무 잘했고, 아는 것도 너무 많았던 것이다. 그러나 버릇없다고 호통만 맞을 것 같아 그 말을 꺼낼 수가 없었다.

열흘째 되는 날 늙은 거지가 말했다.
"인자 되았다. 낼 아칙에 가그라."

하늘 가장자리는 불그스름하기도 하고 누르스름하기도 한 색조를 띠고 뿌옇게 흐려 있었다. 중국대륙과 만주 쪽에서 불어오는 흙바람으로 봄이면 일어나는 현상이었다. 그 안개처럼 뿌옇게 끼여 있는 것은 넓은 중국땅을 휩쓰는 바람에 실려온 흙먼지가 가라앉고 있는 것이었다.

그 황사현상 속에서 하얀 꽃잎들이 무수하게 나부끼며 떨어져 내리고 있었다. 그 흰 꽃잎들의 무수한 나부낌은 함박눈이 퍼붓는 것 같기도 했고, 무슨 애절한 흐느낌같이 슬프기도 했다.

며칠간 만발해 있던 운동장가의 벚꽃들이 무더기로 지고 있었다. 송중원은 그 꽃잎들이 지는 것을 하염없이 바라보고 있었다. 가슴을 적셔드는 슬프게 아름다운 감정과는 달리 송중원은 저 꽃을 미워해야 된다고 생각하고 있었다.

벚꽃은 필 때도 그 많은 꽃송이들이 기쁜 함성이라도 지르듯 하룻밤 사이에 한꺼번에 활짝 피어나고, 질 때도 무슨 통곡할 슬픈 일이라도 있는 것처럼 무리지어 떨어져내리는 것이었다. 벚꽃은 필 때는 가슴이 환해지는 기쁜 아름다움을 느끼게 했고, 질 때는 가슴이 스산해지는 슬픈 아름다움을 느끼게 했다. 그런데 왜놈들은 그 피고 지는 아름다움을 마치 자기네 것인 것처럼 꾸며 대일본제국을 찬양하라고 강요했다. 송중원은 아침에 얻어맞은 볼기짝의 통증을 아직까지도 느끼며 학생들이 거의 다 돌아간 빈 운동장을 바라보고 있었다.

"너 이놈 조심해! 앞으로 한 번만 더 그따위 짓 하면 퇴학이야. 넌 폭도 괴수 송수익의 아들이란 걸 잊지 말어!"

몽둥이로 볼기짝을 스무 번 후려치고 난 훈육주임의 말이었다.

그러나 벌은 그것으로 끝나지 않았다.

일본국가를 열 번이나 소리쳐 불러야 했다. 조회시간에 일본국가를 목소리로 부르지 않고 입술로만 부르다가 들켰던 것이다.

만주에서 불어오는 바람에 왜놈들이 떠받드는 꽃 사쿠라가 전멸하듯 한꺼번에 떨어지고 있었다. 송중원은 그 바람에서 아버지의 체온을 느끼고 있었다. 아버지, 어서 독립군들과 함께 진공해 저 사쿠라 꽃잎들이 떨어지듯 왜놈들을 쳐없애 주십시오. 이미 그 꽃은 이 땅의 제주도가 원산지인 벚꽃이 아니라 왜놈들의 꽃인 사쿠라일 뿐이고, 그 꽃잎들의 나부낌도 슬픈 아름다움이 아니라 왜놈들이 망해 무너져가는 통쾌한 승리감으로 바라보아야 한다고 송중원은 생각하고 있었다.

"멀 그리 생각하고 있냐?"

이 말과 함께 누가 어깨를 쳐서 송중원은 반사적으로 고개를 돌렸다. 기다리고 있던 이광민 선배가 웃고 있었다.

송중원은 미처 감정을 수습하지 못하고 어색스럽게 웃음을 지었다.

"분분헌 낙화럴 봄서 새각씨 생각허고 있었냐?"

"사쿠라럴 봄서 왜 각씨럴 생각혀?"

송중원은 이광민에게 눈총을 쏘았다.

"그려, 그것언 말이 잘 안 되네. 참, 니 노래 안 불러 몽딩이찜질 당했다는 말 들었다. 맞은 자리넌 어찌냐?"

"참, 소식도 에진간히 빨르네."

송중원의 얼굴에 불쾌한 기색이 드러났다. 그건 자신을 훈도용으로 써먹으려고 사방에 떠벌리고 다녔을 훈육주임에 대한 감정이었다.

"훈육주임이 니럴 모범생으로 선전허고 댕기니께 니가 출세헌다. 근디 그 일 말인디, 노래 안 불른다고 왜놈덜이 망허는 것도 아닌디 그리 표내서 매벌이 허덜 말고 담보통언 욕해 질르는 기분으로 넘덜보담 곱쟁이로 크게 불러대면 어쩌겄냐?"

이광민이 장난이 아닌 얼굴로 말했다.

"그려……? 그것도 괜찮헌 방돈디?"

잠깐 생각하던 송중원이 고개를 끄덕이며 이광민을 쳐다보았다.

"그리 오기 부리면 지놈이 무신 수로 트집얼 잡겄냐. 공연시 매벌이 자꼬 해서 몸 멍덜이는 것언 현명헌 일이 아니여. 그런 일에 쓰고 말 몸이 아닐 것잉게."

이광민은 무척 어른스럽게 말했다. 한 학년 차이밖에 나지 않으면서도 퍽 선배인 것처럼 말하는 이광민을 송중원은 빤히 쳐다보았다.

"나 얼굴에 밥풀때기 묻은 것도 아닌디 멀 그리 빤허니 쳐다보냐? 선배님이 옳은 말씀 허시면, 예 명심허겄습니다, 허고 따르면 됐제."

이광민은 장난스럽게 웃으며 더욱 선배인 척 송중원의 어깨를 두들겼다.

"어찌서 만내자고 헌 기여?"

"니 떨어져 살면 각씨 생각 안 나냐?"

이광민이 갑자기 엉뚱한 소리를 했다. 학생 하나가 이쪽으로 걸어오고 있었다. 어깨가 좁짱하고 얼굴이 희묽은 것이 한눈에 일본학생이었다.

고개를 돌리지 않고도 누가 오고 있다는 것을 눈치챈 송중원은 지체없이 말을 받았다.

"생각나서 밤마동 끙끙 몸살 앓어."

조선학생들은 너나없이 이런 상황에 대비하는 데 이골나 있었다. 일본인 선생들은 물론이고 학생들도 어지간한 조선말은 다 알아들었다. 그리고 조선학생들은 일본학생들까지 제2의 경찰이나 헌병으로 간주하고 있었다.

"흐흐흐흐…… 그래 갖고 공부가 되겄냐."

이광민은 능청스럽게 흐흐거렸다.

"공부고 뭐고 여자가 질이여."

일본학생이 지나가고 있었다. 송중원은 속 빈 건달인 것처럼 말했다.

"당연허제. 공부야 골머리만 아픈디 여자야 고것이 얼매나 꿀맛이드냐."

이광민은 한술 더 떠서 난봉꾼처럼 말하고 있었다. 사실 이광민도 장가를 든 몸이니 그런 말쯤 예사로 못할 것도 없었다.

조선학생들은 무슨 중요한 이야기일수록 이렇게 한적해진 교정에서 만났다. 괜히 눈길 없는 장소를 택했다가는 오히려 눈총을 받기가 쉬웠던 것이다.

"니 참말로 니 각씨가 이쁘냐?"

이광민은 꾸미는 것이 아닌 말로 물었다. 그 물음이 너무 갑작스러워 송중원은 그저 멋쩍게 웃었다.

"생김얼 말허는 것이 아니고 니 맘에 드냐 그 말이여."

"글씨…… 잘 몰르겄어."

송중원은 대답을 얼버무리거나 피하는 것이 아니었다. 그건 사실 그대로였다. 1주일에 한 번씩 만나서 그러는지 어쩌는지 대여섯 달이 지났는데도 그저 어색스럽고 서먹서먹하고 그럴 뿐이었다.

"니도 부모덜 뜻대로 정혼헌 것이지야?"

"그것이야 그 잘난 양반덜이 지키는 철칙 아니여? 어찌, 형은 각씨가 안 이쁜갑제?"

묻지 않아도 눈치가 환한데도 송중원은 홍시를 손가락으로 찔러 터뜨려버리고 싶은 것 같은 묘한 심사가 동해 일부러 물었다.

"니넌 각씨 나이가 몇 살이냐?"

"동갑."

"아이고, 니넌 극락이다. 나넌 네 살이 더 많으다."

"그것이야 참말로 양반 법도 그대로시."

"아이고, 그놈으 양반. 나럴 맨날 업어준 시집간 누님이 나허고 세 살 차이여. 근디 각씨란 것이 그보담 더 많으니 요것언 각씨가 아니라 누님에 누님이니 원……."

"요런 말 헐라고 만내잔 거여?"

"아이고 참, 말이 엇나가도 한참 엇나갔네. 근디, 그런 이얘기도 그냥 헤픈 소리만이 아니여. 시상이 어찌 변해가고 있는디 장본인덜 의사는 완전 무시된 구식얼 따라야겄냐. 요것언 이 땅 모든 청년덜이 처해 있는 중대사여."

"나도 중대산지넌 알어. 허나, 형허고 나허고넌 인자 해당이 안 되는 일잉게 다른 헐 이얘기나 혀."

이광민은 하고 싶은 말을 다 하지 못한 불만스러움으로 송중원을 쏘아보았다. 송중원이 비식 웃자 이광민은 짧게 한마디했다.

"저녁에 예배당으로 나오니라."

"무신 일이여?"

"새 창가가 나왔응게."

"요분에넌 어떤 창간디?"

"독립군 찬양허는 것이라드라."

"글먼 만주서 온 것 아니라고?"

"필경 그런 것 아니겄냐."

"참, 만주서넌 허는 일도 많다. 만주가 없었으면 우리넌 머시가 됐을랑가?"

송중원은 혼잣말하듯 하고 있었다. 그는 아버지를 생각하고 있었던 것이다.

"만주가 없었으면 맹탕이제 머. 저녁 묵고 금방 늦지 않게 나와야 혀."

"근디, 예배당 말고넌 딴 디 어디가 없을랑가?"

송중원이 떫은 입맛을 다셨다.

"어찌 그려?"

"어찌 그러기넌. 형은 그 미국 선교산가 목사가 맘에 차든가?"

"윌리엄스 목사가 머라고 허디?"

"나보고 머라는 것이 아니고, 우리럴 대허는 것이 아조 기분 상해. 무시허는 것도 아니고 불쌍해허는 것도 아니고, 그 위에서 밑얼 내래다보는 것 겉은 거만헌 태도가 아조 비우짱 상해."

송중원의 얼굴에 화가 돋고 있었다.

"그려, 잘 본 것이여. 윌리엄스 목사가 그런 디가 있제. 그 머시라고 허냐…… 이, 백인 우월감 겉은 것이 있어."

이광민이 씁쓰레하게 웃으며 고개를 끄덕였다.

"그런 사람이 무신 하느님으 박애럴 실천해. 사람얼 색깔로 귀천얼 따지는 그런 인종언 박애허고넌 애시당초 맞덜 않는 인종인디."

"근디 어쩔 것이냐. 풍금이 있는 디넌 거그허고 보육원뿐인디. 보육원이야 호랭이굴이나 마찬가진게 더 말헐 것 없고, 그러고 나면 예배당 신세 져야지 벨수 있다냐."

"풍금 없이넌 창가 못 배우능가. 그 질고 진 판소리넌 풍금 없이도 잘만 배우는디."

"야 야, 요런 조선촌놈아, 서양창가허고 조선판소리가 똑겉으냐? 니 겉은 아가 신식공부 잘해나가는 것 보면 참 용허다 이."

이광민은 어이없어하며 송중원을 바라보았다.

"어쨌그나 창가도 풍금 없이 배울 수 있단 말이여. 우리가 아그덜 헌티 갤칠 때도 풍금 없이 그냥 허잖여."

"그것이야 궁여지책이제. 긍게 갤치기가 에롭고, 그 담에 들어보면 아그덜이 지 맘대로 불르고 그러제. 우리가 풍금으로 창가럴 배우는 것이야 속빠르고 정확허니 배우자는 것 아니겄냐. 풍금 없이 우리보톰 음이 다르게 배와놓면 그 창가가 아그덜헌티로 옮겨질 적에넌 어떤 꼴이 되겄냐."

"그도 그렇제."

"윌리엄스가 백인이 인종덜 중에 왕이라고 허든지 말든지, 우리럴 무시허든지 불쌍허니 생각허든지 우리는 그저 우리헌테 이문되게 윌리엄스럴 써묵으먼 되는 것이여. 첨보톰 우리허고 윌리엄스넌 그렇고 그런 사이로 맺어진 것 아니겄냐? 윌리엄스야 우리 학생덜얼 잡어 지 선교업적 올릴라는 것이고, 우리야 풍금 빌래씀스로 서양종교 위세로 우리 조직 보호허잔 것이었응게. 우리 목적만 달성허먼 된게 딴생각허덜 말어."

"그것이야 누가 몰르간디. 그런 것 다 암스로도 윌리엄스넌 꼴이 뵈기 싫은게 탈이제."

"참어라, 우리가 헐 일이 더 중헌게. 근디, 니 일본유학 갈지 어쩔지 정했냐?"

"나넌 안직 멀었는디 머. 형은 정했는가?"

"이, 아부지가 결국 허락허셨제."

"어떤 과럴 택했는디?"

송중원은 부러움을 느끼며 자신도 모르게 말에 맥이 빠지고 있었다.

"그것이야 안직 여유가 있응게. 니도 미리미리 맘얼 정허는 것이 졸 것이여."

"차차로 정허제 머."

겉으로는 여유가 있는 척하고 있었지만 송중원은 마음이 무겁기 이를 데 없었다. 집안형편으로 보아 일본유학은 어려웠던 것이다. 자기 혼자라면 모르지만 잇따라 공부시켜야 할 동생이 있었다. 장인은 자기도 학비를 보탤 테니 일본유학을 작정하라고 했었다. 그러나 그건 마음의 부담일 뿐이었다. 처가의 덕을 본다는 것도 별로 내키지 않는 일인데 더구나 처가 살림은 풍족한 것도 아니었다.

"니 그 소식 알고 있지야? 경찰에서 창가 보급이 조직적으로 진행되고 있다는 것얼 눈치채기 시작혔다는 거."

"발써 냄새 맡었능가?"

"원체로 앞잽이덜이 많은게. 이따가 올 적에도 조심혀. 행여 뒤럴 밟히는지도 유념혀서 살피고. 어쨌그나 경찰서 그리 눈독 딜이는 것언 우리가 해온 일이 효력이 있다는 증거여. 나 급헌 일이 또 있응게 인자 가봐야 쓰겄다."

"이, 이따가 만내세."

송중원이는 책보자기를 집어들었다.

창가보급회는 지난해 10월경에 조직한 것이었다. '나라의 흥망성쇠는 국민정신에 달려 있고 국민정신을 감발(感發)시키는 것은 가곡이 제일'이라는 취지를 실천하기 위해서였다. 창가보급회에서 서당과 야학의 학생들에게 가르치는 창가는 모두 반일의식을 충동하고 민족의식을 고취시키는 것들이었다. 〈대한혼〉·〈조국생각가〉·〈안중근찬양가〉·〈독립군가〉 같은 노래들을 부르면서 일본에 대한 적개심을 불러일으키는 동시에 애국심을 키워 나라를 되찾는 독립투쟁에 나서게 하자는 것이었다.

송중원은 창가보급회에 아무런 주저 없이 가입했었다. 아버지의 뒤를 따라야 한다는 생각에서였다. 그러나 가족에게는 일체 입을 떼지 않고 비밀로 했다.

24

수전민족의 기질

조선총독부는 북악산이 맞바라보이는 남산 중턱에 자리잡고 있었다. 그 총독부는 서양식인 세 개의 건물로 이루어져 있었다. 중앙건물은 두 개의 원통형 조망대 비슷한 것을 건물 높이까지 치솟게 세워 현관을 육중하게 장식하고 있었고, 그 좌우로 규모가 약간씩 작은 쌍둥이 건물을 거느리고 있었다. 그 세 개의 건물은 모두 2층짜리였다. 그러나 급경사를 이룬 지붕이 높은 데다 창문까지 달려 있어서 그 건물들은 3층처럼 높고 커 보일 뿐만 아니라 입체적으로 우람해 보이기도 했다.

그 세 개의 건물은 얼핏 보면 각기 독립되어 있는 것 같았다. 그러나 양쪽의 쌍둥이 건물은 가운데 부분에서 각기 통로로 중앙건물과 연결되어 있었다. 그건 각 건물들의 독립적 실용성과 종합적 효용성을 십분 살려내면서 외양으로는 입체적 웅장미가 드러나게 한 설계 같았다.

그러나 어떤 눈밝은 사람이 남산 꼭대기에 올라서서 그 건물을 내려다보면 전체 형상이 '王' 자를 이루고 있음을 알게 될 것이다. 조선총독부와 그 건물의 '王' 자 형상, 그것은 무슨 의미인가. 중국 황제는 자기 앞에 해마다 조공을 바치는 왕을 여럿 거느리고 있었다. 그와 마찬가지로 일본천황은 발 아래 조선을 속국으로 거느린 것이고, 천황의 칙령을 받은 조선총독은 바로 조선을 다스리는 왕이라는 뜻이었던 것이다.

남산 중턱에 자리잡은 그런 형상의 총독부 건물은 멀리 북악산 아래 평지에 자리잡고 있는 경복궁을 내려다보듯 하고 있었다. 물론 거기서는 경복궁만 내려다보이는 것이 아니었다. 좌로 덕수궁이며 우로 창경궁과 종묘가 한꺼번에 내려다보였다.

그 조선총독부 아래 남산자락의 필동 일대에는 헌병사령관이 총독부 경무총감을 겸임하면서 무단통치를 총지휘하는 경무국 건물을 비롯해서 다른 관청 건물들이 큼직큼직하게 자리잡고 있었다. 그 건물들은 대개 2층이었지만 돌이나 벽돌로 지은 데다가 지붕이 높고 현관 부분에는 두드러지게 서양식으로 치장을 해 조선사람들의 초가집은 더 말할 것도 없었고, 어지간한 규모의 기와집들도 그런 건물들이 풍기는 위압감에 꼼짝없이 눌릴 수밖에 없었다.

경무국 가까이에 있는 한 건물에서는 며칠째 은밀한 행사가 진행되고 있었다. 그건 전국 과장급 이상의 총독부 관리들에 대한 정신재무장 교육 실시였다.

군산부청 쓰지무라도 5일간 교육의 마지막 날을 채우고 있었다. 그런데 그 교육을 받는 사람들 중에서는 관리가 아닌 사람들이 특수반으로 편성되어 있었다. 그 특수반 사람들은 이름에 걸맞게 모두 조선사람들이었고, 그 속에 양치성이가 섞여 있었다.

"에에 또, 오늘은 교육의 마지막 날입니다. 따라서 이번 시간은 그 동안에 내가 했던 강의에 대하여 의문나는 점이 있거나, 더 구체적으로 알고 싶은 것들에 관해 질문하고 토론해서 종합적으로 정리하게 되어 있습니다. 여러분들은 기탄없이 질문해 주시기 바랍니다."

늙수그레한 강사의 말이었다.

50여 명의 중년남자들이 한 반을 이루어 빼곡하게 들어앉은 교실 안에는 잠시 침묵이 흘렀다.

"에에, 꼭 내가 강의한 내용으로 국한하는 것이 아닙니다. 조선사람들과 조선사회에 관한 것이면 무엇이든 질문해도 좋습니다. 내가 아는 범위 내에서 성심껏 답변하겠으니 주저하지 말고 폭넓게 질문하기 바랍니다."

강사가 질문을 유도하고 있었다.

"예 교수님, 질문 있습니다."

중간쯤에서 한 남자가 팔을 들었다.

"예에, 어서 말씀하세요."

강사가 너그럽고 부드럽게 웃음지었다.

"예, 교수님께서는 조센징들이 수전민족(水田民族)이라 부지런하고 끈질기고 영리하다고 칭찬하셨는데, 그게 잘 이해가 안 갑니다.

더 자세하게 말씀해 주시기 바랍니다."

불쾌한 기색으로 일어난 그 남자의 목소리는 뒤로 갈수록 커져 나갔다.

"예, 아주 좋은 질문을 했습니다. 그러나 답변을 하기에 앞서 한 가지 분명하게 밝힐 것이 있습니다. 그건 다름이 아니라, 내가 조센징들을 칭찬했다고 하는 질문자의 발언에 대해섭니다. 나는 수전 민족으로서 조센징들이 가지고 있는 특질을 냉정하게 밝히고, 그에 대한 대비책을 세워야 한다는 것이었지 절대 칭찬한 바가 없음을 분명히 해둡니다."

웃음기가 사라진 강사의 얼굴에 긴장감과 불쾌감이 엇갈리고 있었다.

몇몇 사람의 눈길이 질문자에게로 쏠렸다. 그리고 서너 군데에서 옆사람과 얼굴을 맞대며 수군거리는 모습이 드러났다.

"자아, 여러분들 중에서도 내가 조센징들을 칭찬했다고 생각하는 사람들이 있으면 기탄없이 손을 들어주시기 바랍니다. 만약 그런 사람들이 더 있다면 그건 내가 책임져야 할 문제입니다."

강사는 냉정해진 얼굴로 사람들을 휘둘러보았다.

교실 안은 침묵이 무겁게 내리눌렀다.

손을 드는 사람은 하나도 없었다.

"한 사람도 없습니까!"

강사는 힘찬 어조로 다짐했다.

교실 안의 침묵이 대답을 대신하고 있었다. 그 강사는 동경제국

대학에서 특별 초청되어 온 교수였다. 총독부 경무국에서 주도하는 정신교육에 특별히 초청되어 온 동경제대 교수가 조센징들 편을 들었다고 하는 것은 말이 안 되는 소리였다. 관리로서 과장급 이상이 되기까지 산전수전 다 겪은 수강자들은 그런 어리석은 실수를 저지르지 않았다. 늙수그레한 강사도 그 점을 투시하고 있었기 때문에 자신만만하게 물어 자신의 입장에 한 점의 티도 묻지 않게 청소작업을 하고 있었던 것이다.

"좋습니다. 내가 조센징들을 칭찬했다는 것은 저 질문자가 마땅하게 표현할 말을 찾지 못해서 그런 것으로 이해하도록 하겠습니다. 그럼 지금부터 질문자의 질문에 답변하도록 하겠습니다. 수전민족이 왜 부지런하고 끈질긴 기질을 가졌으며 대체로 영리한가? 그건 바로 논농사의 특성과 맞통하고 있는 문제인 것입니다. 바꿔 말하면, 논농사의 특이한 점을 먼저 파악하면 조센징들의 그런 기질을 쉽게 이해할 수 있다 그겁니다. 봅시다, 논농사는 밭농사와는 정반대로 물이 없으면 지을 수가 없는 농사입니다. 또한, 농사를 짓기 이전에 농토를 조성할 때부터 논과 밭은 어떻게 다른지를 비교해 볼 필요가 있습니다. 처녀지나 미간지를 논과 밭으로 개간할 때, 밭은 수목을 뽑아내고 잡초뿌리를 캐내고 돌이나 자갈들을 골라내면 바로 농사를 지을 수 있습니다. 그러나 논의 경우는 그렇지가 않습니다. 밭과 똑같은 과정을 거쳐 개간을 하고 나서도 일은 또 남아 있습니다. 그건 바로 물 때문입니다. 가까운 개울이나 강에서 물을 끌어들일 수 있는 수로를 또 파야 하고, 물을 논에 가두기 위해 논둑을 튼튼하게 쌓아야 하고, 수량을 조절하기 위해 도랑을 빼야 합니다. 이 사실만 가지고도 밭 개간에 비해 논 개간이 훨씬 더 힘이 든다는 것을 알 수 있을 것입니다. 그런데 정작 농사를 짓게 되면 논농사는 밭농사보다 훨씬 더 복잡하고 일이 많아지게 됩니다. 그것 또한 물 때문입니다. 비가 오면 비가 오는 대로, 비가 안 오면 안 오는 대로 잠시도 등한히 할 수 없는 것이 수전농사입니다. 왜냐하면 비가 많이 오면 벼가 침수되어 상하고, 비가 안 오면 땅이 메말라 벼들이 고사하고 말기 때문입니다. 그래서 비가 많이 오면 침수를 막기 위해 자다가도 일어나 논에 나가는 것이 수전농민들입니다. 또, 적기에 비가 내리지 않으면 농민들은 벼가 말라죽지 않게 하려고 들녘에서 며칠씩 밤을 새우며 물을 퍼올리는 것입니다. 그리고 홍수가 지지 않고 가뭄이 들지 않은 보통 때에도 벼가 자라는 것에 따라 수량을 조절해 줘야 하기 때문에 농부들은 아침저녁으로 논을 살피며 물꼬를 트고 막고 하지 않으면 안 됩니다. 객토니 모내기니 하는 다른 자세한 것들은 생략하고 이런 점들만 대충 살펴보더라도 논농사가 밭농사보다도 얼마나 더 신경이 쓰이고 힘이 드는 것인지는 농사 경험이 없는 여러분들도 능히 짐작할 수 있으리라 믿습니다. 자아 여러분, 그럼 다음의 사실을 주시하기 바랍니다. 현재 조센징들의 9할 가까이가 농민이라는 사실입니다. 그뿐만 아니라 그들은 수천 년에 걸쳐서 수전농사를 지어왔다는 점입니다. 다시 말하면 조센징들은 수천 년의 세월 동안 그 어려운 수전농사를 지어오면서 자연조건에 적응해 나가는 부지런